Les Chemins d'Ève

DU MÊME AUTEUR

Un homme comme tant d'autres,
Tome 1 : *Charles,* Libre Expression, 1992 ; collection Zénith, 2002.
Tome 2 : *Monsieur Manseau,* Libre Expression, 1993 ; Collection Zénith, Libre Expression, 2002.
Tome 3 : *Charles Manseau,* Libre Expression, 1994 ; Collection Zénith, Libre Expression, 2002.
La Quête de Kurweena, Libre Expression, 1997.
Héritiers de l'éternité, Libre Expression, 1998.
Les Funambules d'un temps nouveau, Libre Expression, 2001.
Grand Prix du livre de la Montérégie 2002, catégorie roman – Prix Alire. Réédition, *Les Chemins d'Ève,* tome 1, Libre Expression, 2002.
Les Chemins d'Ève, tome 2, Libre Expression, 2002.

LITTÉRATURE JEUNESSE :

Émilie, la baignoire à pattes, Héritage, 1976 ; Québec Amérique, 2002.
Le Chat de l'oratoire, Fides, 1978.
La Révolte de la courtepointe, Fides, 1979.
La Maison tête de pioche, Héritage, 1979.
La Dépression de l'ordinateur, Fides, 1981.
Une Boîte magique très embêtante, Léméac, 1981.
La Grande Question de Tomatelle, Léméac, 1982.
Comment on fait un livre ?, Méridien, 1983.
Bach et Bottine (roman et scénario), Québec Amérique, 1986.
Le Petit Violon muet, Le Groupe de divertissement Madacy, 1997.
Drôle de nuit pour Miti, Québec Amérique, 2004.
Les Gros Bisous, ERPI, 2004.
Pas de chouchous, ERPI, 2004.

BERNADETTE RENAUD

Les Chemins d'Ève
La fin des utopies

Tome 3

Libre Expression
QUEBECOR MEDIA

Catalogage avant publication de Bibliothèque et Archives Canada

Renaud, Bernadette

Les chemins d'Ève : la fin des utopies

Publ. antérieurement sous le titre : Les funambules d'un temps nouveau. 2001.

ISBN 2-7648-0031-2 (v. 1)
ISBN 2-89111-981-9 (v. 2)
ISBN 2-7648-0157-2 (v. 3)

I. Titre. II. Titre : Funambules d'un temps nouveau.

PS8585.E63F85 2002   C843'.54   C2002-941588-8
PS9585.E63F85 2002

Direction littéraire
Johanne GUAY
Photo de la couverture
Superstock
Maquette de la couverture
France LAFOND
Infographie et mise en pages
Claude BERGERON

Les Éditions Libre Expression remercient le ministère
du Patrimoine canadien, le Conseil des arts du Canada,
la Société de développement des entreprises culturelles du Québec
(SODEC) et le Programme de crédit d'impôt du Gouvernement
du Québec du soutien accordé à leur programme de publication.

Les Éditions Libre Expression
7, chemin Bates
Outremont (Québec) H2V 4V7

Dépôt légal
1er trimestre 2005

ISBN 2-7648-0157-2

À mes sœurs,
Lucile, Jeanne,
Madeleine, Denise, Thérèse, Irène,
Claire, pour la place
privilégiée qu'elles occupent
dans ma vie

Chapitre 1

Malgré la pluie de septembre, ce lundi midi était un moment de fête pour la femme qui, fraîchement mariée, marchait rapidement vers son rendez-vous. Abritée sous son parapluie, Marie-Andrée Duranceau, de taille moyenne, alerte et vive, dégageait aussi une impression de force sereine. Belle, au début de la trentaine, elle portait une robe pull couleur automne qui mettait sa silhouette en valeur.

« Cela fait combien de temps déjà qu'on s'est vues en tête à tête ? » Elle calcula vite et n'en revint pas. Leur dernière rencontre datait de leur voyage en France, à l'été 1969, leur premier séjour en Europe. « On est en 1981, donc... Douze ans ? s'exclama-t-elle en s'arrêtant impatiemment au feu rouge. Il s'en est passé des événements depuis ce temps ! »

À l'époque, sa grande amie Françoise allait se marier avec un étudiant en médecine et ne pouvait plus se permettre ce voyage, leur rêve à toutes deux depuis l'Exposition universelle de 1967. Par ailleurs, Marie-Andrée, qui traversait une période difficile, avait un besoin urgent d'évasion. Craintive à l'idée de voyager seule à dix-neuf ans, elle avait impulsivement offert à sa belle-sœur Pauline de l'y accompagner, même si, à vrai dire, elles se connaissaient très peu, sans doute parce que Pauline était entrée dans la famille Duranceau quand Marie-Andrée n'avait qu'une dizaine d'années. Adultes, elles s'étaient découvertes à l'étranger,

9

mais leur amitié nouvelle n'avait guère eu le temps de s'approfondir ; peu après leur retour, Marcel, son frère aîné et le mari de Pauline, avait été transféré à Toronto.

Fuyant la pluie, Marie-Andrée entra en trombe dans le petit restaurant italien, referma son parapluie trempé et le laissa égoutter quelques instants sur le parquet en parcourant d'un regard rapide la clientèle déjà attablée. Un grand sourire illumina son visage ovale resplendissant de bonheur, ce que ses yeux expressifs confirmaient nettement. Par habitude, elle glissa sensuellement sa main gauche dans ses cheveux bruns pour les replacer. Ce geste anodin, elle l'avait fait tant de fois dans ses cheveux très courts des années soixante, puis très longs pendant sa période *peace and love* des années soixante-dix. Aujourd'hui, ses cheveux presque courts et à peine bouclés se coiffaient facilement grâce à un nouveau produit capillaire, un gel coiffant, dont cette femme occupée et pressée : conjointe, mère et agent de crédit dans une caisse populaire, ne voulait plus se passer.

Les deux femmes s'étreignirent affectueusement et prirent place à l'étroite table que Marie-Andrée trouva trop près des autres pour placoter tout son saoul. Dès leur première rencontre, Pauline avait impressionné sa belle-sœur – alors au seuil de l'adolescence – par la délicatesse de son ossature et ses magnifiques yeux verts.

— Alors, comment ça va, madame Brodeur ? demanda Pauline toujours aussi élégante.

— Madame Brodeur ! Ça me fait tout drôle de m'entendre appeler ainsi. Ça ne m'est pas arrivé souvent, et ça ne risque pas de le devenir ! Une quinzaine de jours après notre mariage, le gouvernement québécois a décrété que, dorénavant, les femmes mariées conserveraient ou reprendraient leur nom, veux, veux pas !

— Et le nouveau marié ? s'informa Pauline, par curiosité. Comment a-t-il pris ça ?

Cette dernière le connaissait peu, à vrai dire. À son retour de France, Marie-Andrée, qui cohabitait alors avec son jumeau Luc, était peu après devenue colocataire chez Ghislain, un Montréalais qu'elle avait rencontré à Paris. Deux autres personnes logeaient déjà dans le grand appartement vieillot : Monique, sa jeune sœur, étudiante en coiffure, ainsi qu'un étudiant en philosophie, Patrice.

Ghislain Brodeur n'avait été présenté à la famille Duranceau que deux ans plus tard, quand Marie-Andrée et lui avaient emménagé ensemble, devenant ainsi officiellement un couple. De leur côté, Marcel et Pauline, toujours à Toronto, venaient rarement à la maison familiale des Duranceau, à Valbois, près de Granby, et ne l'avaient donc rencontré qu'après un certain temps. Pauline s'était alors trouvée face à un homme grand, carré, au sourire moqueur et surtout à la tignasse d'un roux flamboyant.

Pour tout dire, elle avait été déçue ; il ne correspondait pas à l'image de l'homme qui, selon elle, conviendrait à sa jeune belle-sœur libre et indépendante. Pourtant, celle-ci semblait envoûtée par le grand Ghislain. « Elle l'aime, c'est ce qui compte ! » avait-elle conclu.

Impatiente et pressée de discuter à son aise, Marie-Andrée avait d'abord consulté le menu et commandé, puis avait finalement répondu :

— À la signature de notre contrat de mariage, le notaire nous avait pourtant dit que je garderais mon nom, mais nous n'y avions pas fait attention. Tu sais ce que c'est, ajouta-t-elle, les paperasses légales d'un mariage ! Il paraît que cette loi fait beaucoup discuter les couples ! Au fait, tu connais la dernière blague à propos du mariage ? lança-t-elle. Dans le mariage, les deux personnes ne font qu'un. Le problème, c'est de savoir lequel !

11

Elles en rirent de bon cœur, puis Marie-Andrée renchérit :

— Les hommes ne sont pas les seuls à grogner ! À la Caisse, quand on prépare un document : un compte, un placement, etc., pour des femmes mariées et qu'on le fait à leur nom, certaines ont peur de passer pour une accotée ou une divorcée, ou encore de contrarier la belle-famille. Rassure-toi, ce n'est pas la majorité ! nuança-t-elle en recevant la soupe du jour. En tout cas, les femmes qui travaillent avaient hâte d'être reconnues sous leur propre nom.

Tour à tour amusée et incrédule, Pauline devint pensive.

— C'est sûr que, quand on a porté longtemps le nom de son mari...

Elle marqua une pause puis :

— J'imagine que je vais devoir me réadapter à mon nom, moi aussi, conclut-elle d'un ton si ambigu que Marie-Andrée s'en étonna.

— Pourquoi tu dis ça ? Tu ne vis pas au Québec pour l'instant.

Devant le regard franc de Marie-Andrée, sa belle-sœur perdit courage et bredouilla :

— Mais je reste québécoise.

Puis elle changea délibérément de sujet.

— Au fait, quand je suis allée à tes noces, c'était la première fois que j'assistais à un mariage civil.

— Déjà que Ghislain s'engageait enfin par le mariage, ç'aurait été beaucoup lui demander que la cérémonie ait lieu à l'église !

— En tout cas, vous avez fait ça plus simplement que le prince Charles et lady Di, cet été ! C'est quelque chose, quand même, un mariage royal. Mais, entre nous, ta petite Marie-Ève était adorable avec ses yeux bleus qui veulent

12

tout voir et ses cheveux roux. Un vrai soleil! Elle a quel âge?

— Cinq ans, répondit fièrement Marie-Andrée.

— T'es heureuse avec Ghislain? ajouta soudain Pauline d'une drôle de voix.

«Dis oui! supplia-t-elle intérieurement en déposant sa coupe de vin dans l'attente fébrile de la réponse. Dis-moi que l'amour existe vraiment!» Désillusionnée par son mariage, pouvait-elle encore y croire? «Exister, ça oui! se reprit-elle. Mais durer?»

Sa belle-sœur fut prise de court. Dans sa famille, prononcer les mots «bonheur» ou «heureuse» n'était pas courant. Si elle l'osait, la vie la priverait peut-être d'un bonheur affiché et affirmé sans pudeur, ne serait-ce que pour la punir de sa vanité. Elle se trouvait naïve de raisonner ainsi, mais, au fond d'elle-même, c'était là sa croyance.

Que répondre à Pauline? Comme tant de futures mariées, elle s'était attendue à ressentir la fébrile sensation d'être follement amoureuse le jour de son mariage. N'était-ce pas ce que promettaient les romans et la publicité entourant les mariages? Elle s'attendait aussi à un puissant sentiment de sécurité, conséquence directe de cet engagement social et légal. Au lieu de cela, une certitude presque paniquante s'était plutôt imposée : elle venait de s'engager pour la vie! Son besoin viscéral de liberté avait été confronté brusquement à cet engagement définitif que son cœur souhaitait, mais que sa raison redoutait. Une telle ambivalence s'avouait-elle?

— Pendant notre voyage de noces, en me regardant dans le miroir, je me suis rendu compte que mon regard était serein. Tout simplement. Comme si le fait d'avoir réglé la question la plus importante de mon existence : connaître celui que j'aimerais et qui m'aimerait le reste de ma vie, et de m'engager avec lui, me donnait confiance ; comme si j'attendais cette sécurité-là pour réussir les autres facettes de ma vie.

Pauline l'écoutait. Elle entendait l'écho de ce à quoi elle avait cru, elle aussi, quand elle s'était mariée avec Marcel, à vingt ans. Que restait-il de ses illusions romantiques ? De l'amertume.

— Ce doit être mon petit côté Cendrillon, ajouta Marie-Andrée en se moquant d'elle-même. Ça m'amuse et ça m'agace en même temps. Tant me battre au quotidien pour la libération de la femme et, au fond, rester peut-être plus attachée que je pense à certaines valeurs traditionnelles.

Ambivalente, elle changea prestement de sujet.

— Ah oui ! J'ai apporté des photos du voyage, je te les montrerai au dessert. Si j'ai le temps, ajouta-t-elle en regardant sa montre.

— Moi, j'ai tout mon temps. Marcel travaille aussi ce soir. Quand ton frère vient à Montréal pour des réunions de travail, il est pris du matin au soir.

Marie-Andrée eut l'étrange impression que sa belle-sœur hésitait à énoncer une confidence difficile. À tout hasard, elle s'enquit de son neveu.

— Kevin va bien ? Il a presque dix ans, il me semble.

Les yeux de Pauline s'assombrirent douloureusement. «Pourquoi le fait d'être une femme et une mère nous oblige-t-il à tant de déchirements ?»

— Oui, bientôt dix ans, répondit-elle pourtant avec joie, réconfortée à la pensée de son fils. Il a perdu l'aspect potelé qu'il avait avant d'entrer à l'école ; il amincit en grandissant, mais son visage est tout le portrait de ton frère Marcel.

Marie-Andrée décela de la peine dans le ton de la réponse. Ne s'était-elle pas demandé, hier soir, après le coup de téléphone de Toronto, la raison de cet inhabituel tête-à-tête avec Pauline, qui n'accompagnait jamais Marcel lors de ses voyages d'affaires ? Déroutée, elle porta un toast :

— À notre voyage en France ! lança-t-elle joyeusement. Te rends-tu compte que c'est à Paris que j'ai rencontré Ghislain, un Montréalais comme moi ? Je n'aurais jamais pensé trouver l'amour en France !

Pauline but une gorgée d'eau, puis se décida :

— Moi non plus, affirma-t-elle.

Marie-Andrée eut l'air si perplexe devant cette phrase ambiguë qu'un éclair de panique traversa les yeux de Pauline qui vida presque d'un trait son verre d'eau. Alors qu'elle était sur le point de confier son cher secret, la crainte d'être rejetée lui serra le cœur. Puis, une détermination nouvelle l'habita. Elle n'était plus la femme dépendante de son mari, la femme qui ne vivait que pour lui et par lui. Certaine que Marie-Andrée comprendait, elle déposa son verre en répétant fermement, sur le ton de la confidence :

— Moi non plus, je n'aurais jamais pensé trouver l'amour en France. Il s'appelle Camille.

Marie-Andrée en resta bouche bée. Devant elle, sa belle-sœur, maintenant sereine, la fixait intensément. Leurs regards se croisèrent. Pauline lui sembla brusquement une étrangère. La voyant manifestement amoureuse, elle essayait de la comprendre. Ce mari bientôt délaissé était son frère ! Marie-Andrée ressentit la désagréable impression d'être coincée entre Pauline et Marcel, comme en France, quand sa belle-sœur lui faisait ses tristes confidences.

— Tu trompes Marcel depuis tout ce temps-là ? Depuis douze ans ? s'exclama-t-elle douloureusement, en se redressant.

— Non ! protesta Pauline, profondément blessée par ce soupçon. Tu me connais ! Je ne pourrais pas faire ça, voyons ! Camille et moi, on s'est revus à Toronto l'an dernier seulement. Tout à fait par hasard. Le destin, en fait ! sourit-elle.

Marie-Andrée but plusieurs gorgées de vin sans les goûter. « Naïve ! Que je suis donc naïve ! »

— Quand on était en France, reprocha-t-elle, tes histoires de couple m'avaient quasiment fait perdre confiance dans l'amour et le mariage.

— N'exagère pas ! protesta Pauline, ta désillusion du mariage ne venait pas seulement de mon couple ! T'imagines-tu que je n'avais rien deviné ? Tu avais une peine d'amour, et une vraie !

Stupéfaite, Marie-Andrée eut un mouvement de recul. Elle avait fui en Europe pour oublier son chagrin d'amour avec Mario Perron, et Pauline l'avait deviné ? Mais que savait-elle, au juste ?

— Tu le savais ? bredouilla Marie-Andrée.

— Ta peine était écrite sur ton front. Comme tu ne m'en parlais pas, tu ne devais pas être très fière de ton aventure, lui murmura Pauline en se penchant vers elle et en baissant le ton. De là à supposer qu'il s'agissait d'un homme marié…

Marie-Andrée poussa un long soupir de soulagement. Que quelqu'un d'autre connaisse la mésaventure de son premier amour lui enlevait le poids d'un secret trop longtemps gardé. Elle mesura le temps qui avait passé depuis, le temps qui l'avait changée. « Il fallait vraiment que je sois naïve dans ce temps-là ; tomber amoureuse pour la première fois d'un homme marié ! » Cette réflexion réconforta la jeune femme qu'elle avait été.

— J'aurais peut-être dû t'en parler, dans le temps, avoua-t-elle avec un sourire piteux.

— Tu étais très cachottière, fit remarquer Pauline avec humour. La preuve, tu ne m'avais même pas dit que tu avais rencontré un homme à Paris, ajouta-t-elle d'un ton badin.

— Ce jour-là, Diane et toi, vous dévalisiez les magasins. T'en souviens-tu ? Ma sœur était de passage à Paris avant d'aller rejoindre son copain Gilbert, en Bretagne. C'étaient leurs premières vacances comme enseignants en Côte d'Ivoire.

— Oui, oui, ça me revient. J'avais acheté toutes sortes de vêtements affriolants pour plaire à ton frère, même s'il me trompait déjà et que je le savais.

— Tu avais essayé d'en faire autant pour te venger.

Il y eut un silence que Pauline rompit en poursuivant sa confidence.

— J'ai rencontré Camille à la fin du voyage, au mont Saint-Michel. Tu te rappelles, j'étais trop mal chaussée pour grimper les côtes et les escaliers du monastère. Finalement, tu y étais allée seule. La rencontre avec Camille est arrivée comme ça, tout simplement, à la salle à manger ! Au fait, c'est un Franco-Manitobain.

— Aller si loin pour vous rencontrer.

— Comme Ghislain et toi. Un Montréalais et une Montréalaise qui se rencontrent à Paris : faut le faire ! Si tu savais combien j'aime Camille ! murmura-t-elle soudain, d'une tout autre voix. C'est ma joie de vivre ! Avec lui, je me sens revivre. J'ai perdu tant d'années à essayer de plaire à Marcel.

Marie-Andrée luttait contre la déception. Dans les faits, Pauline trompait son mari. « C'est malhonnête. Même au nom de l'amour, c'est malhonnête. » Une voix de reproche lui susurra aussitôt : « Et toi, tu n'as pas eu une aventure avec un homme marié ? » Elle refusa la comparaison. « J'avais dix-neuf ans, j'étais naïve, ça n'a duré que quelques mois et, en plus, c'est moi qui ai rompu ! » s'excusa-t-elle à ses propres yeux, refusant de se culpabiliser pour cette vieille histoire.

— C'était notre destin de nous revoir, affirma calmement Pauline, ses yeux brillant d'un éclat nouveau. Nous nous sommes retrouvés comme si notre rencontre avait eu lieu la veille. Dis-moi que tu me comprends ! supplia-t-elle. Je sais que tout le monde va me blâmer, ma famille comme la tienne, je le sais. Mais j'ai besoin que toi, tu ne me juges pas.

Marie-Andrée la scruta. Elle ne se souvenait pas de l'avoir vue aussi resplendissante, même au début de son mariage. Pouvait-elle la blâmer de saisir cette seconde chance d'aimer et d'être aimée en retour ? Et puis, dans un couple, l'histoire se joue à deux. Son frère s'était si peu soucié de sa femme ; méritait-il qu'elle continue à l'aimer malgré ses infidélités ? Devant elle, Pauline attendait. « Elle attend quoi ? Que je l'approuve ? » Devant l'inquiétude que Marie-Andrée lisait désormais dans les yeux de sa belle-sœur, elle cessa de raisonner. « Elle attend peut-être simplement que je l'écoute ; oui, que je l'écoute, tout simplement, sans la juger. »

— Au fait, demanda-t-elle en essayant de retrouver sa sérénité, il est comment, ton Camille ? As-tu une photo de lui ? ajouta-t-elle avec curiosité.

— Non ! Tant que je serai officiellement avec Marcel, je trouve que ça ne se fait pas.

Puis, Pauline ajouta d'un ton amoureux :

— Mais il est toujours dans mon cœur.

— Il est comment ?

— Plus grand que moi. Ce n'est pas difficile, affirmat-elle en riant. Mais moins grand que ton Ghislain. Il a les cheveux noirs et courts. Ses mains sont larges et enveloppantes, précisa-t-elle amoureusement. Il n'a pas l'air intellectuel pour deux sous, ni sportif non plus. Le juste milieu, quoi ! En fait, il est... comment dire... discret. Mais il s'exprime tellement bien qu'on ne peut que l'écouter. Je suis sûre que Kevin va l'adorer.

— Ils ne se connaissent pas encore ?

— Ciel ! Non ! protesta sincèrement Pauline, dont le visage se rembrunit. Avant ça, il va falloir que Marcel et moi, nous nous parlions.

Elle étendit ses deux mains fines par-dessus la table et, enveloppant celles de Marie-Andrée, elle avoua, apaisée :

— J'avais tant besoin d'en parler à quelqu'un, de le dire à haute voix. Je savais que tu me comprendrais, parce que, pour toi, la liberté de nos choix de vie est si importante.

— Tu resplendis ! répondit sincèrement Marie-Andrée.

Pauline leva le nez de son assiette, regarda droit Marie-Andrée dans les yeux, puis laissa échapper dans un souffle :

— La grossesse me va bien ! lui annonça-t-elle avec un soulagement évident. C'est pour mars.

Enceinte ! En plus, Pauline était enceinte ! Mais de qui ? Une bouffée de jalousie rosit les joues de Marie-Andrée. Durant son voyage de noces aux Bahamas, elle avait proposé à Ghislain de faire un second enfant pour sceller leur amour, désormais officiel et légalisé, après huit années de vie commune. Était-ce l'euphorie provoquée par la chaleur du Sud ? La sensualité du sable chaud dans lequel les orteils s'enfouissaient avec délice ? Ou encore, tantôt le fracas, tantôt le clapotis des vagues turquoise ourlées de blanc ? Dans l'envoûtement de ce temps irréel, peut-être, le nouveau marié avait accepté, mais à condition d'en reporter la naissance à plus tard. Quand ? À un moment donné, dans les prochaines années. « On a tout ce qu'il faut pour faire un autre enfant et on n'en fait pas. Et elle, dans sa situation compliquée, elle est enceinte ! » Marie-Andrée trouva la situation injuste.

Avant qu'elle ne pose la question, la future mère donna l'information.

— Il est de Camille. Ce n'était pas prémédité, dit-elle lentement, mais, inconsciemment, je voulais avoir un enfant avec lui.

À la seule évocation de son amant, elle retrouva son air radieux. Marie-Andrée ressentit le besoin de différer son commentaire, manifestement attendu, et se rabattit sur la question de l'heure.

— Vas-tu lui donner ton nom de famille ? Les femmes peuvent faire ça, maintenant.

— Ah oui ? Franchement, je n'y ai pas pensé. En fait, on a bien d'autres choses à régler, dit-elle en soupirant.

Ses yeux verts changeaient rapidement de nuances, comme la mer que les nuages recouvrent et découvrent d'un mouvement rapide. Étonnée, Marie-Andrée y lut de la joie amoureuse tout autant qu'une incertitude qui la déconcerta.

— Marcel ne sait pas encore que je vais le quitter bientôt. Camille essaie de se trouver un emploi d'enseignant à Toronto afin que Kevin soit près de son père. Moi, eh bien, je vais garder mon emploi d'adjointe à la direction même si je gagne à peine davantage que la réceptionniste, soupira-t-elle. De toute façon, il n'est pas question que je sois dépendante de lui financièrement.

— Tu vas garder Kevin ?

— Évidemment. Marcel est toujours en voyage d'affaires. De toute façon, il ne s'en occupe pas vraiment.

Pauline attendait un encouragement qui ne venait pas. Son cœur se serra et elle ajouta sourdement :

— Je sais que Marcel est ton frère, mais nous sommes, d'abord et avant tout, des femmes, toutes les deux. Je pensais que toi, au moins, tu me comprendrais.

Marie-Andrée ne savait plus que dire. Un autre secret venait de lui être confié, avec deux significations contraires : le bonheur pour Pauline et Camille et la peine à venir pour Marcel. Brusquement, le suicide de son jumeau Luc, si lourd à porter depuis six ans et qu'elle était la seule dans sa famille à soupçonner, lui noua la gorge.

— J'ai en assez de vos maudits secrets ! Arrangez-vous donc avec vos affaires ! s'écria-t-elle en déposant si brutalement sa coupe de vin sur la table qu'il éclaboussa la nappe blanche.

Pauline recula sur sa chaise. Elle se sentit blâmée et seule au monde, si loin de son cher Camille. « Mon amour ! Ne m'abandonne pas ! J'ai tant besoin de toi ! » suppliat-elle intérieurement. Pour se rassurer, elle caressa discrètement son ventre à peine arrondi après trois mois de grossesse, comme pour toucher son cher amour à travers leur enfant.

— Excuse-moi, murmura Marie-Andrée. Je… Ça me rappelle un autre secret ; il n'a rien à voir avec toi.

Au fond, sa belle-sœur avait soif de bonheur comme Pauline. Pouvait-elle le lui reprocher ? Pourtant, elle lui en voulait, parce que, pour la seconde fois, à une douzaine d'années d'intervalle, sa belle-sœur était la preuve vivante de la précarité du bonheur conjugal.

— Je ne sais pas quoi te dire, conclut-elle dans un profond soupir, sentant son bonheur récent menacé.

Accablée par le rejet, Pauline se retrancha derrière sa déception et afficha un masque d'indifférence. Mais, dans ses yeux, brillaient des larmes qu'elle refoulait, trahissant ainsi sa fausse assurance. « Elle a dû réagir souvent comme ça avec Marcel », supposa Marie-Andrée qui, en s'écoutant, se rendit compte qu'elle aussi affichait cette fausse indifférence quand Ghislain lui lançait des paroles blessantes.

Effectivement, comme sa mère Éva, elle avait toujours cru que dissimuler sa peine constituait une réaction saine, nécessaire même, pour se protéger. À cet instant, cette attitude lui apparut, au contraire, mensongère et néfaste parce que la communication venait de se couper. À tel point que sa belle-sœur demanda l'addition.

— Je ne te blâme pas, se justifia Marie-Andrée d'un ton las. C'est juste que... je pense à Kevin, à Marcel. À toi, aussi, bien sûr. Si jamais tu provoquais tout ce chambardement pour rien.

— Pour rien ? répliqua vivement Pauline d'un ton douloureux. Pour rien ? Le rien, ça fait des années que je le vis avec ton frère ! Franchement, je ne peux pas recevoir moins que rien !

Elle se leva brusquement et alla aux toilettes. Marie-Andrée repensa spontanément à sa mère, Éva Métivier-Duranceau, qui aurait ouvertement désapprouvé le projet de sa bru, malgré les infidélités de son fils.

— Pauline, lui dit-elle impulsivement quand celle-ci revint à table, je viens de me marier, tu comprends. J'aimerais tellement que mon mariage dure toute la vie. Mais tout ce que tu me racontes me fait prendre conscience que le mariage ne garantit rien.

Après un silence, elle ajouta à voix basse :

— Au fond, j'ai peur pour moi.

Ensuite, elles parlèrent du film à la mode, *Les Plouffe*, qui venait de sortir, couronnant de nombreuses années d'émissions de télévision. Puis du coureur automobile québécois Gilles Villeneuve, qui avait gagné le Grand Prix de Formule 1. Même l'éruption du mont St. Helens, l'année précédente, fut abordée. En fait, tout sujet était intéressant pourvu qu'il leur permette de terminer le dîner sans affrontement.

— Tu te rends compte, s'exclama Marie-Andrée. Cette éruption était cinq cents fois plus puissante que la bombe d'Hiroshima !

— T'es pas sérieuse ? s'écria Pauline. Depuis que j'ai revu Camille, je crois que j'en ai perdu des bouts.

Elles se quittaient bêtement sur le trottoir, après une brève accolade, ne sachant trop quand elles se reverraient ni dans quelles circonstances, quand Marie-Andrée revint vivement sur ses pas.

— Bonne chance Pauline, dit-elle, en la serrant affectueusement dans ses bras. Je te souhaite de trouver le bonheur ; tu le mérites ! Tu es une femme douce et généreuse. Prends soin de toi. Et du petit, ajouta-t-elle avec un sourire de complicité dans la maternité.

— Toi aussi, lui répondit sincèrement sa belle-sœur dans l'étreinte chaleureuse dont elle avait tant besoin.

Même si la caisse Desjardins où elle travaillait n'était qu'à deux coins de rue, Marie-Andrée hâta le pas sous le soleil revenu. «Je ne sais pas pourquoi je me presse tant ? ragea-t-elle. Je gagne vingt pour cent de moins que Lucien, l'autre agent de crédit, juste parce que je suis une femme ! À ce compte-là, je devrais travailler vingt pour cent de moins !» Cette frustration s'ajouta à la colère qui montait en elle. «Nous sommes méprisées dans le couple et méprisées au travail. Puis il faudrait être contente de notre sort, en plus !»

S'accordant à ses états d'âme, ses souliers martelaient bruyamment le trottoir. Les confidences du dîner venaient de crever la bulle dont elle avait bien voulu s'envelopper depuis un semestre. Mariage ou pas, Ghislain et elle n'avaient pas changé. Leurs notions d'engagement ne différaient pas seulement l'une de l'autre : elles étaient à l'opposé ! «Pour Ghislain, la semaine aux Bahamas, c'étaient des vacances, juste des vacances.»

23

— Voyons donc, on ne va pas jouer au petit couple en voyage de noces ! avait-il rétorqué avec un rire désinvolte. Ça fait des années qu'on vit ensemble !

« Il a sans doute raison, je prends la vie trop au sérieux. En tout cas, mon mariage, j'y crois et je vais m'arranger pour qu'il fonctionne ! » se dit-elle fermement en ouvrant la porte vitrée de la Caisse. Les amours de Pauline lui revinrent en mémoire. Malgré son empathie pour sa belle-sœur, elle n'arrivait pas à la croire tout à fait. Un sentiment amoureux pouvait-il sérieusement persister pendant des années, sur son erre d'aller ? Pour Marie-Andrée, on ne voyait ça qu'au cinéma, pas dans la vraie vie !

Sur le point de rappeler un sociétaire, elle hésita, la main sur l'appareil. « Est-ce qu'il va m'engueuler, comme tant d'autres sociétaires avant lui ? Je n'y suis pour rien, moi, si les taux d'intérêt ont tant augmenté en cinq ans ! » Ce moment d'ambivalence suffit pour que sa réflexion resurgisse sous un autre angle. Qui était-elle pour nier avec tant de certitude la persistance du sentiment amoureux ? « Si je revoyais Mario Perron, là, tout de suite, dans mon bureau, je ressentirais quoi ? » Profitant de son désarroi, la nostalgie de leur connivence amoureuse s'imposa d'emblée, laissant Marie-Andrée sans voix. « Je n'ai jamais connu ça avec un autre homme, s'avoua-t-elle pour la première fois. Non, Ghislain ne m'a jamais regardé comme Mario, il ne m'a jamais fait l'amour avec… » Le mot ne venait pas. Ou elle le refusait, peut-être. Puis il s'imposa : « Avec autant de tendresse. »

Elle appuya son front sur ses mains jointes, les coudes solidement posés sur son bureau pour revenir dans la réalité. « Qu'est-il devenu ? » ne put-elle s'empêcher de se demander. Elle lui ajouta mentalement les douze années écoulées. Il n'était certainement plus l'amant fougueux du début de la trentaine, mais plutôt un inconnu, à la mi-quarantaine et aux tempes sans doute grisonnantes. Était-il encore le jeune entrepreneur sûr de lui qui avait monté rapidement sa compagnie ou, comme cela commençait à se voir de plus en plus, était-il de ceux qui ne pouvaient plus faire face à leurs obligations financières, à cause de la hausse effarante des taux d'intérêt ? À vrai dire, maintenant, elle n'était plus si certaine que l'amour ne puisse durer longtemps, même dans l'absence.

Marie-Andrée Duranceau se redressa brusquement, refusant de consacrer une seconde de plus à ses rêvasseries ambiguës, et revint délibérément à son travail. Elle se concentra sur les documents concernant l'adhésion récente de Desjardins à la carte de crédit Visa.

À la fin de la journée, elle fit machinalement le trajet vers Anjou, où Ghislain et elle avaient acheté leur première maison en 1979, même si lui travaillait au centre-ville de Montréal, aux bureaux de l'impôt fédéral, et elle, dans le quartier Mont-Royal.

Ce retour lui permettait habituellement de laisser décanter ses soucis professionnels et de se replonger mentalement dans les autres facettes de sa vie. D'abord, arrêter chez le nettoyeur pour récupérer l'ensemble de lainage écru qu'elle avait porté à son mariage, en mars dernier. Après leur voyage de noces, elle avait rangé cette toilette d'hiver sans la vérifier, pressée de retrouver sa fille après deux semaines d'absence, contente de reprendre son travail à la Caisse et impatiente de voir émerger les premiers crocus dans leur petit coin de terrain.

Un semestre plus tard, en sortant les vêtements d'automne et d'hiver, elle avait décelé une tache sur son ensemble et s'était hâtée de le faire nettoyer.

— Désolé, lui dit simplement le commis, en lui remettant le vêtement. On a pu pâlir la tache, mais pas la faire disparaître complètement. Vous auriez dû nous l'apporter plus vite. » Du coup, Marie-Andrée interpréta l'incident comme un mauvais présage pour sa vie de couple. Elle nia cette éventualité, préférant se plaindre d'un ton agacé du travail mal fait. En s'entendant, elle fut forcée d'admettre qu'une irritabilité insidieuse la tenaillait, et elle la mit sur le compte de ses nombreuses tâches ménagères, consciente de les assumer seule et d'en accumuler du ressentiment.

Revenue à l'auto, elle fouilla dans le cendrier où elle déposait plutôt de la monnaie pour les parcomètres ainsi que la liste des courses à effectuer. Au supermarché, elle passa et repassa devant le comptoir des viandes sans se décider, finissant par choisir un poulet déjà rôti avec une certaine mauvaise conscience. Elle achetait un mets déjà préparé, donc plus coûteux. «Maman me dirait que c'est trop cher pour rien. Mais elle ne travaillait pas à l'extérieur, elle!»

Elle ressentit alors un certain abattement. Ce n'était pas vraiment ce reproche fictif qui lui pesait. En dépit de son apparence sereine, de l'habileté qu'elle avait dû développer pour tout mener de front et de sa flatteuse réputation professionnelle, à ce moment précis, Marie-Andrée n'était qu'une femme comme tant d'autres, qui avait souffert plus qu'elle n'avait bien voulu l'admettre. Agacée, elle agrippa un sac de coûteuses langoustines congelées, décidant de se gâter et se reprochant en même temps de s'être laissé ainsi bouleverser par les aléas amoureux de Pauline et le rappel de son premier amour.

Fermement déterminée à chasser toutes ces réflexions moroses, elle choisit de penser exclusivement à sa vie de maman comblée d'avoir une fille si vive et si expressive. L'évocation de son petit bout de chou aux cheveux roux et aux yeux pétillants réussit enfin à la détendre, et elle voulut, elle aussi, la choyer.

— Allô, mon ange ! J'ai une surprise pour toi, lui chuchota-t-elle gaiement chez la gardienne en lui enfilant son chandail.

Les yeux brillants, la fillette se dirigea vers la sortie en sautillant. Après sa matinée à la maternelle, Marie-Ève descendait de l'autobus scolaire chez sa gardienne, Nicole, une femme dans la trentaine, une éducatrice dans l'âme. Pas très grande, elle prenait un peu de poids depuis quelque temps, ce qui lui donnait un air jovial. Les cheveux bruns, souples et courts encadraient un visage rond et sans maquillage, à la peau en santé, comme la femme elle-même, qui accordait beaucoup d'importance à la vie en plein air avec son mari et ses deux enfants, tout autant qu'avec les bambins dont elle avait la garde.

Chaque jour où la température était favorable, elle sortait avec eux dans la cour. Marie-Andrée lui enviait ces moments privilégiés passés avec sa fille, instants qu'elle-même ne pouvait se permettre, faute de temps. Lui faisant totalement confiance, elle s'était dit cent fois que, sans cette perle rare, elle n'aurait pu assumer son emploi sans vivre une culpabilité quotidienne bien pire que celle dont elle ne pouvait complètement se défaire, malgré tout.

Sitôt arrivées à la maison, la mère et la fille glissèrent leurs corps nus dans l'eau chaude où flottaient des montagnes de mousse. Cela leur arrivait parfois… Une fois assise dans l'eau, Marie-Andrée s'étira et agrippa un petit sac dont elle sortit une friandise scellée. C'était un cornet à la vanille enrobée de caramel et d'arachides, le péché mignon de Marie-Ève.

Étonnée et ravie de cette dérogation aux habitudes, celle-ci saisit le cornet avec sa petite main.

— Dans la baignoire, maman ?

— Oui, mademoiselle !

Marie-Andrée sortit un deuxième cornet du sac, qu'elle développa très sérieusement pour elle. L'enfant éclata de rire en voyant l'adulte lécher son cornet tout en repoussant la mousse dont les bulles pétillaient et crevaient de-ci delà. De sa main gauche, elle brassa l'eau pour la faire mousser davantage, puis souffla dessus, entre deux lichettes de crème glacée. La collation terminée, elles jouèrent à enfermer des bulles dans leurs mains, et la maman proposa ensuite le jeu de l'éponge.

— C'est à moi ! C'est à moi ! cria Marie-Ève en étirant ses bras pour l'attraper.

Marie-Andrée se tourna et offrit son dos à sa fille. Un bout de langue retroussé pour mieux se concentrer, à genoux dans la baignoire, elle se tenait d'une main à sa mère et, de l'autre, frictionnait de son mieux le grand dos avec une éponge naturelle. Conquise, dans un état second, Marie-Andrée serait restée là des heures, la joue appuyée sur la menotte qui se retenait à elle, le dos frotté par son enfant qu'elle aimait tant et qui babillait sans arrêt de sa petite voix volontaire. « Ma fille. Ma fille à moi. » Ces moments privilégiés étaient parmi les plus beaux de sa vie. « Les enfants d'aujourd'hui sont chanceux ; je n'ai pas connu ça avec ma mère. » Un manque inattendu lui emplit le cœur.

Une fois de plus, aujourd'hui, un long soupir s'exhala de sa poitrine. Elle avait tant aimé avec l'impression de recevoir si peu en retour. « Dans les deux cas, songea-t-elle douloureusement, avec ma mère et avec Mario, j'ai dû fuir pour survivre. » Le silence soudain et l'arrêt du massage à l'éponge la ramenèrent à la réalité. Se tournant à demi, elle aperçut sa fille, ses deux bras croisés sur sa poitrine parsemée de mousse, qui la fixait de ses yeux bleus assombris par la contrariété.

— Moi aussi, je veux me faire frotter ! reprocha-t-elle, lassée du mouvement qu'elle répétait depuis plusieurs minutes, une éternité pour ses cinq ans.

Marie-Andrée s'en amusa et pivota sur elle-même, collant l'enfant contre sa poitrine et l'entraînant dans un tourbillon d'eau et de mousse. Maintenant accrochée à elle comme un petit singe, l'enfant se laissait frotter le dos tout doucement. Marie-Andrée se rappela la naissance de sa fille, qui avait glissé hors d'elle, toute nue entre ses jambes. « Un jour, ma fille mettra un enfant au monde, à son tour. Il naîtra nu, si fragile et si fort à la fois, comme nous l'avons tous été, et il apprendra la vie, comme nous le faisons tous et toutes. »

Les générations se succédèrent dans son esprit. Sa mère, Éva. Elle, Marie-Andrée. Marie-Ève, la réunion des prénoms de sa grand-mère et de sa mère. « On passe sa vie à naître et à renaître », se dit-elle tout en lavant doucement sa fille avec l'éponge si douce, prenant garde de ne pas lui mettre de savon dans les yeux ni dans les oreilles. Comme d'habitude, l'enfant se lassa vite.

— Mes mains sont toutes plissées ! s'écria-t-elle en les tenant ouvertes devant elle.

Dès qu'elle fut séchée, emmitouflée dans sa robe de chambre, ses cheveux roux à peine peignés, l'enfant partit en courant, pressée d'ouvrir la télévision. Un cri strident retentit.

Sa robe de chambre à peine enfilée, Marie-Andrée se précipita vers sa fille, qu'elle découvrit avec inquiétude accroupie devant la porte patio de la cuisine.

— Marie-Ève ! cria-t-elle en s'agenouillant près d'elle.

— Maman ! Maman ! Regarde !

Derrière la vitre, qui donnait sur la cour, un chaton minuscule, maigre, au poil cotonné, miaulait à fendre l'âme. Tigré beige et roux avec quelques traits noirs ici et là, le museo d'un roux lumineux, les moustaches et le bout des quatre pattes blanches, un pinceau crème au bout de la queue : une frimousse à faire craquer n'importe qui.

— Il m'a choisie, maman ! Il veut être avec moi ! décida la fillette qui, déjà debout, n'arrivait pas à ouvrir la lourde porte.

— Attends ! dit la mère qui retint son geste. Il appartient peut-être à des voisins. Ils vont le chercher.

— Non ! Non ! protesta l'enfant. Je ne l'ai jamais vu. Regarde ! Il est perdu. Oh ! Maman, il veut être avec nous ! supplia la petite, les larmes aux yeux.

Spontanément, la maman voulut ouvrir la porte toute grande et offrir ce bonheur vivant à sa fille, mais elle se retint. « Ghislain ne veut rien savoir des animaux. » Elle se préparait à refuser quand sa blague du midi lui revint : faisait-elle *un* avec l'homme qu'elle aimait ? En ce moment, par exemple, se pliait-elle à ses volontés et ses caprices ? « Mon père se considérait comme le seul chef de famille et imposait souvent sa vision à ma mère. Mais moi, moi qui apporte autant d'argent au ménage, puisqu'on paie tout moitié-moitié, pour quelle raison je me plierais à tous les caprices de mon conjoint ? Pourquoi ne s'efforcerait-il pas, pour une fois, de comprendre les besoins ou les souhaits de sa fille ? » Frustrée, déçue d'elle-même d'avoir si facilement pensé à céder, elle prit sa décision. Il ne voulait pas d'animaux, mais il n'y était pas allergique. Sa fille et elle n'avaient pas de raison de se priver du chat.

Pour prévenir toutes les objections de Ghislain, elle assumerait seule les conséquences : s'occuper de la nourriture et de la litière, brosser le chat, payer les frais de vétérinaire, etc. Ce raisonnement se défendait, mais elle appréhendait tout de même une réaction négative de son mari. « C'est sa maison à lui aussi ; il a son mot à dire. » Soucieuse de faire plaisir à Marie-Ève, elle décida néanmoins de maintenir son choix, irritée de se retrouver coincée, une fois de plus, entre son mari et sa fille.

D'un geste ferme, elle ouvrit la porte. Le chaton se précipita dans les bras de la petite de nouveau accroupie. Il tremblait du museau jusqu'au bout de la queue.

— Il a faim, maman !

Déjà, Marie-Andrée remplissait un bol de lait crémeux. L'animal avide délaissa aussitôt les caresses pour foncer vers la nourriture et laper goulûment le liquide nourricier. Tout en s'abreuvant, il ne cessait de jeter des regards inquiets autour de lui et se déplaçait si l'une des deux humaines l'approchait. Le bol vidé, il se pourlécha les babines un instant et miaula de nouveau.

— Il a encore faim, dit l'enfant en ouvrant le frigo et regardant, sans la voir, la nourriture abondante qui s'y trouvait.

Elles oubliaient l'heure, fascinées, chacune à sa façon, par ce petit être qui avait avalé un peu du poulet acheté pour le souper, bien déchiqueté pour qu'il n'y ait pas le moindre fragment d'os. Finalement, il eut droit à du thon en conserve. Dès son festin terminé, le chaton miaula à la porte.

— Ne le laisse pas sortir, maman !

D'abord déconcertée par une attitude si peu reconnaissante, Marie-Andrée finit par se demander s'il n'avait pas simplement besoin d'une litière. Y cherchant un substitut, elle eut l'idée d'utiliser un reste de terreau à fleurs et de le verser dans une boîte en carton qui traînait au sous-sol. En le voyant s'y précipiter, elle comprit qu'elle venait de l'inciter à faire ses besoins dans les pots de fleurs.

Cela fait, le chaton s'enfuit dans un coin, se faufilant sous les retailles de matériaux utilisés pour la construction d'une chambre d'amis au sous-sol. En sécurité, maintenant rassuré puisque ses besoins essentiels étaient satisfaits et que ce soir, il n'aurait pas à coucher sous une galerie, à ne dormir que d'un œil à la merci des chats errants belliqueux ou des chiens du voisinage, il commença la toilette de son pelage, qui avait grand besoin d'un bon nettoyage.

— Il n'est pas gentil, pleurnichait l'enfant, qui ne le trouvait pas. Il ne veut pas de moi.

Marie-Andrée fronça les sourcils. Comment sa fille tant aimée, si raisonnable, pouvait-elle d'emblée croire qu'un chaton inconnu ne voulait pas d'elle ? Pourquoi sa première réaction était-elle de se déprécier ?

— Mais non, mon ange, lui dit-elle pour la ramener dans la réalité, il est effrayé, c'est tout.

— Si je lui donne encore à manger, il va revenir ? renifla la fillette aux cheveux roux.

Curieusement, l'image de Ghislain s'imposa à l'esprit de la femme. « Il doit penser à moi ! » se dit-elle en revenant à sa fille qui pleurnichait, fatiguée par sa journée et toutes ces émotions.

— On va souper. J'ai tellement faim que je vais te manger, dit-elle en bécotant sa fille qui se débattit. Tu veux mettre le couvert ?

— Non, je ne veux pas que le minou reste tout seul ! protesta l'enfant en se dégageant des bras de sa mère.

— Quand il se sentira en sécurité, il montera dans la cuisine.

— Ses pattes sont bien trop petites ! protesta Marie-Ève en essayant de mesurer la contremarche avec ses menottes. C'est trop haut pour lui ! conclut-elle avec désolation.

Cette fois, Marie-Andrée s'énerva. Le chaton était capable de grimper l'escalier (elle en doutait un peu et reviendrait s'en assurer), et il était temps de souper. Elle réchauffa le poulet au four quelques minutes et mit, en vitesse, une brassée de linge à laver, pendant que Marie-Ève mettait finalement le couvert.

— Et papa ? On ne l'attend pas pour manger ? se buta l'enfant en croisant les bras, de mauvaise humeur.

— On est lundi. Tu sais bien qu'il fait du sport ce soir et qu'il soupe ensuite avec ses amis.

Au moment du coucher, une fois ses dents brossées sous la supervision patiente de sa mère, la fillette supplia.

— Va chercher le minou, maman.

Pliant les vêtements fraîchement sortis de la sécheuse, la mère fit diversion.

— Le minou ? C'est peut-être une chatte.

— On va avoir des bébés chats aussi ? s'écria Marie-Ève, ravie de l'aubaine et deux fois plus excitée que l'instant d'avant.

Marie-Andrée visualisa la réaction catastrophique que cela déclencherait chez Ghislain. Déjà qu'il céderait difficilement pour le chat ! « Ouais, j'ai raté une belle occasion de me taire ! » s'avoua-t-elle. Finalement, il fallut une histoire, lue lentement, dans une lumière tamisée, pour faire glisser l'enfant dans le sommeil. En refermant le livre, Marie-Andrée découvrit le chaton roulé en boule dans les plis de la douillette, tout contre l'enfant, dormant aussi profondément qu'elle.

Par précaution, elle écarta les poils de la fourrure à plusieurs endroits, ne vit aucune puce sautiller, se rassura et le flatta doucement. Déjà, elle dressait la liste des objets à se procurer : une cage de transport, une litière, la nourriture… Elle y ajouta un examen par un vétérinaire et peut-être un traitement. « Ouais, c'est du trouble et de l'argent, finalement ! » Puis elle se ravisa. « Ça en sera aussi pour un deuxième enfant ; autant me pratiquer tout de suite ! » se dit-elle avec espoir.

Ghislain rentra vers minuit, comme il le faisait les lundis et mercredis soir. Depuis presque deux ans, ces soirées de sport entre hommes étaient sacrées pour lui. Soucieuse de ne pas être possessive ni même de le paraître, elle se gardait bien d'énoncer la moindre remarque à ce sujet même si cela l'asticotait. «Deux soirées entières par semaine à s'amuser avec ses chums ! Je n'ai même pas tout ce temps seule avec lui.»

Cependant, elle se colla contre le corps musclé de l'homme qu'elle aimait. Il se retourna et l'enlaça, l'enveloppant quasiment. Il était son réconfort, son roc. Dans ses bras, elle déposait les armes chaque soir, après une longue journée à être une femme forte dans ses multiples tâches et malgré les aléas du quotidien. Se délestant dans le sommeil des confidences de Pauline, qui lui avaient rappelé la fragilité de la vie de couple, et de la présence du chat – Ghislain l'apprendrait bien assez vite le lendemain matin –, cette nuit-là, Marie-Andrée rêva d'un inconnu qui avait le rire de Ghislain et le regard amoureux de Mario Perron.

Chapitre 2

— Ouais ! T'as la broue dans l'toupet ! blagua Ghislain en vérifiant son stock de boissons sur le comptoir de cuisine et le nombre de bières froides dans le frigo.

Marie-Andrée n'eut pas le temps de répondre. La sonnerie de la porte retentit fortement et à plusieurs reprises.

— Mon doux ! Pas déjà ? s'exclama-t-elle avec une joyeuse fébrilité.

Mentalement, elle révisa à la hâte si tout était prêt : la maison était propre, le frigo plein, la dinde cuisait, les cadeaux étaient empilés sous l'arbre, les vêtements de chacun repassés, et la chambre d'amis au sous-sol était prête. Elle se rassura : elle recevrait bien et abondamment Diane et sa famille. « Comment sera-t-elle ? » se demanda Marie-Andrée avec ambivalence. Diane, de quelques années plus âgée qu'elle, était si différente de sa jeune sœur, et si déroutante, que cette dernière pouvait rarement prévoir son humeur.

Marie-Ève accourut avec son chat dans ses bras, puis se précipita vers la fenêtre de la chambre de ses parents, qui donnait sur la rue tranquille. Ghislain susurra à l'oreille de sa tendre moitié :

— Quand on pense qu'à cette heure-ci, on pourrait se baigner dans les vagues chaudes de la mer…

Il lui décocha un clin d'œil et alla ouvrir avec elle, arborant un large sourire narquois. Marie-Andrée ne prit pas ombrage de ce rappel. Troquer une semaine de vacances au soleil (d'autant plus qu'ils y étaient allés en mars, en voyage de noces) contre la joie de recevoir Diane pour le réveillon de Noël et sa famille demain était plus important pour elle. «Le meilleur temps pour faire vivre à Ghislain des joies familiales, c'est le temps des fêtes. C'est sûr que ce n'est pas la première fois qu'on vit ça ensemble, mais aujourd'hui, c'est pas pareil : on est *mariés*, c'est *chez nous* et avec nos *deux* familles.»

Dans le brouhaha de l'entrée de Diane et de sa famille, l'air froid qui s'engouffrait et les pleurs de la petite Sylvie, mal réveillée après le long trajet depuis Chicoutimi, Marie-Ève, serrant son chat contre elle, vint timidement scruter son cousin René, emmitouflé dans ses vêtements d'hiver à moitié attachés que son père lui avait fait remettre dans l'auto avant de sortir au froid.

— Je suis tellement contente de vous voir ! s'écria Marie-Andrée en embrassant sa sœur, qui tentait vainement de calmer son bébé qui venait tout juste d'avoir deux ans.

Marie-Ève la regarda avec étonnement.

— Pourquoi t'as dit : «Pas déjà ?», maman ?

Un silence gêné ponctua la phrase candide. Ghislain éclata de rire devant la déconfiture de sa femme, qui bredouilla :

— Je voulais que tout soit prêt pour bien vous recevoir.

Son beau-frère Gilbert en profita pour évacuer son propre stress en blaguant.

— Telle qu'on te connaît, tout est certainement parfait ! Relaxe et profites-en pendant qu'on est là ! ajouta-t-il en décochant un regard sombre chargé de sous-entendus à sa femme. Joyeuses fêtes ! souhaita-t-il à Marie-Andrée en lui appliquant deux baisers sonores sur les joues.

— T'es gentille de nous recevoir, renchérit vivement Diane en déposant sa fille sur le sofa pour la débarrasser de ses vêtements chauds, espérant ainsi la calmer. Je ne sais pas comment tu fais : travailler, avoir un enfant, nous recevoir trois jours, puis la famille demain !

Maintenant en salopette et assise sur le fauteuil modulaire en coin, la petite Sylvie suçait son pouce en silence, observant tous ces étrangers avec inquiétude. Diane se redressa, soulagée qu'elle se taise enfin. Malgré deux maternités, elle avait toujours le corps svelte, et ses gestes vifs trahissaient son tempérament anxieux.

— Tes cheveux bouclent toujours autant ! l'envia encore sa cadette.

— Écoute-les ! railla gentiment Gilbert, ça ne s'est pas vu depuis des lunes, et ça parle de cheveux ! Ghislain, viens donc m'aider ! lui demanda-t-il. J'ai beaucoup de bagages.

L'hôte s'étonna, mais, soucieux de bien accueillir ses invités, il enfila son manteau en peau de mouton et sortit en souliers.

René enleva lentement son manteau et ses bottes. Les deux enfants de cinq ans s'observaient toujours. Le chat gigota dans les bras de sa jeune maîtresse et sauta par terre. Le petit garçon arbora un grand sourire d'envie.

— Tu peux le prendre, proposa sa cousine avec fierté. Il s'appelle Lundi.

Les deux petites têtes, l'une rousse et l'autre noire, se penchèrent au-dessus du chat, presque à sa taille adulte. Sylvie le vit aussi et, les yeux brillants, trottina vers lui. Avec ses cheveux bouclés comme ceux de sa mère, elle ressemblait à un angelot ; quand elle agrippa et tira la queue du chat qui s'enfuit en miaulant, Marie-Ève la considéra plutôt comme un diablotin. Conciliant comme son père, René excusa sa sœur :

— Elle est bien plus petite que nous ; elle ne sait pas comment prendre un chat.

— Sauvons-nous ! cria Marie-Ève en descendant au sous-sol à toute vitesse suivi de son cousin, pris par surprise.

— Marie-Ève ! réprimanda sa mère.

— Laisse faire, la rassura Diane ; Sylvie est encore mieux ici avec nous.

Dehors, Ghislain empoigna un sac de plastique noir manifestement empli de vêtements.

— Traînez-vous votre garde-robe en voyage ? nargua-t-il de sa hauteur à son beau-frère moins grand que lui.

Gilbert se retourna vers lui, jetant un coup d'œil prudent à la maison.

— Peux-tu le ranger dans votre chambre ? C'est mon costume de père Noël, ajouta-t-il, les yeux taquins. On a eu bien du mal à convaincre René que le père Noël saurait le retrouver ici.

Du coup, Ghislain ne savait plus s'il devait entrer le sac dans la maison ou le remettre dans le coffre de la voiture. Les bras chargés, Gilbert s'impatienta et interpréta l'inertie de son beau-frère comme un peu d'empressement à l'aider. « Un sac de linge, ça doit pas être si lourd que ça, il me semble ! » Décidément, il le trouvait empoté et lent à rendre service.

— Cou'donc, insista-t-il, sarcastique, viens-tu d'apprendre que le père Noël n'existe pas ?

Ghislain, dont les orteils gelaient dans ses souliers, bougonna et empoigna une lourde valise.

— Justement ! Je rentre ton sac, mais on s'en reparle ! Marie-Ève ne croit pas à ces folies-là, puis c'est pas ce soir que ça va commencer. On lui a bien expliqué qu'il s'agissait d'un personnage commercial.

Gilbert montait déjà le perron, mais s'arrêta net :

— Qu'est-ce que tu me chantes là ?

— Le père Noël joufflu à barbe blanche, en manteau rouge et blanc, ceinture et bottes noires, c'est une invention de Coca-Cola pour une publicité. Il a carrément remplacé l'image de Santa Claus depuis les années trente. Alors, me déguiser en personnage publicitaire, non, merci ! ponctua-t-il en poussant la porte d'un coup d'épaule.

En entrant dans le salon, Ghislain faillit oublier de porter le sac litigieux dans la chambre des maîtres, ce qu'il se fit rappeler d'un coup de coude. Ayant rangé le sac hors de la vue des enfants, il descendit au sous-sol et guida son beau-frère vers la chambre d'amis qu'il avait construite à l'automne, avec l'aide précieuse de Patrice, un ami et ancien colocataire.

Comme cette chambre était sa première rénovation, Ghislain avait escompté recevoir des compliments de la part des visiteurs. Mais, en ce moment, il n'avait qu'une pensée en tête : pas de père Noël chez lui ! Il remonta d'un pas nerveux et se servit un verre. « Je suis chez moi. Ma fille ne tombera pas dans le piège de la publicité. » Recevoir la famille de Marie-Andrée était une chose, adopter leurs valeurs en était une autre.

— Quelque chose ne va pas ? murmura-t-elle en prétextant se servir un verre, elle aussi.

— Il n'est pas question de père Noël ce soir ! marmonnat-il. Arrange-toi avec ta sœur !

« C'est pas vrai ! » soupira l'hôtesse, qui visualisa un sombre nuage au-dessus du réveillon. En général, Diane et Gilbert restaient au Saguenay pour Noël et venaient visiter les Duranceau au jour de l'An. Comment aurait-elle pu prévoir ce dilemme pour le réveillon ?

Gilbert remonta du sous-sol, souffla les matelas pneumatiques des enfants et installa leurs sacs de couchage dans la chambre de Marie-Ève, tel que convenu. Au salon, il parla de tout et de rien avec son beau-frère, qui finit par se dérider. Puis Diane donna le bain à Sylvie. Dans la chambre, les enfants étaient trop surexcités pour s'amuser vraiment. Quand sa cousine lui dit que ses cadeaux étaient déjà sous l'arbre parce que c'étaient son papa et sa maman qui les lui offraient, René refusa de la croire « C'est le père Noël qui donne les cadeaux ! » Son papa lui avait même écrit pour lui expliquer qu'ils allaient chez leur tante, et lui donner son adresse.

Marie-Ève fronça ses sourcils. À la maternelle, tous les enfants attendaient ce mystérieux personnage à la barbe blanche et au costume rouge. Mélanie, l'enseignante, lui avait demandé, en secret, de ne pas révéler à ses camarades qu'elle n'y croyait pas. « Ça leur ferait de la peine », avait-elle invoqué, à court d'arguments. Mais, ce soir, d'apprendre que son oncle si joyeux, qu'elle aimait beaucoup, avait écrit lui-même au vieux bonhomme habillé de rouge et de blanc, cela semait un sérieux doute dans son esprit. Curieuse, elle alla au salon et observa son oncle et son père. Lequel des deux se trompait ? Elle secoua la tête : cela ne pouvait pas être son père. Déroutée, elle retourna à la chambre ; mais le chat et les jeux ne l'amusaient plus.

Aussi perplexe que Marie-Ève, René se redressa soudain. Lui aussi venait d'être pris d'un doute affreux, et il courut voir son père. Il lui parlait tout bas à l'oreille, se méfiant de son oncle qui disait des menteries à sa cousine.

— Papa, la maison de ma tante, elle a une cheminée pour le père Noël ?

Une grande anxiété se lisait dans les yeux confiants du petit. Gilbert, qui normalement en aurait été amusé, eut honte de lui mentir aussi effrontément, d'autant plus que le personnage imaginaire venait d'être discrédité à ses yeux. Ambivalent, il s'irrita néanmoins contre Ghislain, qui avait privé sa fille de cette magie d'enfance. Il improvisa à voix basse. À Montréal, le père Noël n'avait pas vraiment besoin de cheminée. Comment entrait-il dans les maisons ? Il n'en savait rien, mais ce n'était pas important parce que le père Noël, lui, le savait sûrement. Tout à fait rassuré, René retourna à ses jeux.

Les enfants enfin couchés et endormis, ce qui avait mis la patience des parents à rude épreuve, Diane était tenaillée par l'urgence de parler à sa sœur. « C'est le seul moment où on va être tranquilles toutes les deux ; je n'ai pas le choix. Gilbert doit savoir à quoi s'en tenir », se disait-elle. Les deux sœurs lavaient et essuyaient la vaisselle quand Gilbert surgit.

— Diane, je ne veux pas te bousculer, mais il faut prendre une décision.

— Au sujet de quoi ?

— Il y aura un père Noël ce soir, oui ou non ?

— Ben voyons ! se récria Diane. C'est évident ! René serait bien trop déçu !

Sa sœur essuya longuement la soucoupe qu'elle tenait, se demandant comment elle allait régler le problème.

— Marie-Ève sait que le père Noël n'est qu'une publicité, finit-elle par dire. Même si tu te déguisais, Gilbert, elle ne te croirait pas et serait capable de t'arracher la barbe et la perruque.

— Et René, lui ? protesta le père. L'an prochain, à la maternelle, ça se peut qu'il ait à affronter la réalité, mais, ce soir, ce sera sans doute son dernier Noël à croire à ce personnage.

Les deux enfants n'avaient que quelques mois de différence, mais l'une, née en juin, allait déjà à la maternelle, tandis que l'autre, né en novembre, n'y entrerait que l'automne prochain. Dans l'immédiat, cela créait une différence entre eux.

41

— C'est quoi, cette affaire de publicité ? protesta Diane, intriguée. Ta fille ne croit pas au père Noël ?

Marie-Andrée soupira et expliqua à son tour le rôle de la compagnie Coca-Cola dans la création du personnage. Incrédule, puis déçue, Diane ne voyait pas pour autant comment régler le problème dans l'immédiat.

— C'est sûr qu'il y a un côté magique dans le fait qu'un bonhomme descende dans les cheminées, concéda Marie-Andrée. Mais pourquoi leurrer les enfants ? Et surtout, avec un personnage aussi commercial ? Dans le fond, c'est une imposture.

— C'est bien beau, tout ça, ronchonna Gilbert, mais on le remplace par qui ?

— J'ai déjà suggéré saint Nicolas, mais Ghislain n'est pas pratiquant. Il trouve donc illogique de croire aux saints.

— Tu te rappelles ? se souvint Diane. Grand-maman Métivier parlait de saint Nicolas !

Les deux sœurs se retrouvèrent dans la magie de leur enfance, dans la connivence.

— Oui, mais on savait que c'était elle qui nous donnait le cadeau, précisa Marie-Andrée. Quand on était petites, nos parents ne nous ont jamais fait croire au père Noël.

— Ouais, les Duranceau, insista Gilbert, on fait quoi, là, ce soir ?

Marie-Andrée constata tout à coup qu'ils étaient trois dans la cuisine à se creuser les méninges pour trouver une solution, quand, dans les faits, le parent le plus réfractaire se trouvait paisiblement au salon, à regarder ses nouvelles télévisées. D'un pas ferme, elle se dirigea vers lui et le mit face au problème imminent. Pour sortir de l'impasse, Diane reprit l'idée de saint Nicolas, mais aucun vêtement dans la maison ne pouvait servir de robe médiévale.

— Je vais faire semblant, dit une petite voix ensommeillée dans le corridor. C'est ça que je fais à l'école.

Laissant là les quatre adultes confondus, Marie-Ève alla aux toilettes et retourna se coucher, retombant aussitôt dans le sommeil.

Quand, au milieu de la nuit, les parents vinrent réveiller les enfants, ils étaient si profondément endormis que seuls les deux plus grands furent sortis de leur lit et amenés au salon où les attendait le mystérieux personnage. René se réveilla tout net et alla spontanément embrasser le visiteur, comme il l'avait fait l'an dernier, ce dont il se souvenait bien.

Marie-Ève en resta bouche bée. Discuter du père Noël était une chose. Le voir, là, chez elle, dans le salon, près de leur arbre de Noël : c'était magique ! À la grande surprise de son cousin, elle grimpa vivement sur les genoux du père Noël quand il lui annonça un cadeau. Elle le remercia avec une telle timidité et en descendit avec les yeux si pétillants que ses parents en furent confondus à leur tour.

Parmi les cadeaux, il y avait un disque vinyle trente-trois tours du ballet *Casse-Noisette*, de Tchaïkovski. Marie-Andrée annonça alors aux deux enfants qu'elle les amènerait à ce merveilleux spectacle le lendemain de Noël, soit dans « deux dodos ». Comme elle s'y attendait, ils firent peu de cas de ce cadeau abstrait, sans intérêt pour eux pour le moment.

Le petit René se trémoussait d'impatience, et le père Noël en profita pour lui donner un autre cadeau sans le faire languir davantage.

La joie candide des deux enfants était belle à voir. Marie-Andrée était émue et reconnaissante envers sa sœur d'avoir accepté son invitation. « Quel beau Noël ! » appré-cia-t-elle en embrassant son homme, qui avait l'air aussi heureux qu'elle. Les adultes jouèrent le jeu, Ghislain s'attar-dant exprès sur les genoux du père Noël.

— Oh ! Un Rubik's Cube ! s'écria-t-il d'un ton enfantin. Merci, père Noël ! Mais je ne connais pas la solution. Voulez-vous le faire pour moi ?

— Décolle ! marmonna Gilbert, qui luttait contre le fou rire.

Les deux femmes éclatèrent de rire et tirèrent le grand Ghislain qui se laissa choir dans les papiers froissés et les rubans qui couvraient le plancher. Soudain, René fixa intensément le père Noël, puis il partit si vite que personne ne put l'arrêter à temps. Il grimpa sur ses genoux et, d'un geste très courageux, il tira fortement sur la barbe blanche.

Un grand silence ponctua son geste. Puis René courut se réfugier dans son sac de couchage en pleurant. Marie-Andrée ferma les yeux, abattue. Le grand nuage sombre avait maintenant envahi toute la maison. Diane se levait pour aller consoler son fils, quand Gilbert l'arrêta.

— C'est à moi de régler ça.

Rejetant tuque et perruque, il commença à enlever le costume. Marie-Ève avait déjà rejoint son cousin et essayait de le consoler. Quelques minutes plus tard, Gilbert, redevenu un papa ordinaire, vint chercher les enfants.

— Venez dire au revoir au père Noël ; il a beaucoup de maisons à visiter.

René et Marie-Ève le regardèrent, étonnés. René essuya ses larmes, et la curiosité étant la plus forte, ils le suivirent. Au salon, le père Noël les attendait, debout près de la porte, son immense sac de jouets sur son épaule.

— Ho ! Ho ! Ho ! dit-il en riant, venez m'embrasser, les enfants. J'ai beaucoup de cadeaux à distribuer cette nuit.

Il se pencha vers eux. Comme il semblait grand, depuis qu'il était debout ! Ils l'embrassèrent sans dire un mot, puis, après un autre grand rire, le bonhomme rouge sortit de la maison… par la porte ! Gilbert reprit les deux enfants par la main, pour leur prouver qu'il était bien avec eux, dans le salon, même si le père Noël venait de partir. Marie-Andrée les entraîna aussitôt à table, s'assurant qu'ils tournaient le dos au salon, maintenant éclairé seulement par l'arbre de Noël. Puis, avec beaucoup de gravité, elle leur confia la mission très délicate de porter, un par un, les beaux verres remplis d'eau devant chaque assiette. Les enfants étaient très touchés de pouvoir aider à leur façon et s'acquittèrent de leur tâche avec beaucoup de concentration et de dextérité.

Pendant que la chanson *Vive le vent* retentissait à tue-tête, ils n'entendirent pas la porte du salon se rouvrir et se refermer doucement, ni ne virent Ghislain s'enfermer dans sa chambre pour enlever le costume rouge et blanc.

Les tourtières sentaient bon, le cantique *Sainte Nuit* ramenait la paix et la magie de Noël. On mangeait avec appétit. Marie-Andrée était trop occupée à s'assurer que chaque invité était servi pour profiter autant qu'elle l'aurait voulu de ce joyeux réveillon. Une fois de plus, elle enveloppa Ghislain d'un regard confiant. « Avec un bon réveillon comme celui-ci, de beaux enfants autour de lui, je suis sûre qu'il finira par oublier ses mauvais souvenirs d'enfance. Un père qui abandonne ses deux enfants encore jeunes, ensuite une mère qui meurt du cancer une dizaine d'années plus tard, c'est certain que ce passé n'est pas facile à oublier. »

Quand tout le monde fut couché, il lui murmura :

— Finalement, endosser le costume du père Noël m'a rappelé qu'une année, mon père l'avait fait. C'est le seul souvenir des fêtes que j'ai de lui.

Marie-Andrée se colla contre son homme, si fière de l'aider à se créer de meilleurs souvenirs. Puis elle s'étira voluptueusement et goûta le plaisir jouissif d'être enfin étendue dans son lit, sous la douillette chaude. Chaque millimètre de son corps appréciait ce moment béni où plus rien ne la sollicitait. Elle n'avait qu'à se laisser glisser dans le sommeil, souriant à la pensée du magnifique collier or et argent qu'elle avait admiré au Salon des métiers d'art et que Ghislain lui avait offert tout à l'heure, avec les boucles d'oreilles assorties.

— Si j'avais su que c'était mon père qui payait les cadeaux, ajouta-t-il, songeur, peut-être que je les aurais appréciés davantage.

Marie-Andrée ne répondit rien, déjà emportée par le sommeil.

Elle croyait s'être à peine assoupie, quand elle entendit les enfants jouer au salon. Elle se leva sans bruit, enfila sa robe de chambre et referma doucement la porte derrière elle. Diane avait déjà fait déjeuner les enfants qui, comme elle, n'avaient pas vraiment faim. Sylvie dormait encore au sous-sol avec son père. Marie-Andrée se versait un café en bâillant quand Diane se lança sans plus attendre.

Selon son habitude, négligeant le fait que sa sœur ait mille détails à gérer ce matin, Diane fut concise et formula sa demande à voix basse, mais d'un ton si ferme que Marie-Andrée, sa cadette, eut l'impression tant de fois ressentie et si désagréable qu'elle recevait un ordre. Aussi dut-elle faire un effort pour s'arrêter à la demande elle-même : sa sœur avait besoin d'un endroit pour respirer.

— T'es pas sérieuse ? s'exclama Marie-Andrée.

Diane était stupéfaite du peu de compassion de sa sœur envers elle, alors qu'elle vivait une étape très difficile de sa vie. Son réflexe fut de protester et de l'attaquer, mais, se rappelant à temps que Marie-Andrée était sa seule bouée, elle préféra plaider sa cause.

— En partant d'ici, on va aller quelques jours chez Louise et chez papa, ensuite Gilbert retournera à Chicoutimi avec les enfants. J'aurais besoin d'être à Montréal, tu comprends, pour me chercher un emploi.

— Tu quittes vraiment Gilbert, un si bon père? insista sa sœur avec incrédulité. Tes enfants, aussi? ajouta-t-elle d'une voix pathétique.

La culpabilité si péniblement refoulée submergea Diane de nouveau. Déjà déçue d'elle-même, elle s'accabla de reproches. Une fois de plus. «Je sais que je ne suis pas une mère adéquate! Mais je n'arrive pas à justifier ma vie par le fait d'élever deux enfants! J'ai essayé: je n'y arrive pas. J'y peux rien! C'est si difficile à comprendre, ça?

— J'essaie de te suivre, murmura sa sœur, craignant que leur conversation soit entendue, mais franchement, j'y arrive pas.

— Tu n'as pas à me suivre, non plus, comme tu dis. C'est ma vie! Ça ne te regarde pas.

— Ça ne me regarde pas, répéta Marie-Andrée, heurtée, mais c'est ici que tu veux venir! Et ça, ça me regarde, imagine-toi donc!

Soudain, Diane se sentit malheureuse et pas à sa place. Ces dernières années, elle avait fini par comprendre qu'elle n'était bien nulle part; du moins, pas longtemps. Après l'enthousiasme du début, chaque fois qu'elle accomplissait un de ses beaux rêves, elle paniquait en s'y impliquant, comme si elle souffrait d'une sorte de claustrophobie.

À Valbois, adolescente, Diane rêvait d'enseigner. Après seulement quelques années de travail à Montréal, elle s'était lassée de cette profession. L'Exposition universelle de 1967 lui avait ouvert des horizons et lui avait fait prendre une décision radicale: aller instruire les enfants du tiers-monde. Les Services universitaires de coopération internationale (SUCO) l'avaient acceptée et assignée en Afrique, en Côte d'Ivoire.

C'est dans ce contexte qu'elle avait connu Gilbert, coopérant québécois, lui aussi. L'année suivante, elle l'avait épousé par amour, pour se rendre compte quelques années plus tard qu'elle avait plutôt aimé leur idéal commun. Mais sa quête s'étant vite effritée, son amour pour Gilbert en avait sérieusement pâti. Alors, elle avait souhaité ardemment devenir enceinte, pour se donner un but, peut-être...

Ensuite, tout s'était enchaîné. Les fausses couches à répétition, une grossesse à risque, la mort de sa mère, son retour précipité d'Afrique, et définitif, son séjour à Valbois avec Gilbert, la naissance de René, la décision de rester pour prendre soin de son père veuf, la brouille avec lui parce qu'il s'était rapidement fait une amie, Yvonne Sansoucy, l'installation définitive à Chicoutimi, la naissance de Sylvie et le quotidien avec un mari et deux enfants, dont un bébé difficile.

Deux ans plus tard, elle laissait tout tomber. La vie de mère au foyer l'étouffait, tout autant que la perspective de retourner à l'enseignement. Elle n'avait même plus de grands rêves : elle les avait tous réalisés ! « Au fond, je suis comme papa, qui n'était bien ni aux chantiers ni à la maison », s'était-elle avoué, désabusée.

— Puis ? dit-elle rudement en revenant à la charge. Tu dis quoi ?

Agressée par le ton vindicatif, Marie-Andrée se raidit.

— Comme tu dis, ta vie t'appartient ! répliqua-t-elle sèchement en se versant du café.

— Réponds ! la somma Diane. M'aides-tu ? insista-t-elle d'une voix suppliante.

— On n'a que la chambre au sous-sol à t'offrir. Et une seule salle de bains pour tout le monde, crut bon de préciser Marie-Andrée.

Sa sœur respira.

— Pas de problèmes ! Je ferai comme vous autres.

« Avec nous autres ! » faillit préciser l'hôtesse, soudain fatiguée.

Si leur mère Éva s'était trouvée dans la pièce en ce moment, elle aurait eu tôt fait de s'imposer et de lui ordonner d'aider sa sœur sans tergiverser. Elle ne lui aurait pas donné un ordre formel (quoi que cela n'eût pas été impossible), mais Marie-Andrée se serait sentie si égoïste de laisser quasiment sa sœur dans la rue qu'elle n'aurait pas pu refuser. « Comment se fait-il qu'avec ma famille, je me sens toujours piégée ? Comment se fait-il qu'avec eux, je ne suis jamais libre de décider en fonction de moi ? » se demanda-t-elle en ouvrant le réfrigérateur pour se donner une contenance.

— En échange de votre hospitalité, s'empressa d'ajouter Diane, nerveuse et humiliée de quémander et surtout d'avoir dû insister, je ferai le ménage.

Pour se justifier, elle ajouta :

— Tu ne peux pas tout faire, insista-t-elle d'un ton de reproche singulièrement semblable à celui de leur mère.

« Du ménage ? Elle ferait du ménage ici quand elle dit ne plus pouvoir en faire chez elle ? » Marie-Andrée soupira, cherchant à gagner du temps.

— Il faut que j'en parle à Ghislain.

— Il a dit oui.

La colère lui empourpra les joues ; elle se sentait trahie par son mari et sa sœur.

— Dans ce cas, pourquoi tu m'en parles ? Arrange-toi avec lui !

Les deux sœurs se toisaient. Soudain, Marie-Andrée eut une intuition :

— Tu ne vas pas annoncer ça aujourd'hui ? Pas le jour de Noël ? s'écria-t-elle.

Elle entrevit son repas des fêtes gâché par cette triste nouvelle. Son père, qui, stressé, lançait des paroles qu'il s'était efforcé de retenir toute sa vie, ferait-il une scène ? Et Gilbert ? Diane n'allait tout de même pas annoncer leur séparation en sa présence ? De quoi le blesser profondément et mettre tous les autres mal à l'aise.

— Diane ! dit-elle d'un ton ferme. Ça fait des semaines que je me démène pour bien recevoir la famille. Tes histoires de couple, garde-les pour toi aujourd'hui, tu m'entends ? Si tu gâches mon souper de Noël, je ne sais pas ce que je te fais !

— Ton souper, hein ? se rebiffa sa sœur. C'est tout ce qui compte pour toi ! Puis moi, là-dedans, je compte moins qu'un souper ?

Déconcertée par la demande d'hospitalité, exaspérée par la phrase manipulatrice, Marie-Andrée se leva brusquement et posa rudement sa tasse de café sur le comptoir.

— Diane, on verra ça plus tard ! conclut-elle abruptement.

Tournant le dos à sa sœur stupéfaite, elle alla prendre une douche, plus pour se défouler que pour se laver. De toute façon, elle devait remettre la maison en ordre, préparer à dîner pour deux familles et mettre la dernière main au buffet de ce soir avant l'arrivée des convives.

Dans l'après-midi, Louise, leur sœur aînée, toujours soucieuse de son apparence, et son mari Yvon, qui grisonnait de plus en plus, arrivèrent les premiers. Leur père, Raymond Duranceau, était avec eux. Celui-ci arborait une crinière presque blanche qui contrastait avec la chevelure teinte en blond de sa compagne, Yvonne Sansoucy. En apprenant que son fils Marcel ne serait pas de la fête, le père manifesta sa contrariété, ce qui blessa Diane.

— C'est à croire que ses trois filles ensemble comptent moins que son fils ! maugréa-t-elle.

— Faut le comprendre, c'est le seul qui lui reste, tempéra Louise, faisant allusion à la mort accidentelle de Luc, leur jeune frère, quelques années auparavant.

Marie-Andrée en voulut à son père de cette saute d'humeur, mais, bonne hôtesse, elle ne la releva pas. Pour sa part, Diane s'efforça de se montrer aimable avec Yvonne Sansoucy. Le rejet qu'elle lui avait déjà démontré était révolu, mais la relation entre les deux femmes était restée fragile.

Marie-Andrée offrit son cadeau à son père, qui le déballa sans hâte, intimidé de le recevoir dans un emballage si joli. L'objet enfin extirpé suscita chez lui une mine interrogative.

— C'est quoi ? dit-il en sortant d'une boîte de carton quelque chose qui ressemblait à un appareil.

— Un répondeur, papa ! s'exclama Louise. Comme ça, vous ne manquerez aucun appel de vos enfants.

— Pas la machine qui nous parle, toujours ? geignit Yvonne. Ça me gêne tellement, ces affaires-là, que je raccroche.

— Vous allez vous habituer, les encouragea Marie-Andrée. On en a un depuis deux ans, et on ne peut plus s'en passer.

Devant le peu d'intérêt de son père pour ses encouragements, elle n'insista pas. Diane maugréa :

— Yvonne a quasiment l'air terrorisé. Ça ne l'aide pas.

— Maman en aurait fait autant. Les technologies nouvelles, c'est pas facile pour les gens âgés.

Les enfants ne restèrent pas longtemps avec les quatre visiteurs adultes qu'ils voyaient peu souvent. Par contre, quand tante Monique, la jeune sœur de son père, arriva avec son mari Gaétan et leur fillette Sophie, Marie-Ève fit la fête à sa cousine de deux ans et l'entraîna avec René et elle. Quant à la petite Sylvie, elle consentit enfin à quitter ses parents et se joignit à eux. Mais Marie-Ève, qui voulait se montrer savante en faisant semblant de leur lire l'histoire qu'elle connaissait le mieux, perdit rapidement son auditoire. Sophie et Sylvie, du même âge, ne tardèrent pas à jouer ensemble et ignorèrent les deux autres. René et le chat se couraient après parmi les adultes, Marie-Ève les rejoignit, et les parents durent intervenir, quand, en désespoir de cause, le chat traqué sauta dans l'arbre de Noël, qu'Yvon agrippa de justesse.

Le calme revenu, Marie-Andrée sortit du frigo une assiette d'amuse-gueules.

— Gaétan est toujours en arrêt de travail ? demanda-t-elle à sa belle-sœur Monique.

— Oui et non. Sa grande fatigue du début de l'année est passée. Il pourrait travailler, mais à mi-temps seulement, selon les médecins. Finalement, après avoir calculé, on a décidé que c'était aussi bien qu'il s'occupe de la maison et qu'il prenne soin de la petite. Comme ça, il se fatigue moins que d'être sur les routes comme commis voyageur, et il n'est plus absent comme avant. En plus, je n'ai plus besoin de gardienne. Avec mon salon de coiffure dans le sous-sol, je monte manger quand j'ai le temps, c'est toujours prêt. La maison est propre. Franchement, il est plus méticuleux que moi ! avoua-t-elle avec un rire forcé.

— T'en as de la chance ! Dans le fond, ton frère et moi, avec nos deux salaires, nos deux autos, les vêtements pour le bureau, les frais de garderie et l'impôt, il nous en reste moins qu'on pense. Ton salon marche comme tu veux ?

— Oh oui, affirma Monique presque à regret en retouchant machinalement sa coiffure, impeccable comme d'habitude.

Marie-Andrée l'admirait sincèrement. Elle la regarda replacer l'une des fines bretelles de sa robe noire, trop courte et trop ajustée pour une femme aussi petite et potelée, mais qui mettait indéniablement en valeur sa belle poitrine. Elle s'attarda cependant à un autre aspect de sa vie. Marie-Andrée pouvait bien se l'avouer, quand elles étaient colocataires, et qu'elle s'était inscrite à des cours du soir aux HEC, elle avait jugé avec condescendance Monique et ses cours de coiffure. Aujourd'hui, celle-ci possédait un salon de coiffure avec une clientèle fidèle qui augmentait régulièrement et deux employées à temps partiel.

— Tu es en train de devenir une vraie femme d'affaires ! reconnut-elle avec sincérité.

— Voyons donc ! Je suis juste une coiffeuse !

— Et alors ? Tu es quand même en train de créer une PPE.

— C'est quoi, ça ?

— Une petite, petite entreprise !

— Ah ben, dans ce cas-là, c'est une « entreprisette » ! s'amusa Monique.

— As-tu peur de gagner de l'argent ? L'argent, ça ne sert pas seulement à payer l'épicerie, des factures ou une maison. Quand on en a plus, eh bien, on peut épargner, voyager ! C'est pas sale, l'argent.

— Nous autres, les femmes, on connaît moins ça, répliqua vaguement Monique pour changer de sujet.

— Au contraire ! C'est presque toujours les femmes qui gèrent l'argent de la famille. Je vois ça souvent, comme agente de crédit. Puis, toi, avec ton commerce, tu engages du monde, tu fais tourner l'économie. C'est pas rien !

— Exagère pas. J'ai juste un petit salon de coiffure.

— C'est déjà pas mal ! As-tu peur de réussir ? insista Marie-Andrée. T'es aussi capable qu'une autre. Tiens, par exemple, tu te rappelles la Québécoise qui a créé des produits de beauté, il y a une dizaine d'années ? Voyons, comment elle s'appelle, déjà ? Louise Trottier... Lise Walter... Non, Watier ! Lise Watier, c'est ça. Peut-être que son affaire grossira, on ne sait jamais.

— Voyons donc ! l'arrêta Monique d'un ton agacé. Comme si les produits de beauté d'une petite Québécoise pouvaient concurrencer ceux importés de France ! T'as beau travailler dans une caisse populaire, reviens sur terre. Mon but dans la vie, moi, c'est pas de faire de l'argent, tu sauras ! conclut-elle avec une sorte de mépris, en rejoignant les autres.

« J'ai mon voyage ! s'irrita Marie-Andrée. À sa place, n'importe quel coiffeur serait ravi de voir son commerce prendre de l'expansion. C'est vrai que les femmes ont aussi besoin d'énergie pour leur famille, nuança-t-elle. On ne peut pas quand même pas " performer " vingt-quatre heures sur vingt-quatre ! Mais dans son cas, Gaétan s'occupe de leur maison et de la petite, Monique a entre les mains toutes les conditions gagnantes pour développer son salon de coiffure ! Mais non ! Pas de danger qu'elle le fasse ! Les femmes, on dirait qu'elles sont gênées d'avoir de l'argent et qu'elles ont peur de faire profiter le peu qu'elles ont ! »

Au salon, le sapin de Noël, artificiel mais vert et bien fourni, ne plaisait pas à Raymond Duranceau qui, n'y tenant plus, lança le blâme qu'il ressassait depuis son arrivée.

— Noël sans un vrai sapin, c'est pas Noël !

— Il est artificiel, mais bien fait, admira son gendre Yvon, autant par sincérité que pour ménager la fierté de ses hôtes. En ville, c'est peut-être pas facile d'avoir de beaux sauvageons. Vous rappelez-vous, le beau-père, les arbres artificiels argentés ? C'était quétaine, vrai ! Mais on trouvait ça bien beau, dans les années soixante ! Il était temps qu'ils en inventent des beaux comme celui-là.

Monique se constitua une petite assiette de hors-d'œuvre que sa belle-sœur venait d'apporter et s'assit près de son mari Gaétan, grand et osseux, qui lui fit une place confortable près de lui.

— Nous autres aussi, on a un sapin artificiel, dit-elle en regardant Yvon à la dérobée, qui, décidément, plongeait les yeux dans son corsage. En fait, on en a deux parce qu'il m'en fallait un, aussi, pour le salon de coiffure. Mais ils sont beaucoup plus petits, j'ai pas les moyens de mon frère, ajouta-t-elle avec une admiration béate dans la voix.

Sa remarque excluait l'apport monétaire de Marie-Andrée. Pour Monique, le pourvoyeur, c'était l'homme. Elle l'avait durement constaté, toute jeune, quand le départ de son père avait plongé la famille dans la pauvreté. Quand, plus tard, elle avait suivi son cours de coiffure, elle avait envisagé d'exercer son métier avant de se marier et peut-être un peu après, à ses heures, question de s'offrir du luxe. Sa vision du couple s'était cependant désagrégée avec la maladie de son mari : elle avait été mutée sans transition au poste de pourvoyeuse. Aussi, depuis qu'elle était le seul soutien de famille, Monique parlait des finances à la première personne. Elle en voulait à son mari de cette inversion des rôles qui, selon elle, n'était pas dans l'ordre des choses.

Elle regarda le salon et l'aire ouverte jusqu'à la salle à manger. La table, allongée de ses trois panneaux et recouverte d'une large nappe de dentelle, disparaissait peu à peu sous les plats qu'y disposait Marie-Andrée : crudités et trempettes, sandwichs, bouchées à ceci et à cela, larges tranches de jambon et de rosbif froid, salades diverses, quatre sortes de vin, des fromages importés, des bières et des boissons gazeuses.

Soudain, Monique en voulut à Marie-Andrée, qui recevait certainement un bon salaire, et dont le mari gagnait encore plus. Elle en voulut à Diane, qui restait à la maison pour élever ses deux enfants. Elle en voulut à Louise, l'aînée des Duranceau, qui était retournée sur le marché du travail depuis que ses trois enfants étaient adolescents, même si elle n'avait pas besoin financièrement de travailler et même si son mari semblait en désaccord avec sa décision. « À côté des filles Duranceau, je fais vraiment pitié ! » se persuadat-elle. L'insouciance qu'elle affichait, jeune adulte, avait fait place à de l'aigreur envers ses illusions perdues. Son amertume dériva : elle se sentit de trop et se crut invitée par charité à cette fête de famille. « Au moins, c'est bon ! » se réjouit-elle en avalant avec appétit un canapé au crabe.

Marie-Andrée s'assit enfin et accepta le verre de muscadet que lui tendait sa sœur Louise. Une idée lui vint tout à coup : « Si c'était elle qui recevait la famille, à Granby, est-ce que Diane lui demanderait de l'héberger ? » Un regret insidieux du voyage dans le Sud traversa son esprit, puis elle soupira, honteuse de sa mesquinerie. « Diane doit traverser une mauvaise passe, ça arrive à tout le monde. Si on ne peut même plus compter sur sa famille ! »

Avait-elle accepté d'héberger sa sœur ou s'était-elle résignée ? Ou les deux ? Elle se sentait la petite dernière, comme dans la maison familiale à Valbois, quand elle perdait son propre lit, offert par quelqu'un d'autre, et à d'autres personnes. Elle espéra seulement que sa sœur serait la Diane de l'Expo 67, celle de leur rencontre à Paris, et se demanda plus sereinement ce qu'elle était devenue.

Sur ces entrefaites, Ghislain lui demanda où se trouvait l'ouvre-bouteille, et elle le rejoignit à la cuisine.

— C'est quoi, l'affaire de Diane ? chuchota-t-elle avec un ton contrarié. Tu lui as dit oui ? Et moi, là-dedans, je suis quoi ? J'ai même pas eu mon mot à dire ?

— Tu refuserais d'aider ta sœur ? marmonna-t-il avec un étonnement sincère. Tu ferais vraiment ça ? redemandat-il avec indignation.

La sonnerie de l'entrée retentit fortement et à plusieurs reprises, puis la porte s'ouvrit largement, et Marcel entra avec assurance. Il s'arrêta devant sa famille réunie qui se levait joyeusement et venait à sa rencontre. Une émotion inattendue le saisit, peut-être liée au fait d'arriver sans sa femme, pour la première fois en une quinzaine d'années. Pour chasser son trouble inattendu, il crâna et poussa son fils Kevin devant lui pour se donner une contenance. Mais le jeune garçon de dix ans, intimidé, ne fit que deux pas, réclamé de tous côtés pour une embrassade.

Le père et le fils ne se ressemblaient que de visage. Marcel était trapu, avec une stature un peu carrée comme celle de son père, Raymond Duranceau ; tenant de sa mère, la silhouette plus élancée, Kevin serait, plus tard, grand comme les hommes du côté maternel. Leurs caractères aussi différaient. Marcel faisait le fanfaron et s'exprimait d'une voix forte, Kevin était observateur et réservé, comme Pauline.

— Qu'est-ce que t'as fait de ta femme ? demanda Raymond au lieu de saluer son fils et son petit-fils.

Il y eut un silence. Marcel n'avait pas le goût d'entrer tout de suite dans les détails et il improvisa.

— On l'a laissée chez sa sœur, à Montréal.

Kevin se retourna vers lui avec un air interrogateur. Il allait rectifier quand son père le fit taire d'un regard sévère.

— Enlève ton manteau, lui dit-il. Bon, se reprit-il d'un ton joyeux, avez-vous assez de nourriture pour deux quêteux du temps des fêtes ?

Déjà, Louise embrassait chaleureusement son cadet de deux ans, son préféré. Cependant, elle décela une nervosité inhabituelle chez lui. Raymond ne vit rien de tout cela et n'exprima que son sentiment d'être déphasé.

— Depuis quand une femme n'est pas avec son mari le jour de Noël ? bougonna-t-il. Tout est tout croche, aujourd'hui ! Mon gars arrive sans sa femme. On n'a même pas un repas à table ! En plus, radota-t-il, c'est même pas un vrai sapin de Noël !

Marie-Andrée resta interdite devant ces reproches mesquins, puis sa fatigue la rendit amère.

— Au cas où vous ne l'auriez pas remarqué, papa, il n'y a pas que ça qui a changé. Maman et Luc ne sont plus là.

Il y eut un silence puis Louise ajouta :

— Mais Yvonne est là, avec nous autres, et la sœur de Ghislain, son mari et leur fille, et on est bien contents.

— La vie continue, le beau-père ! ajouta Yvon d'un ton ferme.

Marcel était soulagé de ne plus être le centre d'intérêt, et Marie-Andrée entraîna son frère et son neveu vers le buffet.

— Servez-vous, leur dit Ghislain. Ma femme en a fait pour cinquante !

— C'est vraiment une belle surprise que tu nous fais là, Marcel. Toi aussi, Kevin, ajouta-t-elle avec un grand sourire triste qui rassura tout de même le jeune garçon.

Inconscient du remous qu'il avait suscité, Raymond promena un regard de chef de famille. Les trois enfants de Louise n'y étaient pas, mais il les voyait régulièrement parce qu'ils demeuraient toujours à Granby ; il avait même réveillonné avec eux, la veille. Nathalie, à vingt et un ans, était déjà une jeune femme et avait un ami sérieux ; elle travaillait dans un salon d'esthétique. Johanne, à dix-neuf ans, finissait son cours de technicienne en comptabilité au cégep. Simon, à bientôt dix-sept ans, achevait son secondaire V et ne savait pas encore dans quoi se diriger, bien que tenté par l'enseignement, comme son père. Le manque de ses autres petits-enfants l'étreignit, et le grand-père le tourna en blâme.

— Comment ça se fait que les enfants de Luc ne sont pas là ? T'aurais pu les inviter, lança-t-il soudain à sa fille sur un ton de reproche. C'est pas parce que leur père est mort qu'ils ne sont plus mes petits-enfants.

— Bien sûr que j'ai invité Élise ! se défendit Marie-Andrée, déçue et blessée par le peu d'appréciation de son père pour tout le mal qu'elle s'était donné. Mais elle n'était pas libre. Aujourd'hui, elle est chez les parents de son ami Hubert et, au jour de l'An, ils iront dans la famille d'Élise. Après, elle ne veut plus bouger, paraît-il. Au fait, ajouta-t-elle pour faire diversion, saviez-vous qu'elle vend ses tissages à la boutique d'antiquités de Patrice et Françoise, à Joliette ?

— C'est vrai, elle tisse, se rappela Louise. Elle ne t'avait pas offert des napperons ?

— Oui, c'est bien ça. Maintenant, elle crée aussi des nappes, des vestes.

Indifférent aux créations de la jeune veuve de son fils, Raymond Duranceau rouspéta :

— On sait ben, nous autres, les Duranceau, on compte plus ! Si je vois pas mes petits-enfants aux fêtes, quand est-ce que je vais les voir ?

— On pourrait les inviter, suggéra Yvonne Sansoucy, en appuyant sur le « on », question de marquer clairement sa place dans le couple.

— C'est tous ensemble que je veux les voir ! ronchonna Raymond avec obstination.

Sa compagne n'ajouta rien. Son Raymond était comme ça : bourru pour cacher ses émotions. Il n'acceptait pas facilement, non plus, que quelqu'un, surtout une femme, ait une bonne idée avant lui, et encore moins en présence d'autres personnes. La veuve petite et replète baissa les yeux et lissa sa jupe du revers de la main. Constamment soucieuse de plaire à son homme, elle avait sacrifié le confort au profit de l'élégance, portant un ensemble avec une blouse chic, mais au tissu glacé. Toutefois, ses vêtements ne réussissaient décidément pas, aux yeux de la famille Duranceau, à donner à cette femme ordinaire la prestance naturelle qu'avait toujours eue Éva, la mère et l'épouse disparue.

Yvonne le savait peut-être, mais ne s'en formalisait pas outre mesure. Elle aimait sincèrement Raymond Duranceau et en avait fait le centre de sa vie, ce qui semblait important et rassurant pour lui. De plus, sa nourriture appétissante et abondante lui plaisait, et sa façon de se comporter au lit encore plus. Sûre d'elle, elle n'insista pas pour recevoir la famille de Luc, le plus jeune fils de Raymond qu'elle n'avait pas connu.

Marie-Andrée profita du court silence pour appeler sa fille du haut de l'escalier.

— Marie-Ève, René, montez. Votre cousin Kevin est là.

La fillette aux cheveux roux surgit avec empressement et s'arrêta sur la dernière marche, intimidée par ce grand cousin. Le garçon de dix ans, pas plus à son aise qu'elle, trouva par contre sa petite cousine très, très jolie et lui adressa un sourire détendu. Une fois de plus, Lundi permit de briser la glace. Le chat flaira effrontément le garçon et, à la surprise de Marie-Ève, il sauta sur l'épaule du visiteur en ronronnant. La fillette arbora un large sourire : si son chat aimait son cousin, elle l'aimait aussi. Elle en oublia René, qui s'en chagrina.

— Veux-tu jouer avec nous ? demanda-t-elle en retrouvant son aplomb.

Le garçon jeta un coup d'œil à la ronde. Devait-il demeurer avec les adultes ? Non, il était trop intimidé. Se servir au buffet et aller souper avec « les petits », comme il nommait déjà Marie-Ève et René ? À choisir, il se sentait plus à son aise avec les deux enfants. Son père le regarda se servir au copieux et appétissant buffet. Des souvenirs de table familiale bien garnie réconfortèrent Marcel et lui permirent d'échapper, pour quelques instants, à son quotidien difficile.

Puis il regarda sa jeune sœur, qui ne manifestait qu'une surprise relative face à l'absence de Pauline. « Elle le sait », conclut-il, s'étonnant une fois de plus que leur voyage imprévu ait rapproché à ce point les deux belles-sœurs et que leur connivence ne se soit jamais démentie depuis, même en se rencontrant si peu souvent.

— Comme ça, t'es de son bord ? lui dit-il brutalement à voix basse.

Marie-Andrée se sentit agressée et aurait répliqué vertement si ce n'avait pas été son frère aîné, quasiment un inconnu pour elle. Non, elle n'était du bord de personne. Elle souhaitait seulement que chacun d'eux souffre le moins possible.

— Tu savais, pour le petit ? Le bébé ! précisa-t-il d'un ton amer.

Marie-Andrée acquiesça.

— En fait, je n'ai pas eu de nouvelles depuis septembre, quand vous étiez venus à Montréal, pour tes affaires.

Marcel se fit un malin plaisir de lui en donner. De Winnipeg, son rival avait fait une demande d'emploi à Toronto comme enseignant dans une école primaire et il avait obtenu une suppléance de six mois.

— Il n'a même pas un emploi sûr ! Tu te rends compte ? Elle me laisse, moi, un cadre, pour ça ! Les femmes sont des connes !

— C'est gentil pour moi, ça ! protesta sa sœur.

Son frère aîné la regarda durement. « Il croit que je suis contre lui », se chagrina-t-elle. Puis refusant de penser à elle, elle se soucia de son neveu.

— Au moins, Pauline et toi serez à Toronto, tous les deux. Ce sera plus simple pour Kevin.

— Tu penses ça ? rétorqua Marcel avec un triomphe rageur dans le regard. Elle a dit qu'elle ne voulait pas aller au Manitoba à cause de Kevin. Eh bien, elle s'est mis le doigt dans l'œil jusqu'au coude, parce que moi, ajouta-t-il avec une telle fureur dans les yeux que sa sœur en fut presque effrayée, moi, j'ai exigé d'être transféré à Montréal. Et je garde Kevin !

Le cœur de mère de Marie-Andrée se crispa de douleur. Elle s'imagina privée de Marie-Ève, par méchanceté, en plus. La colère lui empourpra les joues.

— Tu sépares Kevin de sa mère par vengeance envers ta femme ? dit-elle rudement à voix basse, en essayant de ne pas être entendue de Kevin.

— Mon « ex »-femme, précisa son frère, étonné d'être blâmé. Puis, je ne suis pas un sans-cœur, tu sauras. Kevin, c'est mon petit gars à moi aussi.

Apprendre du même coup qu'il n'était pas le père du bébé et que sa femme le quittait incessamment l'avait foudroyé, n'ayant jamais perçu, selon lui, aucun signe de tiédeur dans leur couple. Dans sa rancœur, il avait juré que jamais Pauline n'aurait la garde de leur fils, et les pleurs et les colères de la mère n'y avaient rien changé. Marcel était en train de régler la situation : il allait placer Kevin dans un pensionnat, à Montréal.

Au salon, Ghislain et Gilbert étaient en grande discussion au sujet du produit électronique dernier cri. D'ailleurs, la majorité des gens ignorait l'existence de cet appareil, et ceux dont la compagnie possédait un système informatique se moquaient de ce qu'ils appelaient une « bébelle », convaincus de sa médiocre performance. Et ce, parce que le format était étonnamment petit comparativement aux ordinateurs qui, dans les années soixante, remplissaient une pièce au complet. Quoi qu'il en soit, ce nouvel appareil, du nom de *personal computer* ou, familièrement, PC, était impressionnant pour qui en possédait un.

— J'ai un Texas Instruments, se vanta Ghislain. Ça marche bien, cette bébelle-là. Puis toi, Gilbert, qu'est-ce que t'as ?

— Oh moi, j'ai deux enfants à faire vivre. Un ordinateur personnel à plusieurs milliers de dollars, c'est pas ma priorité. Mais à l'école, ils viennent d'acheter un IBM. Il paraît que c'est tout nouveau et pas mal prometteur.

Marcel se joignit à la conversation.

— Le mien, c'est un Osborne.

Devant le sourire presque condescendant de Ghislain, il prit son temps pour lui asséner le coup de grâce.

— C'est des grosses machines, vos affaires, ajouta Marcel. Le mien, dit-il en les faisant languir, je le transporte avec moi.

— Un ordinateur transportable ? s'amusa Louise. Ça te prendrait une vraie grosse valise pour le transporter, mon petit frère.

— Pas un transportable, dit-il à sa sœur, un portable, annonça-t-il victorieusement. J'ai tout là-dedans : ordinateur, écran, clavier. Qu'est-ce que t'en dis, mon Ghislain ?

Marie-Andrée s'étonna. Non pas des appareils, portables ou non, mais de la connivence instantanée qui venait de se créer entre les beaux-frères, pourtant si différents. « Ils s'amusent comme des petits gars devant un jouet neuf. C'est bien la première fois que je les vois s'enthousiasmer sur un même sujet. »

— Mon doux ! s'irrita Louise. C'est à croire qu'on n'existe plus ! Au bureau où je travaille, il y en a aussi, des ordinateurs. Nous autres, les femmes, ça ne nous énerve pas tant que ça.

— Vous avez tort, les femmes. Cette machine-là, ça va révolutionner le monde du travail. Vous verrez que j'ai raison.

Marie-Andrée haussa les épaules. « Une machine restera toujours une machine ; ça ne remplacera jamais le jugement de l'être humain. » Elle resservit des boissons, s'occupa de son père et d'Yvonne qui, décidément, faisaient bande à part. Après avoir retrouvé son aplomb, Marcel profita de l'absence de Kevin dans la pièce pour informer sa famille, sans ménagement, du départ de Pauline. Les Duranceau tombèrent des nues.

— Elle a abandonné son fils ? s'écria Louise, bouleversée.

— Oui, madame ! rétorqua vivement Marcel, de plus en plus nerveux et hargneux. Remarque qu'elle s'en fout, elle est enceinte d'un autre ! ajouta-t-il avec une amertume mal contenue.

Sa remarque le força cependant à fournir d'autres détails.

— Un gars du Manitoba ? s'étonna Diane. Mais elle l'a rencontré où ?

— À Toronto, l'an passé. En fait, c'était en France, quand elle y est allée avec Marie-Andrée.

Les regards se tournèrent vers l'interpellée, qui se sentit tout à coup traîtresse à sa famille.

— J'ai rien à voir là-dedans, s'emporta-t-elle. Je ne l'ai appris qu'en septembre.

— Septembre ? Tu le sais depuis des mois et tu ne nous en as rien dit ? reprocha Louise, l'aînée de la famille qui se croyait obligée de jouer le rôle de leur mère disparue.

On plaignait Marcel, on blâmait Pauline, on s'inquiétait pour Kevin, on ne croyait pas tout à fait Marie-Andrée. Agacée, celle-ci regrettait presque l'arrivée de son frère, qu'elle avait pourtant souhaitée. Raymond passa nerveusement sa main noueuse dans ses cheveux blancs, dépaysé comme autrefois quand il revenait régulièrement des chantiers hydroélectriques de Manicouagan.

— Un divorce dans la famille ! reprocha-t-il sévèrement à son fils, ta mère n'aurait jamais accepté ça !

— Voyons donc, papa, protesta Diane en évitant de regarder Gilbert, une telle décision, c'est l'affaire d'un couple, pas des parents.

— T'as raison, ma fille, répliqua-t-il, offusqué. Mais laisse-moi te dire que j'accepterai jamais que mes enfants reviennent à la maison à cause d'une affaire de même.

Marcel le toisa, agressif.

— Qui parle de retourner chez vous ? On est tous des adultes, on a passé l'âge de retourner à Valbois au moindre problème.

Diane recula dans son fauteuil. Enceinte, ne s'était-elle pas réfugiée à Valbois, à son retour précipité d'Afrique ? Puis, elle eut l'envie impulsive de parler d'elle et de Gilbert. « Tant qu'à y être : deux divorces, c'est pas pire qu'un seul ! » Inconsciemment, elle jeta un coup d'œil à Marie-Andrée, qui la dévisagea avec une telle appréhension qu'elle hésita.

Rassurée pour le moment, l'hôtesse n'en voyait pas moins son modèle romantique de fête familiale fondre à chaque phrase. Elle enchaîna nerveusement, croyant apaiser la tension :

— Vous dites ça sur le coup de l'émotion, papa. Si l'un de vos enfants est mal pris – j'imagine qu'un divorce, c'est pas une partie de plaisir –, je suis sûre que vous ne le laisserez pas dehors.

Devant le silence et le visage durci de leur père, Louise protesta :

— Ben, maman, elle, elle ne nous aurait pas revirés ! Si nos parents ne nous aident pas quand ça va mal, qui va le faire ?

Marie-Andrée voyait sa réception prendre une drôle de tournure et se sentait humiliée qu'Yvonne et la famille de Monique assistent à une telle discussion familiale. Ce fut pourtant Yvonne qui vint à sa rescousse.

— Prends pas ça à cœur de même, lui murmura cette dernière en tapotant la main de Raymond largement étendue sur le rebord du fauteuil en velours gris. Puis, se tournant vers les Duranceau, elle afficha un air serein. « Je le ferai changer d'idée ! » semblait dévoiler son regard assuré, qui les mortifia.

Soulagé d'être compris par quelqu'un, Raymond se trouva moins seul dans cette fête de Noël si différente de celles qu'il avait connues pendant tant d'années avec Éva.

Diane regarda son père et en eut pitié. « Pourquoi lui gâcher son Noël encore davantage ? Comment pourrait-il accepter que l'une de ses filles quitte son mari même sans adultère, ni violence ni ivrognerie ? Je me ferais rabaisser devant tout le monde pour rien. Il le saura bien assez vite. »

Raymond décocha un clin d'œil à Louise. Elle comprit, contrariée, qu'il voulait partir. « J'ai été gentille : je les ai reçus, lui et Yvonne, pour le réveillon, hier. Ce soir, c'est à mon tour d'être reçue. Pourquoi je ne pourrais pas en profiter ? Heureusement qu'il a Yvonne, sans ça, on passerait notre temps à s'occuper de lui, ma foi ! » Elle s'en voulut aussitôt. N'était-elle pas privilégiée de pouvoir le rencontrer si souvent, elle qui ne pourrait plus jamais revoir sa mère ?

En soupirant, elle céda au dévouement filial. Cependant, le regard explicite qu'elle lança à Yvon suscita un refus net de la part de ce dernier, qui ne vivait pas un tel maternage vis-à-vis de son beau-père. Il le voiturait, d'accord, mais il n'était pas à son service. La famille Duranceau, éparpillée à Toronto, Chicoutimi, Anjou et Granby, se voyait si peu souvent au complet, fallait-il dorénavant écourter toutes les rencontres sous prétexte que Raymond se faisait vieux ? « Décidément, depuis qu'il a eu soixante-dix ans, il en a beaucoup perdu ! »

Yvon proposa, au contraire, de jouer aux cartes, ignorant le coup d'œil furieux de son beau-père. Selon la coutume familiale, les parties de cartes, tout à la fois, servirent d'exutoire pour les conflits latents, furent l'expression d'une agressivité tolérée et, bien sûr, une source de plaisir et de rires. Deux heures plus tard, Yvon donna le signal de leur départ, au soulagement de Louise, qui trouvait que son mari reluquait ouvertement le corsage généreux de la sœur de Ghislain.

Leur départ fut rapidement suivi de celui de Monique, Gaétan et leur petite Sophie. Quant à Marcel, qui avait promis à Louise de passer la voir durant la semaine, il avait loué une chambre dans un hôtel pour lui et Kevin. Marie-Andrée protesta.

— Vous n'allez pas dormir à l'hôtel un soir de Noël? protesta-t-elle, comme si cela ternissait la joie de cette fête familiale.

— On a été plus chanceux que le petit Jésus, bluffa Marcel, avec son bagout coutumier, on a trouvé une chambre plus confortable qu'une étable!

— Arrête donc! protesta Marie-Andrée. Je ne te laisserai pas faire ça.

— Ben voyons! ironisa Diane, trouvant enfin le moyen de se défouler. Marie-Andrée ne laisserait jamais quelqu'un de sa famille dans la rue!

Elles se toisèrent. Marie-Andrée se rendit compte qu'elle avait manifesté deux réactions fort différentes envers Diane et Marcel. « Diane reprochait ça à maman, se rappela-t-elle. Je ne fais quand même pas ça, moi aussi? » Puis elle rejeta ces blâmes. « Non, je ne fais pas ça. Quand on m'en laisse le choix, je suis aussi généreuse que n'importe qui. »

— De toute façon, poursuivit Diane, il y aura de la place dès demain midi. Nous partons demain matin pour Granby, chez Louise.

— Vous deviez rester deux jours ! protesta Marie-Andrée. J'ai pris des billets pour amener René et Marie-Ève à la Place-des-Arts, voir *Casse-noisette*.

— Eh bien, tu y amèneras Kevin ! répliqua Diane, frondeuse.

— On retourne à l'hôtel ce soir, décida Marcel. Pour le reste de la semaine, je verrai. J'ai des rendez-vous d'affaires.

— Raison de plus, insista Marie-Andrée. Tu ne vas pas laisser Kevin poireauter dans une chambre d'hôtel plate, tout seul ? Laisse-le ici.

— Il va passer quelques jours avec Pauline. La famille de sa mère tient à le voir, marmonna-t-il avec agacement.

« Dormir à l'hôtel le soir de Noël », soupira Marie-Andrée en refermant la porte derrière eux. Cela semblait tellement incongru selon les valeurs familiales.

Après s'être donné tant de mal pour recevoir sa famille, elle n'en retirait finalement qu'un sentiment d'échec. Rien n'avait fonctionné comme prévu, à commencer par cette histoire de père Noël et jusqu'au spectacle *Casse-Noisette*.

Une fois la maisonnée couchée, les trois enfants dans la chambre de Marie-Ève, comme la veille, Marie-Andrée eut le temps de réfléchir. Elle se sentait incapable de laisser la maison sens dessus dessous. Ghislain avait consenti à l'aider, mais le lendemain matin seulement. Quant à Diane et Gilbert, ils débattaient ce soir de questions autrement plus importantes.

Malgré ses bonnes résolutions, Marie-Andrée jeta un œil vers la cuisine désordonnée avec lassitude.

— J'ai pas le choix, soupira-t-elle à voix basse. On n'aura même pas de place pour le grille-pain au petit déjeuner.

Elle se mit à la tâche. Dans son zèle, elle s'avoua confusément qu'au réveil, la maisonnée constaterait à quel point elle était une hôtesse prévenante et organisée.

Plus tard, alors qu'elle rangeait le dernier linge à vaisselle sur la barre de la douche, le seul endroit possible pour les étendre tous, elle regarda l'heure : minuit et demi. « Au moins, fatiguée comme je suis, je vais m'endormir tout de suite », se dit-elle en bâillant. Elle sortait de la salle de bains quand elle heurta Diane qui s'y dirigeait. Cette dernière avait les yeux rouges et reniflait.

— Je voulais juste aller aux toilettes… dit-elle d'une voix épuisée en se mettant à pleurer.

Marie-Andrée l'entraîna au salon.

— Quand Marcel a annoncé sa séparation, murmura Diane, il avait l'air tellement en colère contre Pauline que ça m'a enlevé tout mon courage. Penser que Gilbert m'en voudrait à ce point-là, tu ne peux pas savoir ce que ça m'a fait.

Ainsi donc, son éloignement était une séparation définitive.

— Mets-toi à leur place, dit Marie-Andrée à voix basse. C'est eux qui sont laissés.

— Je ne le quitte pas pour un autre homme, moi ! protesta Diane en se redressant avec colère.

Comment pouvait-elle dire à sa sœur que rien n'était plus possible entre Gilbert et elle ? Comment lui avouer à quel point elle se trouvait une mère indigne d'abandonner ses enfants ? Comment oser nommer la peur que ces derniers ne le lui pardonnent jamais ?

— Je suis une sans-cœur, balbutia-t-elle en pleurant. Une vraie mère ne ferait pas ça. C'est pas pour rien que j'ai fait tant de fausses couches : je n'étais pas faite pour être mère. Gilbert est tellement mieux que moi, avec les enfants.

Ça ne me servait à rien d'essayer, je ne lui arrive pas à la cheville.

Marie-Andrée aurait voulu être une sœur affectueuse et consoler Diane avec les mots qu'il fallait, mais elle était trop fatiguée, et les paroles de réconfort ne venaient pas. Son corps n'aspirait qu'à s'étendre et dormir ! Profiter de quelques heures de répit avant que les enfants se lèvent, que la journée reprenne avec son cortège de repas, de draps à laver pour recevoir Marcel. Elle pressentait qu'elle n'aurait sans doute pas beaucoup de répit entre le départ des uns et l'arrivée des autres.

Quand elle se glissa enfin dans son lit, sentant chaque centimètre de son dos épouser avec délice le matelas moelleux, Ghislain l'enlaça et lui grommela d'un ton ensommeillé et moqueur :

— T'avais raison, ma belle. Ça fait chaud au cœur une belle soirée de Noël en famille ! Marcel s'est séparé et il parque son fils en pension, Diane veut abandonner ses enfants, Gilbert se conduit comme une mère, ton père chiale parce que t'as fait un sapin artificiel et un buffet, Louise et Yvon sont pognés avec ton père qui a l'air de s'imposer et nous, on va être pognés avec Marcel et Kevin pendant une grosse semaine, puis ensuite avec ta sœur pendant je ne sais combien de temps. Il soupira. Ah oui ! J'oubliais. Ma sœur est convaincue que tu l'as invitée par charité.

Marie-Andrée émit un gémissement.

— J'aurais dû t'écouter.

Ghislain la colla contre lui et lui murmura entre deux bâillements :

— Fais-toi à l'idée, ma belle. L'année prochaine, rien ne va nous empêcher d'aller dans le Sud ! Rien ! Joyeux Noël !

Marie-Andrée garda sa réflexion pour elle. « Les joies familiales aux fêtes : mon œil ! Dorénavant, ma famille, c'est Ghislain et Marie-Ève. »

Chapitre 3

« Un jour comme aujourd'hui, ça mérite un souper de
fête ! » se dit-elle en chantonnant.

Fébrile, Marie-Andrée posa le sac d'épicerie sur le
comptoir de cuisine et ressortit pour cueillir la première
grappe de lilas de la première année de floraison de leur
arbuste. En tout, trois grappes avaient fleuri, trois seulement, mais celle qu'elle avait apportée dans la maison par-
fumait déjà le coin repas.

Heureuse, Marie-Andrée se contenta de passer un
tablier sur ses élégants vêtements de travail. Puis elle commença à préparer le souper fin qu'elle avait prévu.

Marie-Ève, qu'elle venait de ramener de la garderie,
resta jouer dehors sans que sa mère, distraite aujourd'hui,
ne lui rappelle de changer de tenue. L'enfant jouait à cache-
cache avec Lundi, à l'arrière de la maison, et elle éclata de
rire devant les galipettes du chat.

— T'es fou, fou, fou, mon minou ! lui dit-elle en courant pour l'attraper avant qu'il ne se faufile sous le dessous
du perron en ciment.

Ses hurlements firent surgir Marie-Andrée en trombe.
Quand elle aperçut le visage ensanglanté de sa fille, elle se
précipita, la souleva dans ses bras, la porta à l'intérieur et la
coucha par terre dans la salle de bains. Malgré les cris de la
fillette, elle lui épongea délicatement le visage. Le sang

semblait provenir du front, de nouveau rougi. « Merci, mon Dieu, ce ne sont pas ses yeux ! »

Elle absorba rapidement le liquide chaud avec une serviette mouillée et nettoya ensuite doucement le visage. Il semblait n'y avoir qu'une seule coupure, mais assez longue et qui saignait beaucoup. La petite ne pleurait plus, mais elle tremblait de la tête aux pieds.

— C'est pas grave, mon ange, c'est pas grave ! C'est juste une coupure. N'aie pas peur, c'est tout. Ça saigne déjà moins. Tu es très courageuse, mon ange.

Marie-Andrée lui parlait sans arrêt d'un ton qui se voulait rassurant, ralentissant son débit pour calmer l'enfant, cautionnant la douleur et la frayeur de la petite, sans cesser de lui laver le visage, essayant de colmater le saignement.

— Qu'est-ce qu'elle a ? demanda anxieusement Rémi.

L'aîné des voisins était entré sans frapper, alerté par les cris perçants.

— Elle s'est cognée, je pense ! Tiens cette serviette sur son front pendant que je vais chercher un pansement.

Marie-Andrée eut du mal à dénicher les pansements adhésifs dans la pharmacie tant ses mains tremblaient. Au même instant, Marie-Ève ouvrit les yeux et reconnut au-dessus d'elle la tignasse brune de Rémi, frisée comme celle d'un mouton. Elle cessa aussitôt de pleurer, surprise de le voir là.

— Va-t'en chez vous ! cria-t-elle en essayant de se relever.

— Non, non, reste couchée ! lui intima Marie-Andrée.

— Elle serait mieux assise, la contredit calmement le gamin, maintenant rassuré. Quand on saigne du nez, maman nous fait toujours asseoir, et ça saigne moins.

Du coup, Marie-Andrée se calma. Effectivement, il y aurait moins d'afflux de sang au cerveau, donc, sans doute, moins de saignement.

— Tiens, mon ange, je te mets plusieurs pansements. Tu vois ? Ça ne saigne presque plus.

Elle la souleva doucement dans ses bras, la transporta au salon et l'assit dans un fauteuil, une serviette toujours sur le front.

— J'ai un téléphone à faire. Rémi, peux-tu rester avec elle, s'il te plaît ?

Si cela lui plaisait ? Et comment donc ! Quand il avait emménagé avec ses parents dans l'autre moitié du duplex, il avait six ans. Dès qu'il avait aperçu sa voisine de quatre ans, si mignonne avec ses cheveux roux et ses yeux bleus, il en était tombé follement amoureux. Depuis, il la protégeait comme si elle était la petite sœur qu'il n'avait pas, étant l'aîné de trois autres garçons. Son amour pour Marie-Ève, il le croyait secret, comme un trésor caché et connu de lui seul, mais leurs mères l'avaient décelé depuis longtemps sans s'en parler.

Marie-Andrée n'obtint aucune réponse au bureau de Ghislain. « Il vient de partir », regretta-t-elle en raccrochant nerveusement.

— Je vais aller chercher maman, proposa Rémi, aussitôt parti.

La voisine, rondelette, arriva d'un pas rapide, semblant tout aussi pressée de repartir.

— Je ne peux pas laisser mes enfants sans surveillance, dit Roseline. Rémi me remplace, mais ce n'est qu'un enfant lui-même. Bon, qu'est-ce qu'elle a, notre Marie-Ève ?

Elle tâta doucement le front, regarda tout autour de la plaie cachée sous les petits pansements rectangulaires, écartant les cheveux roux.

— Ça a l'air beau, conclut-elle. Mais, à votre place, j'irais à l'urgence. Une blessure à la tête, on ne sait jamais.

Rassurée par l'expérience de sa voisine, Marie-Andrée prit quelques minutes pour éteindre le four, ôter son tablier blouse taché de sang et préparer sa fille. Pansée et propre, l'enfant semblait avoir retrouvé son calme, même si elle versait quelques larmes de temps en temps. Marie-Andrée sortait et verrouillait la porte avant quand elles se heurtèrent à Rémi, l'air important et triomphant dans son plus beau chandail.

— Maman m'a dit d'y aller avec vous autres, des fois que vous auriez besoin d'aide et que ce serait long.

Le petit homme prenait déjà la fillette par la main et l'aidait à descendre les quelques marches, comme si elle était une grande malade. Elle lui serrait la main très fort, comme s'il pouvait la protéger de tout autre malheur. « Mon Dieu, qu'il l'aime ! » s'émut Marie-Andrée, devant un sentiment aussi fort et aussi durable chez un enfant.

Rémi fit monter Marie-Ève sur le siège arrière et se glissa près d'elle, lui saisissant de nouveau la main. Maintenant, il regardait droit devant lui, savourant son grand bonheur. Des reniflements l'alertèrent.

— Pleure pas, Marie-Ève. Maman a dit que c'était pas grave. Elle le sait : mes frères sont tannants et ils se cognent souvent.

À l'urgence, une infirmière scruta la blessure, posa des questions à l'enfant et à la mère, nota des informations dans le dossier. En attendant qu'un médecin examine la blessée, Rémi la distrayait de son mieux.

Marie-Andrée eut tout le temps de culpabiliser. « Si je l'avais fait entrer pour qu'elle change de vêtements, comme d'habitude, ça ne serait pas arrivé. » La négligence, voilà son tort ; elle était coupable de négligence. « Si je ne suis pas capable de prendre soin d'un enfant, comment pourrais-je l'être pour deux ? » Si elle ne s'était pas trouvée dans un lieu public, elle se serait mise à pleurer de détresse. « Maman en a eu cinq et il n'est jamais rien arrivé ; moi, je n'en ai rien qu'une, et elle a failli… » Dans son énervement, elle imaginait le pire. Quelques centimètres de plus ou de moins, et Marie-Ève aurait pu se crever un œil ou avoir un traumatisme crânien ou quoi encore ? Cet accident était peut-être le signe qu'elle devait renoncer à une deuxième grossesse ?

— Madame Brodeur, lui demanda Rémi, avez-vous besoin d'un café ? Je peux aller vous en chercher un à la distributrice. Je sais comment faire.

Revenant à la réalité, Marie-Andrée constata que ses larmes silencieuses traumatisaient les enfants.

— Oui, oui, marmonna-t-elle. Avec du lait, sans sucre, dit-elle en essuyant ses joues.

Rémi, perplexe, se dandinait.

— J'ai pas d'argent, avoua-t-il. Je peux rester ici si vous voulez y aller.

« Quel enfant prévenant ! admira-t-elle. Et quelle adulte égoïste je suis. Il ne demande rien, mais il a faim et soif, lui aussi. »

— Tiens, achète aussi quelque chose pour vous deux, insista-t-elle en lui donnant un billet. C'est vraiment gentil de ta part de nous accompagner, tu mérites bien une collation.

Inquiète pour sa fille, elle pensa à un décès qui la bouleversait encore. Quelques semaines auparavant, le 8 mai, le coureur automobile Gilles Villeneuve avait perdu la vie lors d'une course, en Belgique, à trente-deux ans. Dans la salle d'urgence, elle se sentait encore plus proche de cette famille si vite brisée. Elle regarda sa fille, qui, enfin, reprenait des couleurs, et l'embrassa doucement. En fait, elle aurait voulu l'étreindre à l'étouffer tant elle avait eu peur pour elle.

Quelques heures plus tard, ils revinrent à la maison soulagés, la blessure était bénigne. Du moins, celle de sa fille. Maintenant, la mère pouvait affronter l'autre réalité. Quand elle avait téléphoné chez elle à plusieurs reprises, le répondeur l'avait accueillie chaque fois. Elle en voulait tant à Ghislain de ne pas être là qu'elle ne lui avait laissé aucun message.

— Je veux papa ! pleurnichait l'enfant fatiguée, affamée et stressée, elle aussi. Où il est, papa ?

Marie-Andrée ne le savait pas non plus. L'important était de coucher Marie-Ève, qui avait besoin de récupérer.

— Maman, j'ai faim ! geignit-elle.

— Bon, je vais y aller, dit Rémi à regret. *Bye,* Marie-Ève, ajouta-t-il en sortant.

— *Bye,* Rémi, lui répondit-elle d'un ton affectueux.

Marie-Andrée remercia sincèrement le jeune garçon et envia sa fille d'avoir eu l'aide attentionnée de Rémi. Cela lui rappela Ghislain qui, lui, avait brillé par son absence. Elle vérifia s'il y avait un message qu'elle ne voulait pas entendre. Effectivement, d'un ton très naturel, Ghislain l'informait sobrement qu'il rentrerait tard. Marie-Andrée comprit, et un poids immense s'abattit sur ses épaules.

Elle s'entendit arrêter l'appareil. Puis d'autres sons lui revinrent : une porte refermée, des pas dans un escalier extérieur, le claquement sourd d'une portière, le démarrage d'une auto et le bruit du moteur qui s'estompe dans le soir. Les visites à la sauvette de son premier amant.

La similitude des deux situations la frappa. Était-elle encore celle qu'on délaisse ? « C'est le contraire, voulut-elle se faire croire en se redressant. C'est moi l'épouse ; c'est vers moi qu'il reviendra. Il revient toujours. » Dans l'humiliation qu'elle ressentait, la pensée de sa sœur l'effleura. « Encore heureux que Diane ne soit pas restée ici, finalement ! Quoique… Sa présence aurait peut-être empêché… »

Le silence enveloppa Marie-Andrée, immobile. Une fois de plus, Ghislain avait besoin d'aller ailleurs. Avec tout son amour au cœur et au corps, elle ne suffisait pas à le rendre heureux. La peine s'infiltra, s'imposa à la femme délaissée, qui la refusa brusquement. « Non ! J'ai eu assez d'émotions pour aujourd'hui ! »

— J'ai faim, maman ! insista Marie-Ève de sa chambre.

Marie-Andrée regarda le comptoir en désordre et pensa à son souper fin qui avait tourné court. Elle récupéra quelques aliments faciles à digérer et prépara un plateau pour sa fille et elle.

Cependant, l'heure du repas étant dépassée, leurs estomacs leur donnèrent des messages contradictoires, à la fois une sensation de faim et le dégoût de la nourriture. Finalement, une soupe aux nouilles en boîte et quelques biscuits salés leur suffirent. Dix minutes plus tard, l'enfant dormait.

Assise à table, Marie-Andrée essayait de récupérer, à son tour. Rassurée pour sa fille, elle pouvait maintenant penser à elle. À elle et à Ghislain. Jeune femme moderne, elle s'imposait de laisser son conjoint autonome et libre. En clair, elle s'interdisait formellement d'être possessive. « J'ai assez souffert de ça dans mon enfance, je ne l'imposerai pas à mon mari. »

D'ailleurs, dans la mouvance des *hippies*, du *peace and love* et des femmes libérées des années soixante-dix, pouvait-elle prétendre aimer son conjoint si elle le privait de liberté ? Pouvait-elle se faire croire qu'elle n'était pas possessive et, en même temps, lui reprocher la liberté sexuelle qu'il s'octroyait, si peu souvent, tout compte fait ? Si avide elle-même de liberté, pouvait-elle la refuser à son conjoint sous prétexte qu'il n'y accordait pas le même sens ? « Reprends-toi ! On n'est pas en 1920, mais en 1982 ! Personne n'appartient à quelqu'un d'autre ! » se redit-elle pour la énième fois. Puis, ses pensées évoluèrent vers un tout autre registre : les maladies vénériennes. À tout bout de champ, les médias en parlaient. Marie-Andrée se demanda comment elle réagirait si Ghislain lui en transmettait une.

Ce soir, ce raisonnement habituel ne lui suffisait plus. Elle était dépassée par les événements. Sa fille se réveilla en criant. Elle se précipita à son chevet, l'aida à chasser son cauchemar, la dorlota et l'assura qu'avec du maquillage, sa blessure serait presque invisible la semaine prochaine pour son premier spectacle de ballet.

— Comme ton maquillage à toi, maman ? osa croire l'enfant.

— Oui, comme le mien, l'assura sa mère.

— Il est fini, mon costume ?

— Presque. Je vais m'en occuper ce soir. C'est promis.

Pendant que l'enfant glissait de nouveau dans le sommeil, la mère finit de coudre le costume, et l'épouse essaya de chasser son cauchemar personnel. « Ghislain ne me trompe pas puisque je le sais ! » se redit-elle en y croyant presque. *T'aimerais mieux que je te le cache ?* s'était-il innocemment écrié. *Je ne suis pas un gars de cachotteries, mais si tu préfères ça...* La dérision lui donna la nausée.

Buvant lentement une tasse d'eau chaude pour apaiser son estomac, Marie-Andrée épuisa la liste des raisons qu'elle se répétait en de pareils cas. Pour la première fois, la peine l'emporta sur la raison, et l'attitude de son mari lui apparut inacceptable.

La soirée s'étira, sans fin. Marie-Ève avait cru sa maman : son papa rentrerait tard parce qu'il devait travailler. Mais elle n'arrivait pas à s'endormir profondément, et elle la réclama encore, pleurnicha, exprimant une insatisfaction et une agitation qui rappelèrent à Marie-Andrée celles de sa mère Éva. Quand elle vit le rapprochement entre l'aïeule et l'enfant, Marie-Andrée eut un réflexe inattendu : l'humiliation face à sa mère. Humiliée parce que inadéquate : elle ne savait pas prendre soin de sa fille ni garder son mari. À la peine de l'épouse s'ajouta un reproche maternel non dit.

— Maman ! J'ai soif !

Marie-Ève s'endormit enfin pour de bon après un verre d'eau et plusieurs câlins. Puis, sa mère quitta lentement la chambre. Le silence de la maison lui pesa. À la télé, rien ne l'intéressait, et quand elle eut fait le tour des canaux trois fois, elle ferma l'appareil. « Ghislain veut qu'on s'abonne au nouveau service pour avoir une vingtaine de canaux en plus. Ce soir, ça m'aurait été utile ! »

Marie-Andrée n'avait plus le cœur à la fête, et l'idée lui vint d'annuler les activités prévues pour la fin de semaine. Aussitôt, son orgueil lui interdit de changer quoi que ce soit au programme. « Il ne me gâchera pas ce plaisir-là, aussi ! » décida-t-elle avec fermeté. Ce sursaut la sortit de son apathie et, impulsivement, elle composa un numéro connu. Dès qu'elle entendit la voix amie, elle sentit fondre sa colère. Son immense besoin de réconfort prit toute la place.

— Françoise ? Il me semble que ça fait une éternité qu'on s'est vues ! dit-elle d'un trait.

— Marie-Andrée ? Tu n'annules pas pour dimanche, j'espère ? J'ai tellement besoin de te voir !

Le ton suppliant de sa grande amie l'aida à se ressaisir.

— Oh non ! Au contraire !

Elle eut soudain l'envie de lui confier sa joie de la journée plutôt que la mésaventure de sa fille, mais elle n'arrivait pas à vraiment communiquer.

— T'es encore là ? s'assura Françoise devant son silence.

— Oui… oui… bredouilla-t-elle en changeant d'idée.

Se croyant maintenant obligée de justifier son appel, elle proposa d'apporter un plat pour le dîner. L'hôtesse sembla offusquée, et Marie-Andrée regretta son offre.

Quand elle raccrocha, elle se reprocha sa fidélité envers Ghislain, une fidélité si grande qu'elle l'avait poussée à garder pour son mari la primeur d'un grand bonheur. C'était en espérant obtenir de son médecin la confirmation de ce qu'elle croyait qu'elle avait planifié ses futures visites chez Françoise et Élise.

Marie-Andrée, esseulée, passa ses mains sur son ventre, là où, depuis deux mois, se formait ce deuxième enfant tant attendu. Sa grossesse étant confirmée depuis quelques heures, elle n'avait pu partager sa joie avec personne. « Ghislain ne mérite pas un fils, pensa-t-elle douloureusement. Pourquoi je lui en ferais un ? Je suis folle de penser qu'il deviendra un bon père en ayant un fils.» Elle se refusa de penser : et un bon mari. Elle se moucha, se reprochant sa peine avec colère.

Croyant chasser ses idées noires, elle alla se coucher. Les yeux grands ouverts dans la nuit, allongée dans le lit à moitié vide, elle imagina, malgré elle, le corps de l'homme qu'elle aimait se coller à une autre femme. Elle le visualisa même en érection sous la caresse d'une main féminine étrangère. L'image était insoutenable ! Rejetant brusquement les couvertures, elle se leva, erra, grignota, songea même à entreprendre des travaux ménagers. Finalement, elle alla s'assurer que sa fille dormait paisiblement.

En sortant de la chambre, elle pensa aux rénovations que Ghislain effectuerait cette année, puisqu'elle était enfin enceinte : séparer la chambre de Marie-Ève en deux pour créer une pièce pour le bébé à naître, en début d'année prochaine. Les deux chambres seraient petites, mais les enfants et leur mobilier l'étaient aussi. De toute façon, la situation était temporaire. Dans quelques années, Marie-Ève prendrait la chambre d'amis au sous-sol.

La vie tirait Marie-Andrée vers l'avant. Elle retourna se coucher, un peu plus sereine. Dans la pénombre, son attention se fixa sur le secrétaire antique qu'elle s'était acheté à la boutique de Patrice et Françoise. Il était placé dans le coin droit, au pied du lit, de biais avec le mur du couloir et de la petite entrée de leur duplex. C'était plutôt un meuble décoratif même si elle se servait du tiroir peu profond pour ranger des papiers. Elle ne s'y était jamais assise, d'autant plus que la chaise, antique elle aussi, avait un dossier raide. Désœuvrée, elle s'y installa et se retrouva face au coin, comme en punition. « Pas en punition, en *stand by*! » ragea-t-elle.

Machinalement, elle ouvrit le tiroir, prit son carnet bancaire et le feuilleta négligemment. L'idée lui vint de consulter son carnet de comptabilité. Un reçu non classé y traînait, celui d'un garagiste pour plusieurs centaines de dollars. Ce détail l'irrita. « Quand ce ne sont pas les pneus, c'est le pot d'échappement ou la batterie! Tout ça pour un tas de tôle qui dure quelques années. Et moi, je vais "durer" ou vivre combien de temps? » se demanda-t-elle soudain. Des nombres lui vinrent à l'esprit : quarante, soixante-cinq, quatre-vingt-dix.

L'écart de temps de vie entre l'auto et elle la fit réfléchir. « Et moi? Comment je prends soin de moi? Qu'est-ce que je fais pour mon usure normale? Pour mes blessures? » Les blessures. Ce soir, elle admettait sa souffrance. Enfin elle reconnaissait qu'elle était blessée. Qu'on la blessait.

Elle s'adossa, envahie par une grande lassitude mentale, épuisée d'essayer de se rassurer, épuisée d'atténuer sa réaction face aux escapades de Ghislain, épuisée d'avoir, chaque fois, à se persuader que ces agissements étaient anodins.

— C'est pas RIEN! cria-t-elle, désemparée.

Enfin, elle nommait son mal, et cela changea toute la perspective. « J'ai toujours tout toléré parce que je considérais "son" point de vue, à lui. Maintenant, si je m'occupais de mes affaires, ce serait quoi, "mon" point de vue, à moi? »

Elle se mit à pleurer, seule dans la nuit, face au mur de la chambre. Elle avait mal d'être si mal aimée. Accablée, elle avait honte de se laisser traiter de la sorte. Sa vie lui apparut hors de son contrôle. Sa fille pouvait se blesser à tout moment. Son mari allait voir ailleurs. Son bébé se faisait tout seul en elle. « Ils vivent tous sans moi. »

Dans ses émotions entremêlées, une pensée inusitée surgit. À part le médecin et elle, personne ne savait qu'elle portait un bébé. Personne ne saurait qu'il aurait pu naître. Elle frissonna. « Non ! Ce bébé-là va vivre ! Je vais prendre soin de lui, de Marie-Ève, de moi ! »

Dans sa profonde insécurité affective et émotionnelle, elle eut besoin de se raccrocher à des faits concrets. « Je pense toujours que je n'ai rien, mais je possède quoi, au juste ? » Avec méthode, elle inscrivit sur une feuille la liste de toutes les pièces de la maison et y répertoria les objets, isolant ceux qui lui appartenaient en propre. D'un endroit à l'autre, elle redécouvrait mentalement des avoirs oubliés : bibelots, vaisselle, bijoux, livres, articles de sport, vêtements, meubles personnels, effets rattachés à ses études universitaires.

Puis elle lista les biens acquis en commun mais dont elle avait payé la moitié. Elle leur assigna une valeur approximative qu'elle divisa en deux. D'une liste et d'un calcul à l'autre, elle se découvrait des avoirs insoupçonnés. En y ajoutant la moitié de la valeur de la maison, elle fut étonnée, vraiment étonnée de ce qu'elle possédait.

Cette sécurité la réconforta. « J'ai toujours gagné ma vie, c'est déjà ça. Ma mère et tant de femmes n'ont pas eu et n'ont pas encore ce choix. Mais, moi, je l'ai. » La réalité lui parut alors moins sombre. « Je travaille demain matin ! Il faut que je dorme ! »

Marie-Andrée frissonna dans la nuit fraîche de mai, se glissa de nouveau sous les draps et ramena les couvertures contre elle. Dans la chaleur qui l'enveloppait petit à petit, elle repensa à sa fille, pour qui elle avait eu si peur aujourd'hui et qui dormait dans l'autre chambre, puis à la joie de cette journée si bien commencée et à l'enfant dans son ventre.

Dans ses rêveries, elle avait souvent imaginé son fils, si elle en avait un, enfant, parfois adolescent. Cette nuit, elle se le représenta adulte, et une question surgit, lourde de menaces : Ghislain encouragerait-il son fils à se comporter en célibataire, même avec une famille ? Elle cessa de se leurrer. Comment pourrait-il lui donner un autre exemple ? C'était ce qu'il faisait en ce moment, ce qu'il avait fait et ce qu'il ferait encore ! Combien de temps ? Combien de fois encore ? Son raisonnement lui apparut tout à coup ridicule. « Tu voudrais un nombre ? » se dit-elle en se moquant de sa naïveté. Existait-il un nombre magique avant lequel ce genre de situation était supportable et après lequel elle devenait intolérable ?

L'homme n'est pas fait pour être monogame, lui avait-il dit et redit. *Ça n'empêche pas que c'est avec toi, Marie-Andrée, que je veux vivre à long terme. Aller ailleurs de temps en temps, c'est juste du défoulement, comprends donc ça une fois pour toutes au lieu de te faire du mauvais sang !* Puis, il terminait invariablement par une déconcertante résignation. *Je ne veux pas t'obliger à rester avec moi. C'est à toi de décider.*

Le tout avait un tel enrobage de presque délicatesse que, chaque fois, Marie-Andrée sentait fondre ses arguments et ne savait plus quoi répliquer, oscillant entre la perspective paniquante de la séparation et la peine de partager son mari avec des inconnues. Sans compter le poids de la décision qu'il lui transférait de poursuivre leur relation ou non.

Ce raisonnement lui sembla plus tordu que toutes les autres fois. « Ce sera ça, ma vie avec lui ? Me persuader que tout va bien entre nous et, un soir, sans préavis, apprendre qu'il ne rentre pas, comme si cela était normal ? Savoir que si, au hasard de ses rencontres, il tombait amoureux d'une autre femme, il me quitterait ? Autrement dit, parce que je ne veux pas être possessive, je suis à la merci d'un coup de foudre ! »

Elle pleura ses illusions et ses raisonnements naïfs. Elle pleura aussi sa solitude, le doute que Ghislain entretenait, consciemment peut-être, sur la durabilité de leur vie amoureuse. Elle pleura enfin sur la triste conclusion de cette réflexion : la naissance d'un fils ne changerait rien à leur vie de couple. Pourtant, ce fils se formait en elle parce qu'elle s'était obstinée à devenir enceinte. « Je n'ai pas le droit de mettre un enfant au monde pour garder l'homme que j'aime. Comment ai-je pu croire que cette attitude est correcte ? »

C'était trop d'émotions pour la même journée. Elle ramena toutes les couvertures de son côté, pour s'y enfermer comme dans un cocon et nier la place vide à côté d'elle. Elle voulut tout oublier. Sa profession et ses avoirs la rassurèrent vaguement, sa peine s'atténua un peu, suffisamment pour qu'elle s'endorme enfin.

Quand il rentra, elle se réveilla. Gardant ses yeux fermés, elle se retourna vers le mur. Mais quand il se glissa dans le lit, sa peur de le perdre surpassa sa peine et suscita chez elle un violent désir de se rassasier de lui et de lui prouver, par une comparaison immédiate, que de faire l'amour à sa femme par amour l'amenait sans aucun doute possible à la véritable jouissance. Lui prouver, hors de tout doute, que c'était elle qui le rendait heureux, qui savait le combler. « C'est ça ! Récompense-le, en plus ! » Pour chasser sa colère contre elle-même, Marie-Andrée se poussa jusqu'au bord du lit, s'isola et s'endormit.

Le lendemain matin, elle afficha un silence glacial. Ghislain crut qu'elle lui en voulait pour son absence de la veille, lors de l'accident de Marie-Ève, qu'il apprit de la bouche même de sa fille. Ce matin, Marie-Andrée conduisit la fillette chez la gardienne plutôt qu'à la maternelle, où elle pourrait dormir, si elle le souhaitait.

En entrant au travail, avec un maquillage plus soigné que d'habitude pour cacher les traces de ses larmes et de sa nuit blanche, elle n'avait qu'une idée en tête : s'assurer une sécurité financière encore plus importante en transférant ses vieilles obligations d'épargne en placements garantis de la Caisse pour profiter de la hausse des taux. Elle obtint vingt pour cent et ronchonna. « L'année passée, j'ai vendu des placements garantis à des membres à vingt-quatre pour cent ! Cordonnier mal chaussé ! se reprocha-t-elle ; à ce taux-là, j'aurais dû veiller à mes affaires au lieu de me préoccuper de la séparation de Pauline et Marcel ! Avoir négligé à ce point ma réalité financière, c'est vraiment de l'inconscience ! »

Un peu avant l'heure de la fermeture, la caissière Gisèle vint lui remettre des clés de maison. Parent de trois jeunes enfants, Jacques Casavant avait acheté un duplex en janvier 1977, avec un prêt pour cinq ans, au taux de treize pour cent. Cinq ans plus tard, en janvier 1982, Marie-Andrée avait dû reconduire leur hypothèque au taux en vigueur, soit vingt et demi pour cent. C'était beaucoup, pour lui comme pour bien d'autres. Effectivement, on était à la fin de mai et, depuis deux mois, ses paiements ne rentraient que partiellement. Aujourd'hui, Jacques Casavant venait de rendre son duplex, incapable d'effectuer ses paiements hypothécaires, comme tant d'autres propriétaires.

Marie-Andrée garda espoir pour eux, car devant la persistance de la récession de 1981 et la hausse des taux d'intérêt, le conseil d'administration de la Caisse avait décidé d'octroyer un sursis de six mois pendant lesquels la Caisse n'exigerait que la moitié du paiement mensuel, espérant que l'économie mondiale, qui affectait tout le monde, se serait replacée d'ici le prochain semestre. Cette décision, à l'encontre des profits normaux pour des institutions bancaires, était, par ailleurs, fidèle à la philosophie d'entraide de Desjardins, le fondateur des caisses. Sans attendre que Jacques Casavant ne soit rentré chez lui, Marie-Andrée téléphona à son épouse pour la lui transmettre.

Cette alternative de dernière minute ne fit que rouvrir la blessure. La peine de madame Casavant se raviva. Mère de famille honnête et vaillante, elle ne savait pas et ne voulait pas savoir qu'ailleurs, dans le monde, des financiers contrôlaient l'économie mondiale. Tout ce qu'elle comprenait, c'était que son mari et elle venaient de perdre leur maison, le rêve de leur vie.

Marie-Andrée raccrocha avec un profond soupir. « Ils ne nous font plus confiance. Mais nous ne sommes pas responsables de l'économie mondiale ! » protesta-t-elle intérieurement.

Elle ne put s'empêcher d'aller regarder le tableau d'affichage qui, depuis l'an dernier, ne cessait d'accueillir des photos en couleur de maisons. À chacune des photos, un simple rectangle de papier, correspondait des clés, bien réelles, en trois dimensions, conservées dans la voûte. Et chacune de ces clés avait appartenu à des gens ayant perdu leur maison. Marie-Andrée ne s'y habituait pas.

Brusquement, sa situation financière personnelle, replacée dans le contexte de la récession, lui réapparut fragile malgré ses calculs rassurants de la veille. Que leur réservait l'avenir, à elle comme aux Casavant, si leur quotidien était menacé par une économie mondiale anonyme et invisible ?

Cette dure réalité collective la ramena à sa réalité personnelle. La vie en couple lui permettait d'avoir un train de vie supérieur à celui qu'elle pourrait s'offrir seule, seule avec deux enfants. « Je n'ai pas envie de compter comme les Casavant ni comme ma mère l'a fait toute sa vie. »

Le samedi matin, Marie-Andrée eut une légère nausée, que Ghislain mit sur le compte du stress dû à l'accident de leur fille.

— Je ne me sens pas bien. Peux-tu t'occuper du cours de Marie-Ève ? C'est sa répétition générale, ce matin.

Pouvait-il refuser de s'en occuper, pour la première fois depuis le début de ses cours ? Lors du spectacle *Casse-Noisette* à la Place-des-Arts, aux fêtes précédentes, Marie-Andrée avait été émerveillée devant tant de féerie, et son neveu Kevin avait rêvé de devenir constructeur de décors. Pour sa part, Marie-Ève était persuadée, depuis, de devenir une prima donna ! Rien de moins. Et son premier spectacle de ballet aurait lieu dans une semaine, à l'école du quartier.

— Bien sûr, accepta-t-il, soulagé de se libérer du mutisme de sa femme. Qu'est-ce qu'il faut que je fasse ?

Cette phrase la mit hors d'elle.

— T'es son père, pas un employé ! Tu ne l'as jamais vue partir à son cours, chaque samedi matin, depuis cinq mois ? N'oublie pas son costume de scène ; il est suspendu dans sa garde-robe.

La diversion vint de Marie-Ève, qui apportait fièrement son fourre-tout habituel. Marie-Andrée en fit distraitement l'inventaire : les collants noirs, le maillot noir à manches courtes, les chaussons rose pâle demi-pointes, les longs bas de laine de réchauffement, le chandail cache-cœur à manches longues. Ghislain protesta.

— On est en mai, pas en janvier ! Elle va mourir de chaleur.

L'enfant protesta à son tour d'un air si connaisseur que son père se dérida.

— Tu ne connais rien au ballet, papa. Il faut s'habiller chaudement pour faire les exercices de réchauffement. Madame Estelle dit qu'on peut demander beaucoup de choses à notre corps, mais il faut qu'il soit bien au chaud avant de l'étirer.

— Depuis le temps que j'en entends parler, je vais enfin lui voir l'air, à ta fameuse madame Estelle.

Marie-Andrée fronça les sourcils. Était-ce une bonne affaire qu'il la rencontre ? Estelle Leblanc était une ancienne ballerine des Grands Ballets canadiens, à la retraite depuis quelques années seulement. À la retraite ne signifiait pas qu'elle était âgée : les danseuses cessaient leurs activités au plus tard à quarante ans. Quant à Estelle, elle ne paraissait pas ses quarante-trois ans ; élancée, les cheveux longs, les cils et les sourcils d'un noir profond, les jambes, les mains et les bras longs et fins, elle était la grâce personnifiée.

Quand elle se comparait à elle, Marie-Andrée se voyait quasiment comme l'une des sœurs mal fagotées de Cendrillon. « Ghislain ne manquera certainement pas de nous comparer ! déplora-t-elle, avant de se ressaisir. Arrête ça ! Tu deviens paranoïaque, ma foi ! » Toutefois, elle le prévint que les parents ne pouvaient assister au cours. Elle le lui avait mentionné à plusieurs reprises, mais l'avait-il vraiment entendu ?

— Ah bon ! Et je fais quoi, moi, pendant ce temps-là ? grogna-t-il.

— Comme moi, chaque semaine, répondit-elle sèchement. Des courses ou bien tu reviens ici. Dans un cas comme dans l'autre, assure-toi d'être là pour la fin des cours. Ils durent une heure pile. Les enfants doivent partir rapidement, car il y a un autre groupe après.

L'école privée où Marie-Ève prenait ses cours de ballet était à dix minutes en auto, à Anjou ; ils seraient donc de retour vers onze heures quinze ou trente. À la demie, Marie-Andrée laissa libre cours à sa contrariété. Depuis jeudi soir, une rancune tenace colorait sa vie avec Ghislain : paroles, gestes, silences, pensées. Qu'il ne soit sans doute pas allé chercher leur fille à l'heure lui permettait d'exprimer ouvertement sa colère. Un quart d'heure plus tard, elle sortait et allait prendre son auto pour se rendre à l'école quand elle les vit arriver.

— Maman ! On est allés manger de la crème glacée ! dit la fillette toute joyeuse en ouvrant la portière. Et on a une surprise ! ajouta-t-elle d'un ton mystérieux, contrôlant difficilement son excitation.

L'enfant guetta le signe de son père et sortit enfin de l'auto avec un joli bouquet de fleurs printanières qu'elle tendit à sa maman avec une joie fébrile.

— Des fleurs ? s'étonna Marie-Andrée. En quel honneur ?

Ghislain s'approcha à son tour, apportant le fourre-tout de sa fille.

— Quand je l'ai vue avec son costume de scène, avec les autres enfants, c'est bien simple, j'ai trouvé qu'elle avait l'air d'une princesse, avoua-t-il, sincèrement touché.

— Et les fleurs ? dit-elle sur le qui-vive, passant de la joie spontanée de le voir enfin s'intéresser aux cours de sa fille à la surprise de recevoir un joli bouquet tout en ayant la certitude d'y voir là une tactique pour l'amadouer.

— Pour être une si jolie princesse, ajouta-t-il en regardant Marie-Ève avec une admiration nouvelle, il faut avoir une jolie maman…

Le couple se regarda. Marie-Andrée eut la pénible impression qu'elle était obligée, devant la fillette, de jouer le rôle de l'épouse heureuse au lieu d'envoyer promener le manipulateur.

— T'es pas contente, maman ? s'étonna à son tour Marie-Ève d'un ton déçu.

— Elles sont très jolies, dit-elle en les rapprochant de son visage et en fermant les yeux pour se concentrer sur leur parfum. En réalité, pour soustraire son regard à celui de Ghislain.

Devant eux, la fillette marchait vers la maison, légère, en esquissant des pas de ballet. Même maladroits, ils démontraient à quel point la fillette se passionnait pour ses cours et était visiblement contente de sa sortie avec son père. Marie-Andrée lutta contre une sorte de dépit ou de jalousie qui ressemblait à ce que sa mère semblait vivre quand ses enfants paraissaient heureux en dehors d'elle.

— Eh bien, elle a l'air très contente d'y être allée avec toi ! ajouta-t-elle d'un ton aigre. On peut se demander pourquoi tu ne l'as pas fait avant.

Il soutint son regard avec une sorte d'insolence.

— Parce que tu ne me l'as jamais demandé, ma belle ! Les cours de ballet de ta fille, c'est ta chasse gardée depuis le début. Pas vrai ? lui dit-il avec ironie en déverrouillant la porte.

Était-ce vrai ? Marie-Andrée cacha sa déception, furieuse contre elle. D'emblée, elle s'était sentie seule responsable des cours de ballet de leur fille. « Pourquoi ? Parce que c'est moi qui l'avais amenée voir le ballet *Casse-Noisette* ? » Une fois de plus, son sens des responsabilités était très, vraiment très présent ; était-il juste ou excessif ? Pour la première fois, elle se demanda si son attitude avait pu exclure le père de l'activité de sa fille. « J'aimerais pouvoir parler de ça avec les filles, demain », se dit-elle en entrant à son tour. Les filles, Françoise, sa meilleure amie, et Élise, sa belle-sœur devenue veuve si jeune ; ces deux femmes de son âge lui manquaient.

La phrase de Françoise lui revint soudain. *J'ai tellement besoin de te voir.* Que signifiait cet aveu ? Que se passait-il à Joliette ? Après les fêtes, Diane n'était finalement restée à

Anjou qu'une semaine environ. Au repas des Rois, Françoise lui avait spontanément offert le gîte et le couvert, en échange de services pour se libérer et accepter plus de travail à la pige, en traduction. Cette solution temporaire avait semblé leur convenir. Y avait-il maintenant un problème entre elles ? Marie-Andrée s'obligea à repousser ces pensées. « Ça ne me regarde pas. »

Le lendemain, le couple en froid fut soulagé d'échapper au lourd tête-à-tête qui perdurait et dont ils ne savaient plus se libérer. Au dîner, à Joliette, la future maman ne se décidait pas à annoncer sa grossesse. Elle parla plutôt du nouveau service en cours d'implantation chez Desjardins.

— Dorénavant, vous pourrez retirer de l'argent ou payer vos factures à n'importe quelle heure du jour ou de la nuit, sept jours sur sept.

— Ça prendra bien trop de caissières, s'étonna Françoise.

— Pas du tout ! C'est automatique. Avec une carte spéciale, un genre de carte de crédit, tu obtiens un code secret et tu fais tes transactions.

— N'importe quand ? douta Diane.

— Un client a pu me payer comptant, avec ça, renchérit Patrice. C'est une bonne affaire, les caisses automatiques.

— Guichets automatiques, précisa Ghislain. Les banques en ont aussi.

Cette remarque amoindrit la nouvelle aux yeux de Marie-Andrée, fière de travailler dans une Caisse. Contrariée, elle changea de sujet.

— As-tu parlé à papa, récemment ? demanda-t-elle à Diane.

— Ce matin, justement. Il est tellement fier du barrage hydroélectrique LG-3. Il vient tout juste d'être mis en service, paraît-il. Les chantiers, c'est la vie de papa. Même à la retraite, il suit ça de près.

— Y a de quoi être fier, dit Patrice. Tenez, c'est comme le contrat que Bombardier vient de signer avec la ville de New York. Huit cent vingt-cinq voitures de métro. Une commande d'un milliard de dollars.

— Mets-en ! C'est le plus gros contrat de l'histoire du Canada ! se rengorgea Ghislain comme si cela le touchait personnellement.

— Et toi, Marie-Ève, aimes-tu toujours tes cours de ballet ? demanda sa marraine Françoise.

La fillette parla de la préparation de son premier spectacle avec enthousiasme et un peu de confusion, mais impressionna les adultes par sa détermination.

Patrice amena ensuite Ghislain au rez-de-chaussée transformé en boutique d'antiquités. Il voulait lui montrer les nouvelles acquisitions qu'il achevait de décaper. Comme le petit Martin, trois ans, faisait une sieste, Marie-Ève insista pour aller avec son père et Patrice. Marie-Andrée se rappelant la phrase de Françoise au téléphone, la veille, elle encouragea sa fille à rester avec son père.

Diane se prépara à partir.

— Je ne veux pas avoir l'air de me sauver, mais j'ai rendez-vous chez l'enseignante que je dois remplacer pendant deux semaines.

— Ah oui ? Tu as des contrats avec la commission scolaire d'ici ? se réjouit sa sœur.

Quelques jours de suppléance se présentaient ici et là, et Diane reprenait pied après sa séparation. Toutefois, sans auto, elle ne pouvait accepter de suppléance hors de Joliette, ce qui la restreignait. Réconciliée avec l'enseignement, elle avait déjà offert ses services à la Commission scolaire de Montréal, pour laquelle elle avait déjà travaillé.

— J'aime bien Montréal, et puis, il y a tellement d'écoles que j'aurai sans doute plus de chance. Remarque, admit-elle, il y a aussi plus de suppléants ! Par contre, les transports en commun sont tellement bien organisés que je pourrai me passer d'une auto. L'idéal, ce serait d'être colocataire pendant quelque temps, question de voir si je peux obtenir du travail régulièrement.

Cette fois, Marie-Andrée prit les devants.

— Tu peux habiter chez nous, si tu veux, dit-elle en l'espérant presque.

Diane la regarda et lui sourit à demi, rancunière, mais tout de même rassurée.

— J'ai appelé une copine qui est toujours célibataire. Ça se peut que j'habite là en septembre. Mais je retiens ton offre, dit-elle à sa sœur, ça me dépannerait en cas de besoin.

«Mais dès que possible, je veux être chez moi!» souhaita-t-elle. En quittant Gilbert, elle aurait été incapable de vivre seule, où que ce soit. La transition aurait été trop difficile à supporter et, malgré les apparences, ses enfants lui auraient trop manqué. L'offre de Françoise lui avait donné le sentiment d'être utile. De plus, le petit Martin était adorable, ce qui l'avait d'abord consolée d'être loin des siens.

Maintenant, sa présence rendait de plus en plus difficile l'absence de René et Sylvie, qu'elle n'avait pas les moyens de faire vivre. Divorcer lui permettrait de recevoir une partie de la valeur de la maison conjugale, à Chicoutimi, mais Diane reportait cette décision à plus tard, incapable d'affronter la réalité : recommencer sa vie à zéro à trente-six ans, avec la culpabilité d'avoir abandonné ses deux enfants, et ne pas se sentir prête, psychologiquement, à les prendre en charge toute seule.

Dès qu'elle fut partie, Françoise confia aussitôt à sa grande amie, d'une voix douloureuse :

— Je suis enceinte. Je n'en ai pas parlé avant, parce que… parce que je ne peux pas le garder.

Marie-Andrée eut la cruelle impression que le destin la replaçait devant cette alternative.

— Pourquoi ? murmura-t-elle.

— Tu le sais combien je voulais des enfants. Tu le sais, toi, répéta Françoise en essuyant des larmes qu'elle refusait. Ne pas avoir cet enfant-là, ça me déchire le cœur ! Mais je ne peux pas faire autrement. Je ne me sens pas capable d'envisager une grossesse maintenant. Je suis fatiguée, tellement fatiguée.

Ses épaules semblaient voûtées, et son amie ne s'en apercevait que maintenant, tant cela était devenu coutumier. Depuis quand était-elle ainsi ?

— Es-tu malade ? s'inquiéta soudain Marie-Andrée devant ses traits tirés.

— Les soucis me tuent. Mon travail nous fait tout juste vivre. Le commerce ne rapporte presque plus rien. On vend, c'est sûr, mais on a acheté tellement d'affaires. En plus, à cause de ce commerce-là, on paye deux loyers : l'appartement et la boutique.

Leur commerce avait démarré modestement, puis était devenu rentable. Le couple avait même songé à acheter la maison. Mais depuis la récession, les affaires étaient en chute libre. Françoise se moucha, renifla. Elle avait toujours eu besoin de temps pour se confier.

— Et puis, ajouta-t-elle enfin, élever Martin, faire de la traduction quand je peux, préparer les repas, m'occuper des clients à la boutique quand Patrice parcourt les campagnes pour décrocher des aubaines, tenir l'appartement, c'est trop. Diane nous donne vraiment un bon coup de main, tu sais. Quand elle ne sera plus là, je ne sais pas comment je ferai, soupira-t-elle profondément.

Après un silence, elle ajouta :

— Je ne peux pas non plus arrêter de faire de la traduction : c'est ça qui nous fait vivre ! À cause de la boutique, je peux bien te le dire, on risque de faire faillite d'un mois à l'autre. Certains jours, on se dit qu'il vaudrait mieux tout liquider, mais perdre notre investissement, c'est pas facile à envisager. D'un autre côté, si on persiste, on passera peut-être au travers, mais on s'endette encore plus. On ne sait plus quoi faire.

Marie-Andrée regretta de ne pouvoir la conseiller. Dans son travail, elle ne connaissait que le domaine des finances personnelles.

— Dis donc, Patrice a un bac en philosophie, se souvint-elle. Il pourrait peut-être enseigner.

— Tu penses bien qu'il a fait le tour des écoles du coin ! Les postes d'enseignant sont rares, Diane en sait quelque chose. Alors, tu comprends, avoir un deuxième enfant, en faire instruire deux, conclut-elle d'un ton déchirant, c'est au-dessus de nos moyens.

Elles étaient là, toutes les deux, des sœurs plus que des amies. L'une impuissante, et l'autre, soulagée de s'être enfin confiée, qui séchait ses pleurs.

— Diane ne le sait pas pour le bébé... murmura-t-elle à Marie-Andrée, qui comprit et qui repensa à sa propre grossesse.

« Dans le fond, ses raisons s'appliquent aussi à moi, d'une certaine façon. Je devrai peut-être compter sur mon seul salaire, un jour. » Elle refusa ce sombre pronostic. « De toute façon, protesta-t-elle, Ghislain n'est pas un sans-cœur, et il continuerait à aider ses enfants financièrement. C'est sûr que Patrice a du cœur, il est même un meilleur père que Ghislain, sauf qu'il n'a pas d'argent. »

Contrairement à sa grande amie, Marie-Andrée devait cependant considérer l'incertitude dans son couple pour évaluer sa situation. Elle avait sincèrement voulu ce deuxième enfant, mais son désir de garder Ghislain comptait aussi dans ce projet. Dans quelle proportion ? Elle ne le saurait sans doute jamais. Toutefois – elle se l'admettait clairement depuis la nuit de jeudi –, ce but semblait de plus en plus hors d'atteinte. Dans les circonstances, avait-elle le droit d'être égoïste au point de mettre un enfant au monde pour garder un mari ? Avait-elle le droit de compliquer la vie d'un enfant qui vivrait peut-être sans son père ? « Non, je n'en ai pas le droit. »

— Marie-Andrée, quémanda tristement Françoise en s'agrippant à elle, vas-tu m'accompagner à la clinique ?

— C'est certain, voyons ! répondit son amie en se faisant violence. Comment voudrais-tu que je t'abandonne dans un moment pareil ? ajouta-t-elle tristement, affrontant de nouveau une décision personnelle qu'elle ne souhaitait pas prendre. Et Patrice, souffla-t-elle à voix basse, qu'est-ce qu'il en pense ?

Françoise se dégagea de l'étreinte.

— Il aurait de la peine. Il travaille dix heures par jour, sept jours sur sept. Je ne vais pas lui ajouter ça, en plus.

— Il ne le sait pas ? Et toi ? ragea Marie-Andrée, exprimant son agressivité refoulée depuis trois jours. Tu ne travailles pas autant ? Ce serait moins lourd à deux. Patrice t'aime, lui !

Cet aveu spontané lui fit mal. « Ghislain ne m'aime pas. » Françoise refusa de répondre et descendit à la boutique par l'escalier intérieur. Elle n'ajouterait rien à ses confidences.

— Je t'ai dit qu'on était attendus pour souper chez Élise ? dit simplement Marie-Andrée. Tu l'as vue, dernièrement ?

— On ne voit plus personne tellement on travaille.

— On en est tous là ! On nous promettait la « société des loisirs » dans les années soixante. Tu parles ! On fait deux journées dans une !

Bouleversée par l'avortement prochain de Françoise, confuse et coupable à la pensée d'y songer, elle aussi, elle aurait préféré rentrer directement à Anjou, mais cela ne se faisait pas de se décommander à la dernière minute auprès d'Élise. Et puis, Marie-Ève avait tellement hâte de revoir Geneviève, de trois ans son aînée, sa cousine qu'elle aimait comme une grande sœur.

Cependant, quand elle aperçut la petite maison, à peine éloignée de la route, juste avant le coude de la rivière et le petit pont, la fillette demanda, en fronçant ses sourcils roux :

— Mon cousin Pierre-Luc va être là aussi ?

— Ouais, grogna Ghislain, qui trouvait antipathique ce neveu à peine plus âgé que sa fille.

Marie-Andrée se rappela soudain leur première visite, en juin 1975. La première et dernière fois que son jumeau Luc les y avait accueillis, quelques jours à peine avant sa mort. Ensuite, Ghislain et elle avaient renoncé à leurs vacances d'été à la mer, et Françoise à la Gaspésie, pour aider et réconforter Élise, la jeune veuve désemparée. C'était cet automne-là que Marie-Ève avait été conçue.

— Que le temps passe vite… murmura-t-elle avec un accès de nostalgie.

En stationnant devant la maison, dans la cour de gravier, Ghislain se tourna vers elle et lui dit avec un sourire charmeur :

— On est en vie et en santé. C'est ça qui compte, tu ne penses pas ?

Il la regarda longuement, et elle sentit sa rancune se fissurer. Puis, il lui fit un clin d'œil et ajouta, d'un air faussement désolé :

— On a oublié nos costumes de bain ! Quel dommage ! On aurait pu se baigner dans le ruisseau.

Derrière la maison, la voix de Pierre-Luc éclata.

— J't'haïs ! J't'haïs !

Une porte claqua. Le site bucolique n'en était plus un. Marie-Ève se serra contre sa mère, peu habituée à de telles paroles. Marie-Andrée regretta d'être venue.

— Ouais, on arrive au bon moment ! marmonna Ghislain.

Il ne supportait pas Hubert, l'enseignant au primaire qui vivait avec Élise, lui reprochant une trop grande assurance et des idées bien arrêtées. « Exactement comme toi ! » s'étonnait Marie-Andrée, sans le lui dire. Et plus il râlait contre les traits de caractère d'Hubert, plus elle remarquait ces traits de caractère chez son mari.

Ils contournèrent la maison. Hubert faisait dos aux visiteurs, debout contre une piscine hors terre. Il en balayait lentement le fond. À mi-chemin entre la piscine et la maison, Élise était immobile, comme indécise, puis elle rentra précipitamment sans les voir. Hubert ne les avait pas entendus arriver ou bien il avait besoin de retrouver son calme après s'être fait injurier.

— C'est ça votre piscine ? commenta Ghislain d'un ton frondeur. Ça a l'air compliqué, tes affaires !

— Moins que ceux qui se baignent dedans ! reçut-il comme réponse d'une voix en colère difficilement maîtrisée.

— Vous vous baignez déjà ? On a eu juste quelques journées de chaleur.

— C'est ce que j'ai dit toute la journée ! Pas question de se baigner avant des semaines. La piscine, on vient juste de la monter. Je l'ai remplie, parce que je serai trop occupé en juin, à l'école. De là à l'utiliser maintenant, c'est une autre histoire ! ajouta-t-il d'un ton autoritaire.

Au son des voix, Geneviève jaillit de la talle de lilas suivie de deux chats tigrés et courut embrasser sa tante et sa cousine, qu'elle entraîna avec elle.

— Marie-Ève ! Viens voir ! On a de beaux lilas !

Les fillettes coururent sur la pelouse verte printanière et disparurent dans le bosquet.

— Attention au ruisseau ! s'écria Marie-Andrée, qui ne songeait plus au naturisme de l'été 1975, mais seulement à la sécurité de sa fillette. Cette pensée lui rappela la remarque de sa mère Éva qui, lors de sa première visite, s'était tout de suite méfiée du ruisseau à cause des enfants.

Elle frissonna. Cette journée de fin mai avait vraiment été chaude, et, pour la première fois de la saison, ils avaient revêtu des t-shirts et des bermudas. Leur peau blanche avait apprécié la caresse directe du soleil, mais la fin d'après-midi se rafraîchissait déjà. Aussi Marie-Andrée choisit-elle d'entrer dans la vieille maison.

Quelle différence avec ses souvenirs ! Depuis son installation avec Élise, à l'été 1979, Hubert avait fait poser des planchers de bois franc au rez-de-chaussée. Les anciennes armoires, étroites et hautes, si peu fonctionnelles, avaient été remplacées par des modernes, en chêne, plus profondes et plus accessibles. Il avait aussi apporté son mobilier de salle à manger, qui imitait un style vieillot tout en étant très confortable.

— Il a du goût, ton chum ! dit Marie-Andrée d'une voix forte pour annoncer son entrée.

Élise descendit de la salle de bains, toujours située à l'étage. Elle avait les yeux rouges. Les belles-sœurs s'étreignirent. La veuve de son jumeau préféra en rester aux banalités.

— Tu te rappelles, Patrice avait isolé toute la cuisine. Quand Hubert a emménagé, il a insisté pour continuer les travaux de rénovation. Tu comprends, il veut se sentir chez lui.

— C'est vraiment réussi. Vous avez gardé le cachet d'autrefois tout en rendant la cuisine plus belle et plus pratique.

Il y eut un silence. Élise avait préparé des croustilles et des canapés, et elle les sortit en même temps que les apéritifs.

— Avez-vous envie d'avoir des enfants ? demanda Marie-Andrée, obsédée par la difficulté de son choix.

Jetant un regard furtif vers l'étage, Élise confia à voix basse qu'ils en souhaitaient un, mais que l'attitude de Pierre-Luc envers Hubert remettait tout en question, jusqu'à leur vie de couple. Une lueur de colère brilla dans ses yeux.

— Tu comprends que, dans ces conditions, il n'est pas question de faire un enfant.

Puis elle changea de ton.

— Il n'a pas le tour avec lui, aussi ! Pierre-Luc n'aime pas se faire donner des ordres ! C'est normal, il me semble ?

— Comme parent, on n'a pas toujours le choix. Après tout, les parents ont plus d'expérience que leurs enfants, non ? Quand les jeunes ne veulent rien comprendre, il faut bien s'imposer.

— S'imposer ! Pourquoi ? Si ça n'a pas de sens, le petit s'en apercevra bien lui-même !

— Lui-même ? Voyons donc, un enfant pense à ses désirs, pas à ses besoins. On est là pour les aider à les différencier.

— On n'a pas à leur imposer nos façons de voir, réaffirma Élise.

— On sert à quoi, dans ce cas-là ? C'est sûr qu'on leur impose nos valeurs, dans un sens, mais il faut être conséquent avec soi-même. De toute façon, le seul fait de croire à quelque chose, c'est déjà une valeur en soi.

— Il s'en forgera lui-même, des valeurs !

— C'est ça, protesta Hubert en entrant avec Ghislain, quand ton fils aura une pneumonie parce qu'il s'est baigné dans de l'eau glacée et qu'on t'accusera de négligence, tu répondras quoi ? « Il voulait y aller », ajouta-t-il en imitant sa voix.

— Une minute ! rectifia rageusement Élise. Il y serait resté une petite minute ! Une minute, c'est pas la mort d'un homme ! insista-t-elle en reprenant de l'assurance.

— Non, mais celle d'un petit gars de six ans, par exemple, ça se peut !

Comme par hasard, le baigneur frustré descendit de sa chambre, toujours en maillot de bain.

— Va t'habiller ! lui dit sèchement Hubert.

— Mais laisse-le tranquille ! s'emporta Élise. T'as gagné, il ne s'est pas baigné ! Qu'est-ce que tu veux de plus ? Arrête d'être sur son dos, à la fin !

Pierre-Luc arbora un grand sourire, vite estompé. Presque nu, il frissonna, mais crâna et s'obstina à ne pas se vêtir. Sa mère alla lui chercher une large serviette de bain épaisse dont elle l'enroula de la tête aux pieds. Ghislain se raidit et se croisa les bras pour ne pas gifler cet enfant insolent et blâmer sa mère. Du coup, Hubert lui parut plus sympathique, et il n'envia pas sa position ambiguë dans cette maison.

Mal à l'aise, Marie-Andrée assistait à cette dispute familiale. Jamais elle ne se serait permis de contredire Ghislain à ce point devant leur fille, même s'il le faisait, parfois. « Si c'était Luc qui avait dit non, Élise l'aurait mieux pris, sans doute. C'est pas simple pour Hubert d'être l'ami de la mère », se dit-elle en soupirant, lui donnant raison de tenir tête à la demande irréfléchie du garçonnet. « Un garçon sans son père, se questionna-t-elle, ça donne peut-être ça ? »

La précarité de son couple l'effrayant, l'hypothèse de l'avortement s'imposa de plus en plus à son esprit. Elle en fut bouleversée. « Pourquoi on ne peut pas, comme avec le nouveau gadget qui permet d'enregistrer les émissions de télévision, stocker les fœtus et les amener à terme quand on a l'assurance de meilleures conditions de vie pour eux ? »

Le mardi suivant, elle aperçut Françoise descendre de la camionnette de Patrice, garée en double file. Il n'avait pu stationner dans la rue bondée de Montréal.

— Je n'ai pas trouvé de stationnement, cria-t-il par la portière du passager. Amusez-vous bien, les filles. Ça va lui faire du bien, cette petite vacance-là.

«Elle ne lui a pas dit. Ni moi à Ghislain!» soupira-t-elle.

— Je te la ramène après-demain, répondit-elle nerveusement. Embrasse Martin. *Bye!*

Dans la salle d'attente de la clinique, la nervosité gagna Marie-Andrée comme si sa présence dans ce lieu décidait pour elle. Au fur et à mesure que le temps passait, Françoise ne cessait de remettre sa décision en question, ce qui les plongeait toutes deux dans un désarroi encore plus grand.

— J'ai passé des journées d'enfer, confia cette dernière à voix basse. J'ai changé d'idée dix fois, j'ai essayé d'en parler à Patrice. J'ai pensé retarder ma décision, mais ce n'était pas une bonne idée. Cet enfant-là, il fait déjà partie de moi. Le garder encore, avec la pensée de ne pas le mettre au monde, non, je n'étais plus capable. Que ça finisse une fois pour toutes! murmura-t-elle en appuyant fermement ses deux mains sur son front penché vers l'arrière.

Elle fut appelée plus tôt que prévu et blêmit. L'heure n'était plus à la réflexion. Ses jambes se firent de plomb, et elle dut demander de l'aide pour se lever. Puis elle disparut derrière une porte. Incapable de rester assise, Marie-Andrée arpenta le corridor, frustrée de n'avoir pu accompagner son amie quand celle-ci avait tant besoin de sa présence, tout en ressentant un soulagement presque physique à ne pas assister à l'intervention. L'avortement avait toujours été contre ses principes; elle l'avait bien compris durant les derniers jours. Son amitié pour Françoise nuançait toutefois son point de vue. « Telle que je la connais, elle a dû tellement souffrir avant de se décider. Elle, au moins, a eu le courage de regarder le problème en face. »

Françoise n'avait pas eu la vie facile. Soutien de famille à la maladie de son père, ensuite à la mort de celui-ci. Après, elle avait été soutien du couple pendant les études de son mari, puis abandonnée par ce dernier une fois diplômé. Aussi avait-elle craint d'aimer de nouveau quand Patrice était entré dans sa vie. Et maintenant, presque soutien de famille, une fois de plus, elle était dans l'impossibilité d'avoir un autre enfant pour des raisons financières. Marie-Andrée avait appris à son travail que les questions financières étaient rarement anodines ! Des salaires mal gérés, des emprunts impulsifs qui gâchaient des vies de couple, des budgets trop serrés qui étouffaient le quotidien de gens pourtant bien intentionnés. Et depuis plus d'un an, une récession qui frappait tout le monde.

Que pouvaient faire Françoise et Patrice face à une récession mondiale ? À cause de conditions si indépendantes de leur volonté, le petit Martin n'aurait peut-être jamais de frère ou de sœur, Françoise ne réaliserait sans doute jamais son rêve d'une famille avec plusieurs enfants. Le couple finirait peut-être par se dissoudre. Ça se pouvait ; elle avait déjà vu de telles situations. Pour de l'argent. « Que je suis bête ! pensa-t-elle soudain. Au lieu de transférer mes épargnes, la semaine passée, j'aurais pu leur prêter cet argent ! Qui sait, on ne serait peut-être pas ici aujourd'hui ! » Mais c'était trop tard.

À la sortie de la clinique, Françoise, abattue, murmura sur un ton pathétique :

— Je n'avais jamais rien caché à Patrice…

— Il n'est peut-être pas trop tard, hasarda Marie-Andrée.

— Oh oui, c'est trop tard. Parce que, désormais, on ne peut plus rien y faire !

Le samedi soir, Marie-Ève participa à son premier spectacle de ballet, sa blessure au front dissimulée par du maquillage et une frange. Les danseuses de son groupe étaient habillées en fleurs qui poussaient, se développaient et oscillaient au vent, le tout effectué presque parfaitement, à l'exception d'une enfant qui commençait chaque mouvement trop tôt ou le finissait trop tard.

Si Marie-Andrée était attendrie devant ce manque de rythme, Ghislain fulminait devant les rires du public.

— Elle attire toute l'attention ! Le public devrait admirer les autres, qui sont bien synchronisées.

— Comme ta fille ?

— C'est normal ! C'est la plus belle !

Pour la petite Marie-Ève, ces trois minutes-là représentèrent l'événement le plus important de sa courte vie. Dans la salle, ses parents et sa tante Monique l'applaudirent très fort. Ghislain exprimait, enfin, une fierté paternelle touchante qui émut Marie-Andrée.

La décision lui apparut enfin évidente. La situation financière de Françoise et la situation familiale compliquée d'Élise les empêchaient, toutes deux, d'avoir d'autres enfants. « Ghislain, admit-elle, a des défauts, mais, contrairement à Patrice, il gagne suffisamment d'argent pour subvenir aux besoins de ses enfants et, contrairement à Hubert, il est mon mari et le père de mes enfants. J'en demande trop à la vie. Moi aussi, j'ai des défauts », reconnut-elle honnêtement, sans se demander lesquels.

Quand ils se couchèrent, ce soir-là, elle se tourna vers Ghislain et le regarda attentivement. Puis, elle lui dit sereinement en se serrant contre lui :

— Je suis enceinte ; le bébé va naître en janvier.

Chapitre 4

Un samedi midi tout simple dont elle se rappellerait longtemps.

Marie-Ève et son amie Annie parties avec Diane, redevenue montréalaise, après leur cours de ballet. Le petit Mathieu endormi dans sa couchette. Ghislain qui lisait la volumineuse *Presse* du samedi. Elle qui regardait ou plutôt contemplait la photo de ses deux enfants.

Le regard maternel s'attarda sur le visage innocent et candide de son fils, dont ils venaient tout juste de fêter le premier anniversaire. Au bas de l'image, la date : janvier 1984. L'enfant tenait de sa mère ses cheveux bruns et son regard tendre, de son père, ses traits plus carrés, déjà masculins. Sur la photo, il se tenait debout devant sa grande sœur aux cheveux roux qui lui tendait les bras, si fière de le voir marcher.

À sept ans et demi, la fillette était déjà une petite personne savante qui savait et aimait lire. Son public s'était agrandi. Il y avait d'abord eu son chat Lundi, mais il s'endormait toujours au milieu de l'histoire, au grand désappointement de la lectrice. Puis, il y avait eu son frère qui, selon elle, était vraiment lent à apprendre à parler et à s'intéresser à ses histoires. Qu'importe ! Marie-Ève faisait alors ses exercices de ballet devant son frérot, enfilant même parfois son costume de scène. Peine perdue. Cela ne semblait pas intéresser le bébé davantage, si ce n'est, peut-être, de lui donner envie d'agripper le tutu rose de ses menottes vigoureuses et moites.

Les parents, eux, n'avaient droit, et encore, qu'à une courte séance de ballet, et en de rares occasions. Timide quand il s'agissait de danser devant eux, la fillette préférait s'exercer seule ou avec Annie, dans la chambre d'amis, au sous-sol. Plus elle suivait ses cours, plus sa passion se renforçait, au grand étonnement de son père – une telle constance était rare chez une enfant si jeune. Quant à sa mère, elle était en admiration devant la grâce de sa fille.

Marie-Andrée se leva et desservit, tout en jetant encore un coup d'œil aux photos d'anniversaire étalées à un bout de la table. Ses deux enfants lui donnaient tant de joies qu'elle s'exclama spontanément :

— Ils sont tellement mignons que ça donne le goût d'en avoir un autre !

— Un autre ? s'écria Ghislain en abaissant son journal. Tu trouves pas que trois, c'est assez ?

Elle s'amusa de ce lapsus inattendu, puis cessa de rire, Ghislain ne démentant pas sa répartie impulsive.

— Tu te moques de moi ? vérifia-t-elle pour la forme.

Devant le silence de son mari, de nouveau absorbé par la lecture du journal, elle dut s'asseoir et fermer les yeux. Puis cherchant à toucher quelque chose de concret pour la ramener à la réalité, elle attrapa le torchon mouillé dans sa main.

Elle rouvrit les yeux, retrouvant peu à peu sa respiration régulière. Ghislain avait refermé rageusement le journal et s'était levé. Les mains dans ses poches, il s'était tourné vers la porte patio, regardant à l'extérieur, sans voir.

Marie-Andrée se retourna lentement vers lui. Lui debout, elle assise, son mari lui apparut encore plus grand que d'habitude, encore plus sûr de lui, plus inaccessible, plus séparée d'elle.

Son cerveau lui suggéra qu'elle avait mal entendu, et ce, pour la distraire, ne serait-ce que quelques secondes, et lui donner le temps de recommencer à respirer après que leur vie eut basculé au son d'une simple exclamation spontanée. En vain. Elle avait entendu *trois* enfants.

Sans se retourner, faisant nerveusement cliqueter la monnaie au fond de ses poches de jeans, il ajouta sèchement :

— Tes maudites questions ! Es-tu plus avancée, maintenant ?

Il pivota brusquement vers elle et ajouta :

— Oui, trois ! L'autre est un garçon.

Les épaules de sa femme s'affaissèrent comme si elle avait cent ans. En quelques minutes, son corps avait alourdi. Bêtement, elle craignit de briser la chaise de cuisine en bois tant elle ne supportait plus le poids soudain qui l'écrasait. En même temps, elle avait l'impression étrange d'avoir la consistance d'un mollusque. Elle souffrait tant qu'il en eut pitié.

— Ne t'en fais pas avec ça, lui dit-il d'un ton las et rassurant à la fois. C'est avec toi que je vis, insista-t-il. Toi, puis nos deux enfants. Pour moi, je n'en ai rien que deux : les nôtres.

Le cerveau de Marie-Andrée fonctionnait vite, cherchant elle ne savait trop quoi. Fébrilement, elle eut besoin de situer cet événement par rapport à leur vie de couple.

— Il a quel âge ? demanda-t-elle d'une voix si neutre qu'elle se surprit elle-même.

— Qu'est-ce que ça va te donner de le savoir ?

— Quel âge il a ? s'acharna-t-elle d'une voix calme, mais un ton plus haut, en détachant les syllabes.

— Il est né à l'automne, en octobre.

Elle calcula vite : il était né trois mois auparavant. En reculant de neuf mois, l'histoire remontait au mois de janvier, il y avait un an. Un an auparavant, en janvier, naissait leur fils Mathieu. « Pendant que j'avais besoin d'être entourée, aimée, aidée, il avait une maîtresse. Une maîtresse qui lui faisait un fils. »

Dans sa souffrance, elle émit une plainte. Ghislain lui en voulut. *La voilà repartie sur ses grands chevaux. Elle a toujours su que j'allais ailleurs de temps en temps. Pourquoi elle fait semblant qu'elle ne le sait pas ? Elle change toujours les règles du jeu !*

— Et maintenant, vous en êtes où, tous les trois ? demanda-t-elle d'une voix que la colère renforçait, tout en se redressant lentement sur sa chaise.

— Qui ça ?

— L'autre et son fils !

— Je n'ai rien à voir avec eux autres. Elle voulait un enfant, je lui en ai fait un. Point final. C'était ça, l'entente. Je te le répète : je n'ai rien à voir avec eux autres.

Abasourdie, elle essayait d'en dégager un élément rassurant. Elle le dévisagea, incapable de clarifier sa pensée, et encore moins de l'exprimer. Il fut vexé de ce regard insistant et ajouta, rassurant :

— Je te le répète, c'était notre entente. Je ne la revois pas, non plus. D'ailleurs, ajouta-t-il radouci, quand est-ce que j'aurais le temps, tu peux me le dire ?

Curieusement, c'était aussi ce qu'elle se demandait. Son travail au ministère du Revenu fédéral, ses deux soirées de conditionnement physique, des retards ici et là... Non, il ne vivait pas avec elle ou alors, elle se contentait de bien peu.

— Comment tu sais que c'est un fils ? Comment tu sais que c'est ton fils ? Elle aurait pu demander ça à d'autres hommes.

— C'est justement pour ça que je ne me torture pas avec ça ! renchérit-il d'une voix détachée.

Elle le regarda d'un air ahuri et s'entêta.

— Dans ce cas, pourquoi tu dis que c'est ton fils ?

Étonné, Ghislain la dévisagea à son tour.

— Ben, parce qu'elle me l'a dit !

— Ah bon ? N'importe quelle femme pourrait aller te voir et te dire qu'elle est enceinte de toi ?

— Faudrait que j'aie baisée avec elle, quand même ! ajouta-t-il comme si c'était une bonne blague.

Cet humour inopportun irrita Marie-Andrée.

— Tu la connaissais, alors ?

— Bon, ça y est ! rugit-il. Encore un interrogatoire ! Après, tu te plaindras des réponses. Je sors ! J'ai besoin d'air !

— Moi aussi ! cria-t-elle en le devançant et en claquant la porte de leur chambre derrière elle.

Quelques instants plus tard, elle entendit la porte extérieure s'ouvrir et se refermer dans un bruit sec qui lui sembla venir de très loin. « Au lieu de me parler, de m'expliquer, il fout le camp ! » Elle rouvrit la porte : elle manquait d'air. La chambre, leur chambre lui apparut une scène de théâtre où il lui jouait, depuis des années, de grandes scènes d'amour ! « Non ! De bons moments de sexualité, oui. » D'amour profond et de tendresse ? Cela, elle ne pouvait pas l'affirmer.

Son cerveau reprit le dessus, exigeant des réponses plausibles. « Quand même, je ne suis pas idiote : il devait bien être amoureux de moi pour que je le croie sincère ! » Ses souvenirs ne lui ramenaient aucune preuve. Seuls des regards moqueurs, du sexe, des blagues. Des gestes affectueux ? Des regards amoureux ? Non, pas vraiment. « Est-ce que je l'ai vu comme j'ai voulu le voir, selon le modèle qui faisait mon affaire ? » Affalée sur le lit conjugal, elle se recroquevilla et s'enveloppa lentement dans la douillette. Elle avait si froid, tout à coup.

Le petit Mathieu, perturbé dans sa sieste par les éclats de voix rageuses, pleurnichait. Soudain, le silence le rendit si anxieux qu'il se mit à crier. Quelques mètres plus loin, sa mère sortit de sa torpeur et alla le chercher. Il serrait contre son cœur son nouveau toutou, un cadeau de sa marraine Monique. S'agrippant aux barreaux, il se hissa sur ses petites jambes déjà fortes. Marie-Andrée le souleva et le serra contre son cœur. Ce petit être sans défense lui redonna la force qu'elle croyait avoir perdue dans la discussion traumatisante.

— Maman est là, mon trésor. Maman sera toujours là…

Elle changea le bébé, le consola, se réconfortant en même temps au contact de cette jeune vie innocente qui avait besoin d'elle et qui la maintenait dans le réel. Elle le promena quelques minutes dans la maison, puis l'amena dans le grand lit et s'allongea près de lui. Ils se rassurèrent l'un l'autre. Et s'assoupirent.

La porte extérieure s'ouvrit, et l'air froid de janvier s'engouffra dans le corridor, s'infiltrant dans la chambre.

— On est revenues ! cria la voix joyeuse de Marie-Ève. Maman ? Maman ?

Marie-Andrée se réveilla, le cerveau alourdi par un sommeil agité. Elle aurait dû se lever avec empressement, remercier Diane d'avoir amené les fillettes dîner au restaurant et visionné un film avec son magnétoscope tout neuf ! Mais elle se sentait inerte.

La fillette abandonna sa tante en apercevant son chat venu à sa rencontre. Tout joyeux, il sautillait, le dos arqué, ce qui la faisait toujours rire. L'animal chamarré se frotta contre ses jambes. La fillette le flattait et lui parlait quand, tout à coup, elle songea à son père. Il ne devait pas être dans la maison : son auto n'était pas dans la cour.

— Maman, où es-tu ? répéta-t-elle, inquiète que cette dernière ne soit aussi absente.

« Elle va finir par réveiller Mathieu… » pensa Marie-Andrée, qui réussit à se lever et qui referma la porte de la chambre à demi.

— Je suis là, ne réveille pas ton frère.

En disant cela, elle l'entendit pleurer. Diane alla chercher son neveu, le souleva affectueusement dans ses bras et l'embrassa sur les deux joues.

— Dieu qu'il est beau, cet enfant-là ! s'exclama-t-elle. Il a un petit air de mon René, tu ne trouves pas ? Dis donc, t'as pas l'air bien, toi. Ça va ?

Marie-Andrée reprit son rôle de femme forte. Son trouble ne devait pas paraître.

— C'est rare que je fasse une sieste l'après-midi, bâilla-t-elle. Ça m'a rendue confuse.

— Maman, révéla Marie-Ève avec excitation, mes cousins de Chicoutimi vont venir la semaine prochaine. Je vais pouvoir aller jouer avec eux, chez Diane ?

— On verra, répondit évasivement sa mère.

Marie-Ève insista pour montrer à sa tante les quelques pas de danse qu'elle maîtrisait de mieux en mieux : plié, tendu, échappé, puis elle termina gracieusement par une révérence. Diane en fut impressionnée, et Marie-Andrée eut le temps de se ressaisir. Puis, la fillette se désintéressa complètement de sa tante pour entraîner son amie dans sa chambre afin de s'exercer toutes les deux. Annie, blonde aux yeux gris, était aussi douce et introvertie que Marie-Ève était audacieuse et extravertie.

En ce moment, les deux sœurs Duranceau vivaient aussi tout le contraire, l'une crispée, l'autre décontractée. Diane était décidément plus sereine depuis qu'elle s'était trouvé un emploi comme enseignante dans son ancienne commission scolaire, à Montréal. Certes, ce n'était qu'un travail de suppléance, mais suffisamment régulier pour qu'elle soit autonome financièrement, c'est-à-dire ne rien dépenser en dehors du nécessaire. Deux ans après la séparation, aidé par l'éloignement, le couple en était arrivé à un terrain d'entente pour les enfants et leurs avoirs. Enfin d'accord, Gilbert et elle avaient finalement décidé de divorcer, et les dernières formalités s'accompliraient bientôt.

— Gilbert descend la semaine prochaine ? demanda Marie-Andrée pour dire quelque chose, en se dirigeant vers la cuisine.

Elle reprenait les gestes coutumiers, commençant à préparer le souper : bouger, essayer d'oublier, se raccrocher aux menus gestes du quotidien pour reprendre pied.

— Oui, c'est à son tour, répondit Diane. Le mois passé, c'est moi qui y suis allée.

— Ça te fait pas mal d'heures d'autobus.

— Après le règlement du divorce, je vais probablement m'acheter une auto. Pas une neuve, mais en bonne condition. Les autos, ça ne m'a jamais impressionnée, n'empêche que ce serait vraiment pratique. Quand je vais voir les enfants à Chicoutimi, je suis complètement dépendante de Gilbert.

Elle resta à souper sur l'insistance de sa sœur, qui repoussait un tête-à-tête avec Ghislain. « Décidément, elle n'a pas l'air dans son assiette », se redit Diane, intriguée par l'absence de son beau-frère, absence que Marie-Andrée avait plus ou moins justifiée. « Une chicane de couple », déduisit-elle. Elle ne posa pas davantage de questions quand, après le repas, Marie-Andrée insista pour qu'elles aillent au cinéma. Comme elle n'avait rien prévu pour la soirée et que sa sœur semblait avoir un besoin urgent de se changer les idées, Diane accepta. Sitôt la gardienne arrivée, une adolescente qui demeurait quelques maisons plus loin, dans leur rue, Marie-Andrée sortit et respira profondément. L'air froid du dehors lui fit du bien. « J'étouffe depuis ce midi ! » s'avoua-t-elle.

Dans la salle obscure du cinéma, elle se détendit. La présence de sa sœur l'avait réconfortée, forcée à sortir de sa torpeur, mais, en contrepartie, elle n'avait pu repenser à sa discussion avec Ghislain. Maintenant isolée dans le noir, elle pouvait essayer de clarifier ses idées embrouillées, essayer de comprendre les implications de cette nouvelle époustouflante : Ghislain avait un autre enfant avec une autre femme ! Cet enfant ne l'intéressait pas, à ce qu'il disait ; si c'était faux, Ghislain négligerait-il leurs enfants pour son troisième ? Si elle avait insisté pour sortir, c'était par besoin de solitude et de temps pour réfléchir. Quelle attitude adopterait-elle quand elle le reverrait, tout à l'heure ou, qui sait, demain matin ? « Ne pas réagir sur l'impulsion de mes émotions. Réfléchir. »

Tout d'abord, elle détesta cet enfant. Puis elle se raisonna. « S'il y a quelqu'un d'innocent, c'est bien lui. » Ensuite, elle eut de la peine pour ce bébé privé de son père. « Un père, ce n'est pas juste un géniteur. Sa présence est aussi nécessaire ! » Elle pensa au sien, Raymond Duranceau, qui avait été si souvent absent à cause de son travail aux chantiers. Il lui avait manqué. « Mais c'était pas pareil, conclut-elle. Nous, nous savions que nous avions un père, nous le connaissions, il revenait régulièrement à la maison, et c'était le mari de notre mère, pas un inconnu. Non, ça n'a rien à voir avec un enfant qui ne sait pas qu'il a un père, qui ne le connaît pas, qui ne le voit jamais ! »

Un doute traversa son esprit. « Ghislain dit-il la vérité quand il affirme n'avoir aucun lien avec eux, l'enfant et sa mère ? » Elle n'en savait rien, et comment le croire, désormais ? Jusque-là, elle s'était refusée de penser à la mère. « Une maîtresse, c'est temporaire ; mais un enfant, c'est à vie ! » Une émotion douloureuse, qu'elle dut nommer jalousie, l'envahit. « Qui est-ce ? Est-ce que je la connais ? » Dans un sursaut de fierté, elle refusa de s'empoisonner l'existence avec la jalousie. « Ce serait leur faire trop d'honneur ! »

Petit à petit, incapable d'affronter ses émotions, elle les refoula pour donner priorité à la raison. « Si je ne me suis aperçue de rien, ça ne doit pas changer ses habitudes tant que ça. Nos habitudes », rectifia-t-elle. Puis, elle se remémora la phrase de Ghislain : *Toi et tes maudites questions ! Es-tu plus avancée, maintenant ?* Non, elle ne l'était pas. « Je commence à comprendre les femmes qui ne veulent pas le savoir. Dans le fond, j'aurais mieux aimé ne pas l'apprendre ! » regretta-t-elle, sans trop croire à sa théorie.

« Et Françoise ? A-t-elle fini par avouer à Patrice qu'elle a avorté de leur deuxième enfant ? » Elle n'en savait rien, elles ne se voyaient presque plus. « Peut-être qu'elle m'a associée à ce triste événement, se chagrina-t-elle. C'est pas le moment de l'embêter avec mes problèmes ! » Au bout d'un moment, elle ajouta, avec un sourire de dérision : « Comme si j'allais raconter ça à qui que ce soit ! J'ai bien trop honte ! »

Honte. Le mot s'était imposé de lui-même. « Honte ? Honte de quoi ? C'est pas moi, la fautive ! » D'autres pensées émergèrent, agrandissant la brèche que le mot « honte » avait ouverte dans son déni. Non, elle ne pouvait plus nier les blessures que chaque escapade de son mari lui infligeait. « Honte de ne pas être choisie ? Honte de supporter ce comportement ? Honte d'être incapable de satisfaire mon conjoint ? Honte de ne pas réussir ma vie de couple ? Honte de me mentir à moi-même sur son amour ? » Marie-Andrée était fatiguée de se battre seule pour son couple. Elle appuya lourdement sa tête sur le haut du siège pour tout oublier, arrêter, ne serait-ce qu'une petite minute, d'avoir mal.

Diane observait discrètement sa cadette, maintenant certaine que celle-ci traversait un moment difficile. Elle lui aurait accordé toute l'aide dont elle était capable, si seulement elle lui en avait fait la demande. « Mais elle ne me dira rien, comme d'habitude. » Puis, elle se réfugia dans le film.

Sur le siège voisin, Marie-Andrée se faisait un scénario souffrant. Ghislain et elle pourraient-ils se perdre de vue, ne plus se retrouver ? Allait-elle le perdre ? Leur couple était-il assez fort pour passer par-dessus cette paternité incongrue ? Cette peur lui insuffla une volonté farouche de sauver son couple. « On ne fait presque plus rien ensemble, juste nous deux. Les enfants sont toujours là ! Il faut se donner du bon temps ensemble, c'est ça qui nous manque. »

Ses pensées glissaient de nouveau vers l'espoir. Elle chercha fébrilement une activité pour leur permettre de se retrouver. Il suffirait peut-être de quelques heures ensemble, tout seuls. Non, au moins une journée complète pour décrocher du quotidien, de leurs professions, des enfants. « Et pourquoi pas une semaine ? se dit-elle, presque enfiévrée. Au minimum, une fin de semaine en couple. Rien que nous deux ! décida-t-elle. En amoureux ! Oui, en amoureux ! » osa-t-elle espérer et nommer.

Elle aimait Ghislain. Pour elle, il avait toujours représenté la liberté de vivre, une certaine nonchalance aussi, qu'elle lui enviait encore, elle qui avait été élevée selon un code implicite de convenances, transmis de génération en génération. « Quand je l'ai connu, c'était comme une bouffée d'air frais ! Oser faire ce qu'on a envie de faire ! Que c'était bon ! »

Pourtant, elle ne s'était jamais totalement laissée aller, comme si la spontanéité entraînait nécessairement des excès, des empiètements sur le territoire des autres, comme s'il lui fallait sans cesse se brimer pour ne pas suivre une sorte de tendance naturelle qui aurait forcément compromis l'harmonie familiale ou sociale.

Tout devenait clair à ses yeux. Une attitude adulte lui commandait d'accepter aussi les inconvénients de cette liberté qui lui était si chère et qu'elle voulait tant vivre et assumer. « Personne n'est parfait. Ni lui ni moi. Lui, au moins, il gagne un bon salaire, se dit-elle, en faisant allusion à Patrice. Mes enfants ne manqueront jamais de rien. Ce ne doit pas être drôle pour Françoise de s'inquiéter déjà des études de son fils, dans vingt ans. Vingt ans ? Plutôt une quinzaine d'années puisque Martin aura bientôt cinq ans. »

Cette réflexion sur le temps qui passait et l'avenir à prévoir lui rappela qu'elle avait trente-quatre ans, et Ghislain trente-six. Sa décision de renforcer son couple n'en fut que plus ferme. Ils deviendraient un couple uni : pour lui, pour elle et pour que leurs enfants bénéficient d'une enfance heureuse et saine avec un père et une mère, ENSEMBLE ! « Ghislain n'est pas conscient de nos problèmes de couple, mais moi, oui. C'est à moi de m'en occuper. »

Étonné et rassuré que Marie-Andrée ne reparle plus du troisième enfant, Ghislain acheta l'idée d'une fin de semaine à deux. Diane accepta de garder son neveu et sa nièce. Toutefois, comme elle recevrait aussi ses enfants et qu'elle ne disposait pas d'un appartement suffisamment grand, il fut entendu qu'elle prendrait soin des quatre enfants à Anjou. Il ne restait qu'à trouver le lieu de cette fin de semaine en amoureux.

— Qu'est-ce qu'il y aurait comme activités ? s'informa Ghislain.

Marie-Andrée souhaitait flâner, marcher dans les stations d'hiver à la mode, en plus de faire l'amour, bien entendu… « Des vacances en amoureux, c'est avant tout pour faire l'amour», se disait-elle, d'autant plus qu'ils seraient seuls pour la première fois depuis si longtemps.

— S'il y a des activités sportives, je ne dis pas non, insista-t-il. Mais trouve quelque chose d'intéressant.

— Pourquoi moi ? s'étonna-t-elle. Ce sont nos vacances, tu peux chercher aussi !

— Wo ! J'accepte ton projet, et il faudrait que ce soit moi qui l'organise ? Franchement, tu me prends pour qui ? Ton secrétaire ?

— Et moi, alors, tu me prends pour qui ? s'écria-t-elle, agacée d'être traitée comme sa secrétaire, justement.

— Toi ? Pour la fille qui veut une fin de semaine de vacances et qui a un chum bien gentil qui accepte d'y aller ! lui dit-il en l'embrassant furtivement.

Une fois de plus, elle sortait confuse de leur échange. Il acceptait, elle aurait donc dû être contente. Pourtant, elle se sentait frustrée. Une fois de plus, il se fiait à elle, comme si le projet ne le concernait pas. Elle soupira. «Bon, il ne s'occupera pas de faire les démarches. Et alors ? Ce n'est pas une raison pour arrêter !»

Le samedi midi suivant, ils arrivèrent à l'auberge dans les Laurentides, la seule ayant encore une chambre disponible. Le site était magnifique. La vue sur la forêt toute proche et les collines environnantes était à couper le souffle. À travers les sapins sombres éclaircis de lourdes masses de neige, des talles de bouleaux dénudés striaient le ciel de traits inégaux jaunes et rougeâtres.

Dans la chambre, Marie-Andrée attira Ghislain sur le lit pour bien commencer leur fin de semaine d'amoureux, mais il se contenta de lui donner un baiser.

— Les auberges ou les motels ont des murs en carton. On s'enverra pas en l'air bien fort ici.

— Et alors ? crâna-t-elle, déçue. Je ne connais pas les gens des chambres voisines et je me moque de ce qu'ils pourront penser.

— Ah oui ? dit-il en se relevant. Eh bien, moi, ça me dérange !

Elle se redressa sur ses coudes et le regarda attentivement, soupçonneuse.

— À t'entendre, on dirait que tu connais bien ces lieux-là !

Il la regarda et elle crut déceler de la pitié dans son regard.

— C'est ça ! Gâche-toi la fin de semaine si tu veux. Moi, je ne suis pas venu ici pour rester dans la chambre. Il y a des années que je n'ai pas fait de motoneige, et j'ai hâte de me retrouver sur cet engin. Au fait, ajouta-t-il, ce serait plus le fun si on avait chacun la sienne. Assise en arrière de moi, tu vas trouver ça plate. Patrice et moi, on partait en randonnée, chacun avec sa machine.

Comme Marie-Andrée ne connaissait rien à ce sport, il lui suggéra de prendre un cours avec un moniteur.

— Pourquoi pas toi ? protesta-t-elle avec déception.

Elle s'était imaginée l'apprendre avec lui, puis rouler dans la neige en riant et en s'embrassant amoureusement ! Loin de ces rêveries romantiques, Ghislain refusa de perdre une heure de balade en forêt et il partit avec un groupe de motoneigistes.

Dès le début du cours, Marie-Andrée comprit le maniement de l'engin, décidément très bruyant. Mais il faisait beaucoup plus froid qu'assise dans une auto. Prudente, elle parcourut avec précaution les alentours de l'auberge avec quelques femmes qui s'initiaient, elles aussi, à ce sport de plein air. Air qui aurait été pur si l'engin n'avait pas répandu une odeur si désagréable.

Finalement, sa balade fut brève, et elle passa plus de temps dans la salle de séjour, à lire *Les fous de Bassan*, d'Anne Hébert, qu'à faire de la motoneige. Dans le coin le plus vitré de la pièce, un homme dans la quarantaine avancée semblait avoir réquisitionné le fauteuil. Il y avait passé des heures, noircissant de croquis un cahier à dessins. Marie-Andrée et lui s'étaient salués, sans plus. Plus le temps passait, plus elle prenait cet individu en grippe, témoin involontaire de son esseulement forcé.

Agacée, elle referma le livre et feuilleta des revues. Dans l'une d'elles, une rétrospective de l'année 1983 réussit à retenir un peu son attention. Les disques trente-trois tours étaient progressivement remplacés par de plus petits et lus avec un laser. Finis le chuintement et les égratignures sur le vinyle. « Évidemment, ça suppose qu'on achète un… comment ils appellent ça déjà ? Ah oui, un lecteur laser. Ça semble mieux, mais qu'est-ce qu'on va faire avec tous nos trente-trois tours ? »

On y mentionnait aussi que la jeune chanteuse québécoise qui faisait beaucoup parler d'elle, Céline Dion, venait de fêter ses quinze ans. « C'est l'idole de Marie-Ève. Quand on était jeunes, nos idoles, c'étaient des saints ou des gens qui avaient été de grands inventeurs ou artistes. Dans le fond, Céline Dion est aussi une artiste, dans son genre. Au fait, c'est quoi une artiste ? Si c'est quelqu'un qui crée, alors Céline Dion serait plutôt une interprète à la voix rare. Quoi qu'il en soit, si ma fille la prend comme modèle de persévérance et de passion pour son métier, tant mieux parce que si cette jeune chanteuse conserve autant de détermination, elle ira certainement loin. » On parlait aussi d'une nouvelle chanteuse américaine, nommée Madonna, dont le nom ne lui disait rien.

Dans la rubrique informatique, on faisait grand cas du lancement du jeu vidéo PAC MAN. Peu intéressée par ce domaine, elle passa à autre chose.

Dans la liste des personnalités décédées en 1983, elle lut : Gabrielle Roy et Yves Thériault. Ces deux auteurs si différents avaient été des modèles pour elle ; l'une par sa fidélité à elle-même, l'autre pour son audace. « C'est une partie de mon adolescence qui disparaît avec eux. »

Nostalgique, elle passa rapidement la rubrique suivante. En juin dernier, la sonde *Pioneer X* était devenue la première machine, construite par des humains, à quitter le système solaire. « Rencontrera-t-elle des extraterrestres ? se demanda-t-elle en se remémorant le film *2001 : Odyssée de l'espace,* qui avait tant marqué les années soixante.

Marie-Andrée referma la revue, songeuse. Des gens disparaissaient, d'autres se construisaient une carrière. Des machines allaient de plus en plus loin dans l'espace. « Pendant ce temps, on se conduit encore trop souvent comme des primates. »

Ghislain ne revint qu'au souper, le visage rougi par le froid et le soleil. Enthousiasmé par son après-midi, il décida de souper avec le groupe. Marie-Andrée s'y opposa. Il s'agissait de leur seul repas du soir à l'auberge, et elle avait prévu le passer en tête à tête avec lui. Cependant, la frustration la fit changer d'idée. « J'ai passé l'après-midi toute seule ; je n'ai pas le cœur de souper en amoureux ! » se résigna-t-elle.

Ne connaissant personne à table, elle se présenta elle-même, Ghislain ayant négligé de le faire. Bonne joueuse, elle prêta une oreille attentive aux conversations, se disant qu'elle trouverait sans doute quelqu'un avec qui parler. La nouvelle venue comprit rapidement que ce ne serait pas le cas. Les gens étaient sympathiques mais fatigués et, le vin et la bière aidant, ils se racontaient les anecdotes de la journée avec des fous rires et des allusions incompréhensibles pour Marie-Andrée. Comme elle ne voulait pas les interrompre constamment pour quêter des explications, elle avala son repas en se contentant d'écouter.

Au dessert, ayant épuisé toute sa bonne volonté, elle ne put en supporter davantage. Elle souhaita informer Ghislain qu'elle retournait à leur chambre, mais, trop occupé, il ne lui prêta pas la moindre attention.

À bout de patience, elle se leva brusquement et quitta la salle à manger d'un pas rapide et rageur. En passant devant le bar, frustrée, refusant de s'enfermer toute seule dans leur chambre comme une petite fille, mais trop furieuse pour envisager de faire autre chose, prisonnière du froid et de cette auberge, elle croisa l'homme aux croquis, ce qui la contraria encore davantage. Cette fois, il était évident que son mari la délaissait, et elle en fut doublement humiliée. Comble d'irritation, l'étranger lui adressa la parole.

— Puisque nous avons quasiment passé l'après-midi ensemble, lui dit-il avec un sourire amusé, nous pourrions peut-être continuer et prendre un digestif dans nos appartements ? Je veux dire la salle de séjour, évidemment, se reprit-il en riant de sa blague.

Décontenancée, furieuse contre Ghislain, elle n'accepta que par dépit.

— Pourquoi pas ?

— Fernand Beaupré, se présenta-t-il en lui tendant la main. Aucune parenté avec le géant québécois du même nom.

« Décidément, il n'en rate pas une ! » se dit-elle en sentant sa hargne disparaître devant la bonne humeur du dessinateur.

— Marie-Andrée Duranceau. Vous êtes déjà à la retraite ou en vacances ? lui demanda-t-elle en se dirigeant vers le fauteuil qu'elle avait occupé tout l'après-midi.

— D'une certaine façon, lui répondit-il en l'entraînant plutôt vers l'énorme foyer, où, par ce froid glacial, un immense feu dégageait une chaleur réconfortante.

— Alors, on peut être à la retraite d'une certaine façon ? interrogea-t-elle, amusée.

Ayant fait un infarctus, il était en convalescence forcée. Cependant, il y prenait goût et il avait commencé à dessiner des paysages, ce qui l'encourageait à effectuer de longues et nombreuses promenades. Sans prétention, il se racontait à cette femme inconnue qui n'en revenait pas qu'un homme, en chair et en os, puisse parler de lui, de sa vie et de ses émotions, avec autant de simplicité et de sincérité. Cette conversation honnête se révélait le meilleur moment de la journée de Marie-Andrée.

— Vous savez, ajouta-t-il après lui avoir offert un digestif, pour dessiner, il faut observer. J'ai des carnets remplis de dessins d'arbres et de paysages. Il serait peut-être temps que je m'intéresse à d'autres sujets, lui avoua-t-il, en la fixant intensément.

De son carnet de croquis, qu'il traînait toujours avec lui, semblait-il, il retira un dessin au fusain assez réussi de l'auberge. Il le retourna et, au verso, aligna une suite de chiffres et de lettres.

— Vous avez créé autant de dessins ? s'amusa-t-elle.

— Cela vous semble un code ? répliqua-t-il, pince-sans-rire. C'est exactement le but recherché. En fait, ce sont mes nom et numéro de téléphone, précisa-t-il.

Son regard était si appuyé que la femme se rendit brusquement compte qu'elle se faisait courtiser depuis plus d'une heure. Elle rougit, confuse de sa naïveté tout autant que de plaisir.

— J'aurais pu ajouter : *À Marie-Andrée, la femme la plus charmante que j'ai rencontrée depuis longtemps.*

Puis, il leva les yeux et ajouta d'une voix basse et contrariée :

— *Et qui est mariée à un imbécile, incapable de comprendre la chance qu'il a !*

Elle suivit son regard et aperçut Ghislain qui s'approchait à grands pas, ayant enfin repéré sa femme.

— Ouais, bluffa-t-il d'un air goguenard, ma femme avait disparu. Je la croyais enlevée par des brigands, et je la retrouve au coin du feu ! ajouta-t-il d'un ton jaloux qu'il dissimula à peine.

— Si un homme ne s'occupe pas de sa femme, lui répondit Fernand Beaupré en replaçant calmement son dessin dans son carnet et en les quittant paisiblement, surtout quand elle est aussi charmante, il n'y a aucune raison qu'elle reste seule comme une femme de marin.

Ghislain le regarda s'éloigner sans rien dire. Amusée d'être vengée de si agréable façon, Marie-Andrée n'avait pas bougé.

— Je n'ai pas fini mon digestif, dit-elle simplement. En veux-tu un ?

Lorsqu'ils montèrent à leur chambre, satisfait de sa journée, émoustillé par le dernier verre, Ghislain l'enlaça en lui murmurant à l'oreille :

— C'est qui la chanceuse qui va aller au septième ciel ?

Quand elle sortit de la salle de bains, il était profondément endormi. « Septième ciel, mon œil ! De toute façon, si tu penses que j'avais envie de faire l'amour avec toi après cette journée plate ! »

Le lendemain matin, et le dernier jour de leur fin de semaine, Marie-Andrée demanda qu'ils fassent de la motoneige ensemble. Devant son peu d'enthousiasme, elle s'emporta :

— Merde ! On est en vacances ensemble, oui ou non ?

— Justement ! Je suis en vacances ! lui répondit Ghislain sur le même ton. Je voudrais faire des randonnées à mon goût ! s'écria-t-il du ton d'un enfant qu'on va priver d'un dixième bonbon.

Elle fut profondément mortifiée d'être encore délaissée.

— J'ai le droit d'être avec toi et de vouloir profiter de ta présence au moins une petite heure d'une demi-journée pendant notre fin de semaine, il me semble ?

Une rage sourde durcit le cœur de Marie-Andrée, déçue. Elle considérait qu'elle avait droit à cette promenade avec lui, et elle l'exigea. Ghislain céda.

Une fois en forêt, la randonnée fut loin de correspondre aux attentes de Marie-Andrée. D'abord, il faisait très froid, encore plus froid que la veille, environ moins trente degrés Celsius. D'ailleurs, de nombreux clients étaient restés bien au chaud à l'auberge, et elle comprit pourquoi.

— Dans le bois, ce sera plus chaud, lui cria Ghislain de sa motoneige en se retournant.

« Oui, mais à cette vitesse, on refroidit ! » Évidemment, elle le suivait, elle recevait donc les odeurs du tuyau d'échappement. Ensuite, les yeux rivés sur lui pour ne pas le perdre de vue, elle manquait le plaisir de la promenade, n'ayant pas le loisir d'admirer le paysage. De plus, elle ne se sentait pas en sécurité. Ils allaient loin, et de plus en plus vite.

Dès le début de la randonnée, Ghislain ajouta un stress insupportable pour Marie-Andrée. Il filait à toute allure sur la piste, puis il s'arrêtait, laissant tourner le moteur, et l'attendait, impatient, et le montrant avec arrogance.

— Je gèle, moi, à t'attendre ! reprochait-il.

Plus loin, dans sa hâte à le rejoindre, elle accéléra, dérapa dans une courbe et s'enlisa en dehors de la piste.

— Sacrament ! cria Ghislain. Tu ne pourrais pas conduire comme du monde ?

Elle s'en voulait de le retarder encore davantage. Par réflexe, elle l'aida à remettre l'engin sur ses skis, mais elle poussa si fort qu'elle se fit mal au poignet droit.

— Aïe ! geignit-elle en se massant le poignet.

— Pousse ! s'écria-t-il. Le fais-tu exprès ?

La machine enfin redressée, il secoua ses mitaines avec exaspération contre sa combinaison pour les déneiger.

— Je t'avais prévenue qu'on n'était pas du même calibre. C'est pas intéressant pour moi ! cria-t-il pour la dixième fois.

« Moi ! Moi ! Moi ! Il ne pense qu'à lui. Toujours à lui ! Ma peine, ma déception, ma peur, il s'en moque complètement ! » comprit Marie-Andrée, qui ne retirait aucun plaisir de cette promenade qui ressemblait plus à une course pour se débarrasser d'elle au plus vite.

— Va-t'en donc, si ça te fait chier tant que ça ! hurla-t-elle.

Ghislain remonta aussitôt sur son bolide et, se retournant à demi, lui lança :

— On se retrouve à l'auberge. Inquiète-toi pas. T'as qu'à suivre les flèches vertes.

Il était déjà parti.

— Trou de cul ! balbutia-t-elle, les larmes aux yeux, le souffle coupé, encore incrédule. Trou de cul ! T'es juste un trou de cul…

« Il m'a abandonnée à moins trente degrés ! » Des larmes, où se disputaient la peine, la peur, la colère, mouillaient ses paupières. Il faisait si froid que, quand elle cligna des yeux pour chasser ses pleurs, ses cils givrés collèrent ensemble. Pendant quelques instants, elle ne vit plus rien et prit peur. Enlevant sa mitaine de motoneigiste et son gant droits, elle se pinça les cils en petits gestes saccadés afin de les débarrasser du frimas.

Elle voulut vivement remettre son gant, mais ses doigts, déjà raidis par le froid, s'accrochaient dans la doublure. Plus cela prenait du temps, plus sa main gelait. Finalement, elle réussit à enfiler son gant plus ou moins correctement et le glissa dans la large mitaine conçue pour ce sport. Mais sa main ne se réchauffait pas : était-elle gelée ? Gelée au point d'avoir une engelure ? Sa peine remonta dans sa gorge. « Une engelure au cœur, ça se soigne ? »

Derrière elle, aucun motoneigiste à l'horizon sur la piste. La forêt sombre et silencieuse l'effrayait par son immensité, mais la beauté du sous-bois presque irréelle et le paysage enchâssé dans le frimas réussirent à la sortir quelques secondes de son désarroi.

Ce court instant fut suffisant pour briser le cercle vicieux de la panique et la ramener peu à peu à la réalité. « Me promener autour de l'auberge ou ici, ce sont les mêmes gestes », se dit-elle pour se rassurer.

Quelle distance avait-elle parcourue ? Où était-elle rendue ? Que faire ? Revenir sur ses pas ? C'était la solution la plus rassurante. Mais était-ce un sens unique ? Si oui, provoquerait-elle un face à face meurtrier ? Son poignet droit douloureux l'empêcherait peut-être de manœuvrer rapidement.

Après une profonde inspiration pour s'obliger à se calmer, elle entrevit un second choix. Poursuivre la piste de façon plus sécuritaire. Mais elle n'avait aucune idée de la distance à parcourir. Avait-elle le goût de s'enfoncer encore plus profondément dans la forêt ? Et si cette piste menait à un carrefour ? Comment saurait-elle quel chemin emprunter ?

Elle s'affola. « Je ne peux pas rester là, je ne peux pas rester là ! » Un frisson la parcourut de la tête aux pieds malgré sa combinaison chaude et les bottes doublées de feutre.

Plongée dans la confusion, elle était incapable de se décider. Soudain, la pensée de sa fille la secoua. « Qu'est-ce que je conseillerais à Marie-Ève ? » De revenir sur ses pas ! De rebrousser chemin. Spontanément, une prière monta en elle et elle supplia Dieu que ses enfants ne perdent pas leur mère. La pensée de Marie-Ève et de Mathieu lui insuffla un courage nouveau, comme si elle s'en était enveloppée.

Elle repartit dans un état second, avançant lentement, cherchant un endroit où tourner. Mais elle ne repérait pas les chemins de traverse, trop novice pour les distinguer dans toute cette blancheur. L'engin glissait doucement sur la neige. Deux motoneigistes surgirent rapidement derrière elle et l'évitèrent sans même ralentir. « J'aurais dû leur demander de l'aide ! » pensa-t-elle trop tard. Mais son amour-propre la fouetta et elle continua d'avancer. Prudemment, sûrement. À un carrefour des pistes, elle eut enfin tout l'espace pour effectuer un demi-tour, ce qu'elle fit lentement en s'assurant de la bonne direction, puis elle repartit vers l'auberge.

Après un temps qui lui parut interminablement long, elle se retrouva à l'endroit où elle s'était enlisée et où Ghislain l'avait quittée. « Le pire est derrière moi », conclut-elle avec un immense soulagement. Elle se rapprochait enfin de l'arrivée. La forêt s'éclaircit et, au loin, il lui sembla entrevoir l'auberge. Presque au bout de ses peines, le courage que lui avait insufflé la pensée de ses enfants sembla l'abandonner. Pour un peu, elle se serait arrêtée et aurait pleuré à chaudes larmes, la tête posée sur le guidon. « Reprends-toi. Reprends-toi », se redit-elle encore et encore. Elle repartit et, lentement, se dirigea vers l'aire des motoneiges, où elle ferma enfin le contact.

Dans le grand silence blanc, elle resta prostrée, reprenant des forces pour descendre du véhicule. Sa main ne s'était toujours pas réchauffée et son poignet droit lui faisait de plus en plus mal. Elle mit enfin pied à terre et vacilla. Toute la peine ressentie et refoulée durant le retour lui serra le cœur comme des doigts glacés. Elle avait beau jeu de prendre toute la place, la peine, Marie-Andrée n'avait plus la force de rien, surtout pas de la nier.

Au bout d'un temps qui lui parut une éternité, elle entra dans l'auberge et fut aussitôt agressée par la chaleur. Déambulant lentement dans les corridors, elle regagna enfin la chambre et referma la porte derrière elle. Elle était saine et sauve.

Elle n'avait plus qu'une idée : prendre soin de son poignet et se faire couler un bain chaud ! Comme une automate, elle enleva ses vêtements d'extérieur, prit des glaçons dans la distributrice du corridor, se dévêtit et se fit couler un bain. Quelqu'un frappa à la porte. « Non ! Il ne rentre pas déjà ? Pas maintenant. Mon Dieu, s'il vous plaît, je ne peux pas le voir maintenant. » Une clé tourna dans la serrure. C'était la femme de chambre qui venait porter une pile de serviettes propres, le forfait se terminant seulement à vingt heures.

— Excusez-moi, madame, j'ai frappé, dit la femme de chambre qui s'esquiva, gênée.

Marie-Andrée se glissa enfin dans l'eau chaude rassurante, le poignet droit enveloppé dans une serviette froide remplie de glaçons. Au lieu d'une poignée de sel de mer, elle en avait jeté trois. Une pour les courbatures du corps, l'autre pour le froid qui avait pénétré ses os et la dernière pour son cœur qui ne se remettrait peut-être jamais de la froideur qui l'avait envahie.

Alors, toute la peur qui l'avait habitée depuis ce matin la submergea. Marie-Andrée pleura de joie de se savoir saine et sauve. Elle pleura sur la trahison de l'homme qui l'avait ainsi abandonnée. Face à cet événement inhabituel, loin de son environnement quotidien, elle reconsidérait sa vie de couple, la voyant comme une parodie, et elle se vidait d'énergie à force de nier sa solitude. « Je suis en train de mourir à petit feu à force d'essayer, il est incapable de s'intéresser à qui que ce soit d'autre, à part lui-même. Il ne m'a jamais aimée. On ne peut pas aimer une femme et la traiter ainsi. Non, c'est impossible. » Elle sanglotait, mentalement à bout de force.

Même le fait de pleurer finit par lui demander trop d'énergie. Les larmes diminuèrent peu à peu, puis cessèrent de couler. Dormir. Elle ne voulait plus que dormir. Se lover dans les couvertures et dormir pour tout oublier.

Une clé tourna dans la serrure. Ghislain rentra et, par l'ouverture, s'engouffrèrent des voix fortes et des rires.

— À plus tard ! assura-t-il.

« Tant mieux, se dit-elle, je n'aurai pas à supporter ta présence. »

Il referma la porte en sifflant. Elle l'entendit vaguement laisser tomber ses bottes, se débarrasser de ses vêtements de neige dans le froissement caractéristique du nylon, ouvrir et fermer un tiroir. Il ne semblait aucunement se soucier de savoir si elle était rentrée ou non. Finalement, il ne prit conscience de sa présence qu'en se heurtant à la porte de la salle de bains fermée de l'intérieur.

— Marie-Andrée, c'est toi ? demanda-t-il de sa voix enjouée.

« Qui veux-tu que ce soit, imbécile ? »

— … Oui... Je prends un bain.

— Dépêche-toi ! J'ai envie !

« Il ne se rappelle de ma présence que lorsqu'il a des envies. Et en ce moment, seulement parce que je l'empêche d'y donner suite… Une casse-pieds ! Voilà ce que je suis à ses yeux ! » Impatienté, il tambourinait contre la porte :

131

— As-tu compris ? J'ai envie.

« Oui, j'ai entendu. Ça fait des années que je t'entends me parler de toutes tes sortes d'envie. Rassure-toi, aujourd'hui, j'ai compris ! »

L'eau ayant refroidi, Marie-Andrée décida de sortir de la baignoire, mais sans se presser. Elle s'essuya lentement, et l'écoulement de l'eau de la baignoire créant un fond sonore, elle feignit de ne pas entendre qu'il trouvait son comportement inacceptable. Elle prit le temps d'enfiler le peignoir, de se peigner. Les yeux rougis par trop de larmes, elle se passa une crème sur le visage et ensuite, seulement, elle sortit.

— Je viens de prendre un bain au sel de mer, dit-elle laconiquement en le frôlant sans même lui adresser un regard. Je dois m'étendre une demi-heure.

Elle lui tourna le dos, se coucha et ramena les couvertures presque sur sa tête. Étonné par son attitude inhabituelle, il ne s'inquiéta pas outre mesure, se souciant plutôt de l'informer qu'ils prendraient l'apéro avec ses copains motoneigistes.

— Je dors ! dit-elle sobrement.

— Les autres seront en couple, insista-t-il d'un ton joyeux.

— Sauf toi ! dit-elle par dérision. Comme d'habitude.

— Qu'est-ce qui te prend, ma belle ?

Le ton était si étonné que cela raviva la colère de Marie-Andrée. Elle se retourna brusquement, furieuse, lui criant qu'il était inacceptable qu'il l'ait abandonnée, elle qui n'avait aucune expérience.

— Ben, voyons donc ! protesta-t-il sincèrement offusqué. S'il y avait eu le moindre danger, je serais resté avec toi. Pour qui tu me prends ?

« Pour un trou de cul ! » faillit-elle lui répondre, mais elle se tut pour ne pas envenimer la discussion.

— En plus, lui reprocha-t-il, c'est toi-même qui m'as dit de m'en aller !

Elle le regarda fixement, frappée par sa sincérité.

— La preuve qu'il n'y avait pas de danger, conclut-il en haussant les épaules, c'est que tu es revenue sans problème. T'es même rentrée avant moi.

Une lucidité nouvelle rendit caduques toutes les excuses qu'elle lui avait trouvées jusqu'ici. Comme d'un revers de la main, elle chassa de son esprit tous les faux-fuyants qu'il savait si bien utiliser. « Comment se fait-il que je ne l'aie pas compris avant ? » Ghislain se pensait correct. S'il avait agi ainsi par dépit ou même par négligence ou, pire encore, par méchanceté, il aurait peut-être pu finir par regretter son attitude et changer. « Mais c'est impossible ! Il ne changera jamais. Ni aujourd'hui, ni demain, ni jamais parce qu'il SE CROIT CORRECT ! »

Atterrée, elle ne pouvait plus le nier. « Il ne changera jamais parce qu'il se croit correct de ne penser qu'à lui ! Toujours lui ! Rien que lui ! C'est pour ça qu'il ne comprend rien aux enfants et à leurs besoins. Ni à moi ni aux miens. » Un père aussi déconnecté de la réalité ne pouvait être un véritable protecteur pour ses enfants. « Qui sait, il pourrait même les mettre en danger, comme il l'a fait avec moi, aujourd'hui. » Cette croyance s'incrusta profondément en elle, indélébile.

L'heure n'était plus à la compréhension ni à la patience bonasse de la femme trompée qui ne s'octroyait même pas le droit d'exprimer sa peine à cause de la prétendue liberté sexuelle des années soixante-dix. « Il est en train de me tuer à petit feu. Pour mes enfants, je dois voir clair dans ma vie. »

Sur le chemin du retour, il faillit faire une embardée quand elle énonça sa proposition.

— Une thérapie de couple ? s'écria-t-il en riant. Si t'es malade, fais-toi soigner. J'ai pas de problèmes avec ça. Mais ne m'implique pas là-dedans.

— Des problèmes de couple, ça se vit à deux, tu sauras ! protesta-t-elle.

— J'en ai pas, moi, de problèmes de couple. Je te prends comme tu es, je ne passe pas mon temps à vouloir te changer comme tu le fais avec moi.

Quelques jours plus tard, Marie-Andrée se retrouva dans la salle d'attente du psychologue, mais seule. Elle jeta un autre coup d'œil à sa montre et soupira, indécise. « Il est peut-être encore temps de filer en douce. »

Trop tard. La porte du bureau s'ouvrit, et un client à l'allure d'un homme d'affaires en émergea, refermant derrière lui la porte capitonnée. Dans une série de gestes s'enchaînant les uns aux autres, sans hâte et sans hésitation, il remit son manteau, ses couvre-chaussures et partit. N'ayant plus d'autre sujet de distraction, elle croisa et décroisa ses jambes, sentant le trac l'envahir.

Plusieurs minutes plus tard, monsieur Mongeon sortit du bureau. Grand et mince, d'une soixantaine d'années environ, il se tenait droit. Ses cheveux étaient poivre et sel.

— Madame Duranceau, je présume ? s'enquit-il d'une voix paisible. Si vous voulez bien me suivre.

Elle entra et, en suivant le geste de la large main masculine, elle s'assit dans le premier fauteuil, face à cet homme. Sitôt assis, il posa ses grandes mains sur les accoudoirs et inclina très légèrement sa tête vers l'avant, dans une position d'écoute. En se rendant à ce rendez-vous, Marie-Andrée savait que le psychologue serait là pour l'écouter, mais, une fois ici, elle se rendit compte que cela supposait qu'elle devrait parler. Se confier à un inconnu. Elle eut peur de ne pas avoir choisi le bon et de ne pas être capable d'exposer son problème.

Dans un dernier mouvement de recul, elle chercha de quoi se distraire. Un bureau et un fauteuil sur roues, leurs deux sièges identiques et une table basse et carrée, plus ou moins entre eux, une bibliothèque à mi-hauteur qui ceinturait deux murs et quelques lampes. Rien dans cette pièce pour accrocher l'œil et retarder l'entrevue. Même les murs grèges n'avaient rien d'excitant.

— Alors, que puis-je faire pour vous, madame Duranceau ? demanda le psychologue d'un ton engageant.

Marie-Andrée, qui, à son travail, était concise et claire, ne trouvait pas les mots pour s'exprimer. L'introduction qu'elle avait préparée lui paraissait hors de propos. Soudain, toutes sortes d'émotions contradictoires se bousculèrent en elle. Mal à l'aise avec son tapage intérieur et le long silence extérieur, elle se cantonna à résumer les faits.

— Je suis mariée. En fait, on a vécu ensemble plusieurs années avant de se marier, précisa-t-elle.

Après un silence, elle ajouta :

— On a une fille, elle aura huit ans en juin. On s'est mariés quand elle allait avoir cinq ans.

Son interlocuteur ne posant toujours aucune question, elle poursuivit :

— On a eu un fils, il y a un an, et je suis adjointe au directeur d'un point de service d'une caisse populaire, un comptoir, si vous préférez, depuis un an et demi. Une promotion que j'avais demandée pour mieux gagner ma vie.

Elle s'était arrêtée quand, dans une impulsion, elle ajouta d'un trait :

— Ma mère est décédée et mon jumeau s'est suicidé.

Cela avait été avoué si soudainement qu'elle n'était pas tout à fait certaine de l'avoir énoncé à haute voix.

— Je… je ne sais pas du tout pourquoi je vous raconte ça. Ça fait si longtemps…

Sa respiration s'accéléra, et elle raidit la mâchoire pour ne pas pleurer, stupéfaite de sa réaction émotive inattendue.

— … presque neuf ans, précisa-t-elle. (Ses yeux s'étaient embués et elle perdait le contrôle). Mais c'est encore là ! balbutia-t-elle en se frappant la poitrine à deux reprises.

— Leur mort vous a beaucoup peinée ?

Marie-Andrée refusait de pleurer.

— Je ne suis pas venue vous parler d'eux, s'excusa-t-elle, mais de mon couple… Si ça en est un ! ajouta-t-elle après une hésitation.

Elle renifla, essuyant quelques larmes qui s'étaient obstinées à couler malgré sa volonté.

Le psychologue étendit sa main gauche et poussa délicatement vers elle une boîte de mouchoirs en papier. Elle en extirpa un, et le chuintement du léger tissu emplit la pièce. Marie-Andrée sécha ses yeux, se moucha. Gagner du temps. Retrouver la maîtrise d'elle-même. Maintenant appuyé au dossier de son fauteuil, l'homme la regardait, paisiblement.

— Je ne suis pas la première à pleurer ici, je suppose, marmonna-t-elle en tentant de se détendre.

Il ne répondit rien. Elle retrouva son calme et exposa le but de sa démarche : renforcer son couple. La fin de semaine dans les Laurentides avait changé définitivement sa perception de son conjoint.

— Je ne lui fais plus confiance, affirma-t-elle. Par rapport aux enfants, je veux dire. (Elle marqua une pause, puis changea de ton du tout au tout). Pour être franche, je ne me trouve pas correcte de penser ça de lui. En fait, j'ai l'impression de le trahir en venant vous en parler, ajouta-t-elle avec une intonation qui se voulait ironique.

— Vous venez en thérapie pour parler de lui ? dit monsieur Mongeon d'une voix impersonnelle.

Elle se trémoussa sur sa chaise. Les seuls mots que ce grand sec avait prononcés n'étaient que des répétitions des siens. « Il ne pourrait pas m'aider un peu ? Après tout, c'est son travail de faire parler le monde ! C'est pas si simple que ça de... de... » Une certaine irritation apparut, et la femme s'agita, croisant et décroisant ses jambes.

— Avant cette fin de semaine de motoneige, poursuivit le psychologue, aviez-vous fait d'autres réflexions importantes sur votre vie de couple ?

— Oui. Je ne sais plus comment m'y prendre pour qu'il comprenne la difficulté de former un couple quand l'autre ne... ne semble pas...

Les mots ne venaient pas.

— Vous trouvez que, comment s'appelle-t-il, au fait ?

— Pourquoi voulez-vous le savoir ? s'enquit-elle avec une méfiance soudaine.

— Afin que je me retrouve dans votre récit. Inventez un prénom si vous préférez.

— Ghislain, il s'appelle Ghislain. Il ne comprend pas que c'est épuisant d'essayer, toute seule, de former un couple.

— Qu'est-ce que c'est, pour vous, un couple ?

Déconcertée. Marie-Andrée était déconcertée. Se l'était-elle déjà demandé ? Devant son silence, monsieur Mongeon lui posa d'autres questions. Qu'attendait-elle du couple ? Qu'est-ce que son mari en attendait ? En avaient-ils déjà parlé avant de commencer leur vie ensemble ? En avaient-ils parlé depuis qu'ils vivaient ensemble ? Si elle était insatisfaite de leur couple, en était-il de même pour lui ?

Elle tombait des nues. Comment avait-elle pu entreprendre l'aventure de vivre jusqu'à sa mort avec un homme et faire des enfants avec lui sans même y avoir réfléchi avec lui, sans avoir précisé le moindre objectif de leur vie commune, qu'il soit amoureux, financier ou familial. « Je compare le prix d'une jupe dans trois magasins avant de l'acheter. Quand je fais un placement de mille dollars, je prends le temps d'évaluer les possibilités les plus rentables. Et pour ma vie, ma vraie vie avec un vrai mari et de vrais enfants, je vis au jour le jour, sans prévoir ni me soucier du lendemain ni des vingt ou quarante ans à venir ! »

Au bout de l'heure, Marie-Andrée ressortit de l'entrevue dans la confusion la plus totale. Tout comprendre. Elle voulait tout comprendre, classer, analyser. La mésaventure de la fin de semaine avait marqué un point de non-retour. Cela, elle le savait. Elle avait assez pleuré pour le savoir. « Je fais quoi, avec ça ? » Si elle croyait sincèrement que Ghislain pouvait représenter un danger pour ses enfants, il était évident qu'elle devait réagir. « Réagir. Mais faire quoi ? » se répéta-t-elle pour la centième fois depuis dimanche.

Elle croyait parvenir à une solution, et une émotion lui chavirait le cœur. Aussitôt, elle tentait patiemment, presque délicatement, de l'encadrer, de l'empêcher de tout bousculer, et une réflexion fulgurante l'attirait ailleurs. Elle aurait voulu marcher dans un parc, mieux encore, dans une forêt rougeoyante à l'automne. Marcher et remettre de l'ordre en elle. L'évocation de la forêt lui rappela la fin de semaine et la ramena à son point de départ : la peine et la désillusion. Les mots qui lui venaient à l'esprit, elle ne voulait pas les préciser ni les dire ni les énoncer dans sa tête, et encore moins les ressentir dans son cœur. Malgré ses aventures et son autre fils, sa méconnaissance de ses propres enfants, sa non-participation aux tâches ménagères, Ghislain restait Ghislain, celui qu'elle aimait, celui qu'elle avait épousé, celui avec qui elle s'était engagée pour la vie.

La perspective de priver ses enfants de leur père lui parut indéfendable. Et puis, qu'il ne soit plus là, jour après jour, lui était tout aussi difficile à envisager. « On a vécu tellement de choses ensemble, on est ensemble depuis tant d'années. Qu'est-ce que je deviendrais sans ses caresses, sans son rire, sans sa désinvolture ? On a tous des défauts. Je ne suis pas parfaite, et lui non plus. »

Toutefois, la pensée qu'il caressait aussi d'autres femmes pulvérisa son élan amoureux. L'humiliation de l'abandon la replongea dans la peine, une immense peine. « Autrement dit, j'ai le choix entre deux souffrances ? C'est ça, ma réalité ? M'accommoder d'un mari infidèle et qui le restera toute sa vie ? Ou me priver de lui et en priver les enfants ? »

Elle était sous le choc de devoir décider pour trois personnes et non pour elle seule. « Si je n'avais pas d'enfants, est-ce que je continuerais à endurer ça ? » Elle ne savait plus. « J'ai deux enfants, justement, deux enfants dont il faut prendre soin, qu'il faut élever, protéger, et à qui je dois donner de l'amour. Pour eux, est-ce mieux d'avoir un père qui ne comprend rien à ce qu'ils vivent et qui pourrait les mettre en danger, ou bien un père de plus en plus distant qu'ils ne verraient que les fins de semaine ? »

Les questions et les souffrances enfin nommées, un certain calme s'installa en elle. « Que Ghislain soit absent ou présent, ça revient au même. Il ne s'occupe pas des enfants, de toute façon. » Elle se ravisa. Non, ce n'était pas tout à fait vrai. Présent, il leur renvoyait d'eux l'image d'être inintéressants, puisqu'il ne s'en préoccupait pas. En plus, il leur présentait le modèle d'un homme macho se faisant servir.

« Mais, pour ça, il faut que quelqu'un le serve ! réagit-elle. Et ce quelqu'un-là, c'est moi ! Je vais changer, Ghislain ne pourra plus se comporter comme avant. Comme ça, nos enfants auront devant leurs yeux un modèle qui ressemblera enfin à un couple ! »

Chapitre 5

Un an plus tard, Marie-Andrée revenait de son travail à la caisse, le jeudi soir, quand sa fille lui ouvrit nerveusement la porte patio de la cuisine.

— Qu'est-ce qu'il y a, mon ange ? s'informa aussitôt la maman devant ses yeux inquiets.

— Maman ! Tu l'as encore dit ! s'impatienta Marie-Ève.

Depuis quelque temps, elle ne supportait plus ce surnom affectueux, craignant que ses amies ne se moquent d'elle et la traitent de bébé.

— Oui, je sais. J'ai oublié.

« J'en aurais tant voulu, moi, quand j'étais petite, des mots d'amour ! » soupira-t-elle en déposant son sac à main et ses gants sur la table.

— Alors, qu'est-ce qui se passe ? ajouta-t-elle en enlevant bottes et manteau d'hiver.

— Tante Élise vient d'appeler !

Puis elle révéla à voix basse, presque comme un secret :

— Elle pleurait, je pense.

— Elle veut que je la rappelle ? s'inquiéta Marie-Andrée.

La fillette ne savait plus trop.

— J'ai passé le téléphone à papa.

— As-tu écouté la conversation avec le téléphone de la cuisine ? demanda sévèrement la mère.

Marie-Ève feignit de ne rien entendre. Pour l'instant, sa mère était bien plus préoccupée par sa belle-sœur que par son petit travers d'indiscrétion. Marie-Andrée descendit au sous-sol, où Ghislain se confinait depuis l'acquisition de son premier ordinateur personnel. Se contentant tout d'abord de la chambre d'amis, il s'était récemment aménagé une autre pièce. Son obsession pour l'informatique avait nettement augmenté depuis l'acquisition de son nouvel appareil qu'il jugeait supérieur au McIntosh à la mode. Il en avait tellement parlé que, sans trop en comprendre les spécifications, elle les savait par cœur, tant elle les avait entendues : Amiga 100 de Commodore, exploitation graphique multitâches, processeur 6800, 256 Ko de RAM, et surtout, un lecteur de disquettes de 3,5 pouces au lieu de 5 pouces. Tout en appréciant les performances des ordinateurs, Marie-Andrée n'avait le temps et l'intérêt que d'en apprendre ce qui lui était utile au travail.

— Élise a appelé ? demanda-t-elle en l'embrassant sur la joue sans qu'il ne détourne son regard de son écran.

— Ouais, grommela-t-il.

— Qu'est-ce qu'elle a dit ? s'impatienta-t-elle. Elle veut que je la rappelle ?

Il haussa les épaules, visiblement dérangé par cette intrusion dans sa relation complice avec la machine.

— Je ne sais pas. Elle a vite raccroché.

— Elle pleurait ? insista sa femme.

— Oh, tu sais, elle est toujours un peu hystérique sur les bords.

Il ne l'avait gratifiée d'aucun regard, et Marie-Andrée savait que, si elle persistait à le déranger, celui qu'il lui décocherait ne serait pas affectueux. Elle n'insista pas et remonta.

— Mathieu est endormi ? demanda-t-elle à sa fille.

— Ça fait longtemps.

Marie-Andrée consulta sa montre : elle avait encore le temps et surtout l'énergie de prendre un bain, d'autant plus que Marie-Ève, en robe de chambre, était sur le point de se coucher, elle aussi. C'était le bon moment. Elle décida de penser à elle, d'abord, même si cela lui paraissait terriblement égoïste. Elle rappellerait sa belle-sœur après son bain.

Les robinets étaient à peine ouverts que la sonnerie de la porte retentit plusieurs fois. « Qui ça peut bien être à cette heure-ci ? » s'interrogea-t-elle. À la porte, Élise se jeta dans ses bras en pleurant. Marie-Ève se pointa le bout du nez, curieuse. Sa tante sécha ses yeux, puis embrassa sa nièce. Finalement, Marie-Andrée dut sévir pour faire coucher la petite curieuse.

Une fois le calme revenu et deux tisanes infusées, les deux femmes s'assirent au salon, loin des chambres des enfants.

— Je ne sais plus quoi faire ! larmoya Élise. Une mère peut-elle abandonner son enfant pour l'amour d'un homme ? D'un côté comme de l'autre, je me sens tellement coupable !

Les larmes recommencèrent à couler, et les confidences s'enchaînèrent les unes aux autres. Depuis septembre, Pierre-Luc était en troisième année, et Hubert enseignait ce niveau, à l'école du village où ils demeuraient. Comme il n'y avait qu'une classe par degré, il aurait forcément été son professeur. Toutefois, l'enfant et lui ne s'entendant sur rien, Hubert avait donc refusé de se faire gâcher une année d'enseignement par le fils de sa copine.

— Ça l'aurait placé en conflit d'intérêt, qu'il disait ! précisa-t-elle. J'avais beau lui dire qu'il avait enseigné à Geneviève et que tout s'était bien passé, il ne voulait rien savoir. Quand il a annoncé que la meilleure solution pour tout le monde, et Pierre-Luc le premier, serait qu'il soit pensionnaire pendant cette année-là, tu ne peux pas imaginer comment je me suis sentie ! Comme si on m'arrachait mon fils ! Mais Hubert ne voulait rien entendre, et il a fini par me dire : « Je ne l'aurai jamais dans ma classe, parce que ton fils n'est pas élevé et qu'il fera tout pour que je perde la face, jour après jour, pendant une année scolaire ! J'enseigne, moi ! Ce n'est pas une école de réforme pour des petits bums en puissance ! »

Indignée, elle avait voulu le gifler.

— Ne fais jamais ça ! lui avait-il dit, en colère. C'est Pierre-Luc que tu aurais dû corriger depuis longtemps au lieu de le traiter en victime aujourd'hui.

Au dire d'Élise, la scène avait été affreuse. Plus tard, Geneviève avait consolé sa mère, mais tout en prenant le parti d'Hubert.

— Maman, tu ne vois pas toujours comment Pierre-Luc agit. C'est mon petit frère, mais, des fois, je pense qu'il est méchant. Il y a juste toi qui ne le vois pas. Même à l'école, ça commence à se savoir.

— Il a monté ma fille contre moi, pleurait-elle, et il veut se débarrasser de mon fils, aussi !

— Pourquoi il ferait ça ? protesta Marie-Andrée, qui avait une tout autre opinion de la situation.

— Pourquoi ? Pour m'avoir à lui tout seul ! s'écria la mère éplorée, qui se croyait aussi une femme adulée.

Marie-Andrée ne voulait pas la décevoir, mais elle doutait qu'Hubert, si responsable et soucieux de la réussite de ses élèves, qui avait choisi sa profession par amour des jeunes enfants, ait pu planifier d'éloigner un fils de sa mère pour l'isoler dans son amour.

— Quand Hubert m'a dit : « Pierre-Luc est pensionnaire un an ou bien je m'en vais ! », c'est bien simple, j'ai paniqué !

Ghislain, qui montait du sous-sol, entendit la fin de la conversation.

— Mets-en que le pensionnat va lui faire du bien ! Il aurait dû y aller depuis longtemps. Tu es en train de le pourrir, cet enfant-là ! Luc n'aurait jamais élevé son fils comme ça.

— Toi, Marie-Andrée, qu'est-ce que tu en penses ? exigea Élise en colère. Tu ne vas pas te mettre du côté des hommes, quand même ?

« Du côté des hommes ! protesta mentalement Marie-Andrée. Comme si on devait être d'un bord ou de l'autre ! Je traite les affaires cas par cas. » Elle soupira. Selon les confidences d'Hubert, Élise, malgré son amour maternel et les meilleures intentions du monde, était en train de gâcher définitivement l'éducation de son fils, et l'envoyer pensionnaire était le seul moyen de donner une chance au jeune garçon d'être encadré plus sainement.

— C'est sûr que ce n'est pas facile pour toi d'élever un enfant toute seule, répondit-elle prudemment.

— J'élève Geneviève toute seule aussi !

— C'est pas pareil. Ta fille avait déjà deux ans quand son père est mort, ensuite Patrice et Françoise étaient avec vous autres, et, finalement, elle a l'air de très bien s'entendre avec Hubert. Elle ne semble pas avoir manqué d'un père. Mais Pierre-Luc, je ne sais pas, peut-être que d'être né dans des circonstances difficiles…

— C'est ça, dis que c'est de ma faute ! Merci de me mettre ça sur le dos !

Ghislain alla se coucher au bout de dix minutes, exaspéré par l'hystérie d'Élise tout autant que par la patience de sa femme, qu'il trouvait bonasse. À vrai dire, Marie-Andrée ne saisissait toujours pas la raison de cette visite soudaine, en fin de soirée, un jeudi, et elle avait hâte d'aller se coucher.

— Pierre-Luc est pensionnaire depuis septembre, mais je suis sûre qu'il est malheureux. Une mère sent ces choses-là !

— C'est ce qu'il t'a dit ? vérifia-t-elle, se doutant que le petit chéri devait trouver très difficile de ne plus être le centre d'intérêt.

— Bien sûr ! Encore aujourd'hui, il m'a téléphoné pour me supplier de le ramener à la maison.

« On y est ! Élise veut permettre à son fils de quitter le pensionnat et que je l'aide à en convaincre Hubert ! » Elle poussa un soupir, lasse de sa longue journée qui s'éternisait à cause des problèmes d'Élise avec Pierre-Luc, qu'elle trouvait de plus en plus fauteur de troubles. Malgré tout, elle se reprochait de ne pouvoir aider sa belle-sœur davantage.

— Et toi, demanda brusquement celle-ci d'un ton agressif, déçue de son manque de soutien, que ferais-tu dans les mêmes circonstances, si ta fille t'appelait en larmes pour revenir chez vous ?

Marie-Andrée se sentit attaquée au lieu d'être remerciée de son accueil. Frustrée, elle répondit impulsivement.

— D'abord, les circonstances ne pourraient être les mêmes.

— Ah non ? Et pourquoi ? Parce que tu l'élèves bien, toi, je suppose ? geignit la mère éplorée.

Marie-Andrée respira profondément pour ne pas s'énerver à son tour.

— Je veux seulement dire que… que Marie-Ève a aussi son père et que, eh bien, c'est plus facile quand les deux parents sont là. Tu fais ton possible, j'en suis certaine, affirma-t-elle sincèrement. En plus, ajouta-t-elle pour la déculpabiliser, une fille, c'est peut-être plus facile à élever qu'un garçon. La preuve, tu n'as pas de problèmes avec Geneviève.

— Ni avec Pierre-Luc ! s'écria Élise, indignée. Ce sont les autres qui compliquent tout !

Quand elle partit, vers minuit, Marie-Andrée se coucha en moins de deux, fourbue. « C'est leur problème ! J'ai assez des miens. » Et elle s'endormit immédiatement. Quand, une heure plus tard, Ghislain la réveilla, elle eut du mal à émerger des profondeurs de son premier sommeil.

— Pierre-Luc est là ! lui apprit-il d'un ton si courroucé qu'elle se redressa brusquement dans son lit.

— Hein ? Pierre-Luc ? Mon neveu Pierre-Luc ?

— Ouais, marmonna-t-il entre ses dents. Il n'y a que lui d'assez effronté pour débarquer en pleine nuit et me faire payer cinquante-trois dollars de taxi ! Petit crisse !

Il était bien là, sagement assis dans l'un des fauteuils modulaires, presque fier de lui, et il aurait certainement été arrogant s'il n'avait pas été aussi fatigué. Il avait fait une fugue, rien de moins ! Une fois tout le monde au lit, il avait quitté le pensionnat et pris un taxi pour se réfugier chez sa tante. Ghislain l'engueulait comme du poisson pourri.

— Inquiéter ta mère de même ! Tu mériterais une volée, puis j'ai bien envie de te la donner moi-même !

Marie-Andrée s'interposa, souhaitant et craignant tout à la fois qu'il ne s'exécute.

— Mais à quoi t'as pensé ? Ta mère va être folle d'inquiétude !

— Elle ne le sait pas, répondit simplement le jeune garçon sans aucun remords.

Sa tante saisit dans ses yeux une lueur d'arrogance qui la frappa. Son jumeau Luc avait la même quand il agissait en rebelle.

— T'imagines-tu que les responsables du pensionnat ne le lui diront pas ? renchérit Ghislain en colère. Élise est ta mère ! Elle est responsable de toi devant la loi !

Plus attentive, Marie-Andrée décela alors un sourire victorieux sur les lèvres du gamin, qui surprit son regard et prit aussitôt un air misérable. « Il manipule comme Luc le faisait… » se rappela-t-elle, estomaquée.

— J'ai faim, se plaignit-il.

— Ah bon ! rugit son oncle. Maintenant, tu vas nous faire le coup de la victime affamée ? Donne-lui quelque chose pendant que je m'habille, ordonna-t-il à sa femme.

— Où tu vas ? s'étonna-t-elle.

— Chez Élise. Je lui ramène son fils !

— Maintenant ? protesta le gamin.

— Oui, maintenant ! Avant qu'elle n'apprenne ta fugue ! Enfin, espérons qu'elle ne le sait pas encore.

— On peut peut-être attendre à demain, suggéra Marie-Andrée.

— Je travaille demain ! J'ai pas de temps à perdre dans le trafic du matin à reconduire monsieur chez sa mère.

Seule avec son neveu, Marie-Andrée lui donna une collation et essaya de le raisonner.

— Pourquoi tu fais ça ? Au pensionnat, tu as de bons professeurs, des amis, plein d'activités.

Un doute l'assaillit. Aurait-il été violenté ?

— Quelqu'un t'a fait du mal ? demanda-t-elle en essayant de garder un ton anodin.

Non, ce n'était pas un enfant traumatisé, seulement un gamin capricieux qui voulait retourner faire ses quatre volontés chez sa mère et, par le fait même, nuire à ses amours. Marie-Andrée promit à Ghislain de ne pas téléphoner à Élise pour la prévenir de leur arrivée, question de ne pas l'inquiéter d'avance, et elle les regarda partir d'un air soucieux. « S'il fallait que nos enfants nous donnent autant de mal ! »

Elle avait l'impression de s'être à peine rendormie quand le téléphone sonna. Paniquée, Élise venait d'apprendre la

147

fugue de son fils par le directeur du pensionnat. Marie-Andrée eut besoin de cinq minutes d'explications répétées pour lui faire comprendre que Ghislain était en route pour lui ramener le fugueur, puisqu'il s'était réfugié chez eux. Quand étaient-ils partis ?

— Oh, ça ne fait pas longtemps, il était…

Tout en parlant, elle regarda l'heure au réveil et fixa les aiguilles, incrédule. Ghislain était parti vers une heure trente ; il était quatre heures du matin ! « Mon Dieu, qu'est-ce qui est arrivé ? » Cette fois, c'était elle qui avait besoin de se ressaisir avant de répondre à Élise, qui paniquait de nouveau devant son silence.

— Euh…. en fait… je n'ai pas vraiment regardé l'heure. Tu le sais, dans des moments comme ça, on ne pense pas à tout… Non, non, Pierre-Luc était très bien. Un peu affamé, mais je lui ai fait deux rôties avec du miel… Mais non, il n'est pas blessé. En fait, je l'ai trouvé débrouillard. Il avait notre adresse, il s'est bien rendu… La police ? Non, non, on ne l'a pas appelée. Pourquoi on l'aurait fait ? Pierre-Luc était en sécurité avec nous… Oui, oui, c'est ça, ils vont arriver chez toi bientôt, ne t'inquiète pas. Écoute, il faut que je te laisse, Mathieu vient de se réveiller et il crie à tue-tête.

Perturbé par les sonneries de la porte, les voix, les allées et venues, les téléphones, Mathieu s'était levé et, confus de se trouver debout en pleine nuit, tout seul, il pleurait dans le corridor. Pour éviter que l'enfant ne réveille sa sœur, Marie-Andrée se dépêcha de soulever le petit et l'amena dans sa chambre pour le rassurer.

Finalement, elle le berça patiemment, plus fatiguée que lui, se faisant du souci pour la famille de son frère. Puis après avoir recouché son fils, sa colère contre son jumeau décédé se raviva d'un coup. « Je t'en veux, Luc ! Oui, je t'en veux ! Tout ça n'arriverait pas si tu étais là. Tu n'avais pas le droit de laisser Élise élever deux enfants toute seule !

C'est pas seulement sa vie de femme que tu as chavirée : c'est sa vie de mère de famille aussi. » La vie d'Élise et celle de Pierre-Luc. Et celle de Geneviève, sans doute, même si la fillette ne montrait aucune carence extérieure. La crainte que ses propres enfants ne vivent une telle situation remplit Marie-Andrée de remords et elle retourna voir son fils.

— Je ne ferai pas comme Luc, lui promit-elle en l'embrassant sur le front. Maman ne t'abandonnera jamais.

La nuit ne devait pas se terminer facilement. En chemin, Ghislain avait changé d'idée et reconduit Pierre-Luc directement au pensionnat. En sortant de l'auto, le gamin s'était enfui en courant dans la nuit, et son oncle avait dû le poursuivre un certain temps avant de le saisir au collet. Un policier en patrouille avait vu un homme forcer un gamin à monter dans une auto et l'avait pris en chasse.

Une heure plus tard, en allant ouvrir à deux policiers, Marie-Andrée crut à un accident. Cette fois, c'est elle qui eut besoin de trois fois plus d'explications que nécessaire pour démêler cet imbroglio. En présence du policier, elle téléphona elle-même à Élise pour l'informer que Ghislain avait cru bien faire en ramenant directement Pierre-Luc au pensionnat pour ne pas l'inquiéter.

Ghislain revint finalement chez lui, crevé et furieux.

— Tu vois ? C'est ça que ça devient, un enfant sans père !

Puis il ajouta en lui décochant un regard arrogant :

— Trouver que son chum n'est pas à son goût, c'est une chose. S'en retrouver un autre, c'est une autre affaire. Et puis, encore faudrait-il que ce soit un gars intéressant et que les enfants l'aiment. Ça court pas les rues, ça, ma belle.

Elle culpabilisa par rapport à lui et à leurs enfants d'avoir pensé à le quitter. « Que ça me plaise ou non, il n'a pas tort. »

Maintenant complètement réveillée, elle jugea préférable de ne pas se recoucher, puisqu'elle devrait se relever dans moins d'une heure. Ils déjeunèrent, les enfants se levèrent et le mari alla se coucher.

— Je ne vais pas travailler, grogna Ghislain en se ramenant les couvertures par-dessus la tête. Tu téléphoneras au bureau pour dire que je suis malade.

Marie-Andrée s'occupa des enfants. Préparer le petit déjeuner. Faire la toilette de Mathieu et la sienne, vérifier celle de Marie-Ève. Les préparer, l'un pour la garderie, l'autre pour l'école. Laisser la cuisine en ordre, faire les lits. Presser la fillette pour qu'elle ne rate pas l'autobus scolaire. Ranger le comptoir et la vaisselle. Choisir ses vêtements et s'habiller sans déranger le sommeil de son mari. Accentuer un peu le maquillage pour cacher les cernes de sa nuit mouvementée. Tout cela en surveillant Mathieu et en l'empêchant d'aller réveiller son père. Et essayer de se rappeler qu'elle devait téléphoner au bureau de Ghislain vers neuf heures.

Elle réussit à se rendre au travail à l'heure habituelle. Une journée à la Caisse lui paraîtrait un havre de tranquillité par rapport à sa vie personnelle des dernières heures.

Vers treize heures, plongée dans un rapport pour la succursale à laquelle le point de services était affilié, elle n'entendit pas un client hausser le ton. Toutefois, quand l'homme sacra fortement et assena un coup de poing sur le comptoir, Marie-Andrée, dont la patience était mince ce jour-là, sortit de son bureau et se dirigea vers l'individu costaud qui continuait à invectiver la caissière. Dorothée, une employée de près de cinquante ans, pourtant reconnue pour sa diplomatie à toute épreuve, ne savait plus que faire. Si elle essayait de calmer le sociétaire, il vociférait de plus belle ; si elle ne disait rien, il criait à la provocation et gueulait encore plus fort.

Dans une autre circonstance, Marie-Andrée aurait été stressée de gérer cette situation. Aujourd'hui, une colère sourde balaya toutes ses peurs. « J'en ai par-dessus la tête des enquiquineurs ! » Cette fois, elle était en droit, même en devoir de ne pas les supporter.

— Monsieur semble insatisfait ? dit-elle d'un ton ferme.

L'autre blâma de plus belle l'institution financière pour un chèque prétendument sans provision alors que, selon lui, il disposait des fonds nécessaires.

— Nous allons vérifier immédiatement ! affirma-t-elle.

— Ça fait dix fois que l'autre épaisse tripote ses maudits papiers ! Te penses-tu plus intelligente qu'elle ? Ça va faire, les petites filles ! Je veux voir le gérant, ça presse !

Marie-Andrée le toisa d'un tel regard agressif qu'il en fut saisi un bref instant.

— Je suis l'adjointe au directeur, qui est parti dîner. Vous pouvez l'attendre une heure… Non ? Très bien, alors c'est moi qui m'occupe de votre cas.

Après trois autres mots grossiers et menaçants de la part du sociétaire, elle quitta le comptoir, prit un téléphone, signala calmement un numéro et, quelques secondes plus tard, donna clairement le nom de la caisse et l'adresse, demanda deux agents dans les plus brefs délais et raccrocha d'un geste sec.

— Hey ! La smatte ! T'imagines-tu que j'vas croire ça ?

Devant son silence, il s'enragea.

— Ma crisse ! Si tu penses que tu vas me faire peur avec…

La sirène de police retentit, et deux agents entrèrent au pas de course dans l'agence. Furieux et stupéfait, l'homme proféra une autre menace. L'un des policiers lui coupa fermement la parole.

— Des menaces ? Ton cas s'aggrave pas mal. Tu trouves pas que t'as fait assez de dégâts pour aujourd'hui ?

La plainte fut rapidement enregistrée, et les trois hommes partirent. Dorothée s'assit et respira profondément.

— Tu feras une bonne directrice, affirma-t-elle à Marie-Andrée. Tu es jeune, mais t'as du cran. Tu as réglé ça en deux temps trois mouvements. Le directeur n'aurait pas fait mieux.

— Mais lui, il se serait moins fait insulter. Maudit que les hommes sont machos ! s'écria-t-elle pour évacuer son stress. Ça n'a pas dix ans que déjà, ça veut régenter le monde !

Devant sa colère inhabituelle envers la gent masculine, les deux femmes éclatèrent de rire.

— Dis donc, t'es enragée pour vrai ! C'est à ton mari que tu en veux autant ?

— Non, soupira Marie-Andrée en esquissant un geste d'impuissance, à mon neveu ! N'empêche que si tu avais été un caissier et non une caissière, je suis certaine que tu n'aurais pas été traitée comme une idiote.

Dorothée haussa les épaules et cita un proverbe.

— Chien qui aboie ne mord pas !

— Ça se peut, mais les chiens ne nous insultent pas, eux. Comme ça, tu ne serais pas contre ma promotion ? dit-elle, intriguée. Tu n'en souhaiterais pas une, toi ?

— Oh non ! Ma vie est assez remplie comme ça ! répondit sa collègue en riant.

Marie-Andrée se rappela que le fils cadet de Dorothée avait eu un accident de moto, quelques années auparavant, et qu'il était paraplégique depuis ce temps.

— Ça ne doit pas être drôle tous les jours, dit-elle avec compassion. C'est vraiment triste pour ton fils : n'avoir qu'une vie à vivre et la passer en fauteuil roulant.

Dorothée la regarda paisiblement.

— Si on pense qu'on n'en a rien qu'une, c'est vraiment moche. Mais, ajouta-t-elle sereinement, quand on sait que ce n'est qu'une vie parmi d'autres, qu'une expérience parmi des dizaines, des centaines d'autres, on voit la situation autrement.

Marie-Andrée ne trouva rien à répondre. Vu sous cet angle, c'était logique que n'importe quoi devienne relatif. Mais elle ne croyait pas à cette hypothèse de plusieurs existences dont elle entendait parler de temps en temps.

Elle songea à Ghislain. Malgré ses défauts et ses carences, il vivait avec elle et leurs deux enfants. Lui en demandait-elle trop ? Quelle était la frontière entre le supportable et l'insupportable ? Une aventure et un autre enfant ailleurs, même si c'était blessant, était-ce pire que le problème que vivaient et que vivraient Élise, Pierre-Luc et Hubert ? Pire que la séparation de Diane qui la privait de ses enfants ? Pire que la vie en fauteuil roulant ? Elle eut honte de se plaindre. « Personne n'est parfait. Tous les couples ont leurs problèmes. Mais nous, on va finir par s'en parler. On va les régler. »

Marie-Andrée s'étira longuement dans le lit, se tourna de côté, se bordant voluptueusement. Puis, mal à l'aise de ce bon temps inhabituel, elle se leva, ouvrit tout grands les stores verticaux de la chambre pour laisser entrer la lumière diffuse de ce matin gris. Elle écouta les bruits de la maison, puis accepta de flâner, se recoucha, tapotant son oreiller avant d'y poser sa tête.

Un dimanche matin paisible. Mathieu et le chat se poursuivaient en courant dans toute la maison et l'on pouvait se demander lequel des deux faisait le plus de bruit dans l'escalier : les pattes du chat ou les pieds du petit garçon ? Marie-Ève sautillait dans sa chambre, encore excitée de son cours de ballet de la veille. Une fois de plus, la maman admira la constance de sa fillette, qui entreprenait sa quatrième année de cours. Et, comme il l'avait annoncé hier,

Ghislain concoctait un copieux déjeuner. Déjà, une bonne odeur se répandait dans la maison.

Marie-Andrée appréciait vraiment ce nouveau rituel qu'il instaurait ce matin, de son propre chef, et dont il s'était beaucoup vanté. «Espérons que ça va durer !» se dit-elle. Une seule ombre au tableau : comme par hasard, cette activité attentionnée avait coïncidé avec ses demandes de profiter de la liberté du dimanche matin sans horaire pour se parler en couple. «Rien n'est parfait», soupira-t-elle en humant l'odeur du café, doublement alléchante du seul fait qu'il le lui préparait.

Marie-Ève cessa son ballet et vint la première dans la chambre. Elle aussi voulait instaurer un rituel : replacer la douillette, les oreillers et les coussins, et ensuite étendre une nappe sur le lit. Marie-Andrée goûta profondément ces moments privilégiés qui brisaient complètement la routine. La délicieuse sensation que l'on s'occupait d'elle et de n'avoir rien à faire était un véritable bonheur. De voir ses enfants et l'homme qu'elle ne cessait d'aimer venir s'asseoir là, avec elle, pour ce pique-nique inusité, lui laissait présager une consolidation de leur vie familiale et conjugale. Pour sa part, Ghislain, flanqué de ses deux gardes du corps, ses enfants, pourrait continuer à déjeuner en paix le dimanche matin.

Depuis leur réveil, les enfants étaient fébriles et le chat aussi. Marie-Ève avait appris la veille que sa tante Diane viendrait les chercher, Mathieu et elle, pour une partie de la journée et un dîner chez MacDo. C'était déjà une bonne raison pour justifier son énervement. Même Mathieu était agité et ne tenait pas en place. Quant à Ghislain, il ignorait tout de la sortie.

Marie-Andrée avait mauvaise conscience d'avoir été obligée, en dernier recours, d'utiliser la ruse pour parler à son mari. «Je n'ai pas eu le choix. Quand je lui demande du temps pour parler, il n'en trouve jamais. S'il en trouve, ce ne sont que des miettes ici et là, les discussions étant impossibles, ou encore le soir, tard, quand on est crevés avec la susceptibilité à fleur de peau ! » Elle pensa à la croyance si répandue que les femmes étaient sournoises. « Quand on est franche et directe, on se fait dire qu'un homme n'aime pas être heurté de front. Si on est patiente et qu'on attend, il ne se passe rien. Qu'est-ce qui nous reste ? » Malgré ce raisonnement, elle ne s'aimait pas dans cette attitude contraire à sa personnalité. « Je suis rendue bien basse : être obligée de manigancer pour parler à mon mari ! » Ces tête-à-tête sérieux, elle essayait en vain de les provoquer depuis que le psychologue lui avait fait remarquer que les problèmes de couple devaient se régler à deux.

Sans doute à cause des heures à venir, qu'elle entrevoyait difficiles, sinon pénibles, Marie-Andrée eut soudain les larmes aux yeux de voir sa famille s'installer sur le lit, avec elle. « On est ensemble, tous les quatre. » Mathieu grimpa près d'elle avec ses courtes jambes de deux ans tout juste. Marie-Ève s'installa en tailleur. Ghislain s'assit sur le bord et replia une jambe sur son genou. Marie-Ève commençait, le plus sérieusement du monde, à verser du jus d'orange dans les verres quand sa mère s'écria :

— Non, Lundi ! Non !

Bondissant sur le lit, le chat atterrit en plein sur les couverts, stupéfait de les voir là, renversa un verre de jus dans le plat de gaufres et de rôties. Petites et grandes mains se précipitèrent pour l'enlever, quatre corps s'agitèrent, enfonçant la nappe, et la literie s'imbiba des liquides que les gaufres n'avaient pas eu le temps d'absorber.

— Maudit chat ! s'écria Ghislain en l'attrapant par la peau du cou et en le jetant fortement par terre.

— Papa ! hurla Marie-Ève en se précipitant vers le chat étourdi. Tu lui as fait mal !

Elle le prit dans ses bras et courut à sa chambre en pleurant.

Marie-Andrée, déjà levée, épongeait vivement les dégâts avant que les aliments renversés ne tachent le matelas.

— J'ai faim ! clama le petit.

— On mange à table ! grogna Ghislain en allant préparer d'autres rôties.

Sur ces entrefaites, Diane arriva plus tôt que prévu. Marie-Ève délaissa le chat, qui disparut dans le sous-sol, et commença aussitôt à se préparer, changeant trois fois de vêtements. Mathieu apprit la sortie avec sa tante, qui partit l'habiller. Marie-Andrée défit le lit pour laver la douillette sans délai.

— Dis donc, quand vous déjeunez au lit, Ghislain et toi, ça mouille même la douillette ? insinua Diane en riant.

— Quand on est quatre, cinq avec le chat, oui ! précisa sa sœur, déjà nerveuse à la pensée du tête-à-tête imposé à Ghislain, qui venait de se rendre compte du complot.

— Ouais, c'est rendu que les sœurs Duranceau conspirent contre moi ? ajouta-t-il en retournant s'occuper du petit déjeuner à refaire.

Une demi-heure plus tard, Marie-Andrée et Ghislain se retrouvèrent attablés, toujours en robe de chambre, dans le silence de la maison désertée en coup de vent.

— Le calme après la tempête, dit Marie-Andrée pour enclencher la conversation.

Il la regarda avec le même sourire indéchiffrable qu'à Paris, lors de leur rencontre. « Après toutes ces années, songea-t-elle, je n'arrive toujours pas à décoder ses regards. »

— D'après ce que j'ai compris, ajouta-t-il, ce ne serait qu'une accalmie avant la véritable tempête. C'est bien ça que tu as en tête, la com-mu-ni-ca-tion dans le couple ! railla-t-il.

— Et où veux-tu qu'on se parle de nous ? protesta-t-elle. À table devant les enfants ? Dans les allées du centre commercial ? En regardant la télévision ?

— Bien oui, t'as raison. T'as toujours raison. Alors, c'est quoi encore, tes griefs ? poursuivit-il d'un air ironique en s'adossant à sa chaise et en croisant ses bras musclés. Qu'est-ce que tu as encore à me reprocher, moi, l'homme, celui qui a tous les torts et qui te rend la vie insupportable, pauvre femme victime et pathétique ?

Le ton était donné. Marie-Andrée se ferma, puisque sa quête de bonheur dans le couple venait, une fois de plus, d'être tournée en dérision. Sa bonne volonté s'effondrait. Toute discussion s'avérait inutile avant même de débuter. Toutefois, sa colère la fit se reprendre. « Tant pis si c'est mal parti. »

— Alors, vas-y, parle ! la nargua-t-il. T'as tout manigancé pour ça, non ?

« Pour lui, je suis une ennemie. Une ennemie qu'il doit vaincre. »

— On n'est pas en guerre, Ghislain, dit-elle tristement. On essaie de mieux se comprendre pour…

— Non ! l'interrompit-il sèchement. Tu n'essaies que de me convaincre de ta vision de la vie. Tu ne veux pas me comprendre, tu veux juste me faire penser comme toi. T'es comme ta mère !

« Comme ma mère ? » Déstabilisée par cette accusation, elle perdit le fil de ses pensées. Ils se heurtèrent, une fois de plus, chacun se croyant dans son droit.

— Je veux être heureuse, Ghislain ! finit-elle par crier. Avec toi, ajouta-t-elle d'un ton moins convaincu qu'elle ne le croyait, ce qui la frappa.

— Tu n'es pas heureuse ? Qu'est-ce qu'il te faut de plus ? Belle femme, mariée à un homme qui travaille et qui ne boit pas, deux enfants, une maison, une bonne job, un char. Sacrament, y a rien pour te contenter !

L'émotion enserrait le cœur de Marie-Andrée, qui se sentait perdre pied. Elle ferma les yeux en serrant les poings. Non, il n'était pas question d'aller pleurer seule dans la chambre d'amis, une fois de plus.

— Je veux un homme qui m'aime. Qui me le dise. Qui me le montre. Qui me respecte en ne me laissant pas toutes les corvées sur les bras. Un chum qui m'aime, moi, et qui n'a pas besoin de courailler pour être heureux.

— Me semblait bien aussi ! s'écria-t-il en se levant si brusquement qu'il renversa sa chaise sans se soucier de la relever. Tu radotes ! Tu radotes, puis, à la longue, ça tape sur les nerfs en sacrament !

La rage brouilla le cœur de la femme.

— Ben, moi, ça me brise le cœur, tu sauras. Je suis plus capable d'endurer ça, tu comprends ? Je ne suis plus capable !

Étrangement, la colère de Ghislain tomba. Ils se retrouvèrent au salon, et il s'assit sur le bord d'un fauteuil, comme prêt à se lever d'un coup, les jambes grandes ouvertes. Tête baissée, les coudes sur les genoux, les deux mains ouvertes l'une contre l'autre, il avait l'air de réfléchir profondément. Marie-Andrée retrouva ses esprits, cligna des yeux pour ne pas pleurer. « Détends-toi, s'ordonna-t-elle fermement. Calme-toi. Tu n'arriveras à rien en criant. »

— C'est pas que je veux être possessive. Il y a les maladies aussi. Depuis quelques années, on ne parle que de ça. L'herpès, le chlamydia. Le sida, ça ne frappe plus seulement les homosexuels ! Te vois-tu, avec ça ? Te vois-tu, me transmettre ça ?

— C'est sûr, répondit-il en soupirant, que si tu n'es plus capable d'endurer ça, il va falloir faire quelque chose.

L'espoir se ralluma en elle. « Il a compris ! Enfin ! Pourquoi je n'ai pas parlé plus tôt ? » Elle se détendit dans le fauteuil moelleux, à bout de force tant leurs discussions la minaient. Elle les appréhendait d'ailleurs de plus en plus, vivant un stress malaisé à contrôler. Mais ces confrontations avaient été utiles puisqu'il commençait enfin à comprendre son point de vue.

— J'ai toujours été le même, tu le sais, rappela-t-il d'un ton serein. Si ça ne faisait pas ton affaire, dans le temps, tu as été hypocrite de ne pas le dire.

Elle sentit son espoir piétiné.

— Oui, hypocrite, affirma-t-il de nouveau. Peut-être que ce que tu appelles *nos problèmes de couple* viennent de là : tu m'as menti d'une certaine façon. Puis peut-être que tu t'es menti à toi-même.

— Menti ? balbutia-t-elle, trahissant ainsi son trouble intérieur. Moi, je t'ai menti ? Moi qui te suis fidèle, moi qui ne parle jamais en mal de toi aux enfants ? Moi qui ai même supporté que t'aies un fils ailleurs ? Menti ? Moi, je t'ai menti ?

D'une phrase à l'autre, le ton était remonté et devenu agressif.

— Oui, menti. T'as fait semblant de m'accepter pour que je te fasse des enfants, qu'on se marie. Les manigances, ça a l'air que t'en fais depuis pas mal longtemps, si je comprends bien. Puis moi, le cave, j'ai rien vu de tout ça !

Habituellement, ce genre de remarque abattait Marie-Andrée. Cette fois-ci, elle ne la reçut pas avec son cœur, mais avec sa raison, sa raison qui lui rappela combien de fois ces accusations l'avaient anéantie. Il suffisait de ce genre d'insinuations pour que, blessée à vif, elle perde tous ses moyens. Ghislain mettait sa sincérité en doute ! Une colère soudaine lui fit hurler l'injure spontanée qu'elle avait proférée seule dans la forêt glaciale.

— Trou de cul ! cria-t-elle, folle de rage. Trou de cul ! T'as jamais rien fait d'autre que ce que tu avais envie de faire, quand et avec qui tu voulais ! Arrête de me faire chier avec les enfants et le mariage ! Marie-Ève, tu me l'as faite quand toi, tu en avais le goût, même si j'en avais déjà par-dessus la tête avec mon travail, mes cours du soir et l'appartement à torcher toute seule, et à te faire à manger, en plus ! Le mariage…

Elle avait le souffle coupé et les larmes aux yeux.

— … le mariage, reprit-elle d'un ton plus bas mais douloureux. Tu m'as demandée en mariage dans mon dos, t'en rappelles-tu ? On prenait un bain. Tu m'aimais même pas assez pour me regarder en face à ce moment-là !

Ils se toisèrent, elle, tremblante de colère, lui, stupé-fait des mots grossiers et de la colère de Marie-Andrée, qu'il n'aurait jamais crue capable d'une telle violence.

C'était plus fort qu'elle. Elle ajouta :

— Puis ton troisième enfant, tu vas me dire que, encore une fois, c'est pas toi qui as décidé ? Oh… pauvre Ghislain, se moqua-t-elle méchamment, une vraie victime, à t'entendre ! Un peu plus, et tu me dirais qu'elle t'a violé !

Il était blanc de colère.

— Vous êtes toutes pareilles, les femmes ! Quand vous avez eu ce que vous vouliez, on est de trop !

— C'est vrai que t'as une grrrrrande expérience dans ce domaine ! lui lança-t-elle avec rancœur.

Les mots volaient dans tous les sens. Dans ce combat tant redouté et tant souhaité, toutes les injures étaient crachées, toutes les défaites infligées. Au bout d'une heure, Ghislain se leva brusquement et alla s'habiller précipitamment.

— C'est ça ! Va-t'en ! Fuis encore ! lui cria-t-elle en se relevant d'un coup. Sauve-toi, comme d'habitude ! ajouta-t-elle en éclatant en sanglots. Tu peux bien ne pas vouloir parler de notre couple : tu n'en as jamais fait partie !

Non rasé, sa toilette non faite, il claqua la porte.

— Trou de cul ! hurla Marie-Andrée. Trou de cul ! marmonna-t-elle à bout de nerfs.

Elle se laissa choir dans le fauteuil, essayant de reprendre son souffle. Elle ne pleurait plus, comme elle l'avait tant fait, après tant de brèves et inutiles discussions. Non. Cette fois, c'était différent. Ses épaules s'étaient délestées d'un poids énorme. Ce qu'elle gardait en elle, ces blessures jamais avouées qui l'avaient tant empoisonnée, enfin, elle les avait nommées, criées même. Que lui importait le ton avec lequel elles avaient été exprimées ! D'avoir osé les formuler en elle, puis de s'être entendue les crier lui faisait un bien immense. Elle s'en était débarrassée. Maintenant, c'était à lui de savoir ce qu'il en ferait. « Je me suis empoisonnée avec ça trop longtemps. C'est fini. »

Elle voulut se recoucher et vit le lit défait, se rappela la douillette dans la laveuse. Elle la mit à sécher, sortit des draps propres, refit le lit puis alla chercher la douillette du lit de Marie-Ève. Rassemblant les sièges modulaires en un sofa, elle s'y pelotonna, en ce midi de février, immobile dans son cocon.

Dans le silence inhabituel de la maison, elle se rendit compte qu'une telle dispute aurait des conséquences. « Comment j'ai pu lui crier des mots aussi affreux ? » Pire encore. Comment pourrait-elle continuer à aimer quelqu'un qui méritait de telles injures ? « L'aimer encore, s'avoua-t-elle, ce serait me manquer de respect. » Elle ferma les yeux et glissa dans une sorte de torpeur.

La sonnerie du téléphone la tira du sommeil. L'horloge du magnétoscope indiquait trois heures.

— Marie-Andrée ? C'est Diane. J'espère que tu ne t'es pas inquiétée.

— Moi ? répondit-elle avec confusion. Non. Pourquoi ?

— Pourquoi ? s'esclaffa sa sœur. T'as pas vu le temps dehors ?

Marie-Andrée se tourna vers la fenêtre. À travers les stores verticaux ouverts, elle ne voyait ni ciel ni terre : une poudrerie de fin février rappelait que l'hiver était encore bel et bien là.

— Où êtes-vous ? demanda-t-elle nerveusement. Les enfants sont avec toi ?

— Rassure-toi, on est chez moi. J'ai cru comprendre ce matin que vous aviez besoin de temps pour discuter, Ghislain et toi. On s'est loué des vidéos en sortant du MacDo, et j'ai fait une provision de *pop corn* et de boissons gazeuses. Tes enfants sont en sécurité, ne t'inquiète pas. Ils sont ravis de cette tempête inattendue. Attends, ils veulent te parler.

La voix de ses enfants et leur plaisir évident la rassurèrent.

— On va peut-être coucher ici, dit Marie-Ève. Diane a tout ce qu'il faut.

Coucher là ? Après que Mathieu eut parlé à sa mère, Diane revint à l'appareil et lui assura qu'elle les ramènerait elle-même, ce soir ou demain matin. Elle doutait fort que les écoles soient ouvertes le lendemain s'il continuait à neiger et à venter ainsi.

Marie-Andrée raccrocha. La maison silencieuse ne répercutait que les lamentations du vent. « Une tempête se préparait, pas surprenant qu'on ait eu les nerfs à fleur de peau ! »

La faim se faisant sentir, elle mit le rôti au feu. « Je risque de le manger toute seule, mais il sera cuit, au moins. » Le chat Lundi se pointa.

— On aura du rôti pour souper, lui dit Marie-Andrée.

La télévision la déprima ; les images de la tempête n'étaient pas de nature à la rassurer. Elle alla se coucher dans son lit. Refuser de penser à Ghislain était une chose, y parvenir en était une autre. Où était-il ? Bien au chaud chez une maîtresse ou pris dans la tempête ? Blessé, peut-être ? Malgré elle, elle le souhaita en sécurité, même si cela signifiait peut-être une situation blessante pour elle. Cette pensée l'ébranla. Elle décida fermement de ne plus se gâcher la vie avec ce qu'elle ne pouvait changer.

Jamais encore, depuis le début de leur vie commune, elle n'avait prononcé le mot terrible et décisif. Synonymes, tournures de phrase, périphrases, tout avait été mis à contribution pour l'éviter. Seule, Marie-Andrée osa le nommer : séparation. Ce mot lui brisa le cœur. Comment pourrait-elle vivre sans lui ? Il faisait partie de toute sa vie d'adulte, de ses expériences d'adulte : épouse, mère, propriétaire, femme professionnelle. Elle protesta. « N'exagérons pas ! Je vivais avant lui, quand même ! »

Le *avant-Ghislain*, c'était tellement loin, avec une autre Marie-Andrée, une jeune femme de presque vingt ans, en peine d'amour, qui luttait contre l'indifférence de son père, l'emprise de sa mère et qui, dans une décision impulsive, changea d'emploi et traversa l'Atlantique. Elle s'étonna de sa détermination d'alors, avec une expérience de vie si limitée. « J'avais du cran ! » s'avoua-t-elle avec fierté.

Cette réflexion la motiva. « Si j'ai eu tant de courage à dix-neuf ans, pourquoi je serais moins capable, à trente-cinq ans, d'affronter d'autres genres de problèmes ? D'autant plus que je n'ai pas les mains vides. Je suis bien plus expérimentée, et ma vie est tellement plus remplie ! J'ai deux enfants, et ces deux enfants-là ont un père, et un père qui peut les faire vivre sans problème. Au travail, je suis cadre et, depuis la normalisation des salaires dans toutes les Caisses, je reçois un salaire beaucoup plus intéressant. Sans compter que d'autres promotions et augmentations sont probables. Et j'ai des biens et des épargnes. Et moi ! ajouta-t-elle soudain. Oui, moi, avec mon expérience de la vie, mon courage, ma santé ! »

Fébrile, elle se découvrait riche à plusieurs niveaux. La séparation, s'ils devaient en arriver là, ne pourrait pas la démolir. « J'ai bâti ce que je suis et tout ce que j'ai. Demain ne pourrait pas être catastrophique. Non, ce n'est pas possible. Demain ne pourrait pas être si terrible que ça. »

Elle se leva, haussa le thermostat, enfila un chandail chaud, un pantalon en coton ouaté et des chaussettes chaudes, comme pour affronter la tempête à l'extérieur et celle de son cœur.

Ses enfants rappelèrent, encore plus excités. Il y avait eu une panne de courant chez Diane, et ils avaient allumé des chandelles. Puis l'électricité était revenue, et ils allaient regarder un autre film vidéo.

Marie-Andrée soupa tôt. Elle était affamée et ne souhaitait pas manger froid à cause d'une panne éventuelle. Vers huit heures, elle téléphona à Diane pour souhaiter bonne nuit aux enfants, qui voulurent aussi dire bonne nuit à leur père. Marie-Andrée y vit un avant-goût de ce qui les attendait peut-être.

— Papa est en train de pelleter… Non, non, couchez-vous, il va pelleter longtemps.

Mathieu rechigna. Il ne trouvait plus l'aventure amusante et voulait aller dormir chez lui.

— Ne t'en fais pas, maman, lui dit sa fille d'un ton protecteur. On va lui raconter une belle histoire et il va s'endormir bientôt.

Emmitouflée dans sa robe de chambre, sous les couvertures et sa douillette propre, Marie-Andrée se coucha à la lueur des chandelles, en panne d'électricité à son tour. Mais le sommeil ne venait pas. Comment dormir sans savoir où était Ghislain ? « Il aurait pu m'appeler, se redisait-elle. On est encore ensemble, à ce que je sache ! »

Au bout d'une heure à virailler, l'électricité revenue, elle alla chercher les albums photo et les apporta dans le lit, ce qui dérangea Lundi qui le manifesta en se déplaçant voluptueusement de quelques centimètres à peine. Dans les albums, il y avait peu de photos du couple : Ghislain trouvait cela futile, et chaque fois, elle prenait place derrière l'objectif. Les enfants, par contre, étaient photographiés dans toutes les situations possibles. Seuls, ensemble, avec leur père, la parenté. Tout compte fait, Marie-Andrée n'était à peu près nulle part. « Même sur les photos, on ne forme pas un couple. »

Soudain, la porte s'ouvrit et se referma. Le cœur de la femme s'accéléra. « Il est là. Sain et sauf ! Folles inquiétudes ! » s'avoua-t-elle avec soulagement. Elle entendit des bottes tomber lourdement, le chuintement d'un manteau, le grincement d'un cintre replacé sur la pôle. Ce soir, même le claquement de la porte de la garde-robe de l'entrée était rassurant.

— J'imagine que tu t'es inquiétée ? dit-il simplement de l'entrée.

— J'avais de quoi, non ? répondit-elle en refermant les albums.

Il entra dans la chambre, le bras gauche en écharpe.

— Qu'est-ce qui t'es arrivé ? lui demanda-t-elle nerveusement en se précipitant vers lui.

Il la ramena contre lui avec son bras droit et, après s'être retenue un instant, elle l'enlaça elle aussi.

— J'ai voulu sortir la voiture tout seul du banc de neige. Je me suis luxé le poignet.

— Et ton auto ?

— Je suis revenu avec. En fait, j'ai passé la journée à l'urgence et au garage.

Marie-Andrée restait contre lui, profitant de cette intimité qu'elle avait cru perdre aujourd'hui.

— Je t'ai toujours aimée, Marie-Andrée. Le sais-tu? lui dit-il en lui relevant doucement le menton pour qu'ils se regardent dans les yeux.

« Oui. J'ai fini par comprendre que tu m'aimes vraiment. Mais à ta manière, pensa-t-elle sans répondre. Mais cette manière-là, elle me tue à petit feu. » Elle se contenta de lui sourire, ne sachant plus quelle attitude adopter. Il passa sa main droite sur son abdomen.

— J'ai rien mangé depuis ce matin. T'aurais pas quelque chose à grignoter?

— Un rôti de bœuf! lui dit-elle fièrement, en allant lui en préparer une assiette.

Les grands vents diminuèrent dans la soirée. À comparer avec l'après-midi, la nuit était presque silencieuse. Dans la maison désertée par les enfants, dans le lit où le couple s'était étreint tant de fois, Marie-Andrée ne savait plus quels gestes donner ou recevoir. Il faisait froid jusque dans le lit.

Ghislain colla sa femme contre lui, et elle se sentit faiblir.

— Ouche! gémit-il malgré lui, ayant oublié son bras gauche en écharpe.

Elle recula, mais il la ramena de nouveau contre lui.

— On est encore ensemble, justifia-t-il.

Elle s'abandonna. Pour la première fois de la journée. Pourquoi s'obstinait-elle à chercher le bonheur autrement? Peut-être était-il simplement là, entre eux, maintenant.

Mais si c'était cela, le bonheur, alors il était vraiment à rabais, comparativement à ce qu'elle attendait de la vie.

Chapitre 6

La chaleur humide et accablante de ce lundi d'août 1986 laissait entrevoir une journée difficile à supporter. Marie-Andrée avait hâte que sa journée de travail soit terminée pour deux raisons : d'abord ses enfants revenaient aujourd'hui de Chicoutimi, où ils avaient passé la semaine chez leurs cousins René et Sylvie. « Il me tarde tellement de les serrer dans mes bras. J'ai l'impression de ne pas les avoir vus de l'été. Du moins, Marie-Ève, qui a passé un mois dans un camp de vacances. »

La deuxième raison était d'un tout autre ordre. En principe, le comité de sélection se réunissait aujourd'hui. Le mouvement Desjardins connaissait une telle ampleur qu'on n'en était plus aux embauches ou promotions sur une simple rencontre avec le directeur et l'approbation du conseil d'administration local. La Fédération des caisses et le syndicat exigeaient maintenant un appel de candidatures suivi d'entrevues en bonne et due forme. Tout cela était fait ; il ne restait que la décision du comité.

Déjà, elle se visualisait directrice du point de services où elle travaillait depuis quelques années, à la suite de sa décision de mieux gagner sa vie. Un doute s'infiltra dans son esprit, incertitude qu'elle chassa aussitôt. « C'est une trop belle journée, tout ira bien. »

Avant d'entrer à la Caisse, dont la porte donnait sur le trottoir du petit centre commercial, elle se dirigea vers l'un des magasins, à gauche. Elle laissa chez le nettoyeur sa robe de soie aux motifs imprécis dans différents tons de rouge. Robe d'été, sans manches, au décolleté avant et arrière plongeant, d'une longueur trois quarts et à la jupe évasée, c'était la préférée de Ghislain parce qu'elle moulait son corps sexy, surtout sa poitrine. Marie-Andrée sourit d'aise à l'évocation des regards masculins qu'elle attirait en portant cette robe, ce qui augmentait d'autant la fierté de son mari.

Depuis qu'elle approchait la quarantaine, elle ressentait un besoin accru de mettre ses charmes en valeur, question de rattraper les années où elle avait été plus mère que femme, peut-être, ce qu'elle regrettait parfois. Elle voulait aussi repousser le plus possible le temps où son corps serait moins désirable. Pour ne pas céder à cette réalité déprimante, elle se disait avec humour : « Autant être fière de mon corps pendant qu'il est encore ferme ! »

Au travail, elle alluma le climatiseur avant toute autre chose et profita de la fraîcheur croissante. « Pourvu qu'ils m'appellent ce matin », espéra-t-elle, confiante, essayant toutefois de ne pas s'emballer avant l'annonce officielle de sa nomination.

La nouvelle lui arriva vers onze heures. Fébrile, elle téléphona aussitôt à Ghislain : il avait d'ailleurs insisté pour qu'elle le prévienne dès qu'elle saurait. Elle le fit languir, puis éclata de rire.

— Ça y est ! lui apprit-elle avec excitation. Je serai directrice dès lundi prochain !

Il semblait content et lui posa de nombreuses questions, notamment la nature précise de son augmentation de salaire et tous les avantages marginaux, ce qui parut le rassurer. Marie-Andrée s'étonna que ces points soient abordés au téléphone, mais y répondit de bonne grâce. Elle raccrocha tout de même avec une étrange impression. « Ma foi, on dirait qu'il est content sans l'être vraiment. » Elle releva la tête, les yeux brillants. « Eh bien, moi, je suis très heureuse ! Félicitations, Marie-Andrée, t'as bien travaillé et tu le mérites ! » se dit-elle.

L'augmentation de salaire, elle l'avait souhaitée, entre autres, pour s'offrir les services d'une femme de ménage. « Le temps que je passe à entretenir la maison, je vais désormais le consacrer à des activités avec Ghislain. Le psy a raison. Cohabiter ne suffit pas, il faut des activités de couple, des loisirs à deux et en famille. Ça changera un peu le rythme de notre vie, mais ça nous rapprochera. C'est ce qui compte ! »

Moins d'une heure plus tard, il la rappela.

— Je t'invite à souper, lui proposa-t-il.

— Ah oui ? s'étonna-t-elle, ravie de constater qu'il ressentait, lui aussi, le besoin de sortir tout seul avec elle. On ferait ça quand ?

Il y eut un silence, puis une réponse brève qui la surprit.

— Ce soir, dit-il d'un ton ambivalent, presque à regret.

— Aujourd'hui ? As-tu oublié que Diane ramène les enfants cet après-midi ?

Non, il ne l'avait pas oublié.

— On les verra quelques heures plus tard, c'est tout, insista-t-il, contrarié. Ils sont partis depuis une semaine, ce n'est pas une heure ou deux supplémentaires qui les feront mourir !

Évaluant tout ce que leur absence à l'heure du souper impliquerait, elle se décida néanmoins à accepter l'invitation.

— Je vais téléphoner à Chicoutimi pour les avertir.

— Pourquoi téléphoner ?

— Pour m'assurer que Marie-Ève a sa clé de maison. C'est pas vieux, dix ans, pour penser à ce genre de détails.

Au bout du fil, Ghislain s'impatienta.

— C'est bien compliqué de t'inviter à souper !

«Quand c'est moi qui dois tout régler toute seule, oui ! » ronchonna-t-elle.

— Bon, on se voit où ? s'enquit-elle, agacée.

Quand elle raccrocha, son enthousiasme avait fondu comme neige au soleil. « C'était une invitation ou un ultimatum ? » se dit-elle en téléphonant à Chicoutimi, chez son ex-beau-frère. Diane n'était pas encore arrivée, il lui ferait le message. Mathieu insista pour parler à sa mère. Au ton de voix de son petit garçon de trois ans, Marie-Andrée devina qu'il s'était ennuyé, tout comme elle, et elle regretta de devoir retarder le moment de le serrer dans ses bras. Sa fille lui confirma ensuite qu'elle avait sa clé. Marie-Andrée, de nouveau fébrile en pensant à sa promotion importante, se retint de l'annoncer, tout en laissant miroiter une surprise.

— J'aurai une très belle nouvelle à t'apprendre, ce soir.

— Ah ! maman, dis-la tout de suite ! supplia Marie-Ève, d'un naturel impatient.

— Non, non, ce soir. En personne ! Bon, je t'embrasse ma grande, j'ai hâte de te voir.

— Maman, attends ! Gilbert veut savoir ta nouvelle.

Marie-Andrée rit de bon cœur.

— Pour que tu le tourmentes jusqu'à ce qu'il te la dise ? la déjoua-t-elle en riant. Non, non, non. Ce soir, pas avant. Si Gilbert veut la savoir, il n'aura qu'à m'appeler demain ! À tout à l'heure, mon ange !

Elle était si contente que sa fille puisse être fière d'elle. «Marie-Ève ne saisit pas vraiment ce que je fais, mais l'important, c'est de lui donner l'exemple d'un travail bien fait, que j'aime et qui me permet de gagner ma vie. »

Elle s'absenta cinq minutes, le temps d'aller supplier le nettoyeur de s'occuper de sa robe en priorité. «Ghislain m'invite pour fêter ma promotion ; c'est normal que je lui fasse plaisir en portant cette robe. »

Quand il entra au restaurant et l'aperçut, il ne put s'empêcher de constater, une fois de plus, qu'elle était vraiment une belle femme. Il en perdit le sourire qu'il affichait par habitude. Étonnée, elle se regarda involontairement dans le grand miroir sur le mur opposé. « Pourquoi il change d'air ? J'ai quelque chose de travers ? » Elle ne se trouva rien d'anormal, et, de toute façon, l'humeur de Ghislain était déjà revenue au beau fixe. Il l'embrassa sur la joue, s'y attardant un instant, ce qu'elle décoda comme un geste de tendresse.

Toute à la joie de sa promotion, elle lui parla avec enthousiasme de ses nouvelles tâches comme directrice du point de services : la gestion de son équipe de huit personnes, les relations publiques, la fixation d'objectifs et de stratégies de marketing pour augmenter l'actif.

— La gestion de l'équipe, ajouta-t-elle, ce sont aussi les horaires. Il y a des employées à temps plein, d'autres à temps partiel. La formation de nouvelles caissières, les absences, les congés. Ce n'est pas une sinécure, je te le dis. Par contre, je connais déjà tout ça, je m'en suis occupée à quelques reprises.

Il semblait l'écouter, mais il parlait si peu qu'elle se demanda finalement pourquoi il l'avait invitée. « À ce compte-là, autant retrouver les enfants au plus vite ! » Après le dessert, avalé en silence, elle n'y tint plus, alourdie par la chaleur étouffante qui persistait.

— J'ai tellement hâte de voir les enfants ! J'ai l'impression de ne pas avoir vu Marie-Ève de l'été. Un mois au camp d'été, une petite semaine avec nous, une autre à Chicoutimi. Ils ne te manquent pas, à toi ?

Ghislain releva la tête et la regarda longuement. Quand le serveur s'éloigna, il annonça simplement :

— Il faudra que je m'y habitue, de toute façon.

Marie-Andrée fronça les sourcils, perplexe, mais avant qu'elle n'ait le temps de réfléchir, il enchaîna. Dès les premières phrases, elle s'appuya lourdement sur le dossier de sa chaise, éberluée, croyant avoir mal entendu. Quelque temps auparavant, quand la navette spatiale *Challenger* avait explosé, à peine quelques secondes après le décollage, Marie-Andrée, comme des millions de téléspectateurs sans doute, avait refusé de le croire, même si ses yeux avaient bel et bien vu la catastrophe. Ce soir, elle vivait les mêmes secondes de choc et de déni.

Assis en face d'elle, Ghislain déballait tout, tantôt calmement, tantôt nerveusement. Il s'exprimait comme s'il parlait de quelqu'un d'autre, à quelqu'un d'autre. On allait la pincer et elle se réveillerait. Elle ne voulait plus écouter ce monologue qui oscillait du ton monocorde à la précipitation et, en même temps, elle souhaitait ne pas en perdre un seul mot, un seul détail. Allait-elle crier ? Pleurer ? Rire de dérision ? Même ses émotions ne savaient plus comment se manifester.

— Tu t'en doutais, quand même ? finit-il par ajouter, étonné et mal à l'aise du silence de Marie-Andrée et de son air hébété qui attirait l'attention de quelques personnes autour d'eux. M'écoutes-tu ? insista-t-il nerveusement en se penchant vers elle, presque contrarié.

Elle cligna des yeux, revint à la réalité. « *M'écoutes-tu ?* »

— Je ne fais que ça depuis qu'on se connaît… balbutia-t-elle en tendant lentement la main vers son verre d'eau, dont elle but seulement quelques gorgées et qu'elle dut déposer sur la table tant sa main tremblait.

Au son de sa propre voix, elle comprit à quel point elle était atteinte. Elle voulut se lever. Fuir. Se retrouver ainsi dans ce restaurant de la petite rue piétonnière, dans ces lieux non familiers, l'effraya soudain, comme si le réel se dérobait sous elle, devant elle, derrière elle. Pendant une seconde, l'homme aux cheveux roux assis à la même table qu'elle lui sembla un étranger dont elle ne connaissait rien, comme s'il faisait partie d'un autre monde.

Puis, la réalité reprit tout l'espace. Le brouhaha des conversations, la musique de fond, les allées et venues des serveurs, l'odeur des plats. Et Ghislain, là. Et elle, dans sa robe soleil si élégante qui, en ce moment, semblait habiller une femme qui venait de mourir.

La conscience de la présence des autres l'empêchait d'exprimer librement la douleur qui l'étouffait, le chaos assourdissant des mots dans son cerveau : *Je te quitte, je te laisse la maison, je vais vivre avec mon fils et sa mère*, bla-bla-bla.

« Il est même trop lâche pour la nommer. » Elle se raccrocha à ses enfants comme à une bouée de sauvetage.

— Les enfants n'ont presque pas été là de l'été, ils sont revenus aujourd'hui, et tu choisis cette journée ? murmura-t-elle d'un ton faible.

— Ce n'est pas de ma faute si ta promotion a été officielle seulement ce matin !

Un éclair de colère ranima les yeux de Marie-Andrée.

— C'est quoi le rapport ? lui demanda-t-elle d'un ton acerbe.

— Je ne voulais pas que tu manques d'argent.

Elle éclata de rire, d'un rire trop haut perché, d'un rire mauvais qui attira l'attention, ce qu'elle ne vit pas et qui irrita Ghislain.

— Mon tendre amour, quelle générosité de ta part ! dit-elle trop fort. Vraiment, tu m'en vois profondément touchée !

Elle but le reste de l'eau et ajouta à voix basse, d'un ton pathétique :

— … touchée jusqu'au cœur. S'il m'en reste encore un.

Puis elle se reprit.

— Oui, j'ai eu ma promotion aujourd'hui. Et quelques heures après, pffttt, tu m'annonces que tu disparais. C'était si pressé que ça ? balbutia-t-elle d'une voix brisée.

— Pressé ? protesta-t-il, se sentant enfin libre d'exprimer ce qu'il ressentait. Pressé ? répéta-t-il. J'attends ce moment depuis des années.

Elle blêmit.

— On a tout de même attendu, renchérit-il. Au moins, reconnais-le !

— *On* ? releva-t-elle en le fixant droit dans les yeux. Qui ça, *on* ?

Le reste l'acheva. La mère de son troisième enfant, qu'il avait prétendu ne pas connaître vraiment, était une collègue de travail qu'il côtoyait depuis une dizaine d'années, donc bien avant qu'il ne lui fasse un enfant. Ses soirées sportives, réelles, étaient en grande partie consacrées à cette femme.

— Tu m'as menti tout ce temps-là !

La colère montante redonnait des forces à Marie-Andrée.

— Tu es un menteur ! répéta-t-elle lentement, le fixant comme si le masque de Ghislain venait de tomber et qu'elle le voyait vraiment pour la première fois.

Elle chercha en vain un reflet de lumière dans la chevelure rousse, mais y vit seulement des fils gris qui en atténuaient la brillance d'autrefois.

Elle refoula sa peine, loin, profondément ailleurs, parce qu'elle était insupportable. La colère reprit le relais et lui insuffla une flambée de vitalité, juste assez pour se lever et partir sans se retourner.

— Marie-Andrée, attends ! Je…

Elle revint et, se penchant vers lui, lui ordonna d'un ton rauque :

— Si tu gâches le retour des enfants avec ça, ce soir, je te tue !

Il avait les yeux à la hauteur des seins de sa femme et il prit soudain conscience qu'il ne les caresserait plus jamais. À son tour, il sentit un grand vide. Avait-il souhaité la perdre définitivement ?

Deux rues plus loin, Marie-Andrée stationna loin d'un lampadaire. Se terrer quelque part dans la pénombre, ne plus suffoquer sous ces émotions qu'elle n'avait ni pu ni voulu exprimer au restaurant. Mais où aller ?

Dans sa recherche d'un lieu protecteur, d'un lieu favorable à la solitude ou d'une compassion quelconque, elle pensa à une église, comme si cela allait de soi. Au Moyen Âge, n'importe qui, fût-il un mécréant, n'y trouvait-il pas asile ? Elle, où trouverait-elle asile, ce soir ? Qui lui offrirait l'hospitalité ?

— Maman, maman, balbutia la femme écorchée qui aurait voulu redevenir une enfant en pleurs, protégée par les bras de sa mère.

« Pauvre toi, se dit-elle avec dérision, comme si tu l'avais déjà fait quand ta mère vivait ! » Se sentant perdre le contrôle de ses émotions, elle remonta la vitre de sa portière malgré la chaleur et verrouilla la porte. Seule et esseulée, elle s'enveloppa dans ses bras, y enfouit sa tête et resta prostrée, penchée sur le volant dans l'obscurité de l'auto et de la ruelle.

Au bout d'un certain temps, on cogna à la vitre de la portière.

— Madame ? Vous avez besoin d'aide ? Madame ?

Elle mit du temps à réagir. C'était un policier, qui cogna de nouveau.

— Ça va ?

Elle sortit de sa bulle et lui fit signe que oui.

— Vous êtes certaine ? Voulez-vous que j'appelle quelqu'un pour vous ?

Elle secoua lentement la tête et affirma que tout allait bien.

— Il ne faut pas rester ici, dans le noir. Ce n'est pas prudent, lui signifia-t-il à regret, impuissant à l'aider dans sa détresse évidente.

Il lui demanda ses papiers, par précaution, mais elle se rebiffa net.

— Je ne suis pas en infraction, refusa-t-elle en mettant le moteur en marche.

Elle reprit la route vers Anjou. Elle conduisait lentement, et l'attention qu'elle devait porter à la circulation la sortait de sa torpeur. La pensée de ses enfants, qu'elle reverrait dans une vingtaine de minutes, la réconforta et la tira vers l'avenir. « Mes enfants, mes amours. » Ce n'était pas dans les bras de sa mère qu'elle serait consolée, mais par les bras de ses enfants. « Si Marie-Ève le veut bien ! Elle est devenue si avare de câlins, regretta-t-elle. Au moins, Mathieu, lui, accepte de se faire embrasser, mais pour combien de temps encore ? ».

Elle avait l'impression pénible qu'elle revenait, en quelque sorte, à la case départ. Personne ne l'aimait, elle, d'un amour inconditionnel et constant. Mari, fille et fils, chacun avait désormais sa vie dans laquelle elle comptait et compterait de moins en moins. Ses amies, sa famille, chacun avait sa vie, ses problèmes. « Seule. J'ai toujours été seule. »

Ayant effectué le trajet par automatisme, elle aperçut déjà sa rue, à l'intersection. Rassurée de se retrouver si près de chez elle, elle passa tout droit, stationna, essaya de se recomposer un visage heureux pour accueillir ses enfants. Ce n'était pas encore l'obscurité, mais elle alluma tout de même le plafonnier et refit de son mieux son maquillage.

Maintenant, elle ne voulait plus qu'étreindre sa fille et son fils, les serrer contre son corps souffrant. Elle regarda l'heure, incrédule : il n'était même pas huit heures. Pourtant, elle avait l'impression qu'une éternité s'était passée depuis son départ du bureau.

Les enfants se baignaient dans la piscine hors terre achetée quelques années auparavant. Ce n'était pas Diane qui s'y baignait avec René et Sylvie, mais Gilbert.

— Maman ! Maman ! cria Mathieu en sortant de la piscine dès qu'il vit les phares de l'auto.

Gilbert se tourna vers Marie-Andrée et la vit descendre lentement de voiture, comme avec retenue, fragile sur ses jambes. Elle leur envoya des baisers avec un sourire forcé qui ne réussit pas à le tromper.

— Où est papa ? demanda Marie-Ève, déjà sortie de la piscine et qui la rejoignait avec une certaine inquiétude.

— On avait nos deux autos. Il arrive, dit sa mère en l'embrassant et en la serrant contre elle.

La fillette se dégagea vivement.

— Je vais mouiller ta belle robe ! Que t'es belle ! murmura-t-elle, les yeux brillants d'admiration.

— Mon ange ! Je t'aime tant !

Sensible, l'adolescente décela de la peine dans le ton affectueux de sa mère, et, cette fois, ne trouva rien à redire à son surnom. Déjà Mathieu se jetait dans les bras de sa mère, inconscient d'être tout trempé.

Marie-Andrée les embrassa encore et encore, puis, après une hésitation, lança son sac à main sur la pelouse, laissa tomber ses sandales élégantes et, avant que quiconque ait pu réaliser ce qui arrivait, elle monta sur l'échelle et se jeta à l'eau toute habillée, cachant ses larmes de joie et de peine dans l'eau de la piscine, son maquillage barbouillant son visage. « Tant pis pour ma robe ! Je ne veux plus jamais la remettre ! »

— L'auto de Diane est tombée en panne, lui apprit Gilbert. C'est donc moi qui suis descendu de Chicoutimi. Alors, cette bonne nouvelle ? Vas-tu nous faire languir encore longtemps ?

« La vie continue », sourit-elle tristement.

— Je suis nommée directrice de la Caisse où je travaille ! cria-t-elle, enfin libre d'exprimer sa fierté sans aucune retenue.

Quand Ghislain arriva, il vit quatre enfants agglutinés à Marie-Andrée dans la piscine, et une autre personne adulte. Tout le monde semblait follement s'amuser. Il en fut mortifié. « C'est tout ce que ça lui fait, qu'on se sépare ? Avoir su, je serais parti avant ! » En avançant, il vit, sidéré, que Marie-Andrée se baignait toute habillée, et que ce n'était pas Diane mais Gilbert qui s'y trouvait aussi.

Il s'approcha de la piscine, et ses enfants l'aperçurent. Croyant que, ce soir, tout était permis, ils l'éclaboussèrent avec enthousiasme. Leur père recula précipitamment et les rabroua, ce qui stoppa leurs jeux et leur élan vers lui. Hors d'atteinte des jets d'eau, Ghislain les regarda barboter. « Marie-Andrée est forte, elle s'en sortira. Elle s'en sort déjà, constata-t-il avec dépit. Les enfants seront bien avec elle. » Il entra dans la maison, se sentant déjà moins coupable. Gilbert fut peiné pour eux et marmonna à Marie-Andrée :

— Qu'est-ce que tu fais avec lui ?

Elle lui répondit à voix basse :

— Ce que je faisais. C'est fini.

Marie-Ève entendit les deux phrases brèves à travers le bruit des éclaboussures des autres enfants. Elle se tourna d'un coup vers sa mère et, de sa voix haut perchée de jeune adolescente, elle accusa sa mère.

— C'était ça, ta bonne nouvelle ? C'était ça ? répéta-t-elle en criant et en cherchant à reculer pour s'éloigner d'elle.

L'eau gênait ses mouvements tout autant que ceux de Marie-Andrée, qui, au contraire, voulait se rapprocher de sa fille pour corriger le malentendu et pour l'empêcher de tout dévoiler à Mathieu, sans préparation, comme elle venait elle-même de le vivre durement. Gilbert réagit vite.

— Bon, maintenant que les parents sont rentrés, on va s'en aller, nous autres, dit-il à René et à Sylvie. Votre mère a hâte de vous voir, elle aussi.

Ils suivirent Mathieu, qui n'osait se précipiter vers son père, de peur de mouiller ses vêtements. Frissonnant dans la fraîcheur du soir, ils s'emmitouflèrent dans leurs serviettes de bain et rentrèrent à la course dans la maison. Marie-Andrée retint sa fille.

— Mon ange, mon ange, calme-toi. Ma bonne nouvelle, je te le jure, c'était ma promotion que j'ai apprise ce matin.

Marie-Ève pleurait, résistant à l'étreinte maternelle.

— Mais c'est quoi qui arrive entre papa et toi ?

Sa mère eut besoin de respirer. Elle n'avait pas eu le temps de digérer, de réfléchir, d'accepter la séparation que, déjà, la vie la poussait en avant, la sortait de sa bulle. Sa fille attendait, assommée par ce retour de vacances dramatique.

— C'est la décision de ton père. Il vient de me l'annoncer, au souper.

Elle ne voulait pas le blâmer aux yeux de leur fille, mais elle n'allait pas assumer la responsabilité d'un choix qu'on venait de lui imposer, à elle aussi.

— Papa ? Papa s'en va ? Fais quelque chose ! cria-t-elle. Empêche-le de partir !

Elle voulut sortir de l'eau et s'enfuir. Marie-Andrée l'enlaça.

— Maman ! Retiens-le ! supplia sa fille en pleurant.

— Sa décision est prise, avoua-t-elle, doublement ulcérée d'être rejetée et d'avoir à l'avouer en plus.

— Mais pourquoi ? insista Marie-Ève. Pourquoi ? Qu'est-ce que t'as fait ? s'écria-t-elle soudain, cherchant, dans sa détresse, quelqu'un à blâmer.

Marie-Andrée reçut la question comme une gifle. Non seulement était-elle délaissée, mais elle devenait la coupable.

— Demande-le à ton père, pourquoi il part ! ragea-t-elle, blessée d'être accusée par sa fille, c'est lui qui l'a décidé !

Elle sortit à son tour de la piscine. Sa robe de soie lui collant au corps, se sentant plus nue qu'avec un bikini, elle rentra dans la cuisine.

Ghislain s'y tenait debout, les mains dans les poches, ruisselant de sueur dans ses vêtements de travail, pourtant légers. Il se déplaçait selon les allées et venues des baigneurs qui assiégeaient sa maison. Dans les chambres des enfants et celle du sous-sol, et aussi dans la salle de bains, on se séchait et on se rhabillait. Les sacs de voyage avaient été jetés en vrac près de la porte patio et sur la table de cuisine. Ghislain attendait. Quoi ? Il ne le savait trop. Que l'ordre revienne, peut-être.

Quand Marie-Andrée, sa femme si raisonnable, entra à son tour, dégoulinante dans sa robe de soie lui moulant le corps, il comprit que tout lui échappait. Il n'avait plus le contrôle de quoi que ce soit, complètement dépassé par les événements qu'il avait lui-même déclenchés. Dans la débandade générale qui semblait régner dans leur maison, accablé par la chaleur lourde et humide, il reconnaissait en cet instant, dans Marie-Andrée, tout ce qu'il avait aimé chez elle, au début : sa totale liberté face à ses pulsions instinctives.

Enfin nommée directrice d'une Caisse dans l'avant-midi, informée du départ de son conjoint au souper, elle venait de se baigner toute habillée et entrait, pieds nus, provocante dans sa robe collante et soutenant son regard, ayant vidé le sien de toute émotion. Ghislain sentit le besoin impérieux de s'imposer par n'importe quel moyen et grogna bêtement, en désignant le plancher surchargé :

— Ils avaient besoin de tant de bagages que ça ?

Marie-Andrée le toisa un instant, puis se dirigea vers leur chambre en répliquant d'un ton cinglant :

— Les valises, ça ne fait que commencer !

Avant de partir, Gilbert trouva le moyen de prendre Marie-Andrée à part.

— Si tu as besoin d'aide, n'hésite pas. Je suis passé par là, je sais que ce n'est pas facile.

Attentif, il l'embrassa gentiment. En le regardant s'éloigner, Marie-Andrée se rendit compte qu'il n'était pas seulement son ex-beau-frère ou encore le père de son neveu et de sa nièce, mais aussi un homme. Elle n'eut pas le temps de s'attarder à ce constat inattendu. L'auto n'était pas encore sortie de la cour que Marie-Ève rentrait à la suite de son père en criant :

— Papa, c'est pas vrai que tu t'en vas, hein, papa ?

Surpris que sa femme en ait déjà parlé à leur fille, il la chercha des yeux. Marie-Andrée rentra à son tour, emmena Mathieu se coucher et referma délibérément la porte de la chambre derrière elle. L'enfant était fatigué par le long trajet depuis Chicoutimi, dans la chaleur torride. S'étant beaucoup ennuyé de sa mère et du chat, il ne se rassasiait pas de raconter à l'une sa visite chez ses cousins, et de caresser l'autre. Sa mère prit une pause tendresse avec lui, se réconforta de son innocence et de sa candeur.

Enfin couché dans sa chambre, Mathieu se redressa soudain et noua ses bras autour du cou de sa maman.

— Maman ! supplia-t-il, tu ne partiras pas, hein ? Jamais, jamais ?

Elle se redressa inconsciemment. Savait-il déjà que leur père partait ? Elle s'efforça de garder un ton rassurant, ce qui ne fut pas aisé.

— Pourquoi tu me demandes ça, Mathieu ?

Il resta collé contre elle, la serrant très fort.

— Parce que René et Sylvie, eux autres, ils n'ont pas de maman à la maison.

La femme respira de soulagement et se détendit un instant. Un bref instant. La réalité imposerait bientôt à l'enfant le départ de son père. « Bientôt ? » se demanda-t-elle. Au restaurant, il n'avait pas été question de temps. « Quand quelqu'un dit qu'il s'en va, j'imagine que c'est pour bientôt, pas dans cinq ans ! »

— Maman, répéta le petit garçon avec inquiétude, tu ne partiras pas, hein ?

Elle lui releva doucement la tête et le fixa droit dans les yeux.

— Jamais, mon cœur, jamais je ne t'abandonnerai. Un jour, quand tu seras grand, toi, tu partiras. Mais on sera ensemble encore longtemps. Très, très longtemps, lui promit-elle, embrassant ses courts cheveux mouillés et le serrant très fort à son tour, puisant du courage dans leur amour.

— Pourquoi tu pleures, maman ? s'étonna le bambin.

— Parce que je t'aime ! Je suis si contente que tu sois revenu.

Elle resta un long moment dans la pénombre à le regarder dormir, le cœur plus apaisé. « Qu'est-ce que je donnerais pour m'abandonner aussi facilement dans le sommeil, ce soir. » Mais l'accalmie était terminée, et elle se releva avec difficulté. « Bon, Marie-Ève, maintenant », se dit-elle en refermant doucement la porte. Elle trouva sa fille assise ou plutôt effondrée au pied de leur lit. Ghislain sortit de la chambre en lui lançant d'un ton exaspéré :

— Parle-lui ! Elle ne veut rien comprendre !

« Comprendre ? Je n'y arrive pas moi-même. »

En voyant sa mère, Marie-Ève éclata :

— Je vous déteste ! Vous avez manigancé dans notre dos pendant qu'on était partis ! C'est pas correct ! Vous avez triché !

Tout sortait pêle-mêle : la surprise, la colère, la peine, les soupçons, les accusations, la rancœur, le sentiment de trahison et d'abandon. Ces sentiments douloureux, Marie-Andrée les ressentait déjà depuis le souper. S'y ajoutait maintenant le poids de la détresse de sa fille et, dans quelques heures ou quelques jours, celle de Mathieu.

Quand l'orage fut passé, la mère s'assit avec sa fille et passa son bras doucement autour des épaules raidies de la jeune adolescente.

— Vous n'avez pas le droit de détruire notre famille ! Les vrais parents n'abandonnent pas leurs enfants !

— Je ne t'abandonne pas, mon ange. Je ne t'abandonnerai jamais. Je suis là, et j'y serai demain et après-demain.

Sa fille ne savait plus que dire, seules des larmes trahissaient sa peine.

— Qu'est-ce que vous allez faire de nous autres ? quémanda-t-elle. Où on va aller, Mathieu puis moi ?

Sa mère prit conscience des implications immédiates de la séparation.

— On n'en a pas encore parlé. Une chose à la fois.

— Une chose à la fois ? rugit Marie-Ève. On n'est que des *choses* pour vous autres ? ajouta-t-elle en se levant brusquement pour s'éloigner de sa mère.

— Ne fais pas l'enfant ! nuança Marie-Andrée en s'étirant pour prendre sa fille par le bras et la ramener vers elle.

Mais sa fille s'éloigna davantage.

— Je le sais pourquoi papa s'en va ! ajouta durement l'adolescente. C'est de ta faute !

Le cœur de Marie-Andrée s'arrêta, ses poings se fermèrent. « Il n'a quand même pas eu le culot de jouer à la victime ? »

— Je le sais ! insista sa fille. C'est à cause de ta promotion !

— Ma promotion ? s'exclama-t-elle. De quoi tu parles, au juste ?

Dans son inexpérience de la vie, sa fille confondait la cause et l'effet.

— Oui, papa me l'a dit.

— Tu mêles tout ! s'écria Marie-Andrée en perdant son sang-froid, trop éprouvée par la journée chargée d'émotions fortes. Ton père avait décidé de partir depuis longtemps ! C'était très clair pour lui. Il a seulement attendu ma promotion pour que je n'aie pas de problèmes d'argent. C'est tout. Ma promotion, ça l'arrange, crois-moi !

Furieuse, elle percevait l'aspect tordu du message qu'elle envoyait à sa fille. Être une femme autonome, c'est être une femme qu'on laisse. « Qu'on a raison de quitter, tant qu'à y être ! » se dit-elle en se vautrant pernicieusement dans le rôle de victime.

— Ben moi, je ne serai jamais riche ! décida l'adolescente, puis mon mari, moi, je vais le garder !

Elle s'enferma dans sa chambre en pleurant à gros sanglots. À bout de nerfs, sa mère marmonna, impuissante et rageuse :

— Avec un métier de danseuse de ballet comme tu veux faire, ne t'inquiète pas, tu ne seras jamais riche, t'as raison ! Mais ça ne veut pas dire que tu garderas un mari pour autant, mon ange.

Comment en étaient-ils arrivés là ? Marie-Andrée se le demandait dans la maison silencieuse, les yeux grands ouverts dans la nuit, couchée le plus loin possible de Ghislain, réfugiée dans sa raison pour que son cœur souffrant se taise. Comment ? Pourquoi ?

Près d'elle, à portée de mains, le corps de Ghislain était là mais inaccessible. Près d'elle, mais pour combien de temps encore ? Elle aurait voulu se faire des réserves d'ébats sexuels pour retarder l'inéluctable. « Avant-hier, j'ai fait l'amour avec lui pour la dernière fois, et je ne le savais pas. Mais lui le savait ! » Cette perspective lui glaça le cœur. Ce n'étaient pas seulement les gestes d'amour qui lui manqueraient, mais tout l'amour qu'elle avait investi en lui depuis tant d'années. Des rêves, des illusions, des espoirs de bonheur, tant d'espoirs de bonheur.

Mais ses enfants, eux, étaient et resteraient ses enfants. « Et avec moi ! » se jura-t-elle. Ce retour au réel l'apaisa un peu. Mais le réel suscitait d'autres questions d'ordre pratique. Quand la séparation aurait-elle lieu ? Marie-Ève avait besoin de le savoir, elle aussi. Avec qui les enfants vivraient-ils ? Comme Ghislain allait vivre avec sa maîtresse et leur fils, il ne souhaiterait sans doute pas avoir la garde de ses deux premiers enfants en plus ! Ghislain lui avait dit qu'il lui laissait la maison, donc, Marie-Ève et Mathieu n'auraient pas à déménager. Mais la maison était hypothéquée. Marie-Andrée aurait-elle les moyens d'effectuer les paiements toute seule ?

Dans un autre ordre d'idées, une réalité supplémentaire s'imposa à son esprit. Le fils de Ghislain allait faire partie de leur vie, du moins pour Marie-Ève et Mathieu. Nommer le lien de parenté entre eux lui fit mal. Leur demi-frère. Ses enfants avaient un demi-frère dont ils avaient toujours ignoré l'existence et qu'ils allaient bientôt rencontrer. Si cette situation était ahurissante pour Marie-Andrée, qu'en serait-il pour eux ?

Elle n'arrivait pas à décrocher et à dormir. Dormir pour tout oublier. La machine familiale à broyer du noir continua. « Et s'il changeait d'idée et voulait notre maison pour les autres ? » Elle ouvrit des yeux horrifiés. « C'est ma maison, maintenant ! » protesta-t-elle avec une telle véhémence qu'elle en eut un début de nausée. Sa maison habitée par l'autre et son fils ? « Jamais ! Mes enfants seront assez bouleversés comme ça sans ajouter un dépaysement, en plus ! »

Elle n'avait plus d'espace mental pour sa peine d'épouse rejetée. Trop de questions pragmatiques devaient être réglées dans les plus brefs délais, afin que ses enfants se sentent en sécurité – « comme s'ils pouvaient l'être », se dit-elle – dans la tourmente que leur père venait de provoquer. Demain matin, il se sauverait au travail sans que rien ne soit décidé. Pour elle et pour ses enfants, elle devait savoir, tout de suite.

Il semblait dormir comme si de rien n'était, sans doute soulagé, au contraire, d'avoir enfin clarifié la situation. Une telle bouffée de colère la fouetta qu'elle se leva, ferma la porte de la chambre et alluma le plafonnier. Sous la lumière vive, Ghislain ouvrit les yeux.

— Quelle heure il est ? Deux heures ? Es-tu tombée sur la tête ?

Il ramena le drap léger sur ses yeux et se détourna de la lumière. Marie-Andrée le rabroua.

— Ne te rendors pas. On a des questions à régler.

— Demain… marmonna-t-il entre deux bâillements.

— Pas question ! On ne peut pas discuter de ça devant les enfants !

Cette fois, il était tout à fait réveillé.

— Tu choisis ta nuit, toi !

— Je n'ai rien choisi ! rectifia-t-elle sèchement. C'est la nuit suivant le souper où tu as choisi de m'informer que tu sacrais ton camp !

La discussion s'envenima vite. Il croyait qu'elle essayait de le faire changer d'avis, et il se braquait, méfiant. Marie-Andrée avait une tout autre visée. Il lui répugnait de le supplier de rester, même si cela la tentait. Mais elle le connaissait. Au souper, il n'avait pas énoncé un vague projet : il avait annoncé sa décision ! La nuance était importante. Aussi, sa peine d'épouse et d'amoureuse, répudiées en quelque sorte, elle la vivrait plus tard.

Par ailleurs, Ghislain était encore là, physiquement. Et elle voulait savoir pourquoi ! Pourquoi la quittait-il ? L'avait-elle empêché de quoi que ce soit pendant toutes ces années ? Elle avait, au contraire, l'impression d'avoir passé son temps à patienter, à attendre qu'il se décide. Se décider à quoi ? À lui proposer de vivre à deux, d'avoir un enfant, une maison, de se marier, d'avoir un deuxième enfant… de devenir un mari fidèle, c'est-à-dire de la reconnaître comme la partenaire de sa vie, la seule à tout partager avec lui. Oui, elle avait beaucoup attendu… Cette nuit, elle s'en rendait compte avec lucidité, étonnée d'être restée si longtemps dans le déni. Cela avait été son lot : attendre, le comprendre. « Et faire comme si j'étais heureuse avec lui. »

— Cette fois, dit-elle rageusement, je n'ai pas l'intention d'attendre. Tu nous quittes ? D'accord ! Quand ?

Il ne voulait pas de la maison de banlieue avec ses travaux d'entretien. D'ailleurs, la mère de son fils avait un grand logement sur le Plateau-Mont-Royal.

— Je te donne ma part de la maison, tu ne pourras pas dire que je suis un *trou de cul*, dit-il en reprenant l'expression qui l'avait tant heurté. Et toi, pour me remercier, tu me pousses dehors ?

— Te remercier ? railla-t-elle.

Elle se tut, refusant de se laisser entraîner dans ce genre de discussion.

— La maison, tu la laisses surtout pour tes enfants ! rectifia-t-elle. Ils doivent vivre quelque part, non ?

Ghislain semblait presque conciliant. Marie-Andrée s'en étonna, mortifiée. « C'est à croire qu'il est tellement pressé de partir qu'il a déjà pensé à tout. » Ayant toujours gagné un salaire supérieur à celui de Marie-Andrée, Ghislain avait accumulé un fonds de pension gouvernemental beaucoup plus important que celui de sa femme. Pour lui, il n'était pas question que Marie-Andrée bénéficie de ce fonds de pension ! Ses réflexions l'avaient amené à un compromis : il lui laissait la maison. Le juge en tiendrait sûrement compte dans le règlement du divorce.

Marie-Andrée ne soupçonnait rien de tout cela, rassurée parce que ses enfants ne vivraient pas le traumatisme d'un changement de résidence. Quant à elle, elle n'aurait pas à s'endetter pour racheter sa part à Ghislain. Du coup, soulagée, il lui sembla avoir réglé la moitié des problèmes. Cependant, elle devait discuter immédiatement de l'un d'eux. Sa question allait impliquer un point de non-retour et elle dut se faire violence pour articuler d'une voix ferme :

— Tu pars quand ? demanda-t-elle brutalement pour cacher son émotion.

Ghislain était complètement décontenancé par l'attitude de Marie-Andrée. Pas de larmes, pas de crises. Il était dépité et soulagé tout à la fois.

— Quand ? répéta-t-elle. Marie-Ève me l'a déjà demandé.

L'homme se sentit repoussé par la fille et la mère.

— C'est si pressé que ça ? ronchonna-t-il.

— Aussi pressé que de l'annoncer le jour même de ma promotion ! répliqua-t-elle du tac au tac.

Sa promotion. Cela semblait si loin. Au milieu de la nuit encore chaude, Marie-Andrée, qui manquait de sommeil, sentit son courage l'abandonner.

— Quand ? insista-t-elle d'une voix que l'émotion gagnait.

Sommé de répondre, Ghislain prit conscience de ce qu'il avait enclenché. Il avait décidé de partir, mais les implications concrètes lui avaient échappé.

— Eh bien, je ne sais pas… cet automne, risqua-t-il vaguement.

Marie-Andrée le regardait avec hargne, presque avec mépris. Cette réalité nouvelle lui alla droit au cœur, et il en eut horriblement mal. Où était sa Marie-Andrée, si patiente et si compréhensive ?

— T'imagines-tu que c'est facile, pour moi ? lui reprocha-t-il.

— Facile ? Puis pour moi, c'est quoi ? J'ai l'impression d'être la femme trompée dans un mauvais vaudeville ! Ça ne me fait pas rire, tu sauras ! Un menteur et un tricheur ! C'est tout ce que t'es ! Un menteur et un tricheur !

— On ne s'est jamais crié après, on ne va pas s'y mettre maintenant !

Elle eut envie de le frapper, de lui faire mal, de le voir souffrir pour lui renvoyer le mal qu'il lui infligeait.

— Tu t'attendais à quoi ? Que je te console ?

— Que tu me dises que tu tenais à moi, au moins ! s'écria-t-il, sincèrement blessé.

Elle se leva prestement, incapable de rester plus longtemps près de lui. Il lui était devenu odieux. Un rire de rancœur précéda sa réponse ulcérée :

— Tu aurais voulu que je te supplie de rester, c'est ça ? Que je m'humilie à te supplier ? Tu ne m'as pas assez humiliée pendant toutes ces années avec tes escapades et ton bâtard ? Avec ton attitude de gars qui se faisait servir ?

Avec ta mesquinerie qui me faisait payer la moitié de tout, même si tu gagnes le double de mon salaire ?

Encore une fois, tout sortait. Pêle-mêle. Parfois sans commune mesure avec les faits reprochés. Parfois nettement en dessous de la souffrance si longtemps niée ou étouffée. Lui, attaqué de front, se défendait en agressant à son tour, lui reprochant sa manière de tout vouloir bien faire, sa main-mise sur l'éducation de ses enfants, sa manie d'imposer son concept de couple.

Avec de tels mots, ils avaient dépassé depuis long-temps le seuil du pardonnable. Ils étaient pris dans un tour-billon de fureur, percevant cette dernière crise comme le moyen de se vider le cœur, de se décharger sur l'autre de leurs souffrances si dissemblables, si disproportionnées.

Marie-Andrée retomba dans ses anciennes attitudes ; elle s'effondrait de plus en plus. Le visage de Ghislain, con-trairement au sien, reprenait de l'assurance. « De l'arro-gance ! nomma-t-elle soudain. L'arrogance, c'est la seule émotion qu'il est capable de montrer. »

— Non, affirma-t-elle en se reprenant. Comptes-y pas. Jamais je ne m'humilierai à te supplier de rester, ça te ferait bien trop plaisir !

— Ça m'aiderait à prendre ma décision, comprends-le donc ! insista-t-il, incertain de son choix depuis qu'il l'avait annoncé.

— Ton idée est faite, railla-t-elle, la colère lui redon-nant de l'énergie. Non, mais, pour qui tu te prends ? Le gros lot ? Deux femmes se battraient pour te garder ? Compte pas là-dessus. Du moins, pas avec moi ! railla-t-elle. Le gros lot ! Gros lot, mon œil ! J'étais en train de mourir à petit feu avec toi !

« Elle ne pense pas ce qu'elle dit. Elle essaie de se venger, c'est normal. » Il se refusait à croire que Marie-Andrée, qui l'avait tant aimé, puisse avoir été traumatisée de quelque façon par leur vie commune. « Ce doit être son psy qui lui a mis ça dans la tête. »

— Comme quoi ta fameuse thérapie ne t'a pas aidée tant que ça ! lança-t-il d'un ton condescendant.

Ce ton permit à Marie-Andrée de se ressaisir, car elle ne supportait plus ce mépris. Calmement et avec froideur, elle répondit :

— Ma *fameuse* thérapie, comme tu dis, m'a aidée à me tenir debout. Puis, debout, j'ai vu les choses autrement que couchée ou assise. Tu ne m'as jamais aimée. Ce qui te plaisait, c'était que moi, je t'aime, que je te passe tous tes caprices, puis que je reste là à t'attendre comme une idiote. Mais c'est fini, ça ! Fini ! T'as décidé de partir ? Vas-y ! Sacre ton camp ! Va vivre avec ta maîtresse puis ton autre fils ! À partir de maintenant, c'est à elle que tu vas mentir quand tu vas encore aller voir ailleurs. En attendant, tu t'en vas ! Quand ? répéta-t-elle avec une hargne qui reprenait le dessus. Les enfants puis moi, on a besoin de le savoir. Cet automne, c'est trop loin, on va se tuer avant ! QUAND ? redemanda-t-elle avec une telle rage qu'il se crut obligé de répondre.

À vrai dire, il n'y avait pas pensé. La promotion de Marie-Andrée n'était arrivée que ce matin et, si Rachel n'avait pas insisté, il aurait attendu pour provoquer tout ce chambardement. Mais il avait cédé et tout dévoilé le jour même, sans vraiment prévoir les conséquences concrètes à court terme. Maintenant, il était pris de court.

— Je ne sais pas… un mois.

— C'est trop loin, trancha-t-elle d'un ton amer. Tu sais où tu t'en vas, tu n'es pas dans la rue. Quelques jours, c'est bien assez ! dit-elle en quittant la chambre. D'ici là, je couche en bas. Rien que la pensée de dormir près de toi, dit-elle d'une voix brisée, me lève le cœur !

Déjà, elle avait quitté la chambre et descendait l'escalier presque en courant pour s'éloigner de sa peine et de l'objet de sa douleur. Réfugiée au sous-sol, elle se recroquevilla dans les couvertures tant elle avait froid, tout à coup. Elle finit par s'endormir en pleurant.

Le lendemain matin, elle n'entendit pas, là-haut, le réveil sonner. Ghislain attendit, puis, comme personne ne semblait bouger, il finit par se lever. Marie-Ève n'attendait que cela. Quand elle apprit le départ prochain de son père, elle lui fit une telle crise qu'il perdit ses illusions quant à une séparation sans problème.

— T'as pas le droit ! criait-elle. T'as pas le droit de nous abandonner !

Elle était dans l'une de ses rares mais mémorables colères. Aussi butée que son père, elle ne voulait rien entendre.

— T'es notre père ! Un père, ça doit prendre soin de ses enfants !

Réveillé en sursaut par les cris de sa sœur, Mathieu se réveilla mal et se leva, confus. Absent depuis plus d'une semaine, il ne reconnaissait plus sa maison. N'apercevant pas sa mère, il paniqua.

— Maman ! Maman ! criait-il. Maman !

Marie-Andrée avait fini par se réveiller, mais ne se sentait pas la force de monter. Les cris de détresse de Mathieu la firent sortir de sa léthargie. Elle vola à son secours. Son fils se jeta dans ses bras, et elle faillit tomber à la renverse dans l'escalier.

— Maman est là, mon cœur. Maman est là !

Assise dans le haut des marches, son bambin blotti contre elle et l'enserrant de ses petites jambes, elle le berçait et lui répétait doucement qu'elle était là, qu'elle ne le quitterait pas. Il finit par arrêter de sangloter, mais il la serrait de toutes ses forces comme pour bien s'assurer que c'était vrai. Marie-Ève découvrit les yeux cernés et rougis de sa mère. Plus que les mots de colère qu'elle avait pu entendre cette nuit, elle comprit que la séparation de ses parents était définitive, et que sa mère en avait beaucoup de chagrin. Elle en voulut à son père au point de vouloir le frapper, mais, à la place, elle courut se jeter dans ses bras en pleurant. Ghislain, mal à l'aise, essayait de dédramatiser la situation.

— Je ne suis pas en train de mourir, je déménage.

— Où tu t'en vas, papa ? Tu vas t'ennuyer, tout seul.

— Mais non, dit-il pour la rassurer. On va être trois.

— Qui ça, trois ?

Marie-Andrée se leva brusquement.

— Bon, ça va faire, les questions. Ton père et moi, on doit aller travailler. On reparlera de ça, ce soir.

Son attitude ferme sécurisa les enfants plus que des paroles, et ils s'installèrent pour déjeuner. Avec de grands efforts, la mère ramena délibérément la conversation sur leurs vacances à Chicoutimi : le voyage en bateau sur le fjord, le pique-nique à Sainte-Rose-du-Nord. Un semblant de quotidien leur donna un répit à tous. Ghislain partit au travail à l'heure habituelle.

Quand vint le temps de les conduire chez la gardienne, Marie-Ève refusa net.

— Je suis trop grande pour me faire garder.

Mathieu se colla à sa sœur.

— Je veux rester avec Mayi !

«La maison, c'est peut-être leur seule sécurité, ce matin, comprit leur mère. Ils reviennent de vacances, ça leur ferait peut-être du bien d'être dans leurs affaires.» Elle eut la tentation de ne pas rentrer au travail pour s'occuper d'eux. Mais elle venait de monter en grade, ce n'était pas le moment de s'absenter. Marie-Andrée se résigna et sortit un repas du congélateur pour ses enfants.

— Tu te rappelles comment le dégeler au micro-ondes ? demanda-t-elle à sa fille.

Puis elle téléphona à la gardienne pour qu'elle ne s'inquiète pas de leur absence. Quand elle fut sur le départ, anxieuse de les laisser seuls à la maison, si jeunes encore, elle fit les dernières recommandations à sa fille :

— Tu m'appelles s'il y a quelque chose ? Tu me le promets ? Tu surveilles bien ton frère ?

— J'ai dix ans ! Je ne suis plus un bébé.

Marie-Andrée quitta la cour de sa maison avec la sensation qu'il s'était passé des années depuis la veille. Elle enveloppa ses enfants de son regard aimant. Dans la lumière du matin, ils étaient sa force et son courage.

On lui aurait dit, ce jour-là, qu'elle arrivait d'une autre planète et qu'elle avait été parachutée dans ce monde, elle l'aurait cru tant elle souffrait de l'indifférence totale de l'univers face à son malheur. Elle se séparait de son mari, sa vie amoureuse venait de voler en éclats, et l'univers continuait odieusement de tourner. L'auto se conduisait de la même façon, les feux de circulation passaient du rouge à l'orange et au vert, et vice versa. Elle en voulait au ciel d'être bleu, un bleu indécent en cette si triste journée.

Au travail, elle n'arrivait pas à croire que son drame ne changeait rien à la vie des caissières, ni à celle du directeur. La clientèle allait et venait. Des gens osaient rire devant elle. Des automatismes la faisaient s'acquitter de son travail, répondre aux caissières. Quand le directeur voulut commencer son bref entraînement, elle se heurta à une incapacité d'apprendre quoi que ce soit de nouveau.

— Dis donc, vous avez pas mal fêté ta nomination, hier soir ? lui demanda-t-il, perplexe.

— Non ! coupa-t-elle sèchement. On…

La voix lui manqua : elle ne pouvait articuler les mots *On se sépare*. Ses yeux se remplirent de larmes, mais elle s'obligea à se ressaisir.

— Excusez-moi ! J'ai mal dormi.

Elle but un grand verre d'eau qui l'apaisa. Puis elle entreprit son apprentissage. À quelques reprises, elle téléphona chez elle. Les voix de Marie-Ève et de Mathieu, au bout du fil, la réconfortaient. « Il faut que je sois forte pour eux. Perdre un père, c'est déjà trop. Il ne faut pas qu'ils soient traumatisés. Si je craque, sur qui pourraient-ils compter ? » Elle se renouvela sa promesse d'être forte pour ses enfants.

Ce soir-là, Marie-Ève harcela son père de questions. Ce matin, c'étaient des pourquoi. Ce soir, c'était *avec qui* et *où*. Il finit par lui avouer la vérité.

— Un demi-frère ? bredouilla-t-elle. C'est quoi un demi-frère ? répéta-t-elle, perplexe.

Ghislain se sentit mal à l'aise. Pourquoi tout devenait-il compliqué tout à coup ?

— C'est un enfant qui est mon fils. Mais sa mère, c'est pas ta mère, dit-il d'un ton qui se voulait naturel, inconscient de la confusion de sa réponse.

Les yeux de Marie-Ève s'écarquillèrent.

— T'as un enfant avec une autre femme que maman ? T'as fait l'amour avec une autre femme que maman ?

Cette fois, ce furent les yeux du père qui s'écarquillèrent. Gêné par les paroles trop précises de sa fille, il fit diversion.

— Il s'appelle Sébastien, il a trois ans.

— Trois ans comme Mathieu ? s'écria-t-elle dans un désarroi grandissant.

— Pas tout à fait. Il les aura en octobre.

— Où il est ? Pourquoi on ne l'a jamais vu ? insista-t-elle, complètement abasourdie, ne sachant trop si elle devait s'en réjouir ou en pleurer.

Son père ne savait que répondre. Jusqu'à aujourd'hui, cette partie de sa vie n'avait concerné que lui, son fils et la mère de celui-ci. Dans l'autre partie de son existence, il y avait Marie-Andrée, leur fille et leur fils. Ces deux compartiments étaient totalement étanches. Maintenant, il venait d'ouvrir une porte, et les deux facettes de sa vie se mêlaient dans la confusion. Il perdait le contrôle, il avait perdu le contrôle. « Qu'est-ce qui m'a pris ? se reprocha-t-il. Pourquoi j'ai mêlé toutes les affaires ? »

— Papa ! M'écoutes-tu ? le somma sa fille, des éclairs de colère traversant ses yeux bleus.

Déconcerté, Ghislain fut obligé d'avouer sa distraction.

— Qu'est-ce que tu me demandais ?

— Où ? Où il vit, mon frère ?

— Avec sa mère.

— Dans quelle ville ?

— À Montréal.

— Montréal ? répéta-t-elle avec soulagement. Ben d'abord, c'est simple. Va le chercher. T'as pas besoin de t'en aller, amène-le vivre avec nous.

Ghislain sourit, se reconnaissant en elle. « Elle ne fait pas de drame avec rien, elle, c'est pas comme sa mère. »

— C'est pas possible, répondit-il cependant.

— Pourquoi ?

— Euh… sa mère ne voudrait pas le laisser partir. Comme ta mère ne vous laisserait pas partir, conclut-il.

Quelque part, Marie-Ève se sentait flouée par ce raisonnement, mais sans trop savoir où. Elle tourna les talons et s'enferma dans sa chambre pour digérer cette nouvelle déconcertante : elle avait un autre frère.

Le samedi matin, Marie-Andrée dut se l'avouer : malgré la meilleure volonté du monde, elle ne pourrait supporter la présence de Ghislain deux jours entiers. De son côté, Ghislain n'avait qu'une hâte, aller vivre avec la femme qui le comprenait mieux.

— Je reviendrai dimanche soir, ça te donnera le temps de te calmer, lui dit-il, trois secondes avant de passer la porte.

— Oui, c'est ça, on respirera mieux, répondit-elle du tac au tac.

Puis elle cassa délibérément une assiette, ce qui la soulagea momentanément.

Marie-Andrée ne profita pas vraiment de ce répit. Mathieu avait appris l'existence de son frère par sa grande sœur, et il rejoignit sa mère, bouleversé. Celle-ci en voulut à Marie-Ève d'avoir traumatisé Mathieu.

— Ce n'était pas à toi de lui parler de ça, lui dit-elle sévèrement.

— Fallait bien que je le fasse ! Vous nous cachez tout ! rétorqua la fillette en claquant la porte de sa chambre.

Une fois de plus, Marie-Andrée ressentit de la rancœur pour son mari qui, responsable de cette naissance, lui laissait la charge désagréable de l'annoncer. « Lâche ! Il n'est qu'un lâche ! Encore une fois, c'est à moi de régler les problèmes. » Furieuse contre lui, elle tergiversa.

— Ton père t'expliquera tout ça demain soir, quand il reviendra.

Mais le petit voulait savoir tout de suite.

— Papa, il aime plus mon frère que moi ? s'inquiéta-t-il.

Son fils lui apparut si perturbé, si dévalorisé, que Marie-Andrée choisit de s'acquitter elle-même de cette pénible tâche. Mais quels mots choisir pour parler de cet enfant ? Devant Ghislain, elle l'avait appelé *bâtard*. Mais, avec ses enfants, pouvait-elle utiliser un terme aussi affreux ? « Je n'ai pas le droit de les monter contre lui, il est innocent. »

Elle fit de son mieux pour simplifier la situation et la rendre acceptable. Le fait de nommer l'enfant et de décrire le lien entre les deux demi-frères aida aussi Marie-Andrée à apprivoiser la nouvelle situation. L'attention était désormais portée sur cet inconnu et non plus seulement sur sa mère. Cela lui fit du bien.

Une fois Mathieu informé, il fut moins perturbé et sortit jouer avec le plus jeune des quatre voisins, se hâtant cependant d'annoncer qu'il avait un frère, lui aussi. Dans la maison, Marie-Andrée mit en marche l'aspirateur et nettoya de fond en comble, comme une forcenée, pour effacer toute trace de Ghislain. Le travail terminé, elle s'arrêta, debout, en plein milieu du salon.

À quoi servait sa journée ? Quelle attitude adoptait une femme abandonnée ? Elle pensa à Françoise qui s'était réfugiée chez elle en pleurant quand Jean-Yves, son mari, l'avait quittée. « J'ai trente-sept ans, pas vingt-cinq. Non, je ne me vois pas aller brailler chez qui que ce soit ! Surtout pas chez elle ! » Depuis l'avortement de son amie, trois ans auparavant, elles se voyaient peu, pour ne pas dire plus du tout. Françoise avait d'abord écourté les téléphones, ensuite, elle avait pris de plus en plus de temps pour la rappeler. Pour finalement lui dire qu'elle la contacterait quand elle aurait surmonté son chagrin.

Encore plus perturbée en se souvenant de cet autre rejet, Marie-Andrée ne savait plus quelle besogne entreprendre. « Je faisais quoi, d'habitude, les samedis ? » se demanda-t-elle sérieusement, comme si cette routine datait d'un siècle. Le quotidien lui revint à l'esprit. D'habitude, le samedi, elle nettoyait et cuisinait. « Pour quatre ou pour trois, c'est pareil ! » se dit-elle pour reprendre pied. Les enfants avaient été absents toute la semaine, presque tout le mois d'août, en fait, et un morceau de linge sale l'attendait. Insensible à la température magnifique, elle s'enferma dans son duplex pour mettre de l'ordre.

En triant les vêtements sales, elle tomba sur une chemise de Ghislain. Ce détail trivial la plaça encore dans la réalité souffrante. Ses vêtements, qu'elle avait entretenus si souvent, elle ne les verrait plus dans la maison. Elle les ramassa en vrac et les lança dans la garde-robe de l'absent. « Elle le lavera, le linge de son cher Ghislain ! » railla-t-elle. Elle ! Sa maîtresse. Qui était-elle ? Une jeune dans la vingtaine ? Une grande blonde sensuelle ? Marie-Andrée remplit la machine, referma le couvercle de la laveuse d'un geste brusque et claqua la porte de la salle de bains derrière elle.

Plus tard, elle repassait avec une sorte de fureur, suant à grosses gouttes, s'épuisant le corps pour cesser de penser, quand elle sursauta devant une silhouette d'adolescent à la porte moustiquaire.

— Rémi ! Qu'est-ce que tu fais là ? Tu m'as fait peur.

— Madame Brodeur, demanda l'aîné des voisins, voulez-vous que je tonde le gazon ? Marie-Ève m'a dit que son père, enfin… qu'il n'était pas là…

Marie-Andrée déposa le fer à la verticale. Le poids de l'entretien de la maison, intérieur et extérieur, faisait désormais partie de sa réalité de mère seule. S'y ajoutait la réalité sociale de la séparation. Déjà, les voisins le savaient. Des sentiments d'échec et de malaise s'embrouillèrent en elle.

— Fais-le, accepta-t-elle spontanément. Si tu pouvais le faire toutes les semaines, ce serait encore mieux. C'est quoi, ton prix ?

Le dimanche soir, Ghislain revint quand il faisait déjà nuit. Le lendemain matin, il ne trouva rien d'autre à dire que de parler de la pelouse.

— T'as tondu le gazon ? s'étonna-t-il.

— C'est Rémi qui l'a fait. Et qui le fera dorénavant, rétorqua-t-elle, savourant sa vengeance en lui montrant qu'elle se passait déjà de lui.

Le soir même, il devint évident pour toute la maisonnée que la situation était invivable. Ghislain commença à empaqueter ses effets personnels.

— Est-ce que papa va emporter mon lit pour Sébassien ? s'inquiéta Mathieu.

— Non, mon cœur, le rassura sa mère. Dans l'autre maison, le petit garçon a tout ce qu'il lui faut. Personne ne viendra prendre tes affaires.

Le jeudi soir, après la fermeture de la Caisse à vingt heures, Marie-Andrée s'attarda. « N'importe quoi, sauf rentrer à la maison. » Elle eut l'idée d'entrer dans le premier bar venu et de prendre un verre. « Les gars font ça, pourquoi pas moi ? » Mais ce n'était pas son genre. Elle se rendit plutôt au cinéma, place Versailles, puis y renonça. « Une histoire d'horreur, j'en vis une, c'est bien assez. Puis des histoires d'amour, non merci, je n'y crois plus. »

Une fois chez elle, elle embrassa les enfants, qui s'endormirent enfin, prit un bain, un long bain qui lui rappela celui de la fin de semaine de motoneige et qui la plongea dans l'amertume et l'aigreur. « Patience ! se dit-elle. Demain soir, il ne sera plus là. » Elle frissonna malgré elle, en proie à des émotions contradictoires. Demain soir, elle serait seule. Demain soir, il ne serait plus dans son lit ! L'abstinence à venir balaya sa colère. « J'ai fait l'amour pendant des années avec lui, même si je savais qu'il allait ailleurs de temps en temps. Une fois de plus ou de moins, qu'est-ce que ça change ? »

Ghislain ne sut comment réagir quand Marie-Andrée se glissa dans le lit et le prit quasiment d'assaut.

— Mais, qu'est-ce que… ?

— Tais-toi, souffla-t-elle. Tout a été dit. Fais-moi l'amour.

Dans le stress de leur rupture concrète imminente, ils refirent les gestes faits tant de fois, avec passion et désir. Cette nuit, Marie-Andrée prenait tout ce qu'elle pouvait de lui, pour se faire des provisions de sensualité et de jouissance. Déconcerté, Ghislain avait de la difficulté à entrer dans le jeu. Il lui fit l'amour avec une tendresse si inhabituelle que Marie-Andrée l'interpréta comme de la compassion.

— Laisse faire ! dit-elle brusquement en sortant du lit. Je n'ai pas besoin de ta charité !

— Sacrament ! jura Ghislain, qui allait jouir malgré tout.

Le vendredi, en fin d'après-midi, Ghislain arriva avec un copain et une camionnette louée, et ils commencèrent à déménager. À chaque boîte qui sortait de la maison, Marie-Andrée était tiraillée entre le soulagement de voir son mari quitter les lieux et la peine. C'était la fin de leur amour, de leur vie commune. Mathieu suivait sa mère pas à pas, comme s'il craignait qu'elle ne parte, elle aussi. Marie-Ève avait voulu punir son père par son absence, et elle s'était réfugiée en face, chez Annie, incapable, de toute façon, d'assister au départ de son père, tout en le regardant par la fenêtre.

Quand Ghislain eut fini de remplir la camionnette, Mathieu se lança sur lui.

— Papa ! Papa ! Pourquoi tu l'aimes plus que moi, mon frère ?

— Mais non ! s'exclama Ghislain, presque vexé. Je t'aime autant que lui. Bien plus, même.

— Pourquoi tu pars, d'abord ? pleurait le petit garçon.

— Parce que… parce que je vais vivre avec sa maman.

— Tu vas revenir ? insista Mathieu en retournant vers sa maman et en s'agrippant à elle.

Les parents se regardèrent. Marie-Andrée détourna les yeux. Ghislain comprit.

— À partir de maintenant, c'est toi qui vas venir me voir, dans ma nouvelle maison.

— La maison de Sébassien ?

— Si tu veux, marmonna son père.

— Quand je vais y aller ? insista l'enfant en essuyant ses larmes du revers de la main.

— La fin de semaine prochaine, mon cœur, déclara Marie-Andrée, ironique. Et toutes les autres fins de semaine. Ton papa ne voudrait pas se passer de son petit garçon, n'est-ce pas ? ajouta-t-elle méchamment en toisant Ghislain.

Elle dévia son regard, peu fière d'elle. « Je ne vais quand même pas commencer à me servir des enfants pour le punir ! »

— Samedi prochain, Mathieu. J'appellerai avant, confirma-t-il d'un air soucieux.

Ghislain venait de se rendre compte que ce serait désormais sa routine, que cette situation reviendrait systématiquement toutes les fins de semaine, et mobiliserait son temps bien plus qu'avant.

— Ouais, tu vas avoir du temps libre pour toi, fit-il remarquer à Marie-Andrée avec frustration.

— Chacun son tour ! lui répondit-elle en ouvrant elle-même la porte du salon et en s'y appuyant, sa main tremblant sur la poignée.

Après un silence lourd, il dit simplement :

— Je n'avais pas prévu ça de même.

Elle ne répondit rien et se dirigea vers la cuisine, suivie de Mathieu, pour ne pas assister au départ. Se sentant abandonné et seul, Ghislain franchit le seuil de ce qui avait été sa maison. Marie-Andrée entendit la camionnette sortir de la cour.

Après un long moment, malgré la soirée avancée, elle emplit un seau d'eau et, armée de torchons, elle nettoya de fond en comble la garde-robe vide. Puis, elle installa une partie de ses vêtements dans l'espace désormais disponible. À l'endroit où se trouvait tout à l'heure la commode de Ghislain, elle installa son petit secrétaire. Mathieu s'était couché dans le grand lit et observait sa mère s'affairer.

Quand elle eut terminé et qu'elle se redressa, satisfaite, mais fatiguée moralement et physiquement, elle vit son fils endormi, les joues barbouillées de larmes. Son réflexe fut de le transporter dans son lit, mais un reproche de Ghislain lui revint au cœur. *T'es comme ta mère. Tu fais ce que tu penses devoir faire, au lieu de te demander ce que t'as le goût de faire.*

Ce soir, elle avait besoin d'une présence, de se sentir irremplaçable, aimée. Quand elle se coucha à son tour, elle se glissa dans le grand lit qui lui parut moins vide.

Le lendemain matin, Marie-Ève revint tôt, et ils déjeunèrent ensemble, tous les trois seulement, pour la première fois. Marie-Andrée fit des crêpes, pour changer la routine. Sa fille voulut les faire sauter, en fit tomber par terre, et le stress accumulé depuis la veille se transforma en fou rire nerveux. Ensuite, ils sortirent acheter une bibliothèque, étroite et haute, qui fit un bel effet dans la chambre de Marie-Andrée.

— T'as même pas de livres ! protesta Marie-Ève.

— Ils sont dans des boîtes, au sous-sol. Je n'avais pas de place pour les ranger. D'ailleurs, j'ai ma petite idée.

Dans l'après-midi, ils se rendirent à la bibliothèque, comme d'habitude, mais, cette fois, la maman se choisit des livres.

— Oui, oui, je n'en prenais pas avant, mais là, je vais avoir plus de temps pour moi.

« Si je fais de l'insomnie, j'aurai de quoi m'occuper ! » se dit-elle résolument.

Ce soir-là, sa fille aussi insista pour dormir avec elle. Marie-Andrée accepta, autant pour elle que pour eux.

— Mais c'est une exception, leur rappela-t-elle. Demain soir, on continue comme avant, chacun dans son lit.

Et elle tint parole.

Chapitre 7

— Ta copine t'a laissé sortir ? lui lança-t-elle avec ironie.

Il n'eut pas la réaction agacée qu'elle attendait. Au contraire, Ghislain ralentit le pas et la regarda avec des yeux admiratifs. Il la trouvait manifestement très élégante avec sa toque en fourrure crème, son long manteau d'hiver de drap beige et ses bottes de cuir.

— Tu le fais exprès d'être aussi belle ? lui demanda-t-il à son tour, presque vexé.

— Je suis la même qu'au mois d'août, dit-elle, faussement indifférente.

— Pas avec cette toque en fourrure, quand même ? ajouta-t-il avec le sourire fantasque qui avait toujours désarmé Marie-Andrée.

Pour dissimuler son trouble inattendu et croissant, émoi qu'elle tentait d'ignorer, elle accéléra le pas dans le petit parc presque désert en cette fin d'après-midi froide du début décembre déjà sombre.

— On aurait été plus à l'aise au restaurant pour discuter, dit-il en relevant le col de son manteau.

— Non, merci ! rétorqua-t-elle. Les restaurants, ça ne nous réussit pas tellement.

— Ça ne peut pas être pire que la dernière fois, il me semble, ajouta-t-il en passant son bras fort sous celui de Marie-Andrée qui, par réflexe, s'y appuya.

Elle retira son bras aussitôt, gênée par cette réaction. Mais Ghislain le reprit en se penchant vers elle.

— Tu me manques… lui souffla-t-il, d'une voix empreinte de désir.

Soudain, une pensée traversa l'esprit de Marie-Andrée : elle voulait faire l'amour avec Ghislain comme si rien ne s'était passé, comme s'ils se promenaient, tout simplement, et qu'ils allaient rentrer chez eux ensuite pour combler la faim de son corps qui exigeait son dû depuis des mois, pour se sentir vivante, pour un peu de tendresse, peut-être…

Le retour à Anjou s'effectua dans une excitation fébrile. « Je suis complètement folle ! » se dit-elle en l'accueillant dans son lit avec passion. Les quatre derniers mois étaient effacés. Leurs corps retrouvaient instinctivement les gestes sensuels et passionnés tant de fois accomplis, les caresses s'enchaînant les unes aux autres dans l'aisance et la connaissance de l'autre.

Physiquement comblée, Marie-Andrée se délectait de cet apaisement. Refusant d'ouvrir les yeux, elle tentait de savourer ces derniers moments d'intimité, tous deux étroitement enlacés. « Mais qu'est-ce qui m'a pris ? » Malgré elle, des larmes lui vinrent aux yeux au rappel de ces merveilleux moments qu'elle ne revivrait plus jamais avec lui.

Le sevrage des caresses si sensuelles de Ghislain s'avérait plus difficile qu'elle ne l'aurait cru. Ghislain, dont elle connaissait si bien la texture de la peau, et chaque centimètre de son corps, lui manquait. Puis, elle se ravisa. « Lui ou nos jeux sexuels ? » se dit-elle, étonnée de ce constat réducteur.

— Qu'est-ce qu'il y a ? dit-il en riant. On dirait que tu viens de voir un fantôme.

Elle le dévisagea. « Je n'ai plus rien à perdre, de toute façon. » Pour une fois, elle s'exprima spontanément.

— Finalement, c'est peut-être la baise que j'ai aimée le plus de toi, comprit-elle avec amertume.

Un instant déconcerté, il répliqua vivement parce que blessé :

— Comme quoi, on est vraiment pareils, tous les deux, hein, ma belle ?

— En ce qui te concerne, ça ne devait pas compter tant que ça puisque tu es rendu ailleurs !

« Des vacheries ! On ne peut s'empêcher de se lancer des vacheries ! » admit-elle à regret, en rabattant les couvertures d'un coup sec.

— Reste un peu, quémanda-t-il en la reprenant dans ses bras.

Mais elle se dégagea et se rhabilla, mettant sciemment en valeur la sveltesse de son corps.

— Dépêche-toi, le pressa-t-elle d'un ton rude. Il faut que j'aille chercher les enfants chez Nicole. Je lui ai dit que j'avais un problème à la Caisse, mais le temps passe.

Ghislain se rhabilla dans la confusion totale. « Comment peut-elle jouir avec moi et, l'instant d'après, me mettre à la porte ? » Il était furieux. Furieux contre lui, aussi, de ne pas avoir exposé le but de leur rencontre, de ce rendez-vous arraché si difficilement. « Je la connais, elle ne me reverra pas de sitôt. Je n'ai pas le choix, je dois lui parler maintenant. »

— À propos, Marie-Ève n'est vraiment pas facile. Il faudrait que tu lui parles.

La mère se sentit personnellement attaquée.

— Lui parler de quoi ?

— Elle n'est pas du monde ! s'écria-t-il.

— Ah oui ? Pourtant, ici, ça va très bien.

— Ici, peut-être, mais pas chez nous.

Chez nous. L'expression fit mal à Marie-Andrée, qui répliqua :

— *Chez nous*, comme tu dis, on n'avait pas de problèmes avec notre fille.

— Mais elle en a avec Rachel !

— Ah, mais ça, c'est pas mes affaires.

— C'est ta fille ! protesta-t-il.

— La tienne, aussi ! Aurais-tu oublié que tu as deux autres enfants ?

Elle replaça les couvertures, tapota l'oreiller, et comme elle contournait le lit, il dut reculer pour la laisser passer.

— Vas-tu intervenir ? insista-t-il.

Elle se redressa et le toisa.

— Que tu aies changé de femme, c'est ta décision. Ce qui se passe là-bas, c'est à toi d'y voir.

— Elle ne m'écoute pas ! avoua-t-il, désarmé.

Marie-Andrée éclata de rire avec dérision. Il démissionnait devant une enfant de dix ans, lui qui en imposait tant par sa stature et son sourire charmeur.

— Ici, est-ce qu'elle t'écoutait ?

Il chercha en hochant la tête.

— Euh ! Je ne sais pas. Je suppose que oui.

— Tu me trouvais sévère, mais Marie-Ève se conduisait bien. As-tu remarqué qu'elle approche de l'adolescence ? Elle voit et comprend beaucoup plus de choses chez les adultes, dorénavant. Et puis, que veux-tu, elle est comme son père : elle dit ce qu'elle pense !

— Tu l'approuves ?

— De quoi ?

— De faire chier Rachel !

Un sourire vengeur se dessina sur les lèvres de Marie-Andrée, que Ghislain avait embrassées avec passion tout à l'heure. Mais elle redevint sérieuse.

— Non, je ne l'approuve pas. Mais je ne peux la réprimander pour un acte que je ne la vois pas faire. Toi, tu es présent ? Réagis ! Tu es son père. Assume ton rôle.

Ghislain s'assit sur le bord du lit refait. Puis il se prit la tête à deux mains, courbé sous un poids invisible. Son ex-épouse soupira et redevint maternelle.

— C'est pas facile, je le sais. Tu t'attendais à quoi ?

Il ne répondit rien, toujours prostré. Elle revint vers lui. Il enserra ses jambes de ses bras, dans lesquels elle avait tant aimé se blottir.

— Des fois, je me dis qu'on a fait ça trop vite, murmura-t-il.

Le cœur de Marie-Andrée se mit à battre follement. « Le garder. Refaire l'amour avec lui encore et encore. Rester ensemble. » Cette perspective lui apportait une sérénité qu'elle croyait perdue.

— Je ne pensais pas que tu me manquerais autant, avoua-t-il de cette voix qui l'avait tant fait chavirer. Rachel n'a pas ta force morale. Elle…

Marie-Andrée se dégagea brusquement.

— Elle doit certainement avoir autre chose puisque tu l'as choisie.

— Elle a besoin de moi, tu comprends. Une femme seule pour élever un enfant, c'est pas facile.

Marie-Andrée serra les poings pour ne pas le frapper.

— Parce que, moi, je n'avais pas besoin de toi, peut-être ?

— T'es forte. Je t'ai toujours admirée pour ça, tu le sais.

— Tu m'admires, mais elle, tu l'aimes parce qu'elle est plus faible. Pour que tu m'aimes, il aurait fallu que je sois une lavette ? Une pauvre fille démunie sauvée par le grand et fort Ghislain ?

Elle quitta la chambre, à bout de nerfs. Il la suivit, plein de rancœur.

— T'as rien fait pour m'empêcher de partir ! Comment voulais-tu que je sache si tu voulais me garder ?

— Te garder ? cria-t-elle en faisant volte-face. C'est ça que tu attendais ? Tu attendais que je t'oblige à rester avec moi ? T'imaginais-tu à un encan ? Et moi, je n'aurais pas voulu être choisie, peut-être ?

— Tu aurais pu manifester que tu tenais à moi.

— J'ai vécu avec toi pendant treize ans, on a fait deux beaux enfants, je m'occupais de tout, je ne t'ai jamais trompé. Tu voulais d'autres preuves ? Non, c'est pas ça que tu voulais. Tu voulais que je fasse tes choix à ta place. T'es un lâche, Ghislain Brodeur ! Un lâche ! T'as probablement laissé l'autre femme décider à ta place, pour toi, de ta vie. Et tu aurais voulu que je parte en guerre contre elle ? T'aurais été mort de rire, de nous voir nous battre pour toi ! C'est ça, le rêve de tout homme ? Que deux femmes se battent pour lui ? Pourquoi ? Pour se prouver qu'il est important ? Pour se prouver qu'il vaut quelque chose ?

— Ah bon ! Parce que toi, Marie-Andrée Duranceau, t'as rien à te reprocher, je suppose ? Non mais, te voyais-tu aller ? On s'installe ensemble ? C'est pas assez : il faut faire un enfant ! On a un enfant ? C'est pas assez : il faut se marier. On se marie ? Deux semaines après tu ne portes même plus mon nom. Deux petites semaines puis pfttt... Salut, madame Brodeur ! Partie, madame Brodeur !

Marie-Andrée le regardait froidement. Comment pouvait-il encore radoter ces faussetés ? Elle croyait avoir fait le tour de la lâcheté de Ghislain. En cet instant, c'était de sa naïveté à elle qu'elle prenait conscience. Elle ne put supporter sa présence plus longtemps dans la maison.

— Grouille ! Les enfants vont m'attendre chez la gardienne.

Il attrapa son manteau, qu'il avait lancé sur un fauteuil dans l'excitation de leur arrivée précipitée, et l'enfila en insistant :

— Pour Marie-Ève, tu vas régler ça ?

— Fous-moi la paix ! Jamais je n'obligerai ma fille à aimer celle qui m'a pris mon mari ! Tu m'entends ? Jamais ! Le divorce, par exemple, lui, on va le régler. Depuis le 1er juin, on n'a plus besoin d'étaler notre vie en cour. L'échec du mariage, ça suffit. Je veux régler ça avant les fêtes.

— Tu es bien pressée ? balbutia-t-il. Ça fait seulement quelques mois. On peut se donner du temps pour savoir si…

Elle lui lança un regard qu'il ne lui connaissait pas, un regard sans amour.

— Tu as quelqu'un en vue ? en conclut-il.

— Oui, lui dit-elle avec un sourire sincère. Moi !

Le divorce représentait néanmoins une rupture officielle, un changement de statut légal. « Divorcée. Je vais devoir cocher *divorcée* sur les papiers légaux. » Le terme lui fit mal, représentant, à lui seul, tout l'aspect social de sa nouvelle condition. Son échec amoureux, vécu dans l'intimité, serait dorénavant fiché dans les statistiques, les registres de votation, les dossiers légaux. « Mon testament ! Il faut que je refasse mon testament cette semaine. » Les multiples implications légales, même les comptes de téléphone, tout cela officialiserait leur rupture. D'une certaine façon, leur échec serait rendu public. « Un peu plus et j'aurais le mot *divorcée* écrit sur le front. » Malgré cette boutade, sa séparation lui échappait. Même dans l'arbre généalogique de ses enfants, si jamais quelqu'un le dressait, son échec serait inscrit, définitivement, pour les générations futures.

La peine de la séparation, c'était maintenant qu'elle osait la regarder en face. Très perturbée, elle eut le besoin irrépressible d'être profondément comprise et réconfortée.

« Je m'étais promis de ne pas aller pleurer chez quelqu'un, mais ce soir, c'est trop pénible ! » Malgré l'éloignement de ces dernières années, seule Françoise pouvait lui accorder ce support, en cet instant d'intense fragilité. L'indécision la freina. « Je ne sais même plus ce qu'elle devient. » Puis elle fonça. « Tant pis, j'ai trop mal. Elle comprendra. »

— On va pas encore se faire garder ! protesta sa fille.

— À tout à l'heure, dit simplement Marie-Andrée, qui n'avait pas le courage de se justifier.

À Joliette, elle fut accueillie par Martin qui ne la reconnut pas, ne l'ayant pas vue depuis longtemps.

— Maman est en bas, avec papa, lui apprit-il.

— Je peux les rejoindre ? Je connais le chemin, dit-elle en descendant par l'escalier intérieur qui menait à la boutique d'antiquités.

Elle s'arrêta cependant sur la dernière marche, constatant qu'elle arrivait à un bien mauvais moment.

— Encore du stock à payer ! éclata la voix de Françoise dans une autre pièce. Le peu de profit qu'on réussit à faire, tu l'engloutis dans tes supposées trouvailles du siècle ! On ne peut pas dépenser plus que ce qu'on gagne ! Décidément, tu ne sauras jamais comment gérer un commerce ! Si je t'écoutais, on serait dans la rue !

La peine de Marie-Andrée absorba la leur comme une éponge. L'attitude revêche de Françoise contrastait tant avec son caractère conciliant d'autrefois que Marie-Andrée la reconnaissait difficilement.

— Pour vendre, il faut du stock dans la boutique ! l'arrêta Patrice d'un ton aigre.

Lui non plus, elle ne le reconnaissait pas.

— Mais pour acheter, il faut de l'argent ! Mais ça, tu t'en inquiètes pas ! Bien non ! La belle nouille de Françoise est là, elle travaille comme une folle, mais ça, tu t'en fous, évidemment !

Il y eut un bruit de meubles déposés par terre.

— De toute façon, j'y retourne, trancha sèchement Patrice, je ne pouvais pas tout apporter en un seul voyage.

Martin avait suivi la visiteuse et il rejoignit son père.

— Papa ! Je peux aller avec toi ?

— Bien certain, mon homme !

— Il n'en est pas question ! refusa la mère d'un ton sans concession. Tu ne peux pas t'occuper de tes meubles et surveiller un enfant en même temps.

— Arrête donc de toujours imaginer le pire. Tu te fais de la peine pour rien. Il a sept ans, ce n'est plus un bébé !

— Il n'ira pas ! J'ai rien qu'un enfant : il n'est pas question de prendre des risques inutiles.

— Justement ! C'est un enfant, pas un bibelot ! s'écria Patrice avec exaspération.

Refusant de voir la déception et la colère de son fils, Françoise allait remonter à l'appartement quand elle aperçut Marie-Andrée. Au même moment, Patrice revenait sur ses pas pour emmener son fils malgré l'opposition de son épouse.

— Marie-Andrée ? Quelle belle surprise ! s'exclama-t-il en se dirigeant spontanément vers elle. Ça fait une éternité qu'on s'est vus ! dit-il en l'embrassant affectueusement sur les deux joues.

La jalousie de Françoise, si longtemps niée, se raviva. « Il l'a toujours aimée », se dit-elle amèrement. Pourtant, Patrice et Marie-Andrée n'avaient eu que quelques rapports sexuels, et ce, avant que Françoise ait une liaison avec lui. Mais Françoise persistait à croire qu'il y avait encore quelque chose entre eux.

— Bon, c'est correct, accepta-t-elle soudain, semblant parler à son fils, mais visant son conjoint. Tu peux aller avec ton père, s'il ne rentre pas trop tard. Tu as de l'école, demain.

Quand elles se retrouvèrent seules, Marie-Andrée, bien loin du passé, et qui n'attendait qu'un tête-à-tête pour avouer sa détresse, tendit une perche à son amie :

— As-tu le temps de prendre un café ? proposa-t-elle d'une voix chevrotante, rattrapée par le désarroi de sa séparation légale imminente.

— Pas vraiment, déclina Françoise sans la regarder. J'ai un travail de traduction à finir ce soir. Une autre fois, peut-être.

« Elle ne voit donc pas que je vais pleurer comme une enfant ? Elle ne voit donc pas que j'ai besoin de réconfort ? Françoise, où es-tu donc rendue pour ne pas te rendre compte que je vais m'effondrer ? »

Celle-ci remontait déjà à l'appartement quand elle rebroussa chemin. Marie-Andrée sentit les larmes, si difficilement retenues, lui mouiller les yeux. « J'ai eu raison de venir, elle ne pouvait pas ne pas sentir à quel point j'ai besoin d'elle. »

— Puisque tu es en bas, tu peux sortir par la boutique, dit Françoise en déverrouillant la porte, ça t'évitera de monter et redescendre.

Marie-Andrée reçut cette phrase comme une gifle. L'amertume lui donna la force de sortir.

— Au fait, dit-elle en franchissant le seuil sans s'arrêter, j'étais venue chercher de l'aide, comme tu l'avais fait quand Jean-Yves t'a quittée.

Elle marcha d'un pas rapide vers sa voiture et démarra en trombe, ravalant ses larmes. « Elle ne les mérite pas. Je sais que l'amitié, ça ne s'exige pas, raisonna-t-elle, mais quand son mari l'a quittée, moi, j'étais là pour elle. » Un autre lien affectif important venait de se rompre. « C'est facile de brailler entre filles, mais, dans le fond, on n'est pas mieux que les gars qui ne se racontent rien. »

Françoise referma lentement la porte, le visage impassible. « Je sais que tu es séparée, Élise me l'avait dit. Mais tu es juste venue voir si Patrice était libre », lui en voulut-elle en tournant la clé dans la serrure, le cœur vide.

— Non, mais, vous vous rendez compte ? Elle m'a quasiment mise à la porte ! Puis lui, lui, il est parti depuis trois mois, il a viré nos vies à l'envers puis là…

Marie-Andrée arrêta, la gorge nouée. Après un moment, elle se reprit :

— Puis là, il pense peut-être revenir ! cria-t-elle, de colère, de peine et de confusion.

Désarmée par le rejet de Françoise, elle ne savait plus si le revirement de Ghislain était inespéré ou désespérant.

— Il vous a dit qu'il voulait revenir ? demanda placidement le psychologue.

— Il est venu me retrouver en fin d'après-midi hier. Peuh ! railla-t-elle. Mes heures de travail étaient terminées, mais lui, il a grugé une heure de son temps au bureau pour qu'elle ne s'aperçoive pas qu'on se rencontrait, je suppose ! dit-elle en se mouchant rageusement et en séchant ses larmes.

— Elle, c'est la nouvelle conjointe de Ghislain ?

Marie-Andrée acquiesça. Il poursuivit.

— Donc, Ghislain vous a demandé de revenir ?

« Est-ce qu'on peut appeler ça de même ? » se questionna-t-elle plus calmement.

— Quand on a marché dans le parc, il a commencé par dire que je lui manquais.

— Qu'avez-vous ressenti ?

Marie-Andrée se trémoussa sur sa chaise. Elle avait honte de s'avouer l'émoi qui l'avait saisie à ces quelques mots. *Tu me manques…* Depuis son départ, elle essayait de sortir Ghislain de sa vie, croyait y arriver, mais, brusquement, elle s'ennuyait de lui à mourir. Puis elle se ressaisissait, mais si elle voyait à la télévision un couple s'embrasser ou se caresser, elle redevenait une femme abandonnée, seule pour le reste de ses jours. Alors, elle pensait ou téléphonait à sa sœur Diane, la preuve vivante qu'on pouvait survivre à une séparation. Et elle retrouvait petit à petit son aplomb.

— Qu'avez-vous ressenti ? redemanda le psychologue.

— Je lui aurais sauté dessus ! murmura-t-elle avec culpabilité.

— Vous auriez fait ou avez fait l'amour avec lui, c'est ça ? ajouta-t-il simplement.

— Oui, avoua-t-elle avec découragement. J'ai dit à la gardienne que j'étais retenue à la Caisse et on est allés à la maison. Mais après, je lui en ai voulu. Lui, il baise tant qu'il veut. Et moi, moi qu'il a délaissée, je lui ouvre les bras après quelques petits mots.

— C'était peut-être important pour vous, de vérifier où vous en étiez avec lui.

Elle respira de soulagement. Oui, c'était bien plus qu'un désir sexuel.

— C'est comme si j'avais besoin…

« … besoin de refaire l'amour avec lui une dernière fois. Oui, c'est ça. Refaire l'amour avec lui en sachant que c'était la dernière fois, comme de fermer la porte moi-même d'une maison que j'ai longtemps habitée. »

— Besoin d'une sorte de rituel ? hasarda le psychologue.

— Oui. Un rituel. Pour mon corps, c'était bon. Le cœur, lui, n'y était plus. Ça m'a laissé un goût amer. Ensuite, il m'a dit que Marie-Ève se conduisait mal avec sa copine, qu'il se demandait s'il était parti trop vite, qu'il m'admirait. Il m'admire, mais il vit avec elle parce qu'elle a besoin de lui. Mon œil ! railla-t-elle en haussant le ton. Ce qu'il veut, c'est ne pas se faire contredire, faire le coq. Quand je pense que je me suis laissé berner pendant toutes ces années.

— Vous considérez avoir été bernée ? répéta le psychologue.

Elle soupira. « Est-ce que je peux vraiment dire ça ? J'ai toujours su qu'il était indépendant. Qu'il avait besoin de se sentir libre. Il était ainsi et il l'est resté. »

— C'est moi qui me suis bernée. C'est moi qui me suis fait accroire qu'il allait changer.

— Qu'il allait changer ?

— Que j'allais le changer, avoua-t-elle de mauvais gré. Que les enfants aussi allaient le changer. Que le modèle de père irresponsable qu'il avait eu lui donnerait la motivation d'être un vrai père pour ses enfants.

— Et un vrai mari pour vous ?

« Je le sais aussi qu'il n'a pas eu de modèle de mari. Je sais tout ça », soupira-t-elle.

— Et vous, demanda le thérapeute, quel modèle de mari avez-vous eu sous les yeux durant votre enfance ?

— Je n'en sais rien, mon père n'était jamais là. Il était toujours sur un chantier ou un autre.

— C'est déjà un modèle en soi.

— Un modèle ? Mais non, il n'était pas là.

— Donc, vous avez eu le modèle d'un père et d'un mari absents.

Elle cligna des yeux devant cette évidence.

— Et quand votre père était à la maison ? Que se passait-il ?

— Ma mère le traitait comme un visiteur qui avait tous les droits. Malgré ça, j'avais l'impression qu'il avait toujours hâte de partir. Ça me fait penser à Diane, on dirait qu'elle n'est jamais bien nulle part. Quoique ça change, admit-elle.

Le psychologue la ramena à elle-même.

— Voyez-vous des ressemblances entre le couple que formaient vos parents et le vôtre avec Ghislain ?

— Pas du tout ! protesta-t-elle.

— Dans le comportement de l'un ou de l'autre, dans l'attitude, insista-t-il, y a-t-il des ressemblances ?

Elle cherchait sans trouver d'indices.

— La responsabilité du soin des enfants, par exemple, suggéra-t-il.

Dans le regard de Marie-Andrée, une grande tristesse chassa la certitude de l'instant précédent. Les ressemblances entre sa mère et elle ne purent être niées plus longtemps quand elle visualisa froidement sa vie de couple. « Maman aussi s'occupait seule des enfants. Son mari n'était jamais là, donc elle ne pouvait pas s'appuyer sur lui. Quand il était là, il ne faisait rien dans la maison, non plus, comme les hommes de sa génération. Au fond, il était traité comme un important visiteur, voilà ce qu'il était. Il recevait le meilleur, et il ne s'occupait même pas de nous. On avait toujours l'impression de le déranger, d'être de trop. »

Cette fois, les larmes silencieuses étaient un signe de compassion pour sa mère. « Maman, tu devais te sentir tellement seule. »

— Comment a-t-elle pu supporter ça pendant quarante ans ? dit-elle spontanément.

Elle releva les yeux vers le psychologue, quêtant une réponse rassurante ou une explication rationnelle qui aurait diminué le chagrin, la solitude de sa mère. À la place, elle eut droit à une question.

— Vous, Marie-Andrée, pourquoi avez-vous supporté ça ?

Ses épaules s'affaissèrent. Ressentir un élan de compassion pour sa mère avait été spontané. Revenir à elle et fouiller dans ses raisons personnelles lui faisaient mal.

— Pourquoi vous êtes-vous fait ça, Marie-Andrée ? reformula le psychologue.

La seule réponse qui lui venait était : « Je voulais une vie qui ne ressemblait pas à celle de ma mère. » C'était pourtant ce qu'elle avait fait inconsciemment, répétant le modèle à son insu.

— Je n'ai pas appris autre chose ! balbutia-t-elle.

— En fonction de ces modèles, quelle a été votre attitude dans le couple ?

Les dernières illusions s'effondrèrent.

— Ne rien demander. Donner beaucoup d'importance à Ghislain. Tout assumer parce que j'étais convaincue qu'il ne ferait rien, de toute façon.

Atterrée, elle s'était entendue décliner des attitudes qu'elle déplorait, reprochait… chez lui. « J'ai fait ça ? » Des propos de Ghislain prirent tout leur sens : … *parce que tu ne l'as jamais demandé… c'est ta chasse gardée depuis le début…*

— J'ai fait ça, moi ? répéta-t-elle à haute voix. Ça veut dire que j'ai pris sa place ? ajouta-t-elle douloureusement.

— Attention ! Vous prenez encore toute la responsabilité. Toute relation – amour, amitié, affaires – se joue à deux. Vous n'auriez pas été capable de prendre sa place, comme vous dites, si Ghislain avait pleinement assumé sa place, toute sa place.

— Mais quand on s'est choisis, on s'aimait !

Le thérapeute ne sembla pas surpris par cette affirmation.

— De nombreux conjoints se choisissent en fonction de leurs… attitudes, disons. L'un a tendance à trop assumer, l'autre ne tient pas à s'assumer. L'un se sent faible (impuissant), l'autre veut contrôler (puissant). L'un est dépensier, l'autre est économe. Ces attitudes contraires créent un semblant d'équilibre.

— Personne ne peut être heureux dans de telles conditions ! s'exclama-t-elle.

— Vous avez raison. C'est pourquoi il est important de devenir des adultes équilibrés, qui vont rechercher un complément sain chez le ou la partenaire. Au lieu d'un semblant d'équilibre, très relatif, formé par l'opposition de deux immaturités, on peut alors construire une relation sur le partage, la complémentarité saine de deux équilibres solides.

— Ça veut dire qu'il n'y a pas de solution si des conjoints se choisissent pour les mauvaises raisons ?

— Oui et non. Ils peuvent y trouver des compensations qui font leur bonheur ou, du moins, suffisantes pour rester en couple.

— Comme quoi ? Rien ne peut remplacer le fait de ne pas être heureux !

— Comme dit la blague : *rendre le malheur confortable*. Beaucoup de gens vivent ensemble pour toutes sortes de choses qu'ils ne veulent pas perdre. L'argent, un réseau social, ne pas vivre seul, ne pas prendre le risque de l'intimité, par exemple.

— Et si on veut un vrai couple ? Avec des attitudes saines ?

Le thérapeute la regarda en souriant.

— Alors il n'y a qu'une solution. Il faut changer. Devenir un adulte à part entière. Et que l'autre le fasse aussi.

Marie-Andrée ne l'écoutait plus. « Le modèle qu'on a montré à nos enfants, c'est un modèle tout croche », comprit-elle, le cœur déchiré.

— Quand est-ce que ça va s'arrêter cette maudite chaîne de comportements tout croches ? s'écria-t-elle, dévastée.

— C'est ce que vous êtes en train de faire, la rassura-t-il d'un ton compréhensif. Vous changez, et parce que vous changez, votre environnement ne sera plus jamais tout à fait le même.

Elle jeta un regard suppliant à sa montre. Avec soulagement, elle vit que l'entrevue achevait. C'était parfait, elle n'en pouvait plus.

Pendant tout le trajet du retour, Marie-Andrée n'arriva pas à décrocher de cette évidence : « Je ne suis pas comme ma mère. Ça ne se peut pas. » Plus elle approchait de sa maison, plus elle se questionnait quant à sa relation non plus avec Ghislain, qui faisait partie de son passé, mais avec ses enfants, son présent et leur futur. « Qu'est-ce que Marie-Ève pense de moi, comme mère ? » Un doute torturant, s'incrusta en elle. « Est-ce que je prends bien soin d'elle ? Est-ce que je lui laisse la liberté de penser, d'agir ? »

L'attitude d'Éva envers les cours de sa fille aux Hautes Études commerciales lui revint tristement. « Elle était jalouse de mes succès. Elle m'en voulait parce qu'elle ramenait tout à elle et que ça la déprimait de se comparer avec ses enfants. Et moi, est-ce que je montre assez à Marie-Ève à quel point je suis fière d'elle ? »

Elle n'avait pas sitôt mis le pied chez elle que le petit Mathieu courut vers elle.

— Tu n'es pas encore couché ? s'étonna la mère.

Manon, la gardienne, avoua son impuissance.

— Je ne sais pas ce qu'il a ce soir. Je le couchais, et il se relevait tout le temps. Il voulait absolument vous attendre.

Effectivement, absorbé par un problème qui semblait crucial, Mathieu avait son visage vindicatif. Marie-Andrée ne le sermonna pas et paya la jeune fille, qui retourna chez elle, quatre maisons plus loin.

— Je veux y aller, moi ! décréta aussitôt le petit garçon en croisant ses bras d'un air buté.

De sa chambre, Marie-Ève cria avec colère :

— Je ne veux plus aller là ! C'est plate ! Personne ne va me forcer à y aller !

« C'est reparti ! soupira la mère. On va encore s'affronter dans une discussion exténuante et inutile. »

— Moi, je veux aller jouer avec Sébastien! s'obstina Mathieu. C'est mon frère. Je veux aller jouer avec lui! insista-t-il.

Sa mère, fière de son élocution claire et précise, le regarda avec tendresse, non sans se questionner. Était-ce la séparation de ses parents ou l'arrivée de son demi-frère dans sa vie qui l'avait tant fait mûrir en quelques mois? « Ou l'âge, tout simplement », voulut-elle croire. Dépassée, vidée, elle temporisa.

— Bon, bon, on verra ça vendredi, dit-elle en allant fermement coucher son petit garçon.

Le vendredi soir, Marie-Andrée demanda à sa fille de prévenir son père de leur absence.

— J'ai pas le temps! refusa cette dernière en sortant en vitesse pour rejoindre sa copine, on va pratiquer notre ballet pour demain matin.

Marie-Andrée se rendit compte qu'avec sa fille aussi, elle assumait tout. Elle prit la décision d'y voir sérieusement. Contrariée, elle se chargea d'un téléphone dont elle se serait passée. « Au moins, il va être content, depuis le temps qu'il claironne que je dispose de toutes mes fins de semaine! »

— Quoi? s'écria Ghislain. T'aurais pas pu nous le dire d'avance? On se serait organisés.

— Pour faire quoi? Une fin de semaine de moto-neige? lui rétorqua-t-elle avec aigreur.

— As-tu fini de radoter? lui répondit-il sèchement.

— J'ai le droit d'être étonnée. Quand tu étais ici, tu ne proposais jamais rien avec moi, avec nous trois! se reprit-elle. Maintenant, ça a l'air que tu amènes les enfants à gauche puis à droite. Un vrai *party*!

— Que veux-tu que je fasse avec eux? Qu'on se regarde dans le blanc des yeux pendant deux jours?

Marie-Andrée raccrocha, mécontente d'être si facilement retombée dans les mêmes ornières et blessée pour un tout autre motif. « On dirait jamais qu'on a fait l'amour il y a quelques jours ! »

Le lendemain matin, Marie-Ève informa sa mère qu'elle se rendait au cours de ballet avec Annie et sa mère, et que celle-ci irait les rechercher puisqu'elles passeraient la journée ensemble.

— J'ai jamais le temps de voir mon amie, conclut-elle en mordant dans sa rôtie.

— Tu exagères. Vous êtes dans la même classe et vous allez au ballet ensemble.

— Oui, mais le samedi midi, je m'en allais chez papa. C'est assez plate ! Puis j'ai même pas de lit : je couche sur le sofa. Pour une fois que je suis libre un samedi, Annie et moi, on va en profiter !

Pour une fois que je suis libre un samedi. « C'est ça qu'on leur impose ! On organise leur temps d'école et leurs temps libres. » Marie-Andrée se servit un café chaud. « Et leur liberté, là-dedans ? »

Mathieu se leva à son tour, d'humeur boudeuse. Marie-Andrée, qui se réjouissait de passer la fin de semaine avec ses deux enfants, se dit, devant l'absence de sa fille, que Mathieu apprécierait probablement davantage sa compagnie. Si la matinée le lui confirma, le dîner n'était pas arrivé que déjà, le gamin voulait s'en aller.

— Je veux aller jouer avec Sébastien ! réclama-t-il.

Avec un pincement au cœur, Marie-Andrée dut se rendre à l'évidence. « Son demi-frère compte plus que moi ! » Elle claqua la porte de la laveuse et la mit en marche d'un mouvement brusque, puis elle se calma en passant l'aspirateur. « Mathieu va avoir quatre ans. Un enfant de cet âge-là a besoin de jouer avec d'autres enfants. Je sais bien que c'est normal. »

— Joue avec les petits voisins comme tu le faisais avant, proposa-t-elle, luttant difficilement contre le dépit. Tiens, Lundi est là aussi, dit-elle en désignant le chat.

— Non. Moi puis Sébastien, on joue à toutes sortes de jeux. Papa, lui, il nous laisse jouer ensemble, ajouta-t-il en la regardant droit dans les yeux avec une assurance nouvelle. Pourquoi tu veux pas, maman ?

— Mais je le veux, aussi, répliqua-t-elle.

— Oui ? Va le chercher ! s'écria-t-il, arborant son premier vrai sourire de la journée.

— Quoi ? L'amener ici ?

— Maman, s'il te plaît ! insista Mathieu avec un sourire enjôleur dont il avait le secret.

— Je vais y penser, maugréa-t-elle.

Elle rangea les sous-vêtements propres dans les tiroirs de chacun. Une sorte de répulsion l'empêchait d'accéder à la requête de son fils. « Qu'ils jouent ensemble là-bas, c'est un peu normal. C'est même très bien pour Mathieu. Mais ici ? Dans ma maison ? Non ! Il n'en est pas question. »

Cependant, de voir Mathieu désœuvré et triste, refusant même de regarder ses films vidéo préférés, remit son attitude en question.

— Bon, c'est d'accord, accepta-t-elle en se faisant violence. On va aller le chercher.

Elle téléphona et offrit à Ghislain, à contrecœur, de garder Sébastien toute la fin de semaine.

— C'est pas trop tôt ! s'exclama-t-il joyeusement. Tu aurais pu nous donner un *break* bien avant.

— Je ne te donne pas un *break !* corrigea-t-elle. Je vais chercher… je vais le chercher pour que Mathieu joue avec lui ! Nuance !

Pendant que Mathieu allait sonner à la porte en se hissant sur la pointe des pieds, elle resta dans la voiture. « Avoue-le, se dit-elle avec humour, que tu as hâte de lui voir l'air. »

Les deux petits garçons sortirent avec des bagages. Elle ne vit d'abord que leurs silhouettes. Dans leurs volumineux manteaux d'hiver, Mathieu était plus grand que son demi-frère, de presque un an plus jeune et qui semblait potelé. Elle leur ouvrit la portière arrière, et ils s'engouffrèrent dans l'auto. La tuque du petit garçon tomba. Apparut alors une tignasse brune et frisée. « Rien à voir avec la chevelure rousse de Ghislain », constata-t-elle avec une sorte de soulagement confus. Puis, l'enfant releva la tête vers elle. Le cœur de Marie-Andrée se serra. Il ressemblait tant à son père qu'aucun doute n'était possible : cet enfant ne pouvait être que le fils de Ghislain.

— Maman, s'étonna Mathieu, on part ?

— Oui, oui. Vos ceintures sont bien attachées ? dit-elle par habitude.

Au souper, Marie-Andrée n'était pas encore parvenue à démêler les émotions provoquées par la présence de cet enfant, que Mathieu se plaisait à nommer *mon frère*, d'un ton déconcertant de fierté et de protection.

Les deux garçons prirent leur bain ensemble avec force rires, éclaboussures et cris. Mathieu appréciait nettement – et beaucoup – la présence de son demi-frère, à un point tel que Marie-Andrée regretta qu'il n'ait pas eu de petit frère. « Mais, il en a un ! » admit-elle enfin. Quelles qu'aient été les circonstances de sa naissance, qu'elle le veuille ou non, Sébastien était, par le sang, le demi-frère de Mathieu et de Marie-Ève.

Du coup, ses émotions se dénouèrent. Elle avait lutté tout l'après-midi contre la peine, la souffrance de la trahison, l'amertume, la rancune. À présent, elle devait en convenir, Sébastien n'était plus un nom, une vie anonyme. Il était bien vivant, en chair et en os, en rires et en regards candides, avec un ton de voix, une démarche, un visage. Un visage qui lui rappelait Ghislain, celui qui, en 1969, lui avait redonné le goût d'être jeune et heureuse, et consciente de l'être. Ce petit garçon, qui dormait maintenant en toute innocence dans le grand lit de la chambre d'amis, avec Mathieu, ce petit garçon-là, Marie-Andrée ne pouvait lui en vouloir.

Refusant d'être déjà conquise, elle eut le goût de se faire plaisir et d'emplir la maison de jeunes êtres bien vivants, qui avaient toute la vie devant eux.

— Marie-Ève, proposa-t-elle à sa fille au téléphone, pourquoi tu n'inviterais pas Annie à coucher ici, ce soir ? J'ai quelque chose à vous proposer.

Les deux filles rappliquèrent joyeusement, comme elles le faisaient autrefois, en allant dormir tantôt chez l'une, tantôt chez l'autre.

— Ça faisait longtemps que tu n'étais pas restée à dormir, Annie, l'accueillit joyeusement Marie-Andrée.

Les deux amies placotaient en toute liberté, et la mère en apprit plus ce soir, autour d'un verre de lait et de biscuits à peine sortis du four, que durant les derniers mois. Ainsi sa fille, sa charmante et enjouée Marie-Ève, se conduisait en véritable petite peste chez son père, pire que ce qu'il en avait dit. Ponctuée de fous rires, leur conversation faisait allusion aux nombreuses réparties méchantes lancées à Rachel autant qu'à des gestes mesquins, en apparence anodins.

— Je te dis qu'après ça, se vanta Marie-Ève, elle ne m'a plus jamais demandé d'essuyer sa vaisselle de… de… Comment ça s'appelle donc, cette maudite vaisselle ?

— Pas de Limoges ? craignit Marie-Andrée.

— Oui, oui, c'est ça. De Limoges.

— Marie-Ève ! T'as pas fait exprès de casser une assiette de porcelaine ?

Le reproche avait été si spontané que la fillette en fut déconcertée.

226

— T'es de son bord ? s'écria-t-elle.

Marie-Andrée y décela une telle révolte qu'elle s'obligea à réagir fermement.

— Je ne la défends pas. Mais ne pas aimer quelqu'un ne donne pas le droit de détruire ses biens. Elle te reçoit chez elle et…

— Non ! Je vais chez papa ! Pas chez Rachel ! Je la déteste ! Elle t'a fait du mal, et tu prends parti pour elle !

Elle quitta la table en pleurant et se rua dans sa chambre, dont elle claqua la porte. La blonde et douce Annie se sentit de trop.

— Peut-être que je serais mieux d'aller coucher chez nous, finalement.

— Non, dit fermement Marie-Andrée. As-tu oublié que j'avais quelque chose à vous proposer ?

Puis elle éleva le ton.

— Que diriez-vous d'une fête pour vous deux ?

Sa fille rappliqua au bout d'un petit moment, excitée par ce qu'elle entendait de sa chambre. Aussitôt le projet énoncé, les deux ballerines crièrent de joie.

— Pas si fort ! Vous allez réveiller les garçons, au sous-sol.

— Les garçons ? s'étonna Marie-Ève. Quels garçons ?

Marie-Andrée fit languir sa fille, puis lui annonça d'un ton qui se voulait naturel :

— Mathieu et Sébastien.

— Hein ? Il est ici ?

Sa mère se croisa les doigts. Comment sa fille allait-elle réagir ?

— Viens voir mon frère ! dit-elle joyeusement à Annie en l'entraînant au sous-sol. Tu vas voir, il ressemble beaucoup à papa.

« Elle s'en était aperçue, constata sa mère. A-t-elle fait exprès de ne pas m'en parler ? J'espère que non. Elle n'a pas à censurer ce qu'elle vit ; c'est à moi de lui montrer que je m'assume. » En les voyant remonter, elle s'efforça d'être joyeuse.

— Alors, les filles, on le prépare, ce *party* ?

Comme leurs spectacles semestriels de ballet auraient lieu le vendredi soir et le samedi après-midi suivants, Marie-Andrée proposa le samedi de l'autre semaine afin d'avoir plus de temps pour les préparatifs. Les filles protestèrent et insistèrent pour que la fête ait lieu le même jour que leur spectacle.

— Bon, c'est d'accord. On commence par la liste des invités.

— Moi puis Annie...

— Annie et moi, corrigea sa mère.

— ... on va téléphoner aux invités ! décida Marie-Ève avec enthousiasme.

— Les premiers invités, dit calmement Marie-Andrée, c'est ton père. Ton père et Rachel.

— Non ! Pas elle !

— Et Sébastien.

Marie-Andrée eut une dernière hésitation puis plongea :

— Comme ça, tu pourras présenter ton demi-frère à tes amies.

À cette idée, Marie-Ève ressentit une grande fierté et en oublia la copine de son père.

— Il est tellement beau ! ajouta Annie. Mathieu aussi, c'est sûr. Mais de les voir tous les deux ensemble, c'est vraiment spécial.

La joie des filles récompensait Marie-Andrée du sacrifice qu'elle s'imposait.

— On va aussi inviter ma marraine Françoise !

Marie-Andrée commença à se demander si son idée de *party* était si bonne que ça.

— Rémi aussi, maman? demanda sa fille avec un regard brillant.

— Oui, mon ange, Rémi aussi.

« Il est plus que temps de recommencer à rire dans cette maison, respira profondément Marie-Andrée. Je ne dirai peut-être pas la même chose le moment venu, mais demain est un autre jour. »

Effectivement, le lendemain soir, elle se demanda dans quoi elle s'était embarquée. Si les filles s'étaient occupées des invitations et avaient fait d'abondantes suggestions pour la décoration et la musique, elles s'étaient ensuite réfugiées dans la chambre de l'une puis de l'autre pour choisir les vêtements qu'elles porteraient.

Marie-Andrée devait maintenant prévoir les tâches à effectuer, par qui et quand. Avec les deux représentations, elle n'avait, pratiquement, que le samedi matin pour tout préparer, ce qui était illusoire. Elle achèterait donc le buffet chez un traiteur. « Bon, ça va me coûter plus cher que prévu, mais si ça peut aider Marie-Ève… Ghislain paierait peut-être la moitié des dépenses. Après tout, on fête sa fille ! »

— Oui, oui, pas de problèmes, accepta-t-il nerveusement. Veux-tu que je passe te voir à la Caisse pour te payer ça ?

— Ce n'est pas nécessaire. Tu me le remettras samedi.

« Avec le buffet livré vers… » Impossible, elle devrait se priver de la seconde représentation pour disposer le buffet, mettre la dernière main à la décoration, ranger la chambre de sa fille que, dans l'énervement, elle laisserait en pagaille. « J'irai reconduire Marie-Ève et je laisserai Mathieu avec son père. J'assisterai au moins à la prestation de Marie-Ève. »

Les soirs de semaine furent remplis par les travaux ménagers, sauf le jeudi car elle travaillait. Le vendredi, à dix-huit heures, elle assista au spectacle.

— J'ai manqué un pas ! pleurnicha Marie-Ève, dès leur retour.

— T'étais la plus belle ! la consola Rémi avant de retourner chez lui, dans l'autre côté du duplex.

— Un pas, l'encouragea sa mère. Ce n'est rien, un pas.

— C'est pas rien ! J'ai manqué mon coup.

— Si tu as manqué un pas, insista Marie-Andrée, ça veut dire que tu en as fait, je ne sais pas, moi, sept cents comme il faut !

Plus rassurée, la fillette voulut s'exercer, mais sa mère s'interposa.

— Ça suffit pour ce soir. Je suis très fière de toi, Marie-Ève, lui dit-elle en l'embrassant. J'ai pris beaucoup de photos, aussi. Tu vas voir comme tu as bien dansé.

— Yé ! On va les avoir pour le *party* !

« Une autre tâche pour demain ! » comprit la mère.

— Je vais essayer. Maintenant, va te coucher. Tu l'as bien mérité. Une bonne nuit de sommeil, c'est le meilleur atout pour le spectacle de demain.

Marie-Andrée eut de la difficulté à s'endormir. « Françoise sera là, demain. » À la perspective de cette rencontre, l'appréhension la gagnait. « Bon, si elle a dit oui quand Marie-Ève l'a appelée, ça doit vouloir dire qu'elle va mieux », soupira-t-elle. Elle tapota son oreiller, le tourna de côté. L'autre sujet d'anxiété fut plus difficile à gérer. Que Ghislain soit présent, dans ce qui avait été sa maison, mais avec un statut si différent qu'aux dernières rencontres familiales, lui pesait. « Ça reste son père. La réalité, c'est ça ! »

Elle préféra revenir à des détails concrets. Que porter ? Une tenue simple ? Blouse et pantalons seyants ? Une robe chic pour souligner l'importance du spectacle de Marie-Ève ?

Ou, au contraire, des vêtements décontractés parce que c'était une fête pour deux fillettes d'une dizaine d'années ?

Le lendemain, vers treize heures, Rémi, Mathieu et elle rejoignirent Ghislain et le petit Sébastien. Elle fit passer Mathieu et Rémi devant elle, les enfants l'isolant ainsi de Ghislain. Puis Diane surgit à son tour. Promenant son regard dans la salle, Marie-Andrée n'y voyait toujours pas Françoise. Par contre, Élise, Hubert et Geneviève leur firent signe et se placèrent là où ils purent trouver trois places côte à côte. Selon leurs habitudes, Louise et Yvon arrivèrent à la dernière minute, accompagnés de Simon et d'une inconnue. Marie-Andrée fut renversée de le voir si beau et si grand, avec une amie de cœur, sans doute.

— Il a quel âge, Simon ? demanda-t-elle à Diane.

— Il avait onze ans quand je suis revenue d'Afrique, en 1976. Il est né à l'automne. Ça lui fait vingt-deux ans ! Ça ne nous rajeunit pas ! s'exclama-t-elle.

— C'est devenu un homme ! constata Marie-Andrée. Il enseigne, maintenant ?

Les lumières s'éteignirent.

— Ramènerais-tu Mathieu et Rémi, le garçon à côté de lui ? Finalement, je ne sais pas si Ghislain va venir à la fête parce qu'il est seul avec Sébastien.

— Et sa copine ? grommela Diane. Il en a honte ?

— Chut ! Ça commence ! dit simplement Marie-Andrée en se tournant vers la scène, toute à Marie-Ève qui, pourtant, n'apparaîtrait que dans une demi-heure. « Les photos ! se rappela-t-elle. Il faut que je pense à aller les chercher. »

Quand les invités se présentèrent ensuite à la maison, Marie-Andrée refusa de considérer l'absence de Ghislain comme l'échec de la fête. Il régnait une telle joie de se revoir et de fierté envers Marie-Ève et Annie qu'elle se félicita de son idée.

— Françoise n'est pas là ? s'étonna Élise.

— Elle a laissé un message sur le répondeur, Patrice avait besoin de la camionnette, répondit Marie-Andrée, soulagée, malgré elle.

— Pourquoi elle ne l'a pas dit ? On serait allés la chercher !

« Au fond, c'est mieux comme ça. La revoir, ici, parmi tout le monde, après son accueil mesquin de l'autre jour, sans même savoir ce qu'elle me reproche, ç'aurait été difficile. »

Ils en étaient presque au dessert quand la sonnerie de la porte retentit. Marie-Ève se précipita, ouvrit et s'écria joyeusement :

— C'est papa !

Son exclamation suscita un bref silence. L'air sûr de lui, Ghislain entra, suivi de son fils Sébastien. Marie-Ève embrassa son père et se pencha joyeusement pour embrasser aussi son petit frère. Puis, elle recula, reconnaissant Rachel qui lui tendait un très beau bouquet de fleurs.

— Félicitations pour ton spectacle, lui dit cette dernière, reprenant de l'assurance en reconnaissant un visage parmi tous ces étrangers.

— Pour moi ? s'écria la fillette, à qui sa mère offrait une rose blanche à chacun de ses spectacles.

— Oui, de la part de ton papa et de moi. On est très fiers de toi.

Grande, les cheveux longs et très noirs à peine bouclés, Rachel regardait maintenant, les yeux presque craintifs, les femmes qui se trouvaient là, de dos ou ramassant des assiettes, ou encore assises dans un fauteuil. « Laquelle est Marie-Andrée ? » Elle enleva son manteau, se tourna vers Ghislain, regarda dans la même direction que lui et surprit son regard admiratif. « C'est elle. »

Cachant savamment son émoi, comme elle savait si bien le faire, Marie-Andrée s'avança vers eux. « La voilà, la Rachel que mes enfants connaissent depuis quatre mois ! On fait quoi, dans ces cas-là ? On se serre la main ? » Elle se raccrocha au but qu'elle s'était fixé. « Facile à dire, mais je me comporte comment ? Je me tiens loin de Ghislain pour ne pas avoir l'air de celle qui se cramponne ? Je les embrasse en signe de bienvenue ? Ne t'en demande pas trop, tempéra-t-elle, n'aie pas l'air bonasse, non plus. » Un regret l'effleura. « À quoi ai-je pensé en les invitant ? »

Une image s'imposa. Elle s'imagina dans le coin d'un ring de boxe, face à Rachel dans le coin opposé, et entendit presque le commentateur sportif avec sa voix de circonstance. *Dans le coin gauche : Marie-Andrée Duranceau, l'ex-épouse, et la mère ! Dans le coin droit, Rachel Boisclair, la nouvelle conjointe, et la belle-mère !*

Pendant ces réflexions qui l'avaient un peu détendue, elle avait rejoint le couple et prit elle-même le manteau de son invitée.

— C'est très gentil de lui avoir apporté des fleurs, Rachel.

« Ça ne compense pas ton absence au spectacle, se retint-elle de lui dire. Mais, bon, tu es là. C'est déjà pas mal ! »

— Marie-Ève, as-tu remercié Rachel pour les belles fleurs ?

Sans attendre, elle ajouta :

— C'est vraiment un très beau bouquet.

Sa fille s'exécuta, rendue euphorique par son *party*, mais tout de même méfiante. Alors Marie-Andrée s'obligea, le cœur battant, à proposer à la conjointe de Ghislain de venir prendre un café, la prochaine fois qu'il viendrait chercher ou reconduire les enfants.

— L'invitation est valable pour toi aussi, répondit Rachel, qui commença à se détendre elle aussi.

— Ghislain, ajouta Marie-Andrée en se forçant à sourire, tu veux la présenter aux autres ?

« La » présenter. L'hôtesse, l'ex-épouse n'était pas arrivée à désigner Rachel autrement que par ce pronom neutre. « Une hôtesse parfaite », admira Ghislain, quant à lui. Puis il commença les présentations, retrouvant l'assurance de celui qui avait été le maître des lieux. Marie-Andrée sentait les regards posés sur elle. « Naturelle, s'imposa-t-elle, en respirant profondément. Rester naturelle. C'est à moi de prouver à Marie-Ève qu'on peut vivre ça dans l'harmonie, même si je dois me marcher sur le cœur. »

— Mon ange, dit-elle à sa fille, on va mettre les belles fleurs dans un vase, pour les garder longtemps.

— Tu l'avais invitée ? marmonna sa fille, qui ne savait plus trop quelle attitude adopter.

— C'est la conjointe de ton père, répondit-elle en évitant son regard et en l'entraînant avec elle.

Une fois le bouquet dans un vase, Marie-Andrée fit exprès de le placer elle-même en évidence sur la table basse du salon.

Plus tard, en servant le café, elle aperçut Rachel toute seule, délaissée par Ghislain, qui blaguait avec Yvon.

— Ça te fait beaucoup de gens inconnus, lui dit-elle simplement en la rejoignant.

— Oui. D'autant plus que je ne les reverrai pas, renchérit spontanément Rachel qui, devant le silence de l'autre, bredouilla : Bien, c'est ta famille, pas celle de Ghislain. Je voulais juste dire ça.

— C'est ma famille, affirma Marie-Andrée d'un ton sec, et celle de Marie-Ève, aussi. Tu risques donc de les revoir. Autant apprendre leurs noms tout de suite, ajouta-t-elle, plus sereine.

Plus tard, Louise s'approcha de sa sœur avec un regard réprobateur.

— C'est aussi la maison de mes enfants, la devança Marie-Andrée d'un ton ferme. C'est déjà assez compliqué pour les parents, on ne va pas traumatiser les enfants, en plus. Je ne fais que mon devoir.

— Tu es allée jusque-là pour tes enfants ? murmura Louise, bouleversée.

Elle la serra dans ses bras.

— Maman disait que les parents doivent donner l'exemple. Elle serait tellement fière de toi.

Marie-Andrée eut du mal à s'endormir tant les émotions l'avaient brassée. « Les derniers jours n'ont pas été faciles, soupira-t-elle, soulagée que ce soit terminé, les muscles raidis tant elle avait dû fournir d'efforts pour sembler maîtriser la situation. Les derniers jours ? reprit-elle en ouvrant les yeux. Les derniers mois, plutôt ! »

Puis, ses bouleversements personnels devinrent relatifs une fois mis en perspective avec le reste du monde. L'année 1986, c'était aussi l'explosion d'un réacteur à la centrale nucléaire soviétique de Tchernobyl, dont les conséquences sur la population environnante s'étaient révélées dramatiques et se feraient probablement sentir de nombreuses années encore.

« À comparer avec cette catastrophe, le départ de Ghislain paraît bien insignifiant. »

Puis elle repensa à la soirée. Marie-Ève avait retrouvé son sourire, et Louise lui avait dit que leur mère aurait été fière d'elle. Plus important encore, Marie-Andrée avait commencé à combler le fossé creusé par Ghislain. Un nouvel équilibre avait été créé, ce soir. Précaire, mais réel et, surtout, nécessaire pour ses enfants.

Chapitre 8

— Vos gueules !

Le cliquetis de l'arme prête à tirer résonna dans la Caisse silencieuse.

— À terre ! hurla l'autre voleur. Grouillez-vous !

Tout le monde obéit. Marie-Andrée aussi. « Mes enfants ! Mon Dieu, protégez mes enfants ! Qu'est-ce qu'ils deviendraient sans moi ? » Tout se déroulait vite et très lentement à la fois. Cette sensation étrange, incongrue, rendait la scène irréelle. « Reste calme ! se raisonnait-elle. Reste calme ! C'est toi la directrice ! Si tu craques, les autres paniqueront ! » On lui avait dit qu'un vol se passait vite, très vite. « Pas ici ! Depuis combien de temps sont-ils là ? » Incapable d'effectuer le moindre mouvement sans attirer l'attention, ne serait-ce que regarder l'heure à sa montre, elle s'efforçait de respirer lentement. Le sol de terrazzo était froid. Son cerveau lui envoyait toutes sortes de pensées inutiles pour la distraire de son stress. Elle pensa notamment à son tailleur pâle qui serait sali. Elle voulait conserver son sang-froid et fermait ses poings comme pour y garder son calme.

En cette matinée de novembre, dans le silence brisé seulement par les bruits feutrés et habituels du dehors, Marie-Andrée songeait fébrilement à la suite des événements pour ne pas rester piégée dans la peur. Après ! Quel que soit le danger, quelle que soit la situation, il y aurait un « après ». « Qu'est-ce qui va arriver, après ? »

La Caisse n'étant pas encore ouverte, elle avait à se soucier uniquement du personnel. « Je suis responsable des employés. Il faudra que je m'occupe d'eux. Mais qu'est-ce qu'ils font, ces voleurs de merde ? » Elle entendait des pas de course, un silence, d'autres pas. « Responsable ! » se répétait-elle, pour se raccrocher à une pensée quelconque. Mentalement, elle essayait de situer chacun des membres du personnel dans l'espace. Karine, la jeune caissière ter-rorisée, Dorothée, la doyenne expérimentée, Jean-François, le responsable du service courant, Guylaine, efficace mais taciturne. « Guylaine ! Où est Guylaine ? » Un instant affo-lée, elle se rassura, se souvenant l'avoir vue entrer aux toi-lettes. « Restes-y ! »

En état de choc, Karine claquait des dents. « Tais-toi ! lui intima-t-elle mentalement. N'attire pas l'attention ! » D'autres pas de course. « Ils doivent être dans la voûte. » Marie-Andrée fonctionnait selon la procédure précise à suivre en cas de cambriolage, et qu'elle avait lue à plu-sieurs reprises pour s'en souvenir le moment venu. « Ben, on y est, au moment venu ! » se dit-elle en réprimant un fou rire nerveux.

Les minutes paraissaient interminables. Sa position inconfortable sur le plancher froid la faisait souffrir. Elle n'avait qu'une obsession : ses enfants. « Leur père les voit de moins en moins. Ça fait combien de temps, déjà, qu'on est séparés ? Un an. Un an et trois mois. S'il fallait qu'il m'arrive quelque chose ! » Son corps tout entier se crispa de colère. Elle en voulait aux voleurs de menacer la sécu-rité de ses enfants en l'intimidant avec une arme. « Il ne peut rien m'arriver ! Ça ne se peut pas ! Ce serait trop bête ! »

Rester calme pour eux. Ne pas risquer d'être blessée pour continuer à les aimer et à en prendre soin. La pensée de Luc s'imposa d'un coup. La mort de son frère jumeau qui avait abandonné derrière lui sa femme, sa fille et un fils à naître.

Des pas pressés. Évaluant la provenance des sons, elle déduisit que l'un des voleurs ressortait de la chambre forte pendant que l'autre semblait s'y précipiter. « Vont-ils enfin s'en aller ? » s'impatienta-t-elle. Cette fois, ils couraient tous les deux, le son s'éloigna, puis des craquements sinistres se firent entendre. « Ils ont dû marcher sur les éclats de vitre de la porte arrière ! » Il y eut des jurons, un bruit sourd, enfin le silence.

Elle releva lentement la tête : ils étaient seuls.

— Je pense qu'ils sont partis, dit-elle d'un ton qui se voulait rassurant tout en se précipitant vers le bouton d'alarme qu'elle enfonça. Relevez-vous lentement, au cas où.

Karine n'en avait pas la force. Recroquevillée, elle tremblait et gémissait. Marie-Andrée alla la réconforter et l'obligea à se relever, puis la confia à Dorothée qui la materna.

— C'est fini, Karine. Il n'y a plus de danger, la rassura la doyenne des employées.

La porte de la salle des toilettes grinça, et Guylaine sortit, aussi pâle que les autres. Marie-Andrée les remercia de leur sang-froid, puis son rôle de directrice prit le dessus. Il fallait s'occuper des détails pratiques.

— Guylaine, veux-tu poser une pancarte sur la porte d'entrée : FERMÉ POUR LA JOURNÉE ?

Déjà, quelques sociétaires se présentaient à l'entrée et durent rebrousser chemin, l'un contrarié, l'autre inquiète, et deux autres simplement curieux de connaître la raison de cette dérogation à l'heure habituelle d'ouverture.

Jean-François retourna dans la voûte pour tenter d'évaluer combien de liasses d'argent avaient disparu, mais, stressé, il n'y parvenait pas. Marie-Andrée invita les employés à se réunir dans la salle du personnel et à se servir un verre, en attendant les policiers.

— Il doit y avoir une bouteille de cognac dans l'armoire, dit-elle.

— Des restants de vos *partys* des fêtes ? essaya de blaguer Jean-François.

— Des restants du dernier vol, il y a six ans ! ragea Dorothée, qui prenait quasiment cet événement comme un affront personnel.

Deux policiers patrouilleurs rappliquèrent et parlèrent brièvement à la directrice. Ensuite l'un demanda l'aide d'un collègue photographe, l'autre examina les lieux. Ils posèrent un ruban jaune à l'extérieur des deux portes, avant et arrière. Finalement, l'un d'eux débuta l'enquête.

Dans son bureau, Marie-Andrée téléphonait à la Fédération des caisses, au numéro réservé pour les urgences de ce type. On se soucia d'abord du personnel. Y avait-il des blessés ? Quelqu'un était-il en état de choc ? Oui ? Il faudrait envoyer la jeune Karine à l'urgence, dès que possible, accompagnée d'une autre employée. Évidemment, il faudrait attendre qu'elles aient fait leurs dépositions à la police. Quant au vol, avait-on une idée de la somme disparue ? De toute façon, la Fédération envoyait immédiatement deux experts pour seconder Marie-Andrée dans ces tâches inhabituelles.

Pendant que le troisième agent prenait les photos d'usage, et en attendant les deux experts de la Fédération, Marie-Andrée prit un moment pour téléphoner à la garderie. Elle avait besoin de savoir son Mathieu en sécurité.

— Oui, mon cœur. C'est maman. Tu jouais ?... Je t'embrasse fort, fort. *Bye !*

Quant à sa fille, elle ne pouvait tout de même pas la déranger en classe, pour se rassurer elle-même.

Revenant aux procédures, elle téléphona au vitrier du quartier. Il serait là dans l'heure suivante pour prendre les mesures de la vitre à remplacer, même s'il ne pouvait rien toucher avant l'accord des policiers. Elle pouvait désormais se détendre.

S'octroyant le droit d'être réconfortée à son tour, elle composa un numéro machinalement. Quand elle entendit la réceptionniste du ministère du Revenu, elle raccrocha brusquement, incrédule devant son geste instinctif. « C'est pas vrai ! Ça fait plus d'un an qu'on est divorcés, et c'est lui que j'appelle ? » Sa colère lui permit d'évacuer sa peur.

Ayant retrouvé son aplomb, elle alla se faire un café, se joignant au personnel. Elle se sentait étrangement calme. « Je n'ai pas le choix, je dois prendre soin de l'équipe. » Elle demanda à Guylaine de conduire Karine à l'urgence, dès qu'elles auraient fait leur déposition.

— Je vais demander aux policiers de vous rencontrer en priorité.

— Je peux les y conduire, proposa Jean-François.

— Le stress et le cognac, ce n'est pas compatible avec la conduite, refusa Marie-Andrée, suivant les consignes. De toute façon, on aura besoin de toi quand les gens de la Fédération arriveront.

Comme on le lui avait recommandé, elle les encourageait à parler de l'incident pour s'en libérer.

Puis, un agent commença les interrogatoires en écoutant d'abord Karine, pour la libérer le plus vite possible. Elle riait et pleurait tour à tour. Non, elle ne se souvenait de rien. Elle avait eu peur, très peur. Sa brève déposition, qui n'apportait aucune information, elle devait tout de même la signer. Cette formalité la braqua complètement. Tout son stress se concentra dans ce simple geste. On appela Marie-Andrée en renfort pour la convaincre. Peine perdue. Stressée, elle aussi, elle s'irrita contre le policier. N'en étant pas à son premier cas de vol, il comprit que la caissière était en état de choc et patienta.

Marie-Andrée s'occupa de Karine, pendant que Guylaine faisait sa déposition. Celle-ci n'avait effectivement rien vu. Avait-elle entendu quelque chose ?

— Oui. J'allais sortir des toilettes quand j'ai entendu le bruit de la vitre. J'ai pas besoin de vous dire que je suis restée cachée ! précisa-t-elle nerveusement.

Elle signa sa déposition, qui n'apportait rien de plus à l'enquête. Karine accepta finalement de signer la sienne, si sa directrice restait avec elle. Puis celle-ci appela un taxi et remit de l'argent à Guylaine.

— Essaie de penser à prendre un reçu, lui demanda-t-elle, même si c'est un détail. Surtout, donne-moi des nouvelles dès que vous serez à l'urgence, d'accord ?

Elle les regarda partir, étonnée de son sang-froid qui lui permettait de bien gérer la situation. Les dépositions continuèrent avec Dorothée, la caissière principale, et ensuite Jean-François, qui avaient ouvert la chambre forte ensemble, comme tous les matins. Avaient-ils remarqué des détails concernant les voleurs ? Quelque chose de particulier dans le ton de voix ? L'âge approximatif ? Leur stature, évaluable malgré les cagoules ? L'un d'eux avait-il une démarche spéciale ? Avaient-ils des armes ? Lesquelles ? Semblaient-ils familiers des lieux ?…

Pendant ce temps, les deux experts envoyés par la Fédération arrivèrent. Marie-Andrée s'attendait à deux hommes âgés, très expérimentés. Elle serra la main à un homme de son âge et à un autre, dans la jeune trentaine. Ce dernier commença tout de suite à poser les questions élémentaires. Marie-Andrée crut d'abord qu'il était le responsable, mais elle se rendit vite compte que le plus âgé précisait une formulation ou suggérait une étape. « Il doit le superviser. »

Dans la voûte, Jean-François et Dorothée comptèrent ensemble tout l'argent qui s'y trouvait. Puis, ils comparèrent avec les documents comptables de la veille, à la fermeture. Guylaine téléphona : Karine avait reçu un calmant et restait à l'urgence une heure ou deux, sous observation.

— Je vais rester avec elle et je la reconduirai en taxi.

La Fédération rappela aux demi-heures. Elle s'assura que l'employée en crise avait bien été conduite à l'urgence et que tout était sous contrôle. De plus, elle avait déjà contacté une compagnie offrant des services psychologiques et proposait de tenir cette consultation collective posttraumatique dès le lendemain matin, avant l'ouverture de la Caisse. En terminant, on donna à Marie-Andrée les coordonnées du thérapeute, au cas où quelqu'un aurait besoin d'aide plus tôt. « C'est rassurant de ne pas gérer cette histoire-là toute seule », reconnut-elle, sécurisée par ces contacts qui la dirigeaient dans les décisions à prendre et les gestes à accomplir. Elle informa les employés de la rencontre du lendemain avec le thérapeute, laissa un message chez Karine à ce sujet ainsi que chez Guylaine.

Quand le vitrier arriva, elle le dirigea vers les policiers, qui lui permirent de prendre les mesures nécessaires et l'autorisèrent à réparer la porte dès l'après-midi. Puis, tous les employés quittèrent les lieux, sauf elle, qui devait rester sur place à cause des comptables et du vitrier. Ses épaules s'alourdirent. Tant qu'on avait eu besoin d'elle, elle avait gardé son calme, mais plus la situation était sous contrôle, plus le stress retenu commençait à se manifester.

À l'heure du dîner, le jeune comptable sortit, et son superviseur offrit à Marie-Andrée de commander un repas pour deux. Elle accepta simplement, même si elle n'avait pas vraiment faim.

— La Fédération pense à tout, dit-elle en déballant le lunch fraîchement livré. C'est un petit geste, mais je l'apprécie. Vous le leur direz.

L'homme la regarda, un peu dépité.

— Même si je suis comptable, je peux me permettre une initiative personnelle, madame Duranceau.

Elle regarda Réjean Denault avec attention. Les cheveux poivre et sel, le regard observateur, il était à peu près de sa taille et de son âge, avec une calvitie naissante. Il était habillé avec goût, veston et cravate. À sa main gauche, aucune alliance. « Encore libre à son âge ? Il doit être gai », se dit-elle simplement.

Vers quatorze heures, la vitre de la porte était remplacée, les comptables étaient partis, et la carte de visite de Réjean Denault traînait, comme par hasard, sur le bureau de Marie-Andrée. Comme il avait griffonné son numéro personnel sur la carte, elle fronça les sourcils. « Il a de la suite dans les idées. » Puis elle fit le tour des lieux une dernière fois et partit à son tour.

Une fois dehors, enfin déchargée de ses responsabilités, elle ressentit le poids de cette journée éprouvante. Elle s'octroya de longues minutes pour respirer, puis, plus détendue, se dirigea vers son auto. « Je vais aller chercher Mathieu tout de suite », se proposa-t-elle pour se réconforter. Une voix intérieure protesta. « Ne le mêle pas à ça. » Elle rentra plutôt chez elle, arpenta la maison, incapable de se concentrer. Elle n'avait pas faim et voulait dormir. Elle s'allongea et s'assoupit, l'esprit incapable de se reposer profondément.

La sonnerie stridente du téléphone la sortit de son sommeil agité. Confuse, elle crut que c'était la nuit et, pour la seconde fois de la journée, elle pensa à Ghislain, lui demandant de répondre. Cette pensée la réveilla en sursaut, et elle finit par décrocher.

— Allô ? balbutia-t-elle.

Nicole, la gardienne, s'inquiétait qu'elle ne soit pas venue chercher ses deux enfants.

— Mais… ce n'est pas encore l'heure, répondit Marie-Andrée d'une voix ensommeillée.

Déphasée, elle jeta un coup d'œil au réveil, qui affichait dix-sept heures trente.

— Hein, il est si tard que ça ? s'écria-t-elle.

Elle bredouilla des excuses tout en sortant vivement du lit, le corps moulu comme après une heure d'exercices physiques, et assura qu'elle arrivait tout de suite. Elle se rafraîchit le visage à l'eau froide, se peigna rapidement et repartit sans tarder.

Chez la gardienne, le vol à la caisse était déjà connu, les nouvelles à la radio l'ayant mentionné. Marie-Ève l'avait appris à la garderie en venant rejoindre son frère et faire ses devoirs. Ne voyant pas sa mère arriver à l'heure habituelle, elle en était toute chavirée et pleurait à chaudes larmes, s'imaginant le pire, même si Nicole affirmait avoir parlé à sa mère. Dès qu'elle les vit, Marie-Andrée se concentra sur ses enfants pour prendre soin d'eux.

— Mon ange, la rassura Marie-Andrée en l'embrassant, tout va bien. Tu vois, je n'ai rien. J'étais retournée à la maison, mais je m'étais endormie. Tout va bien.

— Ça va ? s'inquiéta Nicole.

— Oui, oui. C'est sûr que c'est énervant, mais il n'y a pas eu de coup de feu. C'est le principal.

« Préparer à souper pour mes enfants, ça va me changer les idées et me prouver que tout va bien. »

Après avoir raconté le vol dans ses grandes lignes à Marie-Ève qui voulait tout savoir, et deux fois plutôt qu'une, Marie-Andrée n'eut plus le courage de cuisiner et commanda une pizza. Du coup, sa fille s'inquiéta. Elle le fut encore plus quand, après deux bouchées péniblement avalées, sa mère repoussa son assiette.

— Je vais me mettre en robe de chambre.

Elle n'était pas sitôt dans sa chambre que le téléphone sonna.

— Allô ?… Maman, l'appela Marie-Ève, c'est papa !

Marie-Andrée en fut émue. Deux fois aujourd'hui, elle avait eu besoin de lui, et voilà qu'il appelait. Apprenant qu'elle n'était pas blessée, il voulut alors se faire raconter l'incident.

— C'est rare de connaître quelqu'un qui vit une expérience du genre, ajouta-t-il en blaguant.

Elle termina rapidement l'entretien. Elle n'avait aucun goût de jouer les bêtes de foire. « Il se moque complètement de moi, tout ce qui l'intéressait, c'étaient les détails du vol. Il ne changera jamais. »

Puis ce fut Louise, qui venait d'apprendre l'incident au journal télévisé. Marie-Andrée, qui avait besoin de réconfort, dut, au contraire, rassurer l'aînée et raconter encore la mésaventure. Puis, ce fut au tour d'Élise, affolée, de proposer de venir la voir sur l'heure. Une fois de plus, Marie-Andrée dut contenir son stress pour rassurer quelqu'un d'autre. Même sa nièce Nathalie prit de ses nouvelles. La seule personne dont elle attendait un signe ne téléphona pas : Françoise.

Ce soir-là, Marie-Ève se releva deux fois pour être certaine que sa mère allait bien. Pour cesser ce va-et-vient, Marie-Andrée offrit à sa fille de venir dormir avec elle pour la calmer. Quelques moments plus tard, elle se colla contre la fillette endormie pour se réconforter.

Son sommeil était cependant haché et, à chaque réveil, elle allait vérifier que Mathieu dormait bien, lui aussi. Dans ses bouts d'insomnie, de sombres images revenaient la hanter. « J'aurais pu recevoir une balle. Une balle perdue, ça blesse autant qu'une autre. » Elle s'imaginait invalide ou, pire encore, tuée bêtement. Elle voyait ses enfants pleurer, leur père les amener chez lui, plus embarrassé qu'heureux de les accueillir. « Me regretterait-il ? se demanda-t-elle. Au fond de lui, Ghislain aurait-il au moins un peu de peine à ma mort ? »

L'évocation de la mort lui rappela sa mère, de qui elle tenait sa propension à imaginer le pire. « Non ! Ça suffit ! » eut-elle le courage de réagir. Malgré l'heure tardive, elle se fit couler un bain, hésita entre les algues marines, quelques gouttes d'huile essentielle à l'orange, puis revint au sel de mer. Sur le point de s'endormir dans la baignoire, elle alla se recoucher et put enfin dormir jusqu'au matin.

À sept heures, déjà levée, elle reçut un coup de téléphone.

— Marie-Andrée, tu vas bien ? demanda une voix inquiète.

Son cœur se serra de bonheur. Le temps s'effaça.

— Françoise ! Ça me fait tellement de bien de t'entendre… Oh oui ! accepta-t-elle. Viens vendredi soir… Tu resteras à coucher ? C'est une merveilleuse idée !… Oh, j'y pense, je dois aller conduire les enfants de bonne heure, samedi matin. On pourrait aller déjeuner au restaurant dans ce coin-là ? Ça fait tellement longtemps qu'on n'a pas placoté, ajouta-t-elle, profondément émue de sa sollicitude. En tout cas, ta filleule me fait de grands signes de joie d'apprendre que tu viens. Samedi est une journée tellement importante pour elle. Elle te racontera ça. O.K. *Bye !*

Marie-Andrée se rendit au travail la joie au cœur, même si c'était beaucoup plus tôt pour accueillir le thérapeute. Après la rencontre post-traumatique avec les employés seulement, mais en groupe, Karine eut besoin d'un entretien individuel qui parut beaucoup l'aider. « Elle est bien jeune pour avoir vécu un vol à main armée. J'aurais peut-être paniqué autant qu'elle, à son âge. » À son âge. Bon gré, mal gré, elle devait admettre qu'elle s'en allait vers la quarantaine. « J'ai peut-être des années de plus que Karine, reconnut-elle, mais de l'expérience aussi ! Je ne changerais pas ma place pour la sienne. »

La Caisse ouvrit, et les premiers sociétaires de la journée entrèrent. Les employés étant à leurs postes, Marie-Andrée eut alors droit à une rencontre avec le thérapeute, une rencontre privée puisqu'elle était directrice. Le psychologue, dans la trentaine, réservé et au regard perçant, l'écouta parler du stress qui s'était abattu sur elle après son départ de la Caisse.

— Vous avez réagi de façon normale à une situation anormale. Vous ne pouviez pas vous demander d'avoir une réaction d'indifférence à un danger réel.

Elle écourta l'entretien. « J'ai fait ce que j'avais à faire, on passe à autre chose. »

Ce jour-là, presque chaque client parla du vol, et les caissières leur répondirent brièvement, même si elles préféraient nettement l'oublier, revenant rapidement aux transactions bancaires. Toutes sortes d'émotions les assaillaient : l'appréhension de reconnaître la voix de l'un des voleurs, la crainte de pleurer brusquement… Guylaine jetait de fréquents coups d'œil à Karine, prête à la secourir.

— Bonjour, madame Duranceau. Vous allez bien ? s'enquit une voix d'homme au téléphone.

Agréablement surprise et flattée de l'insistance de Réjean Denault, elle préféra toutefois refuser son invitation à dîner.

— Désolée, je préfère rester ici. Les employés sont encore stressés.

— Désolée ? Cela vous aurait donc fait plaisir ?

Quand elle raccrocha, elle était encore étonnée de son attitude. « J'ai vraiment accepté de souper avec lui samedi soir ? » À quand remontait son dernier souper en tête à tête avec un homme ? Une timidité juvénile l'envahit, puis, avec une pointe d'excitation, elle fit confiance à la vie. « Pourquoi pas ? Si on n'a rien à se dire, on pourra toujours parler affaires. »

Le vendredi, à Joliette, Françoise travailla à une traduction le plus longtemps possible et prit le temps de souper et de faire la vaisselle.

— Tu vas passer l'aspirateur, aussi ? bougonna Patrice, irrité.

La visite chez Marie-Andrée n'avait pas été une proposition impulsive. Patrice avait reproché, lui aussi, à Françoise de ne pas avoir réconforté Marie-Andrée comme celle-ci l'avait déjà fait pour elle, dans des circonstances analogues. Une fois de plus, ils s'étaient disputés.

— Vas-y donc, toi, si elle fait tant pitié que ça ! lui avait-elle crié.

— Réveille-toi ! avait-il spontanément protesté. C'est toi, sa meilleure amie ! Pas moi !

Mi-rassurée, mi-jalouse, elle avait téléphoné à Marie-Andrée. Pourtant, le moment venu, elle ne se décidait pas à partir pour Anjou, il lui fallait d'abord être en accord avec elle-même. « Ma petite jalousie, se força-t-elle à admettre, c'est un prétexte. Ce n'est pas correct de ma part de lui en vouloir à cause de mon avortement. On n'avait pas fait exprès de devenir enceintes presque en même temps. Elle l'a mis au monde, son bébé, elle. Puis après ? Elle n'a pas à payer pour mes problèmes. »

Patrice la prit dans ses bras pour la réconforter.

— J'ai jamais compris ce qui s'était passé entre vous deux. Profitez-en donc pour vous réconcilier. De vrais amis, on n'en a pas tant que ça, dans la vie.

Elle se dégagea presque rudement, une lueur amère dans le regard trahissant sa jalousie tenace.

Quand Marie-Ève se précipita pour ouvrir à sa marraine, Marie-Andrée, qui attendait tellement cet instant, éprouva plutôt une bouffée de colère qui la désarma. Toute la peine que l'éloignement inexpliqué de Françoise lui avait causée remonta sous forme de rancœur.

— C'est Marie-Ève, cette belle fille-là ? s'exclama Françoise, émue. T'as tellement grandi ! Fais-tu toujours du ballet ? J'aurais aimé venir à ton spectacle, l'automne passé, mais on a eu un problème à la dernière minute, dit-elle pour s'excuser.

— Je vais en faire bien d'autres, des spectacles ! la rassura sa filleule. Demain, je passe des examens toute la journée à l'école de ballet. Si je les réussis, je commence mon secondaire dans cette école-là, l'année prochaine, en septembre. C'est long d'attendre encore un an ! soupira-t-elle.

— Dis donc, tu sais ce que tu veux, toi ! la félicita sa marraine. Et le petit Mathieu, demanda la visiteuse, il est déjà couché ?

Marie-Andrée respira de soulagement et l'amena dans la chambre du petit garçon, qu'elle n'avait jamais vu.

— Il te ressemble, je trouve, murmura Françoise.

La maman fut touchée de sa remarque. « Je l'aime tellement, mon petit garçon ! » Était-ce cette ressemblance de visage et de caractère qui les unissait tant ? Elle vivait cette maternité si différemment de la première qu'elle s'en inquiétait parfois. « Est-ce que je l'aime autant parce que c'est un garçon ? Je ne suis quand même pas devenue sexiste ? S'il fallait que ma fille pense que je m'occupe plus de lui ! »

— Ça s'est bien passé, ta deuxième grossesse ?

Étonnée que Françoise aborde le sujet qui les avait probablement séparées, Marie-Andrée se confia.

— Oh, tu sais, avoir déjà vécu le processus, c'est rassurant. Il y avait aussi un changement de fonctions et de lieu de travail. Quitter une Caisse très occupée pour un point de services plus petit et aux services restreints, même à titre d'adjointe au directeur, c'était plus reposant. Ou bien j'étais très motivée. Bref, j'étais bien. Quand Mathieu est né, j'ai retrouvé les gestes familiers. On est toujours énervée au premier, t'en rappelles-tu ?

— Certain ! Martin était tellement calme que je me levais toutes les quinze minutes pour aller voir s'il respirait encore.

— Au deuxième, j'étais moins stressée. Marie-Ève avait déjà six ans et me rendait beaucoup de petits services. Ce que j'appréciais le plus, c'était qu'elle amuse le bébé le temps que je fasse ma toilette ou que je prépare les repas.

— C'était déjà beaucoup. Moi non plus, je n'avais pas idée à quel point un bébé est accaparant.

« Peut-être que je n'étais plus la même mère, se questionna Marie-Andrée. Ça m'aurait fait tellement de bien de partager tout ça avec toi », regretta-t-elle sans oser poursuivre la conversation sur le sujet, déconcertée d'avoir perdu sa spontanéité avec son amie.

— On était enceintes toutes les deux d'un deuxième enfant, soupira Françoise à voix basse. Tu te souviens ?

Effectivement, elle était enceinte de deux mois et Marie-Andrée de près de trois, quand l'avortement avait eu lieu.

— Je ne me sentais pas capable de te revoir, ajouta-t-elle en s'assoyant à la table de cuisine. Nos bébés seraient nés à quelques semaines de différence… À la naissance du tien, ça m'a trop rappelé celui que je n'ai pas eu. Si tu savais combien j'ai trouvé difficile de vivre ça toute seule !

Marie-Ève avait pris son bain et vint embrasser sa marraine, encore intimidée par cette presque étrangère, leur dernière rencontre étant très lointaine. Françoise se rendit compte à quel point son retrait avait été long, trop long. Maintenant, elle devrait apprivoiser sa filleule. « Si seulement on oubliait aussi vite que les enfants ! » soupira-t-elle.

— Comme ça, tu veux te diriger vers le ballet ?

— Oh oui ! répondit la jeune adolescente avec enthousiasme. À l'école secondaire Pierre-Laporte, on aura douze heures de ballet par semaine. Alors, il faut être bon dans toutes les matières, parce qu'on aura moins de temps pour étudier, tu comprends.

Françoise la regarda et formula de nouveau son admiration.

— Elle sait ce qu'elle veut, ma filleule !

— Les heures de classe sont plus longues, aussi, précisa Marie-Andrée. De huit heures à seize heures trente-cinq.

Surexcitée, la fillette voulut absolument montrer quelques positions de ballet. À onze ans, ses membres étaient plus déliés, le corps plus affiné. « Comme elle grandit vite », constata sa marraine.

— Allez, bonne nuit, dit Marie-Andrée à sa fille. Tu dois être en forme pour tes examens, demain matin. Fais de beaux rêves, lui dit-elle en l'embrassant.

— Et moi, quémanda Françoise, je peux t'embrasser aussi ?

Marie-Ève l'enlaça avec moins de timidité.

— À demain matin, dit-elle en regagnant sa chambre.

— Elle est toujours aussi raisonnable ?

— Quand ça fait son affaire, oui.

— Comme toi, alors ?

— C'est quoi, être raisonnable ? répondit Marie-Andrée en enlevant enfin ses souliers et en s'assoyant confortablement sur sa jambe repliée.

— C'est s'occuper du stress des autres et ne pas penser à soi, comme tu as sans doute fait à la Caisse, lors du vol. Je mettrais ma main au feu que c'est ce que tu as fait, affirma-t-elle en riant.

Marie-Andrée la regarda, étonnée.

— Évidemment ! Je suis la directrice, c'était à moi de prendre soin des employés.

— Tu es bien comme ta mère !

Marie-Andrée fronça les sourcils, glissant machinalement sa main dans ses cheveux mi-longs. « Comme elle le faisait autrefois », remarqua Françoise avec une sorte de désillusion dans le regard qui rappela celui de sa mère, Muguette Blanchard.

— Et ta mère, elle va bien ? demanda Marie-Andrée impulsivement.

— Oui, je crois. On ne se voit pas beaucoup, tu sais. Son mari trouve Martin dérangeant. Comme s'il était un bébé : franchement, il va avoir huit ans. Mais je m'en moque : on n'a pas d'atomes crochus, mon beau-père et moi. En fait, on se voit très peu. Qu'est-ce que ça aurait été si j'en avais eu un deuxième ! railla-t-elle sur un tout autre ton, presque agressif, hargneux. Tu vois, ça faisait l'affaire de tout le monde, même s'ils ne l'ont jamais su !

« Elle y pense encore, constata Marie-Andrée, stupéfaite. Et elle n'en a parlé à personne ! »

— Françoise, lui dit-elle doucement en lui serrant la main dans la sienne, comment tu as fait pour endurer ça toute seule ? Patrice aurait compris, il…

— Compris ? sursauta-t-elle en retirant sa main brusquement, le corps raidi de colère. Compris ? Certain qu'il aurait eu intérêt à comprendre : c'est de sa faute !

La faute de Patrice ! C'était donc ça ! Françoise, qui s'était tue si longtemps, parlait maintenant sans pudeur, sans retenue aucune, se confiant comme autrefois. Tout sortait. À une étrangère, ses propos auraient pu paraître confus, mais son amie de longue date décodait les non-dits et les silences, autant que les accusations amères et terribles de la femme souffrante. « Sa peine l'étouffe. »

— Peut-être que vous pourriez faire un autre enfant maintenant ou encore dans un an ou deux ? Tu viens de me dire que vos revenus sont meilleurs.

— Dans un an ou deux ? J'ai trente-neuf ans ! Après, ce sera quarante ! Me vois-tu faire des enfants à quarante ans ?

Marie-Andrée eut un choc. « Et moi, j'en ai trente-huit ! » Elles étaient effectivement toutes deux au seuil de la quarantaine. Le savoir, c'était une chose, mais entendre ces nombres énoncés par quelqu'un d'autre les ancrait dans la réalité. Elle revit les années passer comme l'image rapide d'un magnétoscope en marche accélérée. Il lui semblait que c'était hier qu'elle quittait Valbois et débarquait à Montréal avec son frère jumeau. Le passage du temps l'affola tant elle avait des projets auxquels elle tenait et qu'elle retardait. « Quarante ans ! » L'invitation du comptable lui revint à l'esprit et la rassura. Mais elle la garda pour elle. « Je ne pense pas que Françoise ait envie d'entendre parler d'un rendez-vous galant. »

Devant son long silence et son air soucieux, celle-ci se ressaisit.

— Au lieu de te réconforter pour le vol d'hier, je viens me plaindre, dit-elle piteusement.

Marie-Andrée la rassura. Au contraire, cela lui faisait du bien de parler d'autre chose, d'oublier, ne serait-ce que pour un bout de soirée.

— Bon, si la quarantaine nous attend au coin de la rue, on va boire à ça ! proposa-t-elle pour exorciser cette perspective déroutante.

— Une eau minérale seulement, pour moi.

La fatigue de la journée se faisant sentir, les barrières tombèrent, et les confidences se firent plus profondes.

— J'en suis rendue à supporter Patrice difficilement. J'ai beau chercher, je ne trouve pas comment j'ai pu l'aimer.

« Ils en sont là, se chagrina Marie-Andrée. Eux aussi. »

— J'ai fini par lui en vouloir à cause de l'avortement. Je lui en veux d'avoir été obligée de vivre cette peine-là toute seule.

— C'était ton choix, protesta Marie-Andrée. Si tu l'avais dit à Patrice, il t'aurait aidée. De plus, il était le père, il aurait dû le savoir.

— Non. Il ne peut pas travailler plus qu'il ne le fait. Ce n'est pas de sa faute si la récession de 1981 a fait fondre la clientèle. De toute façon, il n'y avait pas d'autre solution.

Pour Françoise, toutes les raisons étaient bonnes pour tenter d'effacer la culpabilité d'avoir caché cette situation à son conjoint. Certains jours, quand elle était plus déprimée, elle avait l'impression de l'avoir dupé. C'était insupportable.

— Il est tellement rêveur, ronchonna-t-elle pour se donner meilleure conscience. Le quotidien, les comptes, la gestion de la boutique d'antiquités : tout ça, ça le dépasse.

— Il n'a pas beaucoup changé, alors !

— Oh non ! Si ça se trouve, il empire !

— Pourtant, tu l'as connu et aimé comme ça.

— Je le sais ! Mais je pensais qu'il changerait.

Et puis, Françoise avait fini par se l'avouer : elle était lasse d'être le pourvoyeur et, en plus, de se faire traiter de matérialiste par Patrice.

— Matérialiste ! railla-t-elle. Je suis matérialiste, moi ? Franchement ! J'ai les deux pieds sur terre et un enfant à faire vivre, et bientôt à faire instruire. Alors, les chiffres, oui, c'est nécessaire de les connaître ! Il faut savoir où passe l'argent, il faut prévoir ce qui s'en vient. C'est ça, être responsable, non ?

Dans tout ce discours, Marie-Andrée voyait surtout que l'amour, le bel amour absolu de ce couple, semblait aujourd'hui chose du passé. L'amour, elle l'avait aussi vu disparaître entre Marcel et Pauline. « Ils n'avaient pas les mêmes buts ; comment être heureux ensemble dans de telles conditions ? » Puis elle revit Ghislain lui parler de l'amour libre. « Nous, non plus, nous ne partagions pas les mêmes buts. » Elle chassa cette pensée inopportune et revint à Françoise et Patrice. S'il y avait un couple sur la même longueur d'ondes, quant à l'amour, c'était bien le leur. Alors, que conclure ? Que l'amour ne durait pas ? « C'est sûr qu'ils sont pas mal différents l'un de l'autre ! », admit-elle. Le sérieux de l'une et la rêverie de l'autre s'opposaient sans doute durement au quotidien.

— Mais vous le saviez avant de vivre ensemble, dit-elle à haute voix, que vous étiez différents ! C'était peut-être même ce contraste qui vous attirait l'un l'autre, tu ne penses pas ?

Françoise haussa les épaules, irritée et peinée de constater, plus que jamais, à quel point son couple, son deuxième couple, était un échec.

— Qu'est-ce qu'on connaît de la vie la première fois que l'on vit en couple, tu peux me le dire, toi ?

Françoise reparla de son rêve d'adolescente : avoir une famille nombreuse et rester à la maison pour en prendre soin. Elle n'en mesura que davantage l'écart existant entre son rêve et la réalité. Comme pour se rassurer et se consoler, elle s'écria soudain en prenant finalement un verre de vin :

— En tout cas, je n'ai pas la même vie que mes parents !

— Ouais, soupira Marie-Andrée. Je pensais ça, moi aussi. Mais le psy m'a posé des questions qui ont jeté mes illusions à terre.

— Un psy ? Tu vois un psy, toi ?

— Heureusement ! Sans ça, je serais en morceaux depuis longtemps.

Elle regretta sa confidence et détourna la conversation.

— Parle-moi de ton père, dit-elle. Il était comment ? Je l'ai vu si peu souvent. Et ta mère ? Elle agissait comment avec lui ?

Françoise parla de sa mère, Muguette, qui avait toujours plié devant son père qui décidait de tout sans jamais en parler. Marie-Andrée sursauta spontanément.

— As-tu entendu ce que tu viens de dire ? murmura-t-elle, abasourdie.

Françoise répéta sa phrase, n'y trouvant rien là de sensationnel.

— Tu fais comme eux, avec Patrice ! s'exclama Marie-Andrée. Non, mais c'est vrai ! Tu as décidé toute seule d'interrompre ta grossesse, sans lui en parler. Dans un sens, c'est comme si tu avais plié devant lui, enfin, devant son côté rêveur, disons, son côté déconnecté de la réalité financière d'un couple, d'une famille.

— Je n'avais pas le choix !

— Peut-être, mais tu l'as décidé toute seule. Et tu as fait cet énorme sacrifice sans te plaindre, en souffrant en silence. Peut-être comme le faisait ta mère. Elle souriait tout le temps, même quand ton père, amputé d'une jambe à cause du diabète, était si malcommode.

Françoise était stupéfaite, mortifiée aussi.

— Ça ne se peut pas que je me conduise comme ma mère ! Voyons donc ! Les temps ont trop changé. Je n'ai pas du tout la même vie qu'elle ! Je suis allée à l'université, j'ai une profession, je suis pigiste. Non ! Ça ne se peut pas !

Parce que le constat était trop douloureux peut-être, elle mit Marie-Andrée sur la sellette.

— Et toi ? Tu vis différemment de tes parents, je suppose ?

— Bien non, justement, avoua celle-ci avec honnêteté. Tu peux pas savoir combien ça m'enrage d'avoir mis tant de temps à m'en apercevoir.

— C'est vrai que ton père et Ghislain se ressemblent ! Deux hommes de bonne carrure, assez belle gueule, et jamais là ! Avoue qu'il n'était pas vraiment présent. Qu'il ne t'aidait pas, non plus, à la maison. Repas, enfants, ménage, tu faisais tout ça toute seule à longueur de semaine. Comme ta mère le faisait avec un mari aux chantiers. Et toi, comme ta mère, tu es efficace, ordonnée, consciencieuse, et tu fais toute la besogne croyant en être la seule responsable. Et la seule capable de le faire ! Avoue-le ! Tiens, te rappelles-tu ce que je t'avais dit à propos de ça, quand on travaillait ensemble à Valbois ? Que tu donnais toute la place aux autres ?

— ... *et que ce devait être tentant pour les autres de ne pas en abuser* ! cita Marie-Andrée avec une rancœur qui la surprit elle-même.

— Tiens, tiens ! s'écria Françoise d'un ton sarcastique. Toi non plus, tu n'aimes pas te faire dire tes quatre vérités sur tes parents, hein ?

Elles étaient là, toutes les deux, le regard vindicatif, le front soucieux, le dos redressé dans un léger recul, comme pour mieux sauter, comme deux panthères qui se défiaient. Quand elles se virent et le constatèrent, tout le stress causé par leurs retrouvailles éclata dans un fou rire impossible à contrôler. Elles riaient, riaient, et leurs rires sonores exorcisaient le chagrin de leur longue séparation des dernières années, leurs peines, leurs échecs de couple. Françoise finit par réussir à articuler, en essuyant des larmes de rire :

— Les enfants se chicanent pour savoir quel père est le plus fort. Nous, on se chicane pour savoir laquelle des deux a eu le pire modèle de couple.

Les rires diminuèrent peu à peu, s'espacèrent, et le sérieux reprit place.

— Se peut-il vraiment qu'on répète ce qu'on a vu faire ? se lamenta Françoise. Ça n'a pas de bon sens.

— C'est pas tout. Ça veut dire que nos chums ont sans doute imité leurs parents aussi !

Françoise pensa aux parents de Patrice, des fermiers de génération en génération. La mère était sereine, rieuse, et avait mené rondement sa maison en élevant une dizaine d'enfants. Son père, un fermier dans l'âme, adorait la vie en plein air, prendre soin des bêtes, cultiver, voir pousser, récolter, saison après saison. « Et il se vante que c'est sa femme qui gère les finances parce que lui, il aime les vraies affaires : *pas des chiffres plates dans un cahier.* » Elle en était abasourdie. Comme son père, Patrice exerçait un travail qui lui plaisait énormément, il était à son compte et laissait à sa femme le soin de gérer les finances familiales. Et elle, comme sa belle-mère, s'occupait des comptes, gérait la maison, élevait leur fils. « Et je suis traductrice et pourvoyeur en plus ! Le père de Patrice, lui, au moins, il faisait vivre sa famille. »

Ses pensées purent se développer à leur guise : Marie-Andrée aussi était plongée dans ses souvenirs, étudiant divers comportements, en dégageant des conséquences. Comme sa mère Éva, elle avait donné son temps d'abord aux enfants, à son mari ensuite, se pliant souvent aux décisions de Ghislain comme s'il s'était agi de décrets. « En plus, il avait ses deux soirs par semaine de conditionnement physique et, parfois, des sorties de célibataire. Est-ce que mon père, comme Ghislain, a déjà eu des maîtresses ? » se demanda-t-elle soudain pour la première fois de sa vie, évaluant qu'avec ses longues absences, il en aurait eu tout le loisir.

— Tu crois que nos parents ont réussi à sortir de ce cercle vicieux ? questionna-t-elle.

Françoise réfléchit, puis dit soudain d'un ton tragique :

— Oui, mais d'une façon bien dramatique. Mon père est mort. Et ta mère aussi.

— C'est encore plus intéressant comme cas à étudier ! s'exclama Marie-Andrée. Comment les conjoints survivants se comportent-ils dans leur nouvelle vie de couple ? Mon père s'est choisi une femme qui prend soin de lui et ne le contrarie jamais, comme le faisait ma mère.

— Ma mère s'est remariée avec un homme encore plus dictateur que ne l'était mon père, avança Françoise.

Ce triste constat dégrisa les deux femmes.

— On continuera ça demain, si tu veux, proposa Marie-Andrée. J'en ai assez pour ce soir.

— Moi aussi…

Avant de s'endormir, Marie-Andrée repensa à son souper du lendemain. Le modèle de son père et d'Yvonne, qui, comme Éva, s'occupait de tout, lui fit peur. « Il est comment, Réjean Denault ? Je ne connais rien de lui. » Puis elle s'apaisa. « Mais moi, je me connais. C'est à moi de ne pas retomber dans le même processus de tout assumer, y compris avec mes enfants. »

— Mon cœur, dit-elle à Mathieu, le lendemain matin, va porter ton assiette et ton verre dans le lave-vaisselle.

Le petit se redressa sur sa chaise, contrarié. Ses yeux brun sombre trahirent ses pensées. La mère perçut son regard et comprit. Aussi insista-t-elle sans fléchir.

— Tu es grand, maintenant, l'encouragea-t-elle pour le motiver. Tu auras cinq ans en janvier. Tu n'es plus un bébé.

La sœurette s'en mêla.

— Je le faisais, moi, à cinq ans ?

— Bien sûr ! Tu le faisais même à quatre ans.

— Bébé la la ! se moqua l'aînée.

Le petit garçon ne dit rien et poussa simplement son assiette et son verre vide sur la table en disant :

— Je fais comme papa.

Il leur tourna le dos pour aller allumer le poste de télévision et regarder des dessins animés.

Les joues de Marie-Andrée s'empourprèrent de colère. Colère de se faire dire par un enfant que l'attitude du père était plus importante que les paroles de la mère. Colère parce que l'exemple du père défaisait ce qu'elle essayait d'inculquer à son fils. Colère de se faire rappeler la servitude des femmes. Colère de ne pas pouvoir soutenir le regard insistant de Marie-Ève, qui attendait de sa mère un démenti de l'affirmation de son cadet. Pour éviter une scène devant Françoise, Marie-Andrée décida de ne pas sévir sur le coup.

— C'est l'affaire des filles ? demanda la fillette de onze ans, le regard déjà inquisiteur.

Marie-Andrée desservit avec brusquerie. « Qu'est-ce que je réponds à ça ? Si je dis oui, j'enfonce dans le crâne de ma fille que la responsabilité des tâches ménagères revient exclusivement aux femmes, si je dis non, elle va me demander comment ça se fait que son père ne m'a jamais aidée. »

— Réponds, maman ! insista Marie-Ève avec animosité.

— Non ! répondit sèchement Marie-Andrée. Non, ce n'est pas l'affaire des filles. Plus maintenant !

— Martin, demanda la fillette à sa marraine, il met son assiette dans le lave-vaisselle ?

— On n'a pas de lave-vaisselle, dit simplement Françoise, qui mesura, une fois de plus, son absence de luxe.

— Ah non ? s'exclama la fillette incrédule, comme si cette situation n'était pas envisageable.

La sonnerie de la porte retentit. Annie venait rejoindre sa copine pour leurs examens de ce matin. Selon l'entente conclue, Marie-Andrée les y conduisait, et les parents d'Annie iraient les rechercher en fin d'après-midi, déposant Marie-Ève chez son père en passant.

— Mathieu, dit sévèrement sa mère en le rejoignant au salon, ferme la télé et va t'habiller. On est pressés, ce matin. Marie-Ève ne doit pas arriver en retard à ses examens.

Le visage de Marie-Ève changea du tout au tout. Elle avait réussi à maîtriser son trac, distraite par la présence inhabituelle de sa marraine, mais il venait de la rattraper. Françoise devina.

— J'avais toujours le trac avant mes examens. C'est normal.

Sa filleule se redressa, affichant une assurance de façade, puis passa à la salle de bains.

— C'est bien ta fille, s'amusa-t-elle.

Marie-Andrée boucla le sac de Mathieu, préparé la veille.

— Tu as ton fourre-tout de ballet ? demanda-t-elle ensuite à Marie-Ève.

— Ah, maman ! J'ai pas deux ans !

Il fallut néanmoins rebrousser chemin trois kilomètres plus loin pour revenir le chercher. Cette perte de temps fit paniquer la fille et exaspéra et stressa la mère, qui dut accélérer et laisser les deux filles en vitesse à la porte de l'école. Elle n'eut que le temps de lui crier :

— Ça va bien aller, mon ange !

Quand elle stationna ensuite devant le logement de Ghislain, Françoise sortit en vitesse.

— Je vais aller conduire Mathieu ! dit-elle en lui décochant un clin d'œil.

Marie-Andrée la vit sonner et Rachel lui ouvrit. Il y eut un bref dialogue, puis Françoise revint à l'auto.

— Eh bien ! Pas jojo, la belle-mère !

— Pourquoi tu dis ça ? s'inquiéta Marie-Andrée.

— Tout traîne là-dedans. Remarque que, chez nous, ça ressemble à ça aussi, parfois. Mais je l'ai trouvée… Bah ! Ce n'est qu'une impression. Allez ! dit-elle gaiement, j'ai faim. Mon café de ce matin est loin, et du travail m'attend à la maison.

Attablée au restaurant, reprenant son souffle deux heures après son lever, Marie-Andrée eut des pensées d'encouragement pour sa fille, ressentit du trac, à son tour, pour le rendez-vous du souper, puis revint à l'anecdote du déjeuner.

— T'as entendu Mathieu ? Il n'a pas cinq ans, et il est persuadé que les tâches ménagères reviennent aux filles, soupira-t-elle, découragée. S'il fallait que Marie-Ève ait intégré ça aussi !

— Je n'en ai pas l'impression.

— Oui, mais, si le titre du fameux livre sur l'éducation des enfants, tu sais celui qui dit que tout se joue avant six ans, le livre que tant de mères ont lu dans les années soixante et soixante-dix, eh bien, si c'est vrai, ça veut dire qu'il est déjà trop tard pour Mathieu et encore bien plus pour Marie-Ève ! Rien que d'y penser, ça me rend malade ! Maman nous a donné ce modèle-là, mais ça se comprend : elle ne travaillait pas à l'extérieur. Sa tâche, c'était effectivement de s'occuper de la maison et de ses enfants.

— Tandis que nous, les femmes modernes, ironisa Françoise, on a un travail, comme un homme, on rapporte de l'argent, et on a encore la charge de la maison et des enfants. Des fois, je me demande si on a gagné au change.

Elles avalaient leur déjeuner avec appétit. Françoise ajouta :

— C'est bien beau tout ce qu'on lit, dans les livres et les magazines, sur le partage des tâches et les nouveaux modèles des parents, mais dans la tornade du quotidien, des urgences, de la vie scolaire, des problèmes de couple, de l'épicerie à faire, de la visite chez le dentiste, des problèmes d'argent, de l'éducation des enfants, on fait comme tout le monde : on s'adapte. C'est ça, la réalité !

Marie-Andrée regarda sa tasse de café refroidi.

— C'est ça que je dois dire à ma fille ? Adapte-toi ? protesta-t-elle, le front soucieux. S'adapter… Je ne me suis jamais adaptée au fait que Ghislain…

Elle se tut, honteuse d'avoir toléré ses infidélités.

— … que Ghislain te trompait ? précisa Françoise.

— Tu le savais ? balbutia Marie-Andrée, humiliée encore davantage d'apprendre que sa meilleure amie le savait.

— Il l'avait écrit sur le front. On a chacune nos problèmes, ironisa Françoise. Dans mon cas, je ne me suis jamais adaptée au fait que Patrice ne puisse pas assumer au moins la moitié de nos dépenses.

Il y eut un silence. Marie-Andrée reprit un café.

— Eh bien, Élise s'est adaptée à Hubert, ça a l'air. Elle a accepté que Pierre-Luc soit pensionnaire, deux ans plutôt qu'un, parce qu'il a échoué à ses examens de fin d'année. Mais elle en a le cœur déchiré.

— Ta sœur Diane avait refusé de s'adapter au désir de Gilbert de vivre en Afrique. Crois-tu que ça a compté dans leur séparation ? En tout cas, ajouta-t-elle d'un ton sévère, moi, j'aurais gardé les enfants. Je ne la comprends pas.

— Diane a fait ce qu'elle a pu. Les enfants sont très bien avec leur père. Gilbert, c'est tout le contraire de Ghislain.

— Dis donc, quant à faire du commérage, comment va ta belle-sœur Pauline ?

— Comme sur des roulettes ! Premièrement, elle a eu la garde de Kevin. Tu sais qu'il a déjà seize ans ? Ensuite, Camille s'entend très bien avec lui. Sa petite sœur Sandra en a cinq, c'est tout le portrait de Camille, paraît-il. Mon frère Marcel, lui, change de blonde tous les six mois.

Après que la serveuse eut desservi, Marie-Andrée ajouta :

— Je pense que j'ai vu Ghislain comme j'ai bien voulu le voir, avoua-t-elle. Le reste, je l'ai nié. Puis ce que je ne pouvais pas nier, eh bien, j'imagine que je l'ai enduré. On fait toutes ça, non ?

Françoise ne voulait pas être impliquée dans ce débat. Elle lui apprit que le quotidien avec Patrice se vivait de plus en plus difficilement.

— Des fois, je pense qu'on reste ensemble parce qu'on n'a pas les moyens de vivre séparément.

— C'est peut-être le cas de Patrice, protesta Marie-Andrée, dont le sens pratique reprit le dessus, mais toi, tu peux vivre seule ! Si tu avais un emploi à temps plein, comme tu en as déjà eu un, tu gagnerais certainement assez pour te débrouiller, même si tu prenais Martin avec toi.

Françoise le constata brusquement, comme une évidence. Comment n'y avait-elle pas pensé plus tôt ? Avant de vivre dans une sorte de communauté à la campagne avec Élise et ses enfants, et ensuite avec Patrice, elle avait eu un emploi régulier et un bon salaire. Elle avait ensuite choisi d'être pigiste, et c'était surtout son arrêt de travail pour la naissance de Martin qui avait changé la donne. Et voilà que cette réflexion spontanée remettait tout en question. « Pourquoi je subis les rêves de Patrice ? Pourquoi je les paierais, surtout ? » Son autonomie financière soudain accessible provoqua chez elle une sorte de vertige.

— Pourquoi tu ne m'as pas dit ça avant ? reprocha-t-elle.

Marie-Andrée ouvrit de grands yeux étonnés et protesta.

— Parce que ce n'est pas seulement une question d'argent ! Moi, j'ai plus d'argent, mais je ne suis pas aimée. Toi, tu n'as pas l'argent, mais Patrice t'aime, lui !

Ce cri du cœur était d'une telle sincérité que Françoise en fut ébranlée. Tant de peine, tant de disputes, tant de rancune pour en arriver à un semblant de sérénité dans une vie commune qui n'était plus depuis longtemps celle d'un couple. Depuis l'avortement, son cœur était gelé, et elle avait fini par renoncer à être heureuse en amour. Cela lui avait demandé tant d'efforts pour y arriver, et voilà qu'aujourd'hui, sa meilleure amie lui jetait à la figure que Patrice l'aimait, comme si cela était évident. Toute sa peine remonta et elle s'écria brusquement, la rage au cœur :

— De quel droit viens-tu tout bousiller ? Patrice ne m'aime plus, tu m'entends ? Il ne m'aimera jamais plus ! Comprends-tu ce que je te dis ? Tu ne vois donc pas que ça me tue ? Je lui ai tout dit à propos de l'avortement ! Depuis ce temps-là, c'est fini entre nous, tu m'entends ? Fini !

Françoise quitta la table brusquement et alla payer, terminant brutalement leur rencontre.

L'après-midi s'étira. Marie-Andrée n'avait pas vraiment renoué avec Françoise. Leur amitié s'était effilochée. « Dans le fond, se dit-elle en repassant la robe qu'elle porterait le soir, j'ai agi avec elle comme avec Ghislain : j'ai enduré sans dire ce que je ressentais. Est-ce que je vais être capable de revenir en arrière avec elle ? Quand est-ce que je vais apprendre à dire les vraies affaires au bon moment ? »

Elle suspendit la robe. « Quand on a compris quelque chose, on devrait pouvoir s'exercer avec des nouvelles personnes. Des gens qui ne s'attendent pas à un comportement particulier de notre part. » Le souper lui revint à l'esprit. Ce Réjean Denault n'était-il pas un homme nouveau dans sa vie ? « Quelle belle occasion de me conduire moi aussi en femme nouvelle ! »

Ses pensées retournèrent à sa fille. Confiante que Marie-Ève réussirait ses examens académiques et de ballet, elle avait hâte d'avoir de ses nouvelles et regardait l'heure fréquemment, s'interdisant de téléphoner chez Ghislain. Elle venait de se doucher, de se coiffer et allait vernir ses ongles quand la porte s'ouvrit.

— Marie-Ève ? s'exclama-t-elle, tu n'es pas chez ton père ?

Sa fille laissa tomber son fourre-tout.

— Je n'avais pas envie de les voir, dit-elle d'une voix si fatiguée et stressée que sa mère voulut la prendre dans ses bras.

Mais sa fille se dégagea rudement.

— Ah ! maman, je ne suis plus un bébé !

— Ça se peut, mais je n'aime pas te voir seule, ici.

— T'es là, toi !

— Oui, mais je soupe à l'extérieur.

Marie-Ève constata enfin que sa mère, en robe de chambre, s'était maquillée.

— Où tu vas ? demanda-t-elle d'un ton inquisiteur.

— Je suis invitée à souper.

— Par qui ? Élise ? Françoise ? Diane ?

Marie-Andrée fut vexée.

— Un comptable enquêteur de la Fédération des caisses.

Rassurée, Marie-Ève lui fit néanmoins un reproche.

— Tu travailles la fin de semaine ? Un samedi soir ?

— Pas du tout ! protesta sa mère. Je sors avec un homme, ce soir, pas un comptable.

Sa fille jugea cette situation menaçante :

— T'as pas le droit de faire ça. T'es supposée t'occuper de nous, tes enfants !

— C'est ce que je fais. Et je m'occupe de moi, aussi. Toi, tu aimes passer du temps avec Annie, moi, ce soir, c'est avec Réjean Denault.

— Réjean nono, ridiculisa-t-elle.

L'affrontement se corsa. La fille revendiquait l'amour maternel. Un amour exclusif. Aucun homme ne devait accaparer sa mère comme une autre femme l'avait fait avec son père. Que lui resterait-il si, comme son père, sa mère tombait amoureuse, elle aussi ?

Marie-Andrée avait vaguement entrevu cette réaction, le jour où la situation se présenterait. Cependant, comme Marie-Ève devait passer la fin de semaine chez son père, elle n'avait pas cru bon de lui parler de ce souper. Maintenant, elle avait l'air de s'en être cachée. Plus le temps passait, plus le trac causé par ce rendez-vous, le premier depuis sa séparation, augmentait, et l'altercation avec Marie-Ève n'arrangeait rien. Elle ne faisait que culpabiliser davantage. « Elle a eu une dure journée d'examens. En plus, elle a eu peur pour moi, cette semaine, à cause du vol à la Caisse. Elle n'a que onze ans ; je ne peux pas la laisser toute seule ce soir, émotive comme elle est. »

— Tu vas aller chez Annie et coucher chez elle.

— Pourquoi ? se rebiffa sa fille. Tu veux passer la nuit avec le nono ?

Marie-Andrée se justifia auprès de sa fille, affirmant qu'elle voulait passer une soirée détendue, sans devoir se soucier de rentrer de bonne heure. Rien à faire. Énervées toutes les deux, elles restèrent sur leurs positions.

À l'heure prévue, Marie-Andrée, élégante, maquillée, nerveuse comme une adolescente, intima l'ordre à sa fille de se rendre chez son amie et d'y dormir. Sa fille s'exécuta et traversa la rue paisible, digne et butée comme sa grand-mère Éva avait pu l'être.

Quand Marie-Andrée, installée dans sa voiture, vit sa fille grimper, malgré tout, les marches du petit escalier, elle ferma les yeux et remit en question le fameux souper. Puis elle se ravisa et démarra. « Laisse faire les vieilles manières de penser, ce soir, je suis une femme nouvelle qui rencontre

un homme presque inconnu, pour une relation nouvelle. »
Marie-Ève cogna à la portière. Annie et ses parents étaient
absents !

Au restaurant, Réjean Denault se leva en voyant entrer
Marie-Andrée Duranceau, élégante et ravissante. Il fut aussi
troublé qu'au moment où il l'avait vue, le matin du vol. Troublé, mais pas aveugle. Il aperçut derrière elle une fillette à
l'air revanchard, qui le dévisageait avec animosité.

— Bonsoir, Réjean. Ma fille, Marie-Ève. Elle devait
passer la soirée chez une amie, mais il n'y avait personne.

Marie-Ève s'assit et déplia le menu d'un air triomphant.

Chapitre 9

— Ce que vous me dites, répéta le psychologue, c'est que d'être sorti avec, comment s'appelait-il déjà, Réjean, de novembre à mai, ça n'a pas changé vos relations avec les hommes ?

Marie-Andrée acquiesça d'un signe de tête.

— Je suis retombée dans mon comportement habituel : me soucier de lui au lieu de me demander ce que je voulais ou ce dont j'avais besoin. Il suffit que mon chum ait des problèmes, et hop ! Marie-Andrée se précipite à son secours ! Je me décourage ! soupira-t-elle profondément. Rassurez-moi : dites-moi qu'on finit par changer !

— La vie est changement. Tout change. Prenez, par exemple, la loi interdisant la publicité sur le tabac. Cela aurait été impensable dans les années soixante. Un autre exemple. La disqualification de Ben Johnson, à Séoul.

— Vous voulez me disqualifier ? protesta-t-elle en riant. Vous avez raison.

Le psychologue reprit son idée :

— Vous vous rendez compte ? Disqualifier un athlète pour préserver l'authenticité des Jeux olympiques. On n'aurait pas vu ça il y a dix ans, même cinq ans. Gardez confiance ; les changements sont possibles. Les individus changent et la société aussi.

— Dites, y a-t-il des lois pour les rechutes dans les comportements réflexes ? blagua-t-elle à demi.

— Les comportements dus aux modèles parentaux, vous voulez dire ?

— Oui. Ceux qu'on a appris et qu'on répète sans même s'en apercevoir, sans même se demander s'ils nous représentent ou non, s'ils nous conviennent encore ou non.

— Ce qui fait de vous une adulte, c'est d'abord de percevoir ces attitudes réflexes et, ensuite, de ne pas tout rejeter, mais de choisir celles qui vous conviennent.

— Et de me débarrasser des autres, une fois pour toutes ! grogna-t-elle.

— Par rapport à ce que vous venez de dire, où se situe, selon vous, la proposition de votre ex-beau-frère ?

— Pour moi, il restera toujours mon beau-frère.

— Où se situe donc la proposition de votre beau-frère par rapport à vos comportements habituels ?

Elle soupira. Où la classer ? Comment la nommer ?

— Eh bien… disons que c'est un peu, beaucoup, contre mes principes de… de me *remettre sur le marché*, il paraît que ça s'appelle comme ça, en allant *cruiser* dans les bars ! dit-elle en riant. Seul Gilbert pouvait avoir une idée aussi farfelue ! Comme si j'en savais plus que lui sur le sujet ! Réjean, je l'avais rencontré à la Caisse, après le vol, et c'est lui qui avait été intéressé.

— Pas vous ?

— Enfin, pas au début. Par ailleurs, en dépit de ma fille, je le trouvais intéressant, disons.

— Pourquoi, malgré votre fille ?

— Vous ne vous rappelez pas ? Elle était jalouse comme une tigresse, comme si je lui appartenais.

— Elle avait peut-être peur de vous perdre.

« Me perdre. » Elle soupira. Marie-Ève avait effectivement perdu son père ; ils se voyaient de moins en moins.

Elle ne pouvait supporter Rachel malgré les efforts de plus en plus sincères de Marie-Andrée pour essayer de créer l'harmonie entre elles, pour dédramatiser le divorce aux yeux de sa fille.

— Dans le fond, je peux bien l'avouer, je trouvais ça amusant, vengeur, d'une certaine façon, qu'elle asticote Rachel. Mais quand elle a répété ce même comportement avec Réjean, et ce, dès notre premier souper au restaurant, je l'ai trouvée pas mal moins drôle. Au fait, ma fille entre enfin à l'école secondaire Pierre-Laporte, l'école de ballet, mardi prochain. J'espère que ça va l'inciter à s'occuper d'elle au lieu de ma vie amoureuse.

— La visite de votre beau-frère dans quelques jours, pour la fête du Travail, ça la contrarie ?

— Au contraire. C'est son oncle préféré. Ils se connaissent beaucoup, d'ailleurs. Nos enfants passent une partie de leurs vacances d'été ensemble, chez lui, à Chicoutimi. En plus, quand il vient reconduire ses enfants chez ma sœur, il loge souvent chez nous.

— Pour en revenir à son projet de sortie dans les bars avec vous, ça ne vous plaît pas ?

— Il ne sortira pas *avec* moi, corrigea-t-elle, on y va tous les deux, pour *cruiser* chacun de son côté. *Cruiser* ! Je trouve ça tellement humiliant.

— Pourquoi ? On devrait reconnaître instantanément votre valeur ? répliqua le psychologue d'un ton taquin.

Que pouvait-elle répondre à cela ? « Sans doute qu'il faut faire un certain effort de séduction, admit-elle, mais après ? »

— Séduire est une chose. Mais se faire aimer comme on veut être aimé, ce n'est pas simple. J'ai vécu trois ans comme colocataire avec Ghislain, et treize ans en couple, et il n'a jamais su m'aimer.

— Comment souhaitiez-vous être aimée de lui ?

Le front de Marie-Andrée se plissa.

— Il aurait dû le savoir. Quand on aime, on devine ces choses-là.

— Ce qui veut dire que vous, vous aviez deviné comment Ghislain voulait être aimé ?

Sa question l'irrita.

— Évidemment ! Ne rien lui demander ! Payer la moitié des dépenses ! M'occuper de la maison et des enfants ! Toujours être disponible sexuellement ! Le laisser baiser et procréer ailleurs ! Le rêve de tout homme, quoi !

— Il vous l'avait dit ?

— Non, mais il n'a jamais réclamé autre chose, donc il devait être content.

Monsieur Mongeon la regarda de son regard neutre.

— Donc, comme vous ne lui demandiez rien, vous non plus, il pouvait penser que vous étiez contente.

— Comment aurais-je pu me contenter de la vie que je menais avec lui ? protesta-t-elle fermement. Comment aurais-je pu me contenter de n'être qu'une colocataire pour lui ?

— Lui avez-vous déjà dit tout ça ?

— Lui dire ? Pourquoi ? C'était visible à l'œil nu, il me semble !

« Pourquoi je n'ai pas choisi une femme comme psy ? » s'irrita-t-elle. Elle s'apaisa, se rappelant fort bien le pourquoi de son choix. C'était pour éviter que Ghislain lui dise qu'elle se faisait monter la tête par une féministe. Dans le silence, elle comprit. « C'est incroyable ! J'ai même choisi *mon* psychologue en fonction de lui ! Ça ne se peut pas d'avoir été aussi fusionnelle ! »

Le psychologue finit par rompre le silence.

— Aviez-vous peur de lui dire ce que vous ressentiez ?

— Peur ? sursauta-t-elle. Non. Enfin, je suppose que non. C'est juste que… que ça aurait été inutile : il ne faisait que ce qui lui plaisait. Le reste n'avait aucune importance pour lui.

— Vous étiez convaincue qu'il ne vous aurait pas écoutée ?

— Oui, affirma-t-elle.

Le psychologue attendit, puis aborda la situation par un autre angle.

— Et maintenant, comment souhaitez-vous être aimée ?

Il la ramenait encore à elle-même. « Après la séparation, je ne voulais plus aimer, je n'y croyais plus. Après cinq ou six mois avec Réjean, je suis bien obligée d'admettre que j'étais tombée en désir, pas en amour. Mais le désir, ça dure peu. Et puis, il trouvait toujours que mes enfants prenaient trop de place. Un homme qui n'accepte pas mes enfants, ça ne pourra jamais marcher. Pour l'instant, je ne veux plus rien savoir d'une relation amoureuse. Plus tard, peut-être, mais pas maintenant. »

Devant le regard patient du psychologue, elle se décida à poursuivre.

— Si un jour, ça se présentait, je voudrais de la tendresse. Parce que c'est spontané, gratuit. Parce que c'est vrai ! Je veux la complicité, la coopération par rapport aux enfants. Je veux l'exclusivité sexuelle, aussi. Je ne pourrai plus jamais supporter d'aventures extraconjugales.

— Et l'amour ? Vous n'y croyez plus ?

— Comment voulez-vous que j'y croie ? Dans les deux cas, reprit-elle, mes amours se sont mal finies. Avec Mario, c'est moi qui ai rompu, avec Ghislain, c'est lui qui m'a quittée.

— Il vous a quittée ou il en a parlé le premier ? précisa le psychologue. Vous aviez déjà envisagé cette hypothèse, il me semble.

Marie-Andrée s'étonna, se rebiffa, puis soupira.

— Oui. J'imagine que j'aurais fini par le quitter, avoua-t-elle. Mais quand ? Ça me paraissait tellement effrayant, énorme, impensable. Rejeter seize ans de ma vie, vous vous rendez compte ? Tout recommencer. Je ne m'en sentais pas la force. Tandis que lui, il a vécu ça aussi facilement que d'aller à son travail.

— Il vous l'a dit ?

Non. Ghislain ne lui avait pas parlé de ce qu'il avait ressenti. « De toute façon, il est tellement bluffeur ! » *J'avais pas imaginé ça de même*, lui avait-il seulement dit en partant.

— Comment il a imaginé ou vécu ça, je m'en moque ! assura-t-elle. De toute façon, il est bien, maintenant, avec son *grand cheval* de trente ans.

Le psychologue n'ajouta rien. Ce n'était plus nécessaire. Marie-Andrée venait de toucher un point crucial : sa valeur personnelle, à ses propres yeux, comme femme, comme amoureuse. Que valait-elle si, dans ces deux amours, les hommes avaient choisi de vivre avec une autre femme qu'elle ? Un doute s'insinua dans son esprit. Son premier amant avait-il vraiment choisi ?

Le visage de Patrice s'imposa. « Je crois qu'il m'a aimée… » pensa-t-elle spontanément. Elle était complètement déroutée. Pourquoi, entre ces deux hommes, avait-elle choisi celui qui n'aimait que lui-même ?

Les questions du thérapeute l'obligeaient à fouiller profondément en elle-même. « Est-ce que j'ai aimé Patrice ? Je me sentais bien, avec lui, c'est vrai. Mais, soupira-t-elle comme s'il s'agissait là d'un empêchement incontournable, il m'aimait. » Stupéfaite de sa répartie, elle sentit un certain vertige s'emparer d'elle. Qu'est-ce que tout cela voulait dire ? « J'aurais eu peur d'être aimée ? se questionna-t-elle avec stupéfaction. Pourquoi ? »

— Pourquoi est-ce que j'aurais eu peur d'être aimée ? protesta-t-elle à haute voix. Qu'est-ce que j'avais à perdre ?

lança-t-elle, défiant le psychologue de trouver une réponse plausible à son cri du cœur.

— Quelque chose à perdre ou quelque chose à donner ? lui demanda-t-il.

Donner ! Le mot lui alla droit au cœur. Qu'aurait-elle eu à donner, à son tour, en échange de cet amour ?

C'était assez ! C'était trop. Sur le seuil de ce qu'elle pressentait nerveusement, comme une découverte majeure, elle prit peur et s'esquiva. « Et dire que je croyais consulter quatre ou cinq fois et tout régler ! »

Ses pensées revinrent à Patrice. « Il m'a aimée. » De cela, elle était certaine. « Mais moi, est-ce que je l'ai aimé ? Qu'aurait été ma vie avec lui ? » Une douce chaleur l'envahit à l'idée de déposer les armes. Finie la Marie-Andrée indépendante et autonome à tout prix ! À sa place, une Marie-Andrée toute en douceur et en confiance. « Oui, la confiance. J'avais confiance en lui. Jamais il ne m'aurait trompée, je suis sûre de ça ! » Elle ne voulait pas le formuler, mais c'était plus fort qu'elle. « Est-ce que j'ai fait le mauvais choix ? » se demanda-t-elle douloureusement. Puis, elle se ravisa. « Je n'ai pas fait de choix : Patrice ne m'a jamais proposé d'aller plus loin. Et si je l'avais vraiment aimé, je me serais comportée autrement avec lui. »

« Au lieu de Patrice, poursuivit-elle, j'ai choisi un indépendant qui ne voulait rien savoir de l'engagement, des enfants, du sérieux de la vie, quoi ! » Le sérieux. « Ouais… est-ce que j'en voulais tant que ça, du sérieux dans ma vie, à cette époque-là ? Je voulais surtout ne pas être comme ma mère, passer mon temps à tout dramatiser. Et je ne voulais plus avoir de peine d'amour… »

— L'heure est finie, dit-elle en se levant.

Le vendredi soir, quand elle alla conduire Mathieu et Marie-Ève – pour une fois, elle avait consenti à se rendre chez son père –, Ghislain lui proposa d'aller prendre un café au coin de la rue.

— Il faut que je te parle. Rachel va s'occuper des enfants.

Le café servi, il avait à peine commencé son boniment que Marie-Andrée se rebiffa. « C'est pour ça qu'il voulait me parler ! Il me semblait bien, aussi ! »

— Pauvre Ghislain ! s'exclama-t-elle. Tu as été frappé par le Lundi noir de la Bourse ! C'est arrivé en octobre, l'année passée, et tu as attendu tout ce temps-là pour venir te plaindre ?

Les ex-époux se dressaient encore une fois l'un contre l'autre, tous deux retranchés dans leurs besoins respectifs, contraires l'un de l'autre.

— Au moins, tu en as entendu parler, répliqua-t-il avec soulagement. C'est toujours ça.

— Le contraire aurait été difficile. Les Bourses ont pris un coup quasiment aussi gros qu'au krach de 1929. De toute façon, je travaille dans une Caisse, un tel événement financier ne passe pas inaperçu.

— Donc, reprit-il avec confiance, tu sais que les fonds de pension ont subi de grosses pertes. Pour moi, c'est un coup très dur. Ça fait que…

Devant son hésitation inhabituelle, elle devina et en fut si courroucée que, malgré toute sa bonne volonté de ne plus jouer à la mère, elle le devança, une fois de plus, ne lui laissant même pas l'odieux de le verbaliser lui-même.

— Ça fait que *je* devrais payer plus pour nos enfants pour compenser *tes* pertes ? Penses-tu que tu fais pitié parce que ton gros fonds de pension et tes nombreux placements ont diminué ? Et tu voudrais que moi qui commence à peine à économiser, je reçoive moins de pension alimentaire pour que, toi, tu puisses empiler encore plus d'argent ?

— Tu ne sais pas ce que c'est, toi, que de perdre autant d'argent d'un coup !

— Bien non, justement ! s'exclama Marie-Andrée. Je le sais pas, parce que j'en ai jamais eu assez pour le risquer, imagine-toi donc ! Payer les dépenses moitié-moitié quand tu gagnais tellement plus que moi, ça ne me laissait pas une grande marge de manœuvre, figure-toi donc ! Si tu t'attends à de la compassion de ma part pour ton triste sort, ironisa-t-elle, tu peux attendre longtemps.

Irrité que leur conversation acerbe soit entendue des clients tout proches, il baissa le ton, espérant que sa vis-à-vis en ferait autant.

— Essaie donc de comprendre. Des enfants, j'en ai trois, moi.

— On le sait ! le coupa-t-elle. Mais il n'y a pas de raison pour que tu paies moins de pension. Vous n'êtes pas à plaindre, il me semble ? Moi, au cas où tu l'aurais oublié, je suis la seule à gagner de l'argent.

— Moi aussi, tu sauras. Rachel a arrêté de travailler.

— Ah bon ! Elle ne travaille plus ! Tu la fais vivre ? demanda-t-elle, ulcérée.

— Elle a arrêté parce qu'elle est enceinte.

Marie-Andrée ne trouva rien à répondre. « Ça lui a pris des années avant de se décider à me faire un enfant, puis là, il se repart une autre famille ! Je n'en reviens pas ! » Elle le dévisagea froidement. Était-ce bien l'homme avec qui elle avait vécu si longtemps ? Leur vie commune lui parut à des années-lumière. Pendant ce temps, Ghislain interpréta son silence comme si ses arguments avaient porté.

— Puis, qu'est-ce que tu en dis ?

Sa rancune éclata d'un coup.

— Tes enfants, eux autres, krach boursier ou pas, ils mangent, ils grandissent, ils ont besoin de vêtements, puis de tout le reste. Dans quelques années, ce seront les grandes études. Puis tu voudrais que j'assume tout ça toute seule ? T'es vraiment chien, Ghislain Brodeur !

Marie-Andrée ne se comprenait pas. Malgré toute la colère qu'elle venait d'exprimer, elle se défendait mal d'un sentiment de culpabilité. «Quatre enfants avec un seul salaire.» Son expérience de la vie ne lui cachait pas que, malgré le salaire plus que confortable de Ghislain, celui-ci devrait établir un budget serré pour y arriver s'il était le seul pourvoyeur, du moins pour Sébastien et le bébé à venir. «Depuis quelques années, mon salaire a pas mal augmenté. De plus, j'ai eu un bon taux hypothécaire. Heureusement que l'économie s'est replacée. Côté financier, je n'ai pas trop à me plaindre. Mais si Ghislain réduit la pension alimentaire des enfants, quand ces derniers seront adolescents, je ne sais pas comment je pourrais m'en tirer sans difficulté en assumant tout.»

Son comportement réflexe lui sauta aux yeux. «Qu'est-ce que je fais là ? se récria-t-elle. Je prends encore tout sur mes épaules. Je me soucie de lui au lieu de penser aux problèmes que cela me causerait, à moi !» Désespérée de retomber si facilement dans les modèles parentaux dès qu'il s'agissait de son ex-mari, elle se leva brusquement et planta là son interlocuteur. Nerveuse, elle ressentit le besoin de refaire le plein d'énergie et se rendit impulsivement chez sa sœur.

En t-shirt et leggings, Diane tranchait, par son allure décontractée, avec la tenue de sa sœur, vêtue d'un chandail chic et d'un jean de bonne coupe.

— Tiens, en parlant du loup… s'exclama joyeusement sa sœur.

Gilbert venait de lui téléphoner. Changeant d'idée à la dernière minute, il lui amènerait les enfants dès ce soir, vers dix heures, au lieu du lendemain après-midi.

— Je suis tellement contente de les revoir plus tôt que prévu, se réjouit Diane. Plus ils grandissent, plus nous passons de bons moments ensemble.

«Gilbert arrive-t-il chez moi, ce soir? se demanda Marie-Andrée. Il m'a peut-être laissé un message sur le répondeur.» Elle ronchonna. «Zut! J'ai le vieux répondeur de 1980; je ne peux pas prendre mes messages à distance.»

— Au fait, dit-elle, pourquoi tu parlais du loup, quand je suis arrivée?

Diane chercha, puis éclata de rire.

— J'allais l'oublier. Gilbert te fait dire qu'il arrivera chez toi ce soir, après m'avoir laissé les enfants. Comme ça, vous allez *cruiser* dans les bars demain soir? rit-elle tout en observant la réaction de Marie-Andrée. Tu vas voir que ce n'est plus comme dans les années soixante! La faune qu'il y a là-dedans, ma fille! insinua-t-elle.

Marie-Andrée ne répondit rien. Entendre sa sœur lui parler aussi simplement du fait que son ex-mari irait dans les bars avec elle lui sembla irréel, comme une situation de téléroman. «Si maman nous entendait, elle en ferait une syncope!» Elle devait avoir l'air certainement cocasse, parce que Diane ajouta :

— Quoi? Il ne te l'avait pas dit? C'est bien lui, ça! Parce qu'il a toujours des idées de dernière minute, il pense que tout le monde embarque aussi facilement que lui dans l'inconnu.

Marie-Andrée respira de soulagement du léger malentendu, mais en fut étonnée. «Voyons, qu'est-ce qui me prend? Je n'ai rien à cacher.»

— Non, non, avoua-t-elle. Il m'en avait parlé. Disons que j'espérais un peu qu'il l'avait oublié.

— Veux-tu que je prenne tes enfants samedi? René et Sylvie seraient contents.

— Non, merci. Ghislain les emmène dimanche au Parc safari à Hemmingford. Ça prenait ça pour que Marie-Ève consente à y aller.

— Hé ! C'est une bonne idée ! Je devrais y aller avec René et Sylvie. Dis donc, demanda-t-elle mystérieusement, as-tu du temps devant toi, ce soir ?

Dix minutes plus tard, elles étaient attablées devant des cartes de tarot que l'une essayait d'interpréter, pendant que l'autre, malgré son scepticisme, commençait à réviser ses positions. À deux questions sur trois concernant le passé de Marie-Andrée, l'analyse de Diane avait donné des réponses confuses pour elle, mais très claires pour l'intéressée.

— Deux sur trois, c'est une bonne moyenne ! se rengorgea-t-elle.

Pince-sans-rire, Marie-Andrée se fit l'avocat du diable.

— Il y a quand même une réponse sur trois de fausse. Quand ça concerne le passé, la fausse est facile à identifier. Mais comment fait-on pour la reconnaître quand il s'agit de l'avenir ?

— Tu rejettes ce qui te plaît le moins.

Fébrile à l'idée de serrer ses enfants dans ses bras dans une heure ou deux, Diane ne se prenait pas au sérieux et incitait constamment sa sœur à poser de nouvelles questions mentalement et à choisir de nouvelles cartes, les lui expliquant au fur et à mesure.

— Et si tu posais une question sur tes amours ? suggéra-t-elle.

— Fais-le donc pour toi ! la défia Marie-Andrée.

La réponse fut si décevante que la pseudo-cartomancienne choisit d'en rire.

— Ce n'est pas dans ma vie pour un bon bout de temps encore ! dit-elle. De toute façon, je commence à me sentir vieille fille, puis j'aime ça.

— Même du côté sexuel ? précisa sa sœur, incrédule.

— Pour ça, il y a les bars. Tu n'as pas encore commencé ça, toi, après deux ans de séparation ?

— Non ! protesta vivement Marie-Andrée.

— C'est vrai que tu as eu un chum pendant six mois. N'empêche que, une baise d'un soir, ça défoule, puis ça ne laisse pas de traces.

— Ah oui ? Tu ne lis pas les journaux, toi ? On ne parle que du sida depuis quelques années.

— Je me protège, assura Diane, mais c'est sûr que ça fait réfléchir.

— Au fait, tu te souviens de Francis, un… (elle faillit dire : un amant de Luc et se reprit à temps), un copain de Luc, notre frère Luc ? Il a le sida.

— Comment tu sais ça ? s'étonna Diane, qui ne se souvenait pas vraiment de lui.

En fait, elle ne l'avait rencontré qu'une fois au *party* que les jumeaux avaient organisé pour elle, en juin 1968, quelques jours avant son départ pour l'Afrique.

— Ghislain l'avait croisé dans la rue, juste avant notre mariage. Il y a quelques mois, Francis m'a téléphoné.

Son visage se rembrunit. « J'aurais dû aller le voir à l'hôpital, comme je lui avais promis. »

— Avant, il était séropositif, poursuivit-elle, maintenant, il a le sida. En phase terminale, en fait.

— C'est incroyable ! Avant, on lisait ça dans les journaux. Maintenant, on connaît des gens qui en meurent !

Pour chasser ce sombre nuage, Diane revint au tarot et insista pour que Marie-Andrée pose une question sur ses amours à venir.

— Oh ! Oh ! Ça va bien, tes affaires ! s'exclama Diane.

Prise au jeu, ne souhaitant que la réalisation de ces heureux présages, Marie-Andrée voulait tout savoir et questionnait sans arrêt.

— Attends donc ! Le tarot ne parle pas seulement par les cartes elles-mêmes, mais par les relations des cartes entre elles. Laisse-moi réfléchir…

Le lendemain matin, au déjeuner, Gilbert la taquina.

— Comme ça, il paraît qu'il y a un homme qui rôde autour de toi ? Un homme avec un enfant ou plus. Au moins un, en tout cas, ajouta-t-il d'un air intrigant.

— Diane a comméré ! s'exclama Marie-Andrée en riant.

— Ça ne fait rien, puisque tu n'y crois pas ! se moqua-t-il gentiment.

La veille au soir, elle s'était demandé qui cela pouvait être. En désespoir de cause, elle avait pensé à Patrice. Même si Françoise et lui s'étaient quittés récemment (tout en continuant à vivre dans la même maison, mais à des étages différents), la seule pensée de se rapprocher de Patrice la hérissait. « Il ne m'intéressait pas dans le temps, il ne m'intéresse pas plus aujourd'hui, libre ou non. »

— Cou'donc, s'amusa Gilbert, tu as bien l'air drôle ? C'est ton rôdeur qui te fait cet effet-là ? As-tu identifié quelqu'un dans ton entourage ? questionna-t-il d'un air innocent.

Elle finit par acquiescer.

— Je pense que oui. Mais ce ne serait pas si simple.

— Il est marié ?

— Non. Enfin, il ne l'est plus.

— Alors, c'est quoi le problème ? insista-t-il, n'arrivant pas à déceler si elle souhaitait ou non l'avoir identifié.

— Une séparation ne règle pas tout, dit-elle en soupirant. Il y a aussi, comment dire, les implications émotives.

Gilbert se réjouit de sa franchise.

— On n'est plus en 1900. Le bonheur, ce n'est pas si courant ; s'il faut s'arrêter pour les raisons des autres !

— Est-ce que ça justifie de perdre des gens qu'on aime ?

Gilbert avait peine à cacher son émoi, se reconnaissant de plus en plus dans la situation délicate qu'évoquait son ex-belle-sœur. Marie-Andrée changea complètement de sujet et aborda la question des pensions alimentaires des hommes qui fondaient une autre famille. Pas plus qu'elle, Gilbert n'arrivait à trancher facilement.

— C'est toujours une question de point de vue. La femme qui reste avec les enfants, c'est normal qu'elle tienne à une pension substantielle. L'homme qui part ne veut pas non plus laisser sa chemise dans la séparation. Et la nouvelle conjointe ne veut pas voir sa vie financière hypothéquée par l'ex de son chum.

— Ouais, tu ne m'aides pas beaucoup à me faire une idée.

— Il ne te reste qu'une chose à faire, dit-il sérieusement. Te trouver un autre conjoint, toi aussi.

— Avec ou sans enfants, *boss* ? s'amusa-t-elle.

— Sans enfants, il aurait peut-être plus d'argent.

— Mais il ne connaîtrait rien aux enfants et me voudrait pour lui tout seul. J'ai déjà donné ! Réjean Denault était comme ça.

— Tu ne t'en sors pas. Il te faut un bon père de famille, comme moi ! ajouta-t-il avec des gestes caricaturaux, en se lissant les cheveux d'une main et en redressant l'autre bras dans une position de culturiste.

— Un homme avec des enfants ? dit-elle en feignant l'indignation. Ça veut dire qu'il n'aurait pas plus d'argent que moi, ça. En plus, rien ne dit que ses enfants et les miens s'accorderaient ! Rien à faire ! Il me faut un veuf, donc pas d'« ex » dans le décor, et avec de grands enfants déjà partis.

— Dans ce cas-là, il sera vieux ! fit remarquer Gilbert en riant.

— La quadrature du cercle ! conclut-elle.

— Si je comprends bien, c'est ça qu'on va chercher ce soir ! rappela-t-il.

— Dis donc, on s'habille comment dans les bars ? demanda-t-elle tout à coup.

Ils s'amusèrent à se montrer leurs vêtements comme deux adolescents qui sortaient pour la première fois pour, finalement, se retrouver dans un centre commercial bruyant, ahuris au milieu de la foule, prêts à se fier à la première vendeuse venue pour fuir au plus vite.

Finalement, ils ne portèrent que la moitié des vêtements achetés et arrivèrent, vers vingt heures, dans un bar presque désert. Une heure plus tard, ils allaient renoncer et repartir quand la *faune*, selon l'expression de Diane, commença à entrer.

— Dis donc, reculez-vous l'heure en septembre, à Montréal ? s'esclaffa Gilbert.

— Pourquoi tu dis ça ?

— Le monde arrive bien tard !

— On aurait peut-être dû le demander à Diane. Elle a l'air de connaître ce genre d'endroit plus que nous autres.

— C'est justement sur ses conseils que j'ai décidé de *cruiser*, précisa Gilbert. Diane et moi, on se connaissait assez pour savoir que les relations sexuelles nous manqueraient. On a même baisé ensemble quelques fois. Vous ne vous êtes jamais parlé de ça, entre sœurs ?

— On n'est pas des gars, nous autres ! lui répondit-elle du tac au tac.

— Et de faire l'amour ? Ça te manque ?

Ils se regardèrent droit dans les yeux. La question était vraiment indiscrète, et Marie-Andrée eut envie de le revirer. Puis, elle se ravisa. Après tout, ils étaient tous les deux dans la même situation.

Elle prit le temps de choisir ses mots, tout en glissant sa main dans ses cheveux.

— Au début, d'être enfin libérée d'un quotidien fait de disputes, c'était ça, le plus important pour moi, dit-elle. Ne pas voir mes projets contrecarrés pour tout et pour rien était apaisant, tu ne peux pas savoir. Après, la sexualité m'a manqué, je ne m'en cache pas. Des soirs, je ne te mens pas, je ne sais pas ce que j'aurais fait.

— Mais tu n'as rien fait. Moi non plus, à part quelques petites aventures ici et là. Mais j'ai besoin de plus que ça.

— Moi aussi. Et puis, la libido, ça se calme quand rien ne se passe.

— Pas pour les hommes ! s'exclama-t-il. Enfin, moins vite que pour les femmes, disons.

Changeant de ton, elle ne put résister à lui demander :

— Diane et toi, vous êtes capables de vous parler de ces affaires-là ? C'est pas avec Ghislain que je ferais ça.

— Ce n'était pas pareil, nuança-t-il sereinement. Nous ne nous sommes pas quittés pour quelqu'un d'autre. Remarque que, au début de notre séparation, c'était différent, mais avec les années… En sept ans, il en coule de l'eau sous les ponts.

— Ça vous a pris combien de temps avant de… d'être capables de vous parler ? demanda-t-elle en espérant une réponse encourageante.

— On m'avait dit : *La moitié du temps que vous avez été ensemble.*

— Tant que ça ? s'écria-t-elle, démoralisée.

— Tu vois, Diane et moi, on vient de l'atteindre, cette fameuse moitié. Mais c'est progressif, au fond. Bon, ça suffit pour les « ex ». On danse ?

— Je pensais qu'on cruisait chacun de son côté !

— Vois-tu des prétendants à l'horizon ? se moqua-t-il en plaçant sa main en visière.

Elle éclata de rire.

— Je n'ai pas eu le temps de les regarder !

— Moi non plus !

Ils s'amusaient tellement ensemble qu'aucun homme ne vint vers Marie-Andrée, et Gilbert ne remarqua pas vraiment de femme, lui non plus.

— La prochaine fois, dit-elle en rentrant, on ferait mieux de *cruiser* chacun de son bord.

— Je ne sais pas si on aura autant de plaisir, par exemple !

— Ça serait difficile à battre, admit-elle, fatiguée du bruit, mais ravie de sa soirée. Ça faisait longtemps que je n'avais pas autant ri ! le remercia-t-elle.

— Moi aussi, renchérit-il. Je me sens redevenir un homme fringant.

Ils se regardèrent. « Embrasse-moi ! » souhaita-t-elle soudain. Il la devina, le fit, mais sur la joue et lui souhaita bonne nuit. « Au fond, c'est mieux de même. L'ex de ma sœur, ça n'aurait pas de bon sens. »

Elle fut réveillée le lendemain matin par le coup de téléphone d'un inconnu. Déjà dans la cuisine en train de préparer le petit déjeuner, Gilbert ne discerna pas de mots, mais il entendit la voix de Marie-Andrée changer à chaque phrase : endormie, tout à fait réveillée, incrédule, résignée. Le son d'un téléphone qu'on raccroche puis le silence. Ensuite, il crut entendre pleurer. Il s'approcha aussitôt de la chambre et frappa doucement.

— Marie-Andrée ? Ça va ?

Elle sortit lentement. Effectivement, des larmes coulaient sur ses joues. Il la prit contre lui.

— Francis est mort. Francis, c'était le monde de Luc, pleurait-elle. C'était notre arrivée à Montréal. C'était notre époque de jeunes adultes colocataires, l'époque de nos premières amours. Avec la mort de Francis, Luc vient de mourir pour la deuxième fois, confia-t-elle avec une immense tristesse.

Gilbert ne connaissait pas ce Francis et si peu son beau-frère Luc, décédé quand Diane et lui étaient en Afrique. Il ne posa pas de questions, la laissa pleurer contre lui, la laissa se dégager, la laissa se reprendre, la laissa se remettre à pleurer, recroquevillée au creux d'un fauteuil.

Il avait dans ses bras la femme sensible qu'il avait toujours perçue. «Diane la trouve forte. C'est vrai, mais en dedans, c'est une petite fille qui a besoin de tendresse.» Tout l'amour qu'il avait offert à Diane et qu'elle n'avait jamais su comment accepter, il l'offrait à Marie-Andrée en ce moment.

Elle sécha ses larmes, parla du deuil de Luc, et Gilbert découvrit la profondeur de leurs liens de jumeaux.

— Tu as aidé tout le monde après l'accident. Mais toi, qui t'a consolée?

— Élise faisait tellement pitié; elle était complètement démunie. Mes parents aussi. Comment voulais-tu que je vive ma peine?

Marie-Andrée le regarda avec une telle reconnaissance dans le regard qu'il en fut bouleversé. «Est-ce que quelqu'un l'a déjà aimée?» se demanda-t-il avec une surprise mêlée de tristesse.

— Gilbert, trouves-tu qu'on vieillit? Au mois d'août, le 8 du huitième mois 1988, quand Félix Leclerc est mort, ça m'a fait tout drôle. C'était comme si une partie de notre histoire venait de mourir avec lui.

— Un style de vie, une certaine poésie, en tout cas. On pourra dire à nos petits-enfants qu'on l'a connu. Pas intimement, mais on a été contemporains. Moi, c'est le départ de Fernand Séguin qui m'a fait mal. C'était mon idole. Regardais-tu ça, toi, son émission *Le sel de la semaine*? On n'en fait plus des émissions riches comme ça. De vraies entrevues, avec des gens qui ont du vécu et des choses à dire. Pas de la publicité pour des shows !

— Ti-Jean Carignan aussi est mort cette année. Ce bonhomme-là m'a toujours émue. Pas d'études musicales, mais une telle passion pour le violon qu'on aimait cet instrument juste à l'écouter en jouer.

Il l'écoutait et la découvrait à travers ce qu'elle aimait. Puis elle le remercia :

— Gilbert, lui dit-elle tout à coup, ça ne m'est même pas venu à l'idée de m'excuser d'avoir pleuré devant toi.

— C'est ce que tu m'as dit de plus gentil depuis qu'on se connaît.

Il lui prit les mains et les serra entre les siennes. Marie-Andrée ferma les yeux. Un profond réconfort l'habita, guérisseur, apaisant.

— Tu retournes à Chicoutimi aujourd'hui ? regretta-t-elle.

— Oui. Les enfants pourront se reposer demain, avant de commencer leur année scolaire. C'est pour ça que je suis arrivé vendredi plutôt que samedi.

Le quotidien les reprenait.

— Ils en sont où ?

— René commence sa sixième, Sylvie, sa troisième. Et les tiens ?

— Marie-Ève entre au secondaire et Mathieu en première année. Et moi, je n'en finis pas de suivre des cours d'informatique pour rester à jour. En plus, je suis régulièrement des formations sur le développement des services aux entreprises : le commercial et l'institutionnel, précisa-t-elle.

Le téléphone sonna de nouveau. Marie-Andrée craignit une autre mauvaise nouvelle, mais se raisonna : « Une par jour, c'est assez. » Pourtant, c'était bien le cas. Diane lui apprit que leur sœur Louise, en larmes, venait de lui télé-phoner. Yvon avait eu le résultat de ses examens médicaux après quelques jours à l'hôpital. Il avait le cancer. Louise avait besoin de réconfort, et Diane se précipitait à son chevet.

— Viens-tu avec moi ?

— Bien sûr ! accepta spontanément Marie-Andrée. Je laisserai un message à Ghislain. J'irai chercher les enfants ce soir en revenant plutôt qu'à l'heure du souper. Je te prends dans une heure, ça te va ?

— Passe-moi Gilbert, dit fébrilement Diane.

Dans l'effervescence de leurs départs précipités, Gilbert et Marie-Andrée furent happés par les détails con-crets de la vie.

Les trois sœurs se rejoignirent à l'hôpital de Granby, dans le hall vitré.

— Je voulais vous parler avant que vous montiez à sa chambre, dit Louise. Yvon ne veut pas croire qu'il… qu'il est malade, dit-elle, refusant, elle aussi, le cancer à sa manière en occultant le terme.

— Il est révolté ? crut Diane.

— Non, il le nie.

— C'est peut-être sa façon d'exprimer sa révolte, sug-géra Marie-Andrée.

Trois sœurs. Trois façons de réagir.

— Et toi, Louise, comment tu prends ça ? se soucia Diane en passant son bras autour de son épaule.

L'aînée se dégagea, se redressant fermement.

— Pour l'instant, c'est à Yvon que je dois penser, pas à moi.

— L'un n'empêche pas l'autre, nuança Marie-Andrée.

— C'est ce que maman aurait fait, s'obstina Louise.

— C'était sa manière de voir, c'est vrai. Mais toi, Louise, de quoi as-tu besoin ?

L'aînée, déconcertée, resta sur ses positions.

— Bon, on va monter. Yvon va se demander ce que je deviens, je lui ai dit que j'allais à la cafétéria.

Marie-Andrée les suivit sans rien ajouter. «Elle est fière d'imiter maman. Mais elle n'est pas maman ! Elle ne se demande pas ce qu'elle ressent. C'est peut-être plus facile de se modeler sur une autre personne que de s'assumer comme personne, différenciée.» Songeant aux horizons que sa thérapie lui ouvrait, elle regretta, un instant, que Louise ne cherche pas à mieux se connaître. Un instant seulement parce que, en entrant dans la chambre à deux lits, et en découvrant son beau-frère, elle comprit sa sœur aînée de se raccrocher à des valeurs sûres : celles qu'elles connaissaient depuis l'enfance.

Yvon, le mari de sa sœur aînée, sportif, directeur d'école primaire et homme mûr près de la cinquantaine, cet homme-là, en jaquette bleue d'hôpital, assis dans le grand lit blanc, cet homme-là n'était plus Yvon Mercier, mais un malade aux yeux inquiets.

— Quant à t'offrir un congé, le taquina Diane, attends au moins que l'école soit recommencée !

«Ce matin, la mort de Francis. Maintenant, le cancer d'Yvon. On n'est jamais préparé à la maladie et à la mort», pensa Marie-Andrée. Elle poussa un profond soupir résigné. «On croit que les autres sont éternels, on agit comme si on était tous éternels. Mais les gens meurent à n'importe quel âge, emportant avec eux une partie de notre histoire.»

Sa décision se prit en un instant : elle devait préparer ses enfants à la maladie et à la mort. Les préparer, dès maintenant, à ces réalités de la vie humaine.

Aussi, le lendemain après-midi, les amena-t-elle au salon mortuaire. Elle les avait préparés en leur parlant de leur oncle Luc et de leur grand-mère Éva, qu'ils n'avaient pas connus. Ils avaient regardé des photos de moments heureux avec eux.

— Lui, c'est le papa de Pierre-Luc et de Geneviève, leur avait-elle dit. Elle, c'est ma maman à moi.

— Tu vas mourir aussi ? s'énerva Mathieu.

— Oui, dit-elle simplement. Mais plus tard, peut-être quand je serai très, très vieille.

— On ne le connaît pas, Francis ! protesta Marie-Ève. Pourquoi on irait le voir ?

La question était pertinente.

— Parce que c'est ma façon de vous expliquer pourquoi votre grand-mère et votre oncle ne sont plus là.

Leur entrée au salon mortuaire ne passa pas inaperçue. Beaucoup d'amis de Francis étaient homosexuels comme lui et, à part la famille du mort, la majorité des visiteurs étaient masculins. Le cercueil était fermé, et une photo encadrée de Francis ornait le couvercle en chêne. Marie-Andrée était déçue. Elle aurait voulu le regarder une dernière fois pour, peut-être, s'excuser de ne pas l'avoir rappelé ni d'être allée le visiter. Parler mentalement à une photo ne l'inspirait pas. Étrangers aux pensées et aux émotions de leur mère, ses enfants étaient plus impressionnés par le silence relatif que par la dépouille, invisible à leurs yeux.

Ne connaissant personne, Marie-Andrée fit une brève visite. En partant, elle aperçut, dans l'autre salle, le corps d'un vieillard exposé. Elle alla se recueillir près de lui, capable, maintenant, de parler intérieurement à Francis. Mathieu monta sur l'agenouilloir et regarda l'homme attentivement. Puis, il se tourna vers sa mère avec un regard effrayé.

— Viens, mon cœur, on peut s'en aller à présent.

Contrairement à son habitude, Mathieu ne prononça pas une seule parole de tout le trajet. Au souper, il était agité, presque nerveux. Quand sa mère alla l'encourager pour sa première année scolaire qui commencerait le lendemain matin et lui dire bonne nuit, il la laissa faire, puis la rappela soudain quand elle fut sur le point d'éteindre la lampe.

— Maman, demanda tristement le garçon de six ans, mon oncle Luc et grand-maman Éva, ils étaient comme ça, dans la tombe ?

— Oui, répondit sa mère, incertaine d'avoir bien compris le sens de sa question.

— Quand je vais mourir, insista-t-il, je vais être comme ça, moi aussi, même si je ne suis pas méchant ?

— Comme quoi, Mathieu ? s'étonna-t-elle.

Les yeux du petit garçon s'emplirent de larmes.

— Enchaîné ! cria-t-il en se mettant à pleurer. Je ne veux pas être enchaîné avec des chaînes noires !

Dans ses larmes, il y avait de la peur. Marie-Andrée n'y comprenait rien, sauf que Mathieu était traumatisé.

— Ça t'a fait peur d'aller au salon mortuaire ? lui demanda-t-elle en le prenant dans ses bras.

— Non ! protesta-t-il en se dégageant. C'est les chaînes ! Je ne veux pas être enchaîné comme le monsieur.

Marie-Andrée essayait vainement de visualiser ce qui avait bien pu le traumatiser à ce point. De quoi parlait-il ?

— Où elles étaient, les chaînes, mon cœur ?

— Dans ses mains ! Il avait les mains enchaînées !

Un chapelet ! Son fils confondait un chapelet avec des chaînes ! « Oh, mon Dieu ! »

— Mais non, Mathieu, rectifia-t-elle, ce ne sont pas des chaînes ! C'est un chapelet, seulement un chapelet noir.

L'enfant la regarda, perplexe et candide.

— C'est quoi, un chapelet ?

Marie-Andrée en resta bouche bée. Ses enfants, du moins Mathieu, n'avaient aucune notion des objets religieux. Du coup, toute son enfance lui parut lointaine, déphasée. « Je suis d'une autre génération. Et je n'ai rien légué à mes enfants quant à la religion. » Mais la religion n'était-elle pas, au fond, un questionnement sur le sens de la vie ? « Je les ai privés de l'essentiel ! » comprit-elle, désemparée.

Chapitre 10

Cette date sur le calendrier, elle l'avait regardée distraitement en début d'année, puis y avait accordé une certaine attention au printemps. Aujourd'hui, elle l'entoura d'un cœur, au stylo. Elle y était presque : ce mois-ci, en août 1989, Marie-Andrée atteindrait quarante ans.

En soi, cet âge marquait une année supplémentaire, sans plus. Il n'en était pas moins investi d'une connotation émotionnelle et sociale ambiguë. La chanson de Ferland tournicota dans sa mémoire : *C'est à trente ans que les femmes sont belles ; après, ça dépend d'elles.* Elle en rit. «La beauté, ça commence dans la tête et dans le cœur.» Elle n'était pas vraiment effrayée par ses quarante ans, mais ce changement de décennie marquait néanmoins une étape importante de la vie, de sa vie. Quelques cheveux plus pâles, une ride ici et là sur le visage, moins de fermeté un peu partout. Autant l'accepter : le corps avait connu son apogée. «Au moins, c'est pareil pour les hommes et les femmes !» se consola-t-elle avec humour.

Soucieux d'une tout autre réalité, Mathieu revint à la charge.

— Papa a dit oui, insista-t-il.

— Et ton papa, répliqua-t-elle, c'est lui qui va se lever aux aurores pour t'y conduire et t'attendre ?

— C'est quoi, les aurores ? dit le gamin d'un air perplexe.

— Cette expression veut dire : tôt, très tôt, mon cœur.

« Parce que Ghislain lui a mis dans la tête de jouer au hockey, je devrais me lever à six heures le samedi matin, forcer Mathieu à ouvrir les yeux parce qu'il est dormeur, ensuite aller geler à l'aréna. Je ne suis pas mesquine, mais pendant sept ans, j'ai servi de taxi à ma fille pour ses cours de ballet. Cette fois, c'est au tour du père de s'impliquer. »

— Arrange-toi avec ton père, répondit-elle simplement. Le hockey, c'est une affaire de gars.

Auparavant, c'est-à-dire quelques mois à peine, elle aurait ragé, discuté, culpabilisé… pour finir par accepter, de crainte de priver son fils d'une activité plaisante ou éducative. Aujourd'hui, elle redonnait au père la responsabilité de son projet, sans intervenir. Une telle fierté se lisait sur son visage que Mathieu lui demanda :

— Pourquoi tu ris, maman ?

— Je souris parce que je suis fière de moi. Et de toi, mon cœur.

« Ça commence à rentrer. Combien de fois j'ai remis ma thérapie en question parce que les résultats ne se manifestaient pas assez vite à mon goût. *Patientez ! On ne change pas de comportements en deux séances et trois essais ! Donnez-vous le temps d'essayer, de rechuter, de vous reprendre. Autrement dit, d'habituer votre cœur, votre mental et votre corps à d'autres attitudes qui, petit à petit, deviendront des habitudes.* Depuis six mois, j'ai cessé de rencontrer mon psychologue, mais aujourd'hui, j'ai envie de lui laisser un message juste pour lui communiquer ma victoire. Marie-Andrée, se dit-elle affectueusement, tu commences à être à mon goût ! »

— Maman ! l'appela Mathieu, téléphone en main, papa veut te parler.

Sa confiance se fissura, mais Marie-Andrée se reprit vite en main.

— Allô ? … Oui, c'est ce que j'ai dit à Mathieu… Ce serait trop tôt pour toi ? répéta-t-elle d'un ton neutre.

Les réflexes revenaient précipitamment. « Pour moi, c'est pas trop tôt, je suppose ? Respire. Reste calme. Oui, je sais que les nuits sont courtes avec un bébé de six mois, mais c'est pas le mien. »

— Es-tu là ? grogna-t-il.

— Oui, dit-elle calmement.

Rien d'autre. « Que j'en ai dit des paroles inutiles dans ma vie. Me justifier de tout. Suggérer à tort et à travers. Reprocher. Me reprocher. »

— Dis quelque chose ! s'exaspéra Ghislain. Qu'est-ce qu'on va faire ?

— *On* ? C'est qui, *on* ? Mathieu et toi ?

À la fin de la brève conversation, elle raccrocha sans émotion et sans culpabilité. Cette attitude nouvelle, le résultat de tant d'efforts, lui donna l'audace de concrétiser son projet inusité.

Fêter cet anniversaire plus qu'un autre était aussi une façon d'apprivoiser le nombre. Comme tant d'autres femmes à cette étape de leur vie, sans doute, elle se demandait si elle saurait toujours attirer et plaire. « Il y a tellement d'hommes qui ne se fient qu'aux apparences. » Elle rit de sa remarque stéréotypée. « Mais ces hommes-là ne t'intéressent pas, de toute façon. »

Parfois, elle regrettait d'avoir perdu son temps et ses années de jeunesse avec Ghislain. « J'aurais dû me séparer avant. » Avant ? Elle savait fort bien pourquoi elle ne l'avait pas fait : elle était persuadée qu'elle le changerait, que les enfants et la vie le changeraient. Il y avait eu, aussi, une certaine lâcheté de sa part. Recommencer à apprivoiser quelqu'un d'autre, se laisser apprivoiser par quelqu'un d'autre. Dans sa thérapie, elle avait à peine abordé son rapport avec l'amour. Avait-elle peur d'aimer ? Pourquoi ? Puis elle sourit. « Il y a un temps pour réfléchir et un autre pour vivre. »

Pour tout dire, elle se sentait heureuse comme jamais elle ne l'avait été. Plus elle renonçait à en vouloir à Ghislain, plus elle récupérait une énergie qui l'étonnait encore. « Je n'avais pas pris conscience à quel point il occupait mes pensées, combien j'avais mis en lui tous mes espoirs, toutes mes attentes, pendant tant d'années. Peut-être que je deviens simplement consciente de ce que je vis. »

Indépendamment de la thérapie, elle n'écartait pas, non plus, l'hypothèse que ses nouveaux réflexes ou son appréciation nouvelle des petites choses agréables de la vie soient peut-être dus, tout simplement, à cette étape de son existence. « Il paraît qu'autour de quarante ans, on change beaucoup sa vision de la vie. Je ne pensais pas que ce serait autant et, surtout, en mieux. »

Quoi qu'il en soit, cette fête, elle la souhaitait mémorable. Et avec qui accueillir dignement ses quarante ans, sinon avec des femmes de son âge, dont les chemins, pourtant différents, croisaient le sien ? Les siens, aurait-elle pu dire, tant il lui semblait qu'elle avait bifurqué à plusieurs reprises, selon les événements.

En dépit d'une certaine hésitation, elle choisit consciemment d'inviter Françoise même si leurs rapports s'étaient révélés chaotiques, ces dernières années. « Notre amitié est plus forte que ça », espéra-t-elle.

— Je ne sais pas trop, répondit vaguement cette dernière.

— Pourquoi pas ? On se connaît bien, ce n'est pas comme si on était des étrangères !

Marie-Andrée ne put lui soutirer qu'une vague promesse d'y réfléchir et en fut agacée. L'appel suivant provoqua un éclat de rire frondeur.

— Tu cours après les ennuis, ma petite sœur ! s'amusa Diane. La vérité, on n'est pas toujours prête à l'entendre. Mais, compte sur moi, je ne manquerai pas ça.

« On sera au moins deux ! » s'encouragea Marie-Andrée. La troisième invitation faillit provoquer une hystérie.

— Jamais ! refusa carrément Élise.

— Mais c'est seulement entre nous, protesta-t-elle, étonnée de cette vive opposition.

— Entre nous ? Tu te moques de moi ? Cette émission est regardée par, je ne sais pas, un quart du Québec, et tu oses me dire que ce sera entre nous ?

— Attends ! s'écria Marie-Andrée, pour l'empêcher de raccrocher. Ça se ferait chez moi !

— Chez toi ou en studio, c'est pareil ! C'est non !

Marie-Andrée comprit soudain le quiproquo.

— Mais non ! On ne passera pas à l'émission ! C'est juste entre nous, pour jaser ensemble. Faire comme si !

Élise comprit enfin. Par comparaison avec le stress des minutes précédentes, le projet réel lui apparut presque puéril, et l'initiative, amusante. Elle accepta et, curieuse, demanda qui serait là.

— Françoise n'est pas décidée ? s'étonna-t-elle. Laisse-moi faire, je l'amènerai.

Marie-Andrée raccrocha, fébrile. « Bon, on sera au moins trois, peut-être quatre. » Elle convint cependant que six ou huit personnes créeraient une rencontre plus dynamique, surtout si les autres invitées étaient plus âgées ou plus jeunes, ce qui mettrait encore plus en lumière les caractéristiques de la quarantaine. Elle songea tout naturellement à d'autres membres de sa famille, dont Louise. Par contre, les valeurs de sa sœur aînée étaient si semblables à celles de leur mère que la puînée avait toujours eu l'impression qu'une génération, au moins, les séparait. « Tant mieux, elle aura plus de recul face à cet âge charnière ! » se dit-elle avec une confiance nouvelle.

Sans trop savoir pourquoi, elle pensa aussi à Dorothée, la caissière principale du point de services où elle travaillait jusqu'à tout récemment, avant d'accéder au poste de directrice d'une Caisse. « On ne travaille plus ensemble, on peut se permettre de se voir en amies. » Mais Dorothée s'intégrerait-elle au groupe ? Son fils paraplégique requérait-il sa présence tous les soirs ? Dans le doute, Marie-Andrée préféra s'abstenir. « Réunir seulement des membres de ma famille, à part Françoise qui en fait quasiment partie, ce sera plus homogène et plus propice à l'échange. »

Elle récapitula : Diane, Élise et elle, trois personnes. Françoise ? À voir. Cela ferait donc trois ou quatre femmes autour de la quarantaine. Louise représenterait la cinquantaine. Pour parler de la trentaine, pourquoi pas Josée, la nouvelle conjointe de Marcel, de quinze ans plus jeune que lui et qui travaillait en relations publiques ? « Elle discute facilement, ce serait intéressant d'entendre son point de vue. » Marie-Andrée aimait bien sa jeune belle-sœur ou plutôt ressentait une sorte d'admiration pour cette femme si déterminée, sûre d'elle, sachant naturellement et sans prétention mettre son corps et son intelligence en valeur. « Parfois, j'ai l'impression que Marcel a choisi une femme comme Pauline, mais celle-ci n'aura jamais l'assurance innée de Josée », se ravisa-t-elle.

Rachel lui vint à l'esprit. Elle aussi était dans la jeune trentaine. Dans son élan d'adopter de nouvelles attitudes, Marie-Andrée faillit souscrire à cette idée, idée qu'elle rejeta néanmoins. « Vieux réflexes ou pas, n'exagérons rien. »

En cherchant une autre jeune femme, l'aînée de ses neveux et nièces lui vint à l'esprit. Quel âge Nathalie avait-elle maintenant ? Un bref calcul la fit sursauter. « J'ai une nièce de vingt-neuf ans ? » C'était presque l'âge de Rachel et de Josée. Le chevauchement de générations la stupéfia. Sa nièce Nathalie avait presque l'âge de la conjointe de son oncle Marcel qui, lui, était à peine plus jeune que sa sœur Louise, l'aînée et la mère de Nathalie. Une fois le choc passé, Marie-Andrée se frotta les mains. « Quelle rencontre animée ça va faire ! »

Autre détail à régler : un samedi ou un dimanche ? « Sauf Élise, on travaille toutes le lundi matin. » Elle retint le samedi. Un dîner ou un souper ? « On a toutes besoin du samedi matin pour faire le ménage et les courses. » L'invitation serait donc pour un souper, le samedi suivant. Au milieu du mois d'août, l'apéritif pourrait peut-être se prendre à l'extérieur. « Mathieu sera chez son père, comme d'habitude, Marie-Ève aussi ou avec Annie. On pourra placoter en paix. »

Le jour dit, Louise et Nathalie, toutes deux des environs de Granby, arrivèrent les premières, avec l'auto de Nathalie.

— On arrive tôt, mais on repartira tôt aussi, rappela Louise. Le cancer d'Yvon a beau être en rémission, je n'aime pas me sentir loin. Il n'en parle pas, mais je sais qu'il angoisse, parfois. Je l'ai su par mes enfants.

— De toute façon, ajouta Nathalie, je ne veux pas rentrer tard, moi non plus. Je ne suis pas habituée à conduire à Montréal, la nuit.

Elle nia la véritable raison de ne pas s'attarder. Parce que son copain Jean-Philippe avait gentiment accepté son absence inhabituelle un samedi soir, elle se méfiait de lui, même si, en deux ans de vie commune, il ne lui avait donné aucun motif d'être aussi suspicieuse.

Un immense bouquet de fleurs attira d'emblée l'attention des deux femmes. Trois grands oiseaux du paradis orange vif flamboyaient, savamment mis en valeur par des liatrides violacées et des iris barbus bleu sombre.

— Wow ! Qui t'a envoyé ces belles fleurs-là ? s'émoustilla Louise, contente pour sa sœur.

— Pourquoi ce ne serait pas moi ? rétorqua Marie-Andrée. Quarante ans de cohabitation avec moi-même, tu ne trouves pas que ça méritait un très beau bouquet ? Un proverbe dit qu'on n'est jamais mieux servi que par soi-même. J'ai fini par l'apprendre.

Sa sœur aînée la dévisagea, sceptique.

— Il est vraiment à mon goût, poursuivit vivement l'hôtesse. Les orange et les bleus sont mes couleurs préférées. Les trois oiseaux du paradis, c'est Mathieu, Marie-Ève et moi, ajouta-t-elle avec émoi. Et Yvon ? Comment va-t-il ? enchaîna-t-elle nerveusement pour changer de sujet.

— Quand son cancer a été en rémission, tu le sais, il voulait continuer à travailler, mais il a finalement demandé une retraite anticipée. Je me demande comment il aurait fait pour continuer son travail de directeur d'école : il a parfois de la difficulté à finir ses journées, et il ne fait presque rien.

— Quelle sorte de vie ça te fait, Louise ? demanda sa sœur avec compassion.

— Oh, moi, je suis en bonne santé.

— Tu travailles encore ?

— Oui, mais à temps partiel. J'en ai besoin pour me changer les idées. Un homme malade à la maison, ce n'est pas facile.

— Ça doit te faire vivre bien des émotions.

— Yvon est là, c'est ce qui compte, répondit Louise en se précipitant vers Élise et Françoise, qui entraient ensemble. L'une semblait visiblement sous le coup d'une émotion profonde, et l'autre avait les traits tirés.

— Ça fait une éternité qu'on s'est vues ! s'exclama joyeusement l'aînée, ne semblant rien remarquer. Vous reconnaissez ma plus grande, Nathalie ? Et les enfants ? Ils doivent avoir grandi.

— Geneviève a seize ans et Pierre-Luc, treize, répondit Élise.

Les fleurs attirèrent l'attention et l'admiration de toutes, y compris de Diane qui venait d'arriver, mais pas de Josée qui, presque en retard, fut surtout intriguée par un visage étranger.

— Josée Sirois, se présenta-t-elle avec un sourire franc. Je suis la conjointe de Marcel.

— Françoise Bouchard, répondit l'inconnue en lui serrant la main.

— C'est une amie de Marie-Andrée depuis longtemps, expliqua Diane. Elle a eu la gentillesse de m'héberger pendant quelques mois, quand je me suis séparée. Et ton beau Martin, il va bien ? demanda-t-elle à cette dernière.

— Il a déjà dix ans et il commence sa cinquième année, dit fièrement Françoise, dont le regard s'éclaira enfin.

Tout en échangeant des nouvelles des enfants, Marie-Andrée servit l'apéritif dehors, puis, rapidement, les invitées poursuivirent Diane à l'intérieur.

— Profitez-en, s'amusa-t-elle. C'est ma nouvelle lubie, et je n'ai aucune idée de combien de temps ça va durer. Une seule question par personne ! offrit-elle. Ça coûte juste un dollar. Pas n'importe lequel : le dollar de monnaie, le fameux huard en circulation depuis le 30 juin.

Marie-Andrée eut ainsi le temps de mettre la dernière main au repas, d'ailleurs entièrement composé de mets froids pour lui permettre de se concentrer sur la discussion. D'une oreille distraite, elle écoutait Diane interpréter les cartes de tarot qu'Élise avait choisies.

— Ouais, t'as une grande décision à prendre ! s'exclama Diane.

Le silence d'Élise et son air stupéfait renforcèrent la crédibilité, et de la cartomancienne et du tarot. Louise se présenta à son tour et choisit cinq cartes, tel que suggéré. Diane les regarda, jeta un bref coup d'œil à sa sœur et les ramassa prestement.

— Des fois, on ne voit rien, dit-elle simplement, préférant ne pas révéler ce qu'elle avait décodé. Bon, on se met à table ? ajouta-t-elle en prenant un ton joyeux.

De jolies cartes fleuries indiquaient les places.

— Vous faites toujours vos soupers chic comme ça ? s'étonna Josée.

— Un *Parler pour parler,* ça vaut la peine de faire du spécial !

S'inspirant de la célèbre émission de Janette Bertrand, Marie-Andrée avait préparé un souper discussion.

— Oh ! Je suis la seule dans la cinquantaine ! constata Louise avec fierté. Mon expérience de la vie est-elle enfin reconnue ? ajouta-t-elle non sans une pointe d'amertume parce que son statut d'aînée n'impressionnait pas vraiment ses deux sœurs.

— Nous, les jeunes, on va vous observer pour voir si ça nous tente de vieillir, rétorqua Nathalie, consciente de sa jeunesse.

Le thème de la discussion n'avait pas encore été formulé que déjà Josée abordait le sujet à la mode.

— Qu'est-ce que vous pensez de ça, les filles, la *Loi sur le patrimoine* ?

— Dommage qu'elle ait été votée seulement le mois passé, soupira Marie-Andrée. Si Ghislain avait partagé ses REER et ses fonds de pension avec moi, je ne me serais pas plainte. Au moins, j'ai eu la maison, avec l'hypothèque, évidemment.

— Vous aviez tous les deux un bon travail, dit Louise, vous deviez avoir des fonds de pension pas mal égaux.

— Si les salaires étaient les mêmes pour les femmes et pour les hommes, oui ! protesta Josée. Mais c'est loin d'être le cas.

— En plus, comme on se partageait les dépenses également, il est évident que, plus ça allait, plus l'écart financier se creusait entre nous.

Diane précisa :

— La sociologue québécoise Louise Vandelac a dit qu'à l'échelle mondiale, les femmes fournissent 65 % des heures de travail. Pour ça, elles ne gagnent que 10 % des revenus.

— Voyons donc ! protesta Nathalie. Ça se peut pas ! Au tiers-monde, peut-être, mais pas ici.

— Veux-tu en entendre une meilleure ? Même si, je le répète, les femmes fournissent 65 % des heures de travail, elles ne possèdent même pas 1 % de la propriété mondiale.

— En tout cas, les femmes de ma génération ne se laisseront pas faire comme les femmes d'avant, affirma Josée.

— Hé ! C'est nous, ça, les femmes d'avant ! protesta Louise. Pensez ce que vous voulez : je me considère bien chanceuse d'avoir pu rester à la maison pour élever mes enfants.

— Ça se peut, mais si Yvon t'avait quittée, et avant la *Loi sur le patrimoine*, je ne sais pas si tu aurais dit la même chose, nuança Marie-Andrée.

— Pensez-vous que les hommes n'aiment pas les femmes qui font des carrières ? s'inquiéta Nathalie. Pourtant, Jean-Philippe me conseille d'ouvrir mon salon d'esthétique au lieu de travailler pour quelqu'un d'autre.

— C'est normal, coupa sèchement Françoise. S'il était à ta place, c'est ça qu'il ferait. De toute façon, les hommes se rendent bien compte que deux salaires, c'est plus viable qu'un seul. Mes parents n'avaient que celui de mon père, et on n'était pas riches.

— Faire une carrière pour être riche ? s'écria Nathalie, la plus jeune autour de la table. C'est vraiment pas mon but !

— Ma belle Nathalie, dit sa tante Diane, aucune des mères autour de la table n'a ce but en tête. Faire vivre nos enfants, par exemple, ça, c'est un souci important pour nous. Même si René et Sylvie ne demeurent pas avec moi, je paie une pension pour eux. J'ai donc besoin de travailler.

— Si je n'avais pas un bon poste et un bon salaire, qu'est-ce que tu penses qui serait arrivé quand Ghislain m'a quittée ? témoigna Marie-Andrée, irritée que sa nièce confonde le besoin d'argent avec l'amour de l'argent. Il y a quelques mois, j'ai été nommée directrice d'une Caisse, avec l'augmentation de salaire correspondante. Depuis que Ghislain a deux enfants, il paie moins de pension. Au bout du compte, il ne m'en reste pas plus qu'avant. Dans les années soixante, les femmes faisaient comme toi ; elles travaillaient pour avoir de l'argent à elles, être autonomes.

— Après, ajouta Diane, dans les années soixante-dix, on a voulu vivre en couple sans avoir à quêter. Quand j'ai été obligée de faire ça avec Gilbert, je me suis sentie tellement humiliée que j'ai préféré ne rien demander.

— Vous en faites des drames ! protesta Louise. Yvon et moi, on a toujours fonctionné comme ça sans problème.

— C'est pour ça que tu es revenue sur le marché du travail ? l'affronta Josée, incapable, à trente ans, d'envisager de vivre aux crochets d'un homme.

— Depuis les années quatre-vingt, la récession touche les femmes comme les hommes, renchérit Françoise. Maintenant, on essaie de faire une carrière, c'est-à-dire de gagner un salaire convenable, parce qu'on n'a pas le choix. Si je n'avais pas une profession rentable, je serais dans la misère. C'est aussi plate que ça.

Les esprits s'échauffaient. Marie-Andrée les ramena au propos du souper : le passage à la quarantaine. Josée s'en empara aussitôt.

— En tout cas, Lise Wattier n'a pas eu peur de ça, la quarantaine et même un peu plus. En 1984, elle a été élue Grande Montréalaise de l'avenir dans la catégorie Affaires. En 1986, elle a reçu un prix international, voyons c'était quoi déjà, le non d'une bouteille de vin célèbre…

— Veuve Cliquot ? suggéra Diane.

— Oui, c'est ça. La même année, elle a été nommée la Femme canadienne de l'année. L'année suivante, elle a reçu le prix Excellence de *La Presse*. Cette femme-là m'impressionne. Moi qui travaille en relations publiques, j'ai eu l'occasion d'étudier son entreprise. Comme modèle de femme d'affaires, c'est difficile à battre. En tout cas, elle a certainement donné confiance à plusieurs femmes pour se lancer en affaires. Au fait, êtes-vous déjà allées à son spa de ville ? Savez-vous que c'est le premier dans tout le Canada ?

— C'est quoi, au juste ?

— Tous ses produits sont réunis sous le même toit. Un centre de soins, en fait.

— Toi, Josée, y es-tu allée ?

— Pas encore, mais…

Les autres éclatèrent de rire.

— C'est bien nous autres, ça, ironisa Françoise. On admire, on applaudit, mais on n'achète pas les produits.

Louise renchérit :

— Johanne, ma fille qui est comptable, me disait qu'en 1985, les premières places aux examens de comptable agréé ont été occupées par des femmes. Au Québec et au Canada. Johanne est assez fière de ça !

— Comptable ? admira Élise. C'est pas rien.

— Dans son genre, Diane Dufresne aussi est impressionnante, ajouta Marie-Andrée. Elle est rendue bien loin de… *Secrétaire, hôtesse de l'air*, fredonna-t-elle. Son spectacle de la ballerine brisée, *La magie rose*, et celui de l'année passée, *Symphonie n'roll*, ça me jette à terre.

— Je ne sais pas ce que je donnerais pour avoir de l'audace comme elle, soupira Diane.

— Toi ? s'écria Louise. Tu as plus d'audace que toutes nous autres réunies.

— Tu me connais bien mal !

— Qu'est-ce que tu ferais si tu avais de l'audace, comme tu dis ? demanda curieusement Françoise.

Elle les regarda, hésita, puis avoua :

— J'arrêterais de faire le clown avec le tarot, puis je m'ouvrirais un bureau de consultation ; je suis certaine d'avoir des dons de voyance. Puis j'arrêterais de me culpabiliser de ne pas avoir mes enfants avec moi. Ils sont mieux avec leur père, de toute façon.

— Quand même, un homme pour élever des enfants, se méfia Louise, on…

— Savais-tu, ma chère sœur, l'arrêta Diane avec frustration, qu'il y a plus de quarante mille hommes, au Québec, qui sont chefs de famille monoparentale ? Gilbert n'est pas le seul dans son cas, et il s'occupe très bien des enfants. En plus, maintenant que je sais que ce sont les âmes qui choisissent les parents qui leur donneront un corps physique, pour leur prochaine vie, je me dis que René et Sylvie m'ont choisie pour être leur mère, avec mes défauts et mes qualités.

Un tel silence ponctua sa répartie qu'elle regretta son aveu.

— Si j'avais de l'audace, c'est ça que je vous dirais, conclut-elle.

— C'est de réincarnation que tu parles ? s'assura Josée.

— Oui et non. Disons que c'est plutôt une sensibilisation à des phénomènes qui m'étaient inconnus autrefois.

— Depuis quand tu t'intéresses à ça ? lui demanda Élise, étonnée.

— Quand je suis retournée en Afrique, après mon mariage avec Gilbert, je trouvais qu'il y avait quelque chose de bizarre dans notre chambre. Une nuit, je ne dormais pas et j'ai entendu claquer la porte de la pièce. Pourtant, cette nuit-là, on était seuls dans la maison. Je me suis dit que j'avais rêvé, mais le lendemain matin, j'ai constaté que certains objets avaient été déplacés. Quand j'ai raconté ça à Gilbert, il a ri, vous pensez bien, mais si vous aviez vu l'air de la bonne et du *boy* ! Ils ont gardé leur air effrayé pendant des jours.

Marie-Andrée ne savait trop ce qui l'étonnait le plus : ces phénomènes ou le fait que sa sœur, si logique, si cérébrale, y ajoutait foi.

— Tu étais peut-être fatiguée, suggéra-t-elle.

— Bien oui ! C'est ça ! riposta Diane avec colère et un fond de tristesse. J'étais fatiguée !

Une fois de plus, personne ne la croyait. « J'ai bien fait de me taire jusqu'à maintenant et j'aurais dû continuer. »

— Oubliez ça. J'ai rien dit ! conclut-elle brusquement.

Françoise s'insurgea.

— Peu importe ce que nous pensons, dis ce que tu as envie de dire, fais ce que tu as envie de faire ! Qui sommes-nous pour te dire ce qui est vrai ou faux ?

— Ne plus avoir tes enfants avec toi, c'est ça qui te permet de découvrir tout cela ? interrogea Nathalie, incrédule.

— Ça n'a rien à voir. D'ailleurs, ça peut paraître bizarre, mais, plus je me cherche, plus je comprends et j'aime le monde. C'est comme si de mieux savoir qui je suis me fait davantage apprécier ma différence avec les autres.

Marie-Andrée ne put résister au fait d'appliquer la théorie de la réincarnation dans sa vie. « Si c'était vrai, ça voudrait dire que mes enfants, enfin, ces âmes-là, auraient vécu, chacune de son côté, et nous auraient choisis comme parents, Ghislain et moi ? » Rassurée, elle se sentit moins responsable de chaque instant de la vie de ses enfants ; cette limite à sa responsabilité parentale lui procura un immense soulagement. Cependant, elle revint vite au débat, qui prenait une direction qui ne cadrait pas tout à fait avec ses objectifs.

— Puisque la discussion est déjà partie, je vous rappelle que le thème de la soirée, c'est le passage à la quarantaine, et qu'on est quatre à vivre cette étape. Il paraît qu'à quarante ans, un peu moins, un peu plus, on commence à se délester des attitudes sociales auxquelles on s'était crus obligés, les femmes comme les hommes, de se conformer. Qu'en pensez-vous ? Voilà officiellement parti, dit-elle en riant, notre *Parler pour parler* !

D'emblée, l'aînée s'opposa à cette théorie. Les valeurs qui guidaient sa vie n'avaient pas changé, et elle ne les rejetterait pas comme de vieilles chaussettes.

— Parlant de valeurs, questionna Marie-Andrée, est-ce que, dans le cas de la religion, on aurait *jeté le bébé avec l'eau du bain*, comme on dit ?

La conversation s'anima de tous bords tous côtés. Si Josée, qui ne se posait même pas la question, et Louise, qui était pratiquante, défendaient des opinions opposées, les femmes autour de la quarantaine louvoyaient dans plusieurs avenues.

— La réincarnation, ça change toute la vision de la vie ! affirma Diane.

— Pourquoi on pratiquerait une religion ? lança Françoise. Les religions, ce sont des systèmes menés par des humains, des humains mâles. Il y a trop d'*hommerie* là-dedans pour que je m'y reconnaisse.

— Depuis la mort de Luc, confia Marie-Andrée, j'avoue que je parle à Dieu des fois, en dedans de moi. J'en ai besoin. En plus, quand j'ai pris conscience, l'année passée, que mes enfants ne connaissaient à peu près rien des rites religieux, ça m'a donné un coup. Je me suis même dit que je les avais privés de l'essentiel.

— N'exagère pas !

— Oui, insista-t-elle, l'essentiel ! Je travaille pour gagner de l'argent afin qu'ils ne manquent de rien, mais quand est-ce que je leur parle du sens de la vie ?

— Ce sont des enfants ! s'amusa Josée. Tu ne vas pas les achaler avec ça ?

Marie-Andrée n'ajouta rien, elle-même perplexe devant cette question.

Françoise répliqua d'un ton rageur :

— Religion ou pas, la quarantaine m'a changée. Je ne sais pas si c'est l'âge, mais j'en ai assez d'être la bonne fille qui endure tout.

Le ton surprit les autres convives, qui lui portèrent attention. Devenue le point de mire, elle sentit le moment venu de briser son isolement.

— Il y a plusieurs mois, j'ai tout dit à Patrice.

Marie-Andrée se redressa sur sa chaise. Le ton n'augurait rien de bon. « Elle ne va pas parler de son avortement ? » Françoise dévoila son profond désir d'avoir des enfants, plusieurs enfants.

— Tu t'en souviens, Marie-Andrée ? dit-elle en cherchant son support.

Le regard réprobateur qu'elle perçut la poussa à éviter cette confidence. Incertaine, elle parla plutôt de ses problèmes financiers.

—Vous comprenez, quand mon père est tombé malade, l'assurance hospitalisation n'existait pas, il a englouti toutes ses épargnes et ses avoirs dans le paiement des frais d'hôpitaux. Être à court d'argent, j'ai su ce que c'était. Après, je n'ai plus été capable de revivre ce genre de situation et d'imposer ça à des enfants.

Elle marqua une autre pause, garda les yeux baissés pour ne pas se faire influencer, puis elle avoua avoir perdu Patrice à cause de toutes ces années de secret.

— Mais de quoi parles-tu ? lança Josée, un peu agacée par tant de mystère.

— Je lui ai caché que… que je continuais à prendre la pilule ! mentit-elle en éclatant en sanglots. Si vous aviez vu son regard quand je le lui ai annoncé ! Il m'a répondu qu'il ne pouvait plus avoir confiance en moi, qu'il se sentait rejeté parce que j'avais pris cette décision-là toute seule.

— Je ne connais pas ton Patrice, s'étonna Josée, mais il devrait s'estimer heureux. Si tu savais le nombre de femmes qui font le contraire : arrêter de prendre la pilule sans en parler à leur chum !

— Tu ferais quoi, toi, lui demanda Élise avec agressivité, si tu voulais vraiment un enfant ? Tu obéirais à ton chum ?

— La question ne se pose pas, je n'en veux pas.

— Tu ne veux pas d'enfant ? s'écria Louise, abasourdie.

— Non. Et je ne me sens pas coupable non plus.

— Moi, j'en veux, affirma Nathalie.

— Ah oui ? s'amusa Josée. Qu'est-ce que tu attends ? Tu n'arrives pas à trente ans, bientôt ?

Brutalement mise en face de cette réalité, Nathalie eut un choc.

— Bien moi, je l'ai fait ! avoua soudain Élise. Je n'ai pas dit à Luc que je ne prenais plus la pilule. Quand il a appris que j'avais acheté des vêtements de maternité, toutes les émotions sont passées dans ses yeux : surprise, colère, peur, tristesse, tout. Je ne m'y attendais tellement pas que ça m'a revirée à l'envers. Il a fini par dire : *De toute façon, c'est toi qui vas l'élever.* Je m'en rappelle bien, c'était quelques heures avant l'accident.

— Mon doux ! s'écria Nathalie, bouleversée, est-ce qu'il sentait sa mort arriver ?

L'exclamation avait retenti comme un coup de tonnerre dans un ciel sans nuage. Élise se prit la tête à deux mains.

— Des fois, je me dis qu'il avait décidé de mourir, balbutia-t-elle.

Louise se raidit.

— Parle pas de même ! Mon petit frère était un impulsif, c'est vrai, mais pas un gars qui… un gars avec de telles idées. Voyons donc ! On ne veut pas mourir parce qu'on va avoir un deuxième enfant !

— Ça se peut ! cria Élise, mais à chaque méchanceté, chaque paresse, chaque mauvais coup de cet enfant-là, je me dis que c'est pour me punir de l'avoir forcé à venir au monde ! Comment voulez-vous que je le punisse ? C'est moi qui devrais être punie !

Josée écoutait ces deux femmes confier leurs tourments. Toutes les deux souffraient à cause d'un enfant. « J'ai toujours dit que je n'en aurais probablement pas, à présent, c'est certain ! »

— Nous, dit Louise, on a eu Simon parce que le pape avait interdit la pilule. On ne l'a jamais regretté.

Nathalie cherchait désespérément le regard de sa mère pour s'y réconforter.

— Mais avoir un enfant, ça doit pouvoir se faire autrement qu'en trichant ou en obéissant ? s'écria-t-elle, bouleversée. On peut simplement désirer un enfant ! insista-t-elle d'un ton qui tenait à la fois de l'affirmation et de la supplication.

— Ne mêle pas tout ! protesta Marie-Andrée en fixant Louise d'un regard furieux. Nos enfants, nous les avons voulus ! Les miens, en tout cas, ne sont pas des accidents, insinua-t-elle.

Devant ces échanges émotifs, Marie-Andrée se ressaisit et l'hôtesse remit en question son idée de discussion. Ces confidences ressemblaient davantage à celles d'une fin de soirée très arrosée qu'à une discussion intellectuelle. Tout compte fait, l'arrivée à la quarantaine en devenait presque banale. Louise vint à sa rescousse.

— C'est quoi ta question, déjà ? Si la quarantaine change la vie ? Je ne pense pas. Moi, en tout cas, ça n'a rien changé.

— Maman, la contredit sa fille, ce n'est pas vers cet âge-là que tu es retournée sur le marché du travail, même si papa ne voulait pas ?

Le téléphone sonna. Marie-Andrée répondit nerveusement. Elle plissa le front, puis son air stupéfiait alerta la tablée.

— J'arrive, Mathieu ! Ramasse tes affaires et dis à Sébastien de faire ses bagages. O.K. ? *Bye* ! C'était Mathieu, dit-elle en revenant vers la table. Il faut que j'aille les chercher tout de suite. Ghislain et Rachel sont partis à l'urgence avec leur fille. Les garçons sont tout seuls à l'appartement.

Les interrogations et les propositions fusèrent.

— Ghislain a une autre fille ?

— C'est qui, Sébastien ?

— Je vais m'occuper du repas.

— Je vais avec toi.

Dans l'auto, Élise s'emporta avant même qu'elles ne soient sorties de l'allée.

— Tu savais que ton jumeau Luc était gai ! ragea-t-elle. Pourquoi tu ne me l'avais pas dit ?

S'il y avait eu quelqu'un sur le trottoir, Marie-Andrée n'aurait pas eu le réflexe de l'éviter tant la phrase la stupéfia. « Je savais qu'elle me reprocherait ça, un jour », s'avoua-t-elle.

— Ce n'est pas le moment de parler de ça.

— Oui, c'est le moment ! Ça fait presque vingt ans que je veux te le dire.

— Vingt ans ? Dans ce cas, tu le savais depuis le début ? Si tu le savais, c'était à toi de faire tes choix ! répliqua-t-elle, avec agacement.

Élise se rendit compte de ses reproches injustifiés et se radoucit.

— Avant qu'on se marie, Luc m'avait avoué ses expériences homosexuelles, mais il disait que c'était fini. Quand j'ai soupçonné qu'il avait recommencé, j'aurais voulu lui arracher les yeux tant je me sentais trahie.

Marie-Andrée essayait d'écouter Élise tout en se concentrant sur le trajet. « J'aurais jamais cru me féliciter de connaître par cœur les rues à emprunter pour me rendre chez Rachel ! »

— Et lui, il savait que tu connaissais sa double vie ? questionna-t-elle.

— Évidemment ! Mais il n'était pas bien avec ça.

Marie-Andrée soupira. « À quoi bon lui dire que son choix était fait et qu'il la quittait, puisqu'il n'y a pas réussi, de toute façon ? Dans le fond, on ignorera toujours ses toutes dernières pensées », admit-elle enfin.

— Il n'arrivait pas à te quitter, mentit-elle. Cette nuit-là, il m'avait dit que ça le torturait.

Élise se remit à pleurer.

— Pourquoi tu ne me l'as pas dit avant ? Ça m'aurait fait tellement de bien !

Marie-Andrée stationna quelques instants, tiraillée entre son désir d'aider sa belle-sœur et son besoin d'aller chercher son fils de six ans seul avec Sébastien, sans surveillance.

— Tu devais bien t'en douter, dit-elle. On ne se suicide pas quand on est capable de choisir.

Elle étreignit sa belle-sœur, comme autrefois quand cette dernière lui avait appris qu'elle était enceinte, dans une auto surchauffée sous le soleil de juillet.

— Il s'est suicidé parce que j'étais enceinte ! C'est ma faute ! C'est ma faute ! pleurait pitoyablement Élise. Le remords me tue depuis toutes ces années !

La colère refoulée de Marie-Andrée contre son jumeau éclata.

— Non ! C'était sa décision. Luc t'a laissée seule avec deux enfants ! Tu en as assez sur les épaules, tu ne trouves pas ? Toi, avec cette grossesse, tu choisissais la vie. Lui, il choisissait la mort. C'était *sa* décision.

Les deux enfants furent soulagés de voir arriver Marie-Andrée et un peu étonnés qu'elle ne se presse pas de repartir, comme d'habitude. « Élise va avoir le temps de se ressaisir », espéra-t-elle.

— Elle va aller mieux, ma petite sœur ? lui demanda Sébastien avec inquiétude.

Jessica, le bébé, se rappela à elle. Le plus important n'était-il pas de rassurer le petit garçon, puisque ses parents n'avaient pu le faire ? Elle lui caressa les cheveux et lui sourit.

— Qu'est-ce qu'elle avait, ta sœur, Sébastien ?

— Elle étouffait. Maman criait.

— Tes parents s'en occupent, et les médecins aussi. Probablement qu'ils vont trouver ce qu'elle a, ta petite sœur. Sais-tu à quel hôpital ils sont allés ?

Le gamin haussa les épaules en signe d'impuissance.

— On va leur laisser un mot, comme ça, quand ils reviendront, ils sauront que tu es avec Mathieu et moi. Ils t'appelleront dès qu'ils auront des nouvelles.

Quand ils rentrèrent dans la maison, la conversation diminua sans cesser tout à fait. Louise embrassa son neveu, puis découvrit Sébastien avec curiosité.

— Lui, c'est mon frère ! dit fièrement Mathieu.

Louise en eut un coup au cœur. « Son frère ! Je n'en reviens pas que Marie-Andrée accepte ça. » Diane attrapa Mathieu de justesse pour l'embrasser avant qu'il ne dégringole l'escalier du sous-sol avec Sébastien.

— Les garçons, laissez faire le bain pour ce soir, leur dit la mère du haut des marches. Mettez vos pyjamas et au lit.

Devant le reproche muet de sa sœur aînée, Marie-Andrée répliqua avec agacement en s'adressant aussi aux autres :

— Oui, je l'héberge ! Ses parents sont à l'urgence, il ne va pas rester tout seul à six ans ! De toute façon, autant vous faire à l'idée une fois pour toutes : Sébastien et Jessica sont les demi-frère et sœur de Marie-Ève et de Mathieu.

À la salle de bains, Élise se remaquillait. Elle remarqua que le papier peint métallique et luisant qui faisait fureur dans les années soixante-dix avait été changé. Les murs étaient maintenant gris pâle émaillé de minuscules fleurs roses. Un souvenir de cette époque lui revint. À la pendaison de crémaillère de leur maison campagnarde, une semaine avant sa mort, Luc avait la barbe et la moustache, une chemise à fleurs et un jean usé, les pieds nus dans des sandales. « C'est fini, ce temps-là. » Grâce à ses aveux dans l'auto, elle venait de couper définitivement avec Luc. La vie lui offrait une autre chance d'être heureuse. Pourquoi y résister davantage ? Elle ressortit et annonça sereinement :

— Hubert m'a demandée en mariage.

Les yeux de Nathalie brillèrent d'envie.

— On va aller aux noces ?

— Jusqu'à ce soir, dit Élise en se rassoyant, j'hésitais parce que Pierre-Luc et lui ne s'entendent pas. Finalement, je pense qu'à l'âge qu'il a, mon fils a vraiment besoin d'un père. Hubert et moi, on va bien l'élever.

— Ça se peut, douta Nathalie, avoir deux grands amours dans sa vie ?

Contrairement à son habitude, Élise réfléchit avant de répondre.

— C'est pas pareil. Aimer à vingt ans, aimer à quarante ans, c'est tellement différent. Ça ne veut pas dire moins, c'est juste… différent.

— On change, donc on aime différemment ! ajouta spontanément Marie-Andrée qui, une fois les regards sur elle, n'osa poursuivre son discours sur l'amour dans le couple. Prenons nos enfants, par exemple. On ne les a pas mis au monde en même temps, donc on les aime avec ce que l'on était à chaque naissance.

— Dis donc, s'enquit Louise avec perspicacité, parles-tu d'un deuxième amour en connaissance de cause ?

Un instant indécise, Marie-Andrée préféra finasser.

— Bien sûr : j'ai deux enfants !

« Qu'est-ce que je fais ? se demanda-t-elle en prenant du vin, j'en parle ou pas ? » Françoise régla la question en reprenant la parole.

— Élise va se remarier ; Patrice et moi, on s'est séparés.

La future mariée la foudroya du regard, contrariée. « Ma bonne nouvelle ne les a pas intéressées longtemps. Françoise aurait pu attendre avant de parler de ses problèmes. Ses problèmes : elle a toujours des problèmes ! »

Françoise regarda Marie-Andrée, épiant une lueur dans ses yeux. Patrice était redevenu libre. Mais elle n'y décela que surprise et tristesse, et en fut la première étonnée.

Louise éclata.

— Qu'est-ce que vous avez toutes à laisser vos maris ? Croyez-vous que je n'y ai pas pensé, moi aussi ?

Sa fille Nathalie la dévisagea avec stupéfaction.

— Pas toi, maman ?

— Oui, moi.

— Puis ? s'enquit Diane, qui se sentait particulièrement visée. T'as fait quoi ?

Louise hésita puis répondit.

— Malgré les mauvais moments, il y en avait suffisamment de bons pour ne pas tout jeter par-dessus bord. Maintenant il est malade, et si je l'avais quitté, je ne me le serais jamais pardonné, conclut-elle en larmoyant.

Nathalie rejoignit sa mère, l'entourant de ses bras pour la consoler. Autour de la table, les femmes concernées par le reproche naïf ne riaient pas, mais ne compatissaient pas davantage à ces larmes qui appartenaient plus à une pauvre victime qu'à une épouse éplorée. Diane, la seule qui avait quitté son mari, en fait, lui retourna sa réplique méchante.

— De toute façon, pour vivre seule, il t'aurait fallu un travail pour être autonome.

— Comment voulais-tu que j'en aie un ? Je ne pouvais pas tout faire : élever les enfants et avoir une carrière.

— C'étaient tes choix, et je suis certaine que ça te convenait. Mais ne viens pas te mêler des choix que les autres ont dû faire. Une séparation, vivre loin de ses enfants, je ne souhaite ça à personne. Tu es mesquine, Louise. Non, même pas, tu es prétentieuse !

Marie-Andrée servit les fromages en espérant faire diversion.

— Dis-les donc, les raisons de ton choix, si elles étaient si importantes que ça ! la somma Louise.

— Mêle-toi de tes affaires ! cria Diane en donnant un coup de poing sur la table. Arrête de faire comme maman qui se pensait la seule capable de gérer nos vies à notre place.

— Touche pas à maman ! cria l'aînée.

Le cri était si candide que plusieurs éclatèrent de rire devant l'exclamation de la femme dans la cinquantaine. Louise cessa de pleurer net et se vida le cœur.

— Vous l'avez jamais comprise ! C'était une mère dévouée comme vous ne le serez jamais !

— Quelqu'un veut du fromage ? réessaya l'hôtesse. J'ai du camembert et un bon fromage québécois qui…

— Il y a deux générations autour de la table, intervint Josée, et elles sont déjà pas mal différentes. Je ne l'ai pas connue, votre mère, mais elle devait probablement ressembler à bien des femmes de son époque.

Cette parole sensée fit tomber la pression. Françoise se permit une réflexion qui tenait plus d'une confidence.

— Elle avait du caractère, votre mère, et ses petits travers, aussi. Mais j'aurais préféré une mère comme la vôtre plutôt que la mienne. La vôtre, au moins, elle était vraiment autonome, jusque dans sa manière de penser.

— Oui, tu as raison, approuva Marie-Andrée. Avec le temps, elle se posait beaucoup de questions, je pense. Ce ne sont pas toutes les femmes de sa génération qui ont été capables de se rendre compte qu'elles s'étaient fait avoir par le système.

— Par la religion, entre autres, accusa Diane.

— La société aussi, ajouta Louise. Dans le fond, comme tu dis, Josée, c'était une autre génération, dans un autre contexte.

L'hôtesse vit que ses invitées, maintenant silencieuses, se servaient enfin des fromages. « J'ai oublié le pain ! »

constata-t-elle en se levant brusquement. Le son caracté-ristique d'une baguette croûtée que l'on tranche les fit sali-ver, et les mains se tendirent vers la corbeille sitôt remplie. Toutefois, une conversation unique n'arrivait plus à se créer. Ici et là, on se parlait à deux.

— On va y aller, nous autres, dit Louise en se mou-chant. Aurais-tu un café ?

Josée profita du peu de temps qui lui restait pour encourager Nathalie à ouvrir son salon.

— Je ne saurais pas par où commencer, avoua l'inté-ressée. Ce que j'aime, c'est donner des soins esthétiques aux clientes, pas m'occuper de gestion.

La déception de sa jeune tante, presque du même âge qu'elle, fut de courte durée. Josée haussa simplement les épaules.

— Si, un jour, tu y repenses, téléphone-moi, je pourrai t'aider pour la promotion.

— Ben moi, ça m'intéresse, dit Élise avec un aplomb nouveau. Hubert me dit que je devrais exposer au Salon des métiers d'art de Montréal. Essayer, au moins. Je n'y croyais pas, mais finalement j'aimerais l'envisager.

Pendant que Louise, sur son départ, se confiait à Marie-Andrée dans l'espace cuisine, Élise et Josée se lançaient dans des projets d'affaires. Nathalie leur prêtait une oreille attentive. « Je ne suis pas prête pour ça », conclut-elle. Peu de temps après, Josée partit à son tour, en laissant sa carte de visite à Élise.

Par réflexe, les quatre femmes qui restaient écartèrent les couverts et se rapprochèrent.

— Les desserts ! s'écria l'hôtesse. Elles sont parties sans prendre de dessert !

— Ça nous en fera plus, s'amusa Diane. Les discus-sions, ça creuse. Alors, qu'est-ce que tu nous sers ?

Les florentines et les crèmes caramel concurrencèrent la salade de fruits maison et le gâteau aux carottes au mince glaçage sucré. Entre deux bouchées, la conversation redémarra. Cette fois, elles étaient entre elles, des femmes autour de la quarantaine qui n'avaient plus les illusions des plus jeunes, et encore moins la résignation de certaines femmes plus âgées.

— Les filles, conclut Marie-Andrée, revenant inconsciemment au propos de la soirée, on en a fait du chemin depuis nos vingt ans !

— En tout cas, je n'avais pas prévu devenir veuve, soupira Élise. Ça m'a amené des problèmes différents des vôtres. Et un autre amour… murmura-t-elle avec confiance.

Diane s'affirma.

— Je ne regrette pas l'Afrique ni Gilbert et encore moins mes enfants. C'est juste que, mère de famille, c'était pas ma vocation. Ça n'en a peut-être pas l'air, mais j'ai toujours voulu aider les autres. Avec le tarot, j'ai l'impression d'avoir enfin trouvé ma voie. En fait, je pourrais commencer dès maintenant à offrir des consultations, en plus de l'enseignement. Mais j'aurais besoin d'un logement plus grand, et je n'en ai pas les moyens.

Françoise les écoutait, puis se décida à se décharger le cœur.

— Patrice et moi, on s'est séparés parce que la confiance entre nous avait disparu. À vous autres, je peux bien le dire, il ne me pardonne pas de m'être fait avorter, après Martin, sans lui en avoir parlé.

Élise et Diane la regardèrent, l'une avec peine, l'autre avec étonnement.

— Comment tu te sens avec ça, aujourd'hui ? demanda Diane.

— J'en ai tellement voulu à Patrice de ne pas gagner plus d'argent ! Maintenant, c'est à moi que j'en veux, parce que cet enfant-là, je le voulais et je le regrette encore.

En d'autres circonstances, Élise se serait exprimée de façon très émotive sur la question. En ce moment, elle ressentait plutôt de la peine pour Françoise, qui poursuivit avec lassitude.

— Quand j'étais adolescente, je me disais qu'à quarante ans, je serais casée et heureuse ; le reste de ma vie, je n'aurais plus qu'à profiter de mon bonheur. J'ai quarante et un ans, et je me sens encore plus seule et plus démunie qu'à quinze ans.

— On ne savait rien de l'amour, soupira Marie-Andrée, on n'avait que des illusions. Et certains jours, j'ai l'impression d'en savoir encore moins aujourd'hui !

— Tu te rappelles de ton potager, Élise ? dit Françoise. Il était tellement grand, quelle abondance ! Dans ce temps-là, murmura-t-elle avec désillusion, je pensais que le bonheur existait, du moins, qu'il existerait un jour. Je l'ai bien cru arrivé quand Patrice et moi, nous nous sommes retrouvés, à son retour d'Inde.

De sa main gauche, elle repoussa une mèche de cheveux auburn dans lesquels se glissaient quelques fils argent.

— Est-ce que nous sommes plus avancées que nos mères ? murmura-t-elle avec une telle tristesse dans la voix que le silence se fit.

— Moi, j'ai compris que je devais changer, admit honnêtement Élise. Avant, quand j'avais quelque chose dans la tête, j'en oubliais le reste. Quand j'ai voulu un deuxième enfant – maintenant je peux bien vous le dire –, c'était pour garder Luc.

— Garder Luc ? s'étonna Françoise, dont il avait été le premier amour jamais avoué. Il te trompait ?

— Oui. Avec des hommes.

Un tremblement de terre n'aurait pas ébranlé Françoise davantage. «Luc? Luc que j'ai tant attendu était homosexuel? Si je n'ai rien vu avec lui, pourquoi aurais-je eu plus de discernement avec Jean-Yves? Ou avec Patrice?» Sa perception des hommes lui sembla lamentable.

— On voulait tellement avoir une vie de couple différente de celle de nos parents, balbutia-t-elle, atterrée. Mais on n'avait pas d'autres modèles...

Diane ne se formalisait pas de ce qu'elle venait d'apprendre. «Quand je les vois se débattre avec leurs morales, j'ai l'impression de voir des fourmis dans une flaque d'eau. Croire à une seule vie, c'est sûr que ça ne donne pas une perspective bien large.»

Françoise était encore si bouleversée qu'elle avoua maladroitement à Marie-Andrée :

— Si tu savais combien je t'en ai voulu !

L'interpellée la regarda attentivement avec curiosité et un certain soulagement. «Enfin, je vais savoir ce qu'elle me reproche.»

— Tu m'avais dit que Patrice et toi aviez déjà couché ensemble, du temps que j'étais mariée avec Jean-Yves. Après, c'était plus fort que moi, j'étais certaine que... que Patrice t'aimait encore, qu'il n'avait jamais cessé de t'aimer.

Marie-Andrée lui en voulut à son tour pour cette indiscrétion, puis des intuitions et des souvenirs s'imbriquèrent les uns dans les autres.

— Ce que Patrice pense ou pensait de moi, dit-elle enfin d'un ton contrarié, je n'en sais rien. Il ne m'a jamais parlé de ça.

Françoise respira de soulagement. «Je savais qu'elle allait comprendre que j'avais besoin de lui en parler.»

— Mais si je te suis bien, poursuivit lentement Marie-Andrée, tu m'en voulais parce que tu croyais que, moi, j'aimais aussi Patrice? C'est ça?

Françoise acquiesça. Le visage de Marie-Andrée se durcit.

— Ça veut dire, s'indigna-t-elle, que pendant des années, tu as pensé que je te rencontrais pour revoir Patrice ? C'est ça ?

Un lourd silence plana dans la pièce. Un souvenir douloureux traversa l'esprit de Marie-Andrée. Puis son ton devint tranchant.

— Quand j'ai eu besoin de toi, Françoise, après ma séparation, et que tu n'as même pas voulu prendre un café avec moi, tu pensais que je voulais te voler Patrice ?

Il y avait tant d'amertume dans ces derniers mots que Marie-Andrée dévisagea Françoise sans compassion, soudain indifférente au désarroi qu'elle lisait dans les yeux de celle qu'elle avait considérée comme sa meilleure amie. « Le deuil de notre amitié, je l'ai fait en revenant de chez toi, il y a deux ans. »

Sans attendre sa réponse, elle se tourna vers Élise, qu'elle félicita sereinement :

— Je suis contente, pour Hubert et toi, et je vous souhaite beaucoup de bonheur. La vie est trop courte pour traîner indéfiniment un amour du passé, affirma-t-elle avec une lumière nouvelle dans les yeux.

Élise lui confia leur désir d'avoir un enfant, lui parla de Geneviève, qui songeait à devenir travailleuse sociale, de Pierre-Luc qui commençait à se faire à la vie de pensionnaire.

Françoise affichait un masque de froideur et d'indifférence qui ne trompait pas Diane. Celle-ci, de plus en plus fidèle à ses intuitions, s'exclama soudain :

— J'aimerais avoir un logement plus grand, et toi, si je comprends bien, tu ne vis plus avec Patrice, c'est bien ça ? questionna-t-elle Françoise.

— C'est ça, bredouilla cette dernière. Il vit au rez-de-chaussée. Ce n'est pas la solution idéale, ajouta-t-elle en reprenant ses esprits, mais comme je travaille à Montréal, on ne se croise pas beaucoup.

— Tu travailles à Montréal ? Pour la même compagnie ?

— Oui. Fini le travail à la pige sans sécurité, sans fonds de pension, sans avantages sociaux. Ça n'a pas été facile, mais j'ai retrouvé un emploi stable.

— Quand j'ai vécu quelques mois chez toi, on s'entendait bien, non ? Alors, pourquoi on ne se chercherait pas un grand logement ensemble ?

Déjà, Diane calculait le nombre de chambres. Une pour elle, une autre pour Françoise, une troisième pour Martin et une quatrième pour René et Sylvie quand ils venaient régulièrement à Montréal et qui, entre-temps, lui servirait pour sa clientèle de tarot. Françoise l'écoutait, y voyait petit à petit une issue, le changement draconien dont elle avait tant besoin. Dans un dernier regard à Marie-Andrée, elle comprit, elle aussi, que leur amitié était terminée depuis longtemps.

Ghislain téléphona. La petite Jessica était hors de danger mais elle restait à l'hôpital quelques jours, le temps de passer des examens plus poussés. À la fin de cette soirée mouvementée, les filles parties, Marie-Andrée rangea simplement la nourriture et laissa le reste traîner sans remords. « Je ferai ça demain, je n'ai rien à prouver. »

Finalement, la discussion n'avait pas porté formellement sur les quarante ans, mais les femmes de cet âge avaient pris position. Comme elle, les trois autres effectuaient un changement de cap important, délaissant les illusions, osant émettre des désirs et passer à l'action, même si les conséquences n'étaient pas forcément heureuses, du moins à première vue.

Marie-Andrée respira profondément. La vie lui apparaissait plus fascinante que jamais. « Avec tout le travail que j'ai fait profondément en moi, je me sens tellement mieux préparée pour ma nouvelle vie qui commence. Oui, à quarante ans, j'ai le goût d'être heureuse et de forger mon propre bonheur. »

Des cris surgirent du sous-sol. Marie-Andrée descendit et réveilla doucement Sébastien qui se débattait et pleurait, aux prises avec un cauchemar. Elle s'assit au bord du lit, le prit sur ses genoux et le berça.

— J'ai rêvé que ma petite sœur se noyait ! pleurait l'enfant. Je ne pouvais pas la sortir de l'eau !

— Chut… C'est fini. C'était un cauchemar, un mauvais rêve. Dans les mauvais rêves, tout va de travers. Mais ce n'est qu'un mauvais rêve, répéta-t-elle.

Elle essuya le jeune visage inondé de larmes. Sébastien renifla, se moucha, puis se détendit.

— Veux-tu un verre de lait ? lui offrit-elle.

Quand elle redescendit, il dormait profondément. Elle le regarda longuement et l'aima pour ce qu'il était, un petit garçon sensible, le demi-frère de Mathieu qui ne pouvait plus s'en passer, et que Marie-Ève chouchoutait.

Dans la maison silencieuse, Marie-Andrée prit ensuite le temps de contempler, encore une fois, le bouquet magnifique et sortit une petite carte de sa poche. Le cœur en émoi, elle la relut lentement, la dégusta, un grand sourire illuminant son visage et ses yeux.

À la plus belle des fleurs
pour son quarantième anniversaire.
Bon souper de filles !

Elle composa par cœur un numéro de téléphone.

— Je voulais te dire merci, encore une fois, pour les fleurs. Elles sont magnifiques, murmura-t-elle d'une voix chaude.

— Alors elles sont dignes de toi, répondit amoureusement une voix d'homme.

Quand Marie-Andrée raccrocha, elle but lentement un verre d'eau, dans la pénombre. Ce nouvel amour, inattendu, inespéré, lui faisait battre le cœur. Pourtant, elle n'osait s'y abandonner. Elle avait mal aimé Ghislain ; elle avait aussi été mal aimée. Élever deux enfants toute seule, elle n'avait pas prévu cela.

Sans modèles, créer sa vie de couple, de mère séparée, de vie professionnelle nécessaire pour faire vivre ses enfants et elle-même, l'épuisait souvent, la stimulait tout autant. Avait-elle l'espace mental pour un nouvel apprivoisement dans un couple ? Ses enfants y gagneraient-ils ? Et elle, saurait-elle offrir un amour sain, un amour de maturité, libéré des peines du passé ?

Elle regarda longuement les fleurs et songea qu'elles étaient éphémères, comme les fleurs le sont. Son désir de vivre intensément n'en fut que plus fort.

Serait-elle plus heureuse dans ce nouvel amour ? Saurait-elle le vivre avec un cœur confiant et la maturité qu'elle avait chèrement acquise ?

Il n'y avait qu'une façon de le savoir : accepter de le vivre.

Cet ouvrage a été composé en Times corps 13/15
et achevé d'imprimer au Canada en mars 2005 sur les presses
de Quebecor World Lebonfon, Val-d'Or.